KB161407

19

씩씩_{하게} 아픈 열아홉

19 씩씩하게 아픈 열아홉

ⓒ새파란상상 2015

초판1쇄 인쇄   2015년 1월 5일
초판1쇄 발행   2015년 1월 10일

지은이   감성현

펴낸이   박대일
편집   이문영 · 임유리 · 신지연
교정   봉정하
마케팅   송재진
표지디자인   이매진
내지디자인   박현주

펴낸곳   새파란상상(파란미디어)
출판등록   2004년 9월 14일 제313−2004−00214호

주소   121−897 서울시 마포구 성지1길 32−36 (합정동)
전화   02.3141.5589(영업부) 070.4616.2011(편집부)
팩스   02.3141.5590
전자우편   paranbook@gmail.com
카페   http://cafe.naver.com/paranmedia
트위터   @paranmedia

ISBN   978−89−6371−178−2(03810)

감성현 장편소설

19

씩씩하게
아픈
열아홉

차 례

하은. 태영.
언제나, 어디서나, 응원한다.

프롤로그
2

아타카마사막의 어딘가에서 길을 잃었다.

세상에서 가장 건조한 사막은 모든 걸 태워 삼킬 듯한 태양이 사라지자, 순식간에 기온이 떨어졌다.

땀에 젖어 있던 몸이 심하게 떨려온다. 급격히 체온이 떨어지는 게 느껴진다. 이대로라면 저체온증으로 의식을 잃을지도 모른다. 멈춰서는 안 된다. 계속해서 달려야 한다. 서둘러 젖은 옷을 벗고, 메고 있던 배낭에서 마른 옷을 꺼내 갈아입었다. 그래도 춥다.

아타카마사막의 거친 모래바람은 시시각각 모래언덕의 모습을 바꿔놓았다. 혼란스럽다. 어디가 어디인지 분간할 수 없다. 방향을 잡기 위해 밤하늘의 별자리를 찾아 고개를 들었다. 수많은 별들이 눈앞에 바다처럼 펼쳐졌다. 망자의 바다는 짙고 아름다웠다. 넋을 놓고 바라보았다. 가장 밝은 별을 찍을 수도, 별자리를 그릴 수도 없었다.

바다의 어딘가에서도 길을 잃고 말았다.

아홉 살 때였다. 모처럼 맛있게 먹자며 시켜놓은 짜장면이 불어터지는 줄도 모르고, 넋 놓고 보았던 다큐멘터리가 있다. 아타카마사막을 달리는 마라토너의 이야기였다. 그때도 이런 밤하늘을 봤었다. 아타카마사막에 해가 지고, 하나 둘 모습을 드러내던 별들. 어느새 밤하늘에 수많은 별들이 빼곡히 차오르는 거대한 광경을 보며, 어린 난 벅찬 감동을 감당할 수 없어서 쩍 벌어진 입을 한참이나 다물지 못했다. '저곳에 가고 싶다'는 막연한 꿈으로 잔뜩 부풀어 올랐다.

그래, 이곳, 아타카마사막에 오고 싶었다.

바람은 현실이 되었지만, 그 현실은 너무도 날카롭고 잔인했다.

얼마나 시간이 흘렀을까? 얼마나 헤맸을까?

입안에 비릿한 쇳내가 맴돌고, 말라버린 목구멍이 찢어진 듯 피 맛이 올라왔다. 가파른 숨을 좀처럼 진정시킬 수 없었다. 움직임이 둔해지고 체온은 계속 떨어졌다.

무거운 적막함이 스며들듯이 두 눈을 가렸다. 질펀한 고독이다. 끝을 알 수 없는 바다 깊숙이 무겁게 가라앉는 착각에 빠졌다. 아니, 별들의 바다로 깊숙이 올라가는 건가? 말을 듣지 않는 몸은 무거웠다. 이제 손끝 하나 움직일 기력조차 없었다.

죽음의 그림자가 기다렸다는 듯 서서히 다가온다. 속삭이듯 자장가를 불러주며 날 휘감아 안는다. 따뜻하다. 포근하다. 눈 앞이 흐려지고 자꾸만 눈이 감긴다. 단잠이 밀려온다.

달려 루다. 멈추지 말고, 끝까지 달려.

그 목소리다. 어김없이 들려오는 그 목소리. 언제부터 나를 따라다녔을까? 아홉 살? 아니, 더 어렸을 때다. 추억에 스며드는지, 깊은 잠에 빠져드는지 알 수 없다. 끊어진 필름을 이어 가듯, 조각들이 밤하늘의 별들처럼 하나 둘씩 반짝이며 밀려온다. 기억이 파도처럼 밀려온다.

기억난다.
어른도 아이도 아닌, 열아홉.
달리기를 좋아하던 난, 열아홉 살이 되던 해.
더 이상 달릴 수 없게 되었다.

기억

달릴 때의 시간은 오직 날 위해 존재한다.

내 자신의 느낌과 어디로 가고자 하는 목표만이 있다.

– 폴라 래드클리프

일곱

누구나 자신만의 첫 기억이 있다. 그 기억 너머의 기억은 백지처럼 하얗다. 내 기억을 되짚어 올라가면 그 처음은 일곱 살 때다.

그날은 엄마 무릎에 앉아 이삿짐을 실은 트럭을 타고 새로운 집으로 이사 오던 날이었다.

트럭은 동네 초입 갈림길 앞에서 한 번 멈춰 섰다. 직선도로가 끝난 그곳에서 창밖으로 빠끔 고개를 내밀어보니 넓은 강이 보였다. 잔잔히 흐르는 너울이 춤추는 듯 예뻤다. 하류로 갈수록 점점 넓어지는 듯했고, 그 끝을 알 수 없을 정도로 길고 곧았다. 사람들은 가벼운 차림으로 그 강둑을 따라서 산책을 하듯 달리고 있었다.

"다리가 없네요."

운전을 하던 이삿짐 직원은 한참 동안 지도를 들여다보며 혼잣말을 했다. 그러다 이내 길을 알겠다는 듯, 다시 시동을 걸었다. 핸들을 꺾더니 상류를 향해 한참을 더 달렸다. 점점 강폭이 좁아졌다. 마침내 작은 다리가 나왔다. 다리가 놓여 있는 그 부근의 강은 눈에 띄게 수심이 얕았다. 덕분에 동네 아이들의 좋은 놀이터가 되어주었다.

트럭 안에서 바라본 아이들은 하나같이 즐거워 보였다. 그다지 높지 않은 다리였기에 난간 위로 기어 올라가 거침없이 다이빙을 하거나, 허벅지까지 오는 강가의 수풀 사이를 헤집으며 열심히 무언가를 잡았다. 강둑을 따라 거닐며 나비를 잡는 아이들도 보였다.

일곱 살이던 내게는 모든 게 처음 보는 놀이였다. 모두 다 재미있어 보였다. 한껏 들뜬 난 몹시 흥분해서 가만히 앉아 있지 못하고 엉덩이를 들썩거렸다. 새로운 동네가 마음에 들었다.

조심스럽게 다리를 건넌 트럭은 이번에는 달려왔던 방향으로 핸들을 꺾어서 달려온 만큼을 되돌아갔다.

"다리가 불편하네요."

직원은 잠시 헛헛한 웃음을 지었다.

"도착만 하면 되지요."

나지막이 대답하는 엄마의 표정이 조금은 피곤해 보였다.

어느새 트럭은 한적한 주택가 골목 안으로 들어갔다. 그렇게 10분 정도를 더 달린 뒤에야 파릇한 잔디가 깔린 2층 집 앞에 멈춰 섰다.

서둘러 트럭에서 뛰어내린 난, 곧장 집 안으로 뛰어 들어갔다. 가장 먼저 집 안을 탐험해보고 싶었다. 운동화를 신은 채로 집 안 구석구석을 돌아다니며 기웃거렸다.

지금도 살고 있는 그 집은 마당이 있었지만 커다란 집은 아니었다. 1층, 2층에 각각 방이 하나씩 있는 구조였다. 엄마와 나, 단둘이 살기에 부족함이 없는 아담한 크기였는데, 어린 나에겐 영화에서나 보던 웅장한 성(城)만큼이나 커다랗게 보였다.

무척 마음에 들었다. 무엇보다 낡은 옛집을 떠나, 깨끗한 새 집에서 지낸다는 설렘이 좋았다. 흥얼거리는 콧노래를 좀처럼 멈추지 못했다.

2층 방에서 창문을 열자 앞집이 보였다. 우리 집과 비슷한 크기의 마당이 보였지만, 오랫동안 관리를 못했는지 잔디가 모두 말라 있었다. 조금은 우울해 보였다. 생기를 잃은 모습이었다.

"이루다!"

엄마가 불렀다. 지체 없이 바닥을 쿵쾅거리며 달려갔다.

"뛰지 마. 다쳐."

소리만 듣고도 엄마는 잔소리를 했다.

"넵! 루다. 여깃습다!"

난 아랑곳하지 않고 뽈록한 배를 내밀고 당당하게 엄마 앞에 섰다. 부릅뜬 눈으로 무엇이든 시켜만 달라고 말했다. 그 어린 눈에는 이삿짐을 나르는 일도 놀이처럼만 보였다. 아까부터 어른들만 그 재미있는 놀이를 하는 게 배 아팠다. 끼고 싶었다.

"루다는 어디 멀리 가지 말고, 보이는 곳에서 놀고 있어."

당연하겠지만, 어린아이에게 무겁고 거친 이삿짐을 나르는 일을 부탁할 리 없었다. 물론, 열아홉 살인 지금의 나라면 모르겠지만.

"응? 왜에에⋯⋯."

"루다는 아직 애잖아."

"나 애 아니야."

"그럼 어른이니?"

"그건 아니지만⋯⋯."

조그만 두 어깨가 순식간에 축 처졌다.

"여기 있으면 방해만 되잖니. 어서 저리 가서 놀아."

그렇게 말하는 엄마의 얼굴은 몹시 지쳐 있었다.

"싫어! 나도! 나도 도울래."

엄마의 다리에 매달려 때를 썼다.

"어서 저리 안 가?"

씨알도 안 먹혔다. 아무리 조르고 졸랐지만 소용없었다.

"치⋯⋯."

결국 뾰로통한 얼굴을 하고선 돌아설 수밖에 없었다. 작은 상자 정도는 옮겨 달라고 부탁할 법도 하건만, 엄마는 혼자서 모든 걸 감당하고자 했다. 그때나 지금이나 엄마는 항상, 그랬다.

"안녕?"

근처 공터에 쭈그리고 앉아, 먹다 버린 하드막대기로 땅바닥에 이것저것 생각나는 대로 그림을 그리고 있는데 낯선 목소리가 들렸다.

고개를 들었다.

하늘색 치마를 입은 아이가 서 있었다. 부드럽게 떨어지는 긴 머리는 예쁜 리본으로 묶었고, 얼굴은 곱고 밝았다.

"난, 온다해라고 해."

다시 한 번 청아하고 맑은 목소리가 귓가에 울렸다. 말씨도 고왔다. 듣고만 있어도 사르르 녹아내리는 듯했다.

"이거 뭐야? 로봇이야?"

다해는 내 그림을 빤히 쳐다보며 물었다. 그제야 그리고 있던 그림을 다시 보았다. 삐쭉빼쭉 튀어나온 네모와 세모. 그 끝마다 크고 작게 그려진 동그라미. 아무렇게나 그렸는데 로봇이라고 생각하고 보니, 로봇처럼 보였다.

"여기를 좀 더 길게 그려줘."

다해가 내 옆에 쪼그려 앉으며 말했다. 순간 살랑거리는 바람이 불었다. 깨끗한 비누냄새가 났다.

"으응? 으응."

제대로 말도 못하고 다해가 원하는 대로 묵묵히 그림을 그렸다.

조금 전까지 로봇인지 아닌지 제대로 알아볼 수 없던 그림이 다해가 시키는 대로 그렸더니, 신기하게도 차츰 근사한 로봇이 되어갔다. 내가 그리고 있었지만 믿기 어려웠다.

다해에게 호기심이 생겼다. 어떤 아이일까? 곁눈으로 슬쩍

보는데, 다해의 손에 들린 그것이 보였다. 순간 내 눈은 초롱초롱 빛났다.

"우와! 로봇이다!"

인형이라도 들려 있어야 어울릴 다해의 손에는 다름 아닌 로봇이 있었다. 시선이 로봇에 꽂히자 본능적으로 손을 내밀었다. 다해는 조금의 동요도 없이 어림없다는 듯이 재빨리 자신의 등 뒤로 로봇을 감췄다.

"그 로봇, 니 꺼야?"

아쉬움 가득한 목소리를 애써 감추며 물었다.

"이거? 응."

다해는 감추고 있던 로봇을 슬그머니 앞으로 내놓으며 대답했다.

"로봇이다!"

반사적으로 내 손은 로봇을 만지려 했다. 이번에도 로봇은 재빨리 다해의 등 뒤로 숨었다. 허공에 멈춰 선 내 손이 민망했다.

"너, 이름이 뭐야?"

다해가 물었다.

"이루다."

"이루다? 예쁜 이름이다."

진심으로 마음에 드는 이름이었는지, 다해는 방긋 웃었다. 동시에 로봇을 들고 있는 손이 앞으로 나와 웃고 있는 입을 가렸다.

"로봇이다!"

이번에도 줏대 없이 손이 로봇을 잡으려 앞으로 나갔다. 다해는 또다시 얼른 로봇을 감췄다. 우리는 똑같은 행동을 반복했다. 마침내 다해가 요란스럽게 웃음을 터뜨리며 물었다.

"너, 바보니?"

뭐? 바보? 머릿속이 멍해졌다.

"바보 아니야!"

강하게 고개를 흔들었다.

"바보 같은데?"

"바보 아니라니까!"

씩씩거리며 벌떡 일어섰다. 그 모습에 미안한 마음이 들었는지 다해가 슬그머니 내 앞으로 들고 있던 로봇을 내밀었다.

"로봇이다!"

덥석 잡으려는데, 이번에도 재빨리 뒤로 숨긴다. 그러면서 날 보며 웃는다. 무엇이 그렇게 좋은지 하도 맑게 웃어서 깨끗한 마음이 다 비춰 보일 듯하다.

놀림을 당한 듯한데, 이상하게 화가 나지 않는다. 웃는 다해를 보니 내 기분도 덩달아 좋아졌으니까. 그래서 그랬다. 바보처럼 계속해서 같은 행동을 반복했던 건. 계속해서 다해의 웃는 얼굴을 보고 싶었다.

"루다야, 이루다."

얼추 짐 정리를 끝낸 엄마가 날 찾았다.

"얘는 누구니?"

다해의 손을 잡고 달려가자, 엄마는 당황하는 듯했다.

"안녕하세요. 저는 온다해입니다."

다해는 배꼽 위에 두 손을 가지런히 모으고 공손하게 인사를 했다. 지친 엄마의 얼굴에 흐릿한 미소가 어렸다.

"인사를 참 잘하는구나. 학교 다니니?"

"아니요. 다음 달에 학교에 가요."

"그러면 여덟 살이니?"

"아니요. 우리 엄마가 그러는데, 생일이 빨라서 일찍 가는 거라고 했어요."

"그러니? 우리 루다랑 똑같네. 앞으로 계속 같이 손잡고 다니면 되겠다."

그 말에 부끄러워진 나는 슬그머니 잡고 있던 다해의 손을 놓았다. 하지만 곧바로 다해가 다시 내 손을 잡았다.

"넌 집이 어디니?"

엄마가 다해에게 물었다. 그사이 난 다시 다해의 손을 놓았다.

"저기요."

다해는 앞집을 가리키며 대답했다. 마당의 잔디가 모두 말라 있던 그 집이었다. 그러면서 다시 내 손을 잡았다.

'놔.'

다해에게 눈으로 말했다.

'싫거든.'

다해도 눈으로 대답했다.

우리는 계속 티격태격했지만, 싫어서는 아니었다. 연신 즐거운 웃음이 쏟아져 나왔다. 입가에 미소가 생글생글 맺혔다.

"루다, 이제 그만 놀고. 다해도 이제 집에 가야지. 엄마가 걱정하시겠다."

"엄마는 내 걱정 안 하는데······."

엄마라는 말에 다해는 힘없이 고개를 떨어뜨렸다.

"엄마가 왜 걱정을 안 해. 어서 돌아가렴. 내일 놀고."

그러면서 엄마는 내 손을 끌었다. 그 바람에 잡고 있던 다해의 손을 놓쳤다. 풀이 죽은 다해의 손이 힘없이 허공에서 흔들거렸다. 그 모습을 보고 있자니 엄마 손을 붙잡은 내 손에 힘이 들어갔다. 그 손이 다해의 손인 양 힘껏 쥐었다.

돌아보니 다해는 풀이 죽은 모습으로 그 자리에 우두커니 서서 손에 든 로봇만 만지작거리고 있었다. 내 작은 가슴이 따끔거리며 아팠다. 마음이 편하지 않았다.

잡고 있던 엄마의 손을 놓았다. 내 다리가 머리보다 먼저 움직였다. 다해에게로 달려갔다.

"이루다!"

내 이름을 부르는 엄마의 목소리가 등 뒤에서 날아왔다. 그 소리에 다해가 고개를 돌렸다. 어리둥절한 눈은 금세 웃음 가득한 반달이 된다.

"이루다! 이놈의 자식! 조금만 더 놀다 와야 해! 알았어? 밥 차려 놓을 테니까 금방 와야 해! 알았지?"

으름장을 놓는 엄마의 목소리가 이번만큼은 무섭지 않았다.

막상 다해 앞에 다다르자 갑자기 부끄러웠다. 결국 멈춰 서지도 못한 채 미끄러지듯 다해 앞을 스치듯 지나쳤다. 그러면서도 시선을 보냈다. 내 시선을 붙잡은 다해가 알겠다는 듯 내 뒤를 따라 달리기 시작했다.

뒤따라오는 뜀박질소리가 귓가에 울렸다. 그 소리는 다해의 웃음소리만큼 듣기 좋았다.

나도 모르게 손을 뒤로 뻗었다. 뜀박질소리가 점점 다가오고, 작은 숨소리가 점점 커진다. 손끝에 따뜻한 온기가 닿을 듯 말 듯 느껴진다.

바람이 분다. 상쾌하다.

여덟

다해의 손을 잡고 함께 달렸던 기억은 또 있다.

그날은 모처럼 늦잠을 자고 있던 일요일 아침이었다. 아니, 그저 빨간 날이었나? 오래전 일인만큼 기억이 선명하지는 않다.

아침부터 창밖이 소란스러웠다.

"당신이 매번 오냐 오냐 하니까 얘가 더 그러는 거잖아!"

가늘고 날카로운 목소리였다.

"목소리 좀 낮춰. 동네사람들 다 듣겠어."

곧이어 굵고 점잖은 목소리가 따라왔다.

잠결에 눈을 비비며 창밖을 내다보니, 자기 집 현관문을 박차고 잽싸게 튀어 나오는 다해가 바로 보였다. 손에는 상자가 들려 있다. 그 뒤로 다해 엄마가 빗자루를 휘두르며 뒤따라 나왔다. 그러나 함께 나온 다해 아빠에게 곧바로 저지당하고 만다.

"참으라니까. 좀 진정해. 다해는 아직 애잖아. 애니까 그러는 거지."

"몰라! 당신이 알아서 해! 지긋지긋하다고!"

다해 엄마는 들고 있던 빗자루를 바닥에 내던지며 차갑게 몸을 돌렸다. 넌지시 다해가 사라진 쪽을 한 번 살펴본 다해 아빠도 사태를 진정시키기 위해 뒤따라 집 안으로 들어갔다.

다해는 멀리 가지 못하고, 담벼락 아래 등을 기댄 채 쭈그리고 앉아 있었다. 입고 있는 옷이 얇았다. 게다가 맨발이었다.

"안녕?"

인사를 건네자 다해는 무릎 사이에 파묻고 있던 고개를 들었다. 울고 있을 거라 생각했는데 아니었다.

"루다. 안녕."

다해는 새하얀 치아를 드러내며 해맑게 웃었다.

"자, 이거."

집에서 들고 나온 운동화를 건네주었다.

"어? 고마워."

다해의 표정이 금세 밝아졌다.

"이것도 입어. 감기 걸려."

점퍼도 벗어서 덮어 주자 다해는 병아리처럼 그 속으로 파고들었다.

"뭐야, 그거?"

내가 물었다. 다해의 앞에는 형체를 알 수 없는 부품들이 잔뜩 들어 있는 상자가 놓여 있었다.

"아빠, 진공관 오디오."

잘은 모르지만, 우리 같은 아이들은 감히 쳐다봐서도 안 되는 상당히 고가의 물건임에는 틀림없었다.

"이게?"

"응. 내가 다 분해했어. 여기 있는 것들은 그 일부야. 원래는 아주 커."

다해는 그 고가의 진공관 오디오라는 걸 형체도 알 수 없는 작은 조각들로 분해해 놓았다. 다해 엄마가 왜 그렇게 흥분했는지 충분히 이해할 수 있었다.

다해는 어려서부터 온갖 전자제품에 깊은 관심을 보였다.

처음으로 분해했던 건 선풍기라고 했다. 그때는 오히려 칭찬을 받았다. 모터에 잔뜩 달라붙어 있던 먼지뭉치를 깨끗하게 청소를 했으니까. 물론 다해에게는 청소가 목적은 아니었다.

다해의 호기심은 날로 커져만 갔다. 드라이기, 전기밥솥, 다리미 같은 작은 전자제품은 물론이고, 어느새 TV와 냉장고까지도 분해했다. 매번 용케도 다시 조립을 하긴 했지만, 어설펐던 탓에 TV는 터져버렸고, 냉장고는 제대로 돌아가지 않아 모든 음식이 상해버리고 말았다. 그때마다 다해 엄마는 목이 터져라 다해를 불렀고, 빗자루가 춤추며 날아다녔다.

"이거, 아빠 거라고?"

이제는 전혀 진공관 오디오로 보이지 않는 분해된 부품들을 손가락으로 가리키며 물었다.

"응. 아빠 거. 아빠는 괜찮다는데, 엄마가 많이 화났어. 아빠는 엄마한테 꼼짝 못하니까 어쩔 수 없지 뭐."

다해는 체념의 한숨을 내쉬더니, 곧 배시시 웃었다. 이런 상황에서도 웃을 수 있다니. 다해는 늘 밝은 웃음을 잃지 않았다. 어디에도 걱정의 그림자는 드리워져 있지 않았다.

다해는 자신이 처한 상황을 제대로 이해나 하고 있는 건지, 반짝거리는 두 눈으로 상자 속에 들어 있는 부품들을 보석인 양 방긋방긋 웃으며 살펴보고 있을 뿐이었다.

"좋아?"

"응. 좋아."

티끌 하나 없이 밝게 웃는 다해가 좋았다.

"우리 집에 가 있을래?"

길바닥에 다해를 내버려두고 갈 수는 없었다.

"아니야. 조금 있으면 아빠가 부를 거야. 하루 이틀도 아닌데 뭐."

다해는 아무 일도 아니라는 듯 손을 내저으며 괜찮다고 했다.

"그럼 난, 들어간다. 나올 때, 엄마가 아침밥 차리고 있었거든."

"응. 들어가. 옷이랑 신발은 이따가 줄게."

다해는 여전히 천진난만하게 웃으며 손을 흔들었다.

"마, 마음대로 해."

그 웃음에 얼굴이 빨개지고 말을 더듬거렸다.

종종걸음으로 집으로 돌아와 창밖을 다시 내다보았다. 다행히 다해의 아빠가 나왔다. 점퍼를 보며 다해와 대화를 하는 듯하더니, 고개를 돌려 우리 집을 쳐다보았다. 나와 눈이 마주쳤다. 다해 아빠는 손을 들어 좌우로 흔들었다. 나도 모르게 대답하듯 손을 들었다. 그 옆에 서 있던 다해도 손을 흔들었다. 나란히 서서 손을 흔들고 있는 둘의 모습을 보자 가슴 한구석이 먹먹해져 왔다. 부러웠다.

"엄마."

아침을 먹다 말고 숟가락을 놓고 엄마를 불렀다. 입맛이 없었다. 평소와 다른 말투에 엄마는 가만히 나를 쳐다보며, 다음 말을 기다려주었다.

"아빠는 어떤 사람이었어?"

순간, 주위를 맴돌던 모든 소음들이 일순간 숨을 죽였다. 무척이나 긴 침묵이었다.

숙였던 고개를 천천히 들었을 때, 엄마의 표정은 알 수 없었다. 아파하는 듯하면서도, 무덤덤해 보이기도 했다. 분명한 건 피곤한 주름이 조각되어 얼굴에 새겨지고 있다는 사실이다. 지쳐 있는 표정이다.

"아빠가, 뭐가 어때?"

엄마의 말 한마디에 겨우 멈춰 있던 시간이 다시 흐르기 시작했다.

"그러니까……. 어땠냐고……."

"그러니까, 뭐가 어땠냐고?"

차가운 말투에 난 흠칫 놀라고 말았다. 아무런 대답도 하지 못하고 꿀 먹은 벙어리처럼 입을 다물었다. 엄마가 화내고 있는 건 아니었지만, 더 이상 물어서는 안 될 듯했다.

겁먹은 날 보며 미안한 마음이 들었는지, 엄마는 애써 목소리를 부드럽게 내며 다시 물었다.

"루다……. 아빠 기억해?"

난 고개를 끄덕이다가 가로저었다. 기억이 나는 듯하면서도 기억이 나지 않았다.

"아빠가 몇 살 때까지 루다랑 놀아줬어?"

난 다시 한 번 고개를 가로저었다. 누군가 도려낸 듯 아빠에 대한 기억은 하나도 없었다.

"지금 루다 몇 살이야?"

"여덟 살……."

"그럼 아빠가 몇 살 때까지 루다랑 놀아줬어?"

똑같은 물음에 주눅이 들었다. 화를 내는 듯해서 불안하기까지 했다. 무슨 대답이라도 해야 하는데……. 초조함이 밀려왔다. 싫다. 이런 기분 너무 싫다. 그래서 눈물이 날 것 같았다. 우는 방법 외에 달리 속마음을 표현할 방법이 어린 나에게는 없었다.

손가락을 펼쳐서 다섯 살을 만들었다. 자신 없었다. 아무런 기억도 나지 않았다.

"다섯 살?"

엄마가 되묻는다. 난 천천히 고개를 끄덕였다.

"왜 다섯 살이야? 아니잖아. 일곱 살이잖아. 작년이잖아! 작년! 우리가 여기로 이사 오기 전에 말이야. 이루다. 기억 안 나? 정말 기억 안 나?"

지친 얼굴의 엄마는 다그치듯 내 쪽으로 허리를 숙였다. 그 모습이 서운해서 튀어나온 입술이 금세 딱딱하게 굳어갔다.

"알았어. 루다야. 삐치지 말고. 엄마가 잘못했어."

그 말에 눈물이 핑 돌았다. 무섭게 몰아세우고. 이제 와서 삐치지 말라니. 서운하고 서러웠다.

"미안해 루다야. 미안하다고 했잖아. 밥 먹자. 응. 밥……."

숟가락을 쥐어주는 엄마의 손을 세차게 뿌리쳤다. 전혀 미안해하지도 않으면서! 뒤도 돌아보지 않고 현관문을 박차고 밖으로 뛰쳐나갔다.

늘 따라오던 엄마의 목소리가 그날은 따라오지 않았다. 그게 더 날 서럽게 만들었다. 결국 펑펑 눈물을 쏟아내며 울고 말았다.

"어? 루다! 안녕?"

울면서 대문을 나서는데 불쑥 다해의 목소리가 들렸다. 다해는 자기 집 담벼락 아래 쪼그리고 앉아 있었다. 난 재빨리 손등으로 쓱쓱 문질러서 눈물을 훔쳤다.

"혼났어?"

어느새 다가온 다해는 고개를 옆으로 숙이며 내 얼굴을 살폈다.

"아니야. 그런 거."

볼멘소리로 대답했다. 다해는 다 안다는 표정을 하고는 내 어깨를 토닥거렸다.

"힘들지?"

여덟 살짜리의 말투는 아니었지만 다해는 정말로 그렇게 말했다.

"그러게. 힘들다."

그렇게 대답하는 내 말투도 못지않았다.

"그런데, 넌 왜 여기 있어? 아까 아빠랑 집으로 들어간 거 아니야?"

이제야 생각난다는 듯, 다해에게 물었다. 다해는 대답 대신 주머니에서 무언가를 꺼내 보여주었다. 이미 원래의 모습을 알아볼 수 없을 정도로 분해되어 있는 부품들이었다.

"아까 그거 아니야?"

"아니야, 이거는 휴대폰이야. 엄마 거."

그러고는 깊은 한숨을 내쉬었다.

"이건 들키기 전에 다시 조립해놓으려고 했는데, 요 앞 슈퍼에 갔던 엄마가 생각보다 빨리 돌아온 거야……. 아직은 다행히 모르는 듯한데, 곧 알게 되겠지?"

다해는 자신의 집 쪽으로 고개를 빠끔히 내밀고는 분위기를 살폈다.

"온다해!"

아니나 다를까, 다해 엄마의 날카로운 목소리가 들려왔다. 내 머리가 다 곤두섰다. 동시에 다해가 벌떡 일어섰다.

"방금 전에 아빠, 목욕탕 가서 안 계시는데⋯⋯. 난 죽었다, 이제."

다해는 안절부절못하며, 주위를 두리번거렸다.

"온다해! 너 어디 있어?"

고함소리가 점점 커지며 다가왔다. 다해의 얼굴도 그만큼 빠르게 하얘졌다.

"다해! 달려!"

덥석 다해의 손을 잡고 앙칼지게 외쳤다. 그러고는 곧장 앞장서서 달려 나갔다.

"온다해! 너 어디 가! 이따가 집에 들어오기만 해봐!"

다해 엄마의 고함 소리가 우리를 쫓아오는 듯하다가, 이내 점점 뒤로 처지며 물러갔다.

"달려! 어서 달려!"

다해에게 소리쳤다. 내 손을 잡은 다해의 손에 놓치지 않겠다는 듯 잔뜩 힘이 들어갔다.

달려 루다. 멈추지 말고, 끝까지 달려.

낯선 남자의 목소리가 귓가에 흐르는 바람을 타고 들려왔다. 하지만 주위에는 아무도 없다. 뒤를 돌아보았다. 역시 없었다.

달려 루다. 멈추지 말고, 끝까지 달려.

다시 한 번 들렸다. 분명히 들었다.

그 목소리는 내 가슴 깊은 곳에서부터 울려왔다. 갑자기 전율이 흐른다. 본능적으로 그 목소리를 따르고 싶었다.

땅바닥을 밀어내는 발에 힘이 들어갔다. 내딛는 다리도 더욱 힘차게 앞으로 뻗었다. 그러는 동안에도 잡고 있던 다해의 손은 끝까지 놓지 않았다.

곧이어 다해의 거친 숨소리가 뒤에서 들려왔다. 걱정스러운 마음에 돌아보니, 다행히 다해는 밝게 웃고 있다. 즐거워 보인다. 그 웃음은 곧장 내게도 전해졌다. 나 역시 조금 전 엄마와의 일을 까맣게 잊고서 한껏 즐거워졌다.

우리는 지치지 않고 달리고 또 달렸다.

그 후로도 지금껏, 우리는 수없이 많은 순간 함께 손을 잡고 달려왔다. 다해는 아무리 힘들어도 내 손을 놓지 않았다.

언제나 달리자고 했다. 견디기 힘든 고통이 닥쳐도, 멈춰 서거나 방황하지 말고 더 힘차게 앞으로 달려 나가면 된다고 했다. 그래서 그 고통이 어서 흘러가도록, 끝내 보이지 않고 멀리 사라지도록, 힘껏 달리자고 했다.

그 말도 안 되는 달리기 지론이, 날 끝없이 달리게 했다. 기억하기도 힘든 최악의 순간에도 달리지 않고는 견딜 수 없게 만들었다.

아홉

TV 앞에 앉아서 넋을 놓고 있었다. 아타카마사막을 가로지르는 극한의 레이스를 다룬 다큐멘터리였다.

해가 저물어가는 지평선이 끝없이 펼쳐졌고, 땀에 찌들고 지친 기색이 역력했지만 러너는 힘 있는 눈빛으로 끝까지 포기하지 않고 달렸다. 그 모습은 어린 나이였음에도 가슴 한구석에 뭉클하게 다가왔고 강한 인상을 남겼다.

다큐멘터리가 끝나고 나서도 한동안 자리를 뜰 수 없었다. 그날은 종일 심장이 두근거리고 가슴이 뛰고 또 뛰었다.

한동안, 아타카마사막 마라톤에 빠져서 쉽게 헤어 나오지 못했다. 인터넷으로 찾아본 아타카마사막 마라톤은 고비사막 마라톤, 사하라사막 마라톤, 남극 마라톤과 함께, 세계 4대 사막 마라톤 중 하나였다.

'사막이라며, 남극?'

남극이 사막이었던가? 비록, 모래는 아니었지만 '새하얀 사막'이라는 수식어가 붙은 걸 보고 뒤늦게 고개가 끄덕여졌다. 사막 마라톤은 지구상에서 가장 극한의 환경 속을 달리며 육체는 물론, 정신의 극한까지 이겨내야 하는 극한의 체험이다. 탐험과 도전이 함께 어우러진 환상의 레이스인 셈인데, 남극이 낀 건 당연하다고 여겨졌다.

난 그때도 지금도, 4개의 사막 중에서 아타카마사막이 가장 마음에 든다.

시리도록 파란 하늘. 끝없이 펼쳐진 메마른 지평선. 수시로 모습을 바꾸는 모래 언덕과 운석으로 형성된 기괴한 지형. 고대의 말라붙은 호수는 흡사 화성의 모습을 닮아 있는, 보고도 믿기지 않을 만큼 아름다운 곳이, 바로 아타카마사막이다.

그리고 그곳을 홀로 달리는 고독한 러너의 모습은, 정말이지 숨 막히도록 멋있었다.

강렬한 열풍이 겹겹이 쌓여가는 막연한 바람을 꿰뚫고 지나갔다. 눈을 감고 그 바람을 느꼈다. 마치 아타카마사막의 한복판을 달리는 듯하다. 언젠가는 꼭 저곳을 달리고 싶다고 바랐다. 막연한 바람은 아니었다. 진정 이루고 싶은 목표이자 분명한 꿈이었다.

그 후로 틈만 나면 동네 골목으로, 강둑으로 나가 달렸다. 매일같이 방과 후 혼자 남아서 땅거미가 질 때까지 학교 운동장에서도 달리고 또 달렸다. 달릴수록 아타카마사막에 닿는 듯했다. 그 생각만 하면 입가에 미소가 어렸다. 즐거웠다. 달리는 게 너무 좋았다.

"이루다! 이루다. 거기 서 봐."

그날도 어김없이 학교 운동장을 돌고 있었다.

한걸음에 뛰어나온 담임은 멀리서 손짓을 하며 날 불러 세웠다.

"네? 헉헉……."

"너, 누가 이렇게 뛰라고 그랬어?"

"네? 헉헉……. 이렇게 달리면, 헉헉……. 안 돼요? 헉헉……."

달리는 모양새가 틀렸나 싶었다.

"그러니까, 누가 학교 끝나고 이렇게 뛰라고 했냐고?"

"학교 끝나고는, 헉헉…… 이렇게, 헉헉…… 달리면 안 돼요? 헉헉……."

계속되는 동문서답. 오해가 깊은 만큼, 이해도 쉽지 않았다.

"너…… 벌을 받는 게 아니구나?"

담임은 학교 운동장을 계속해서 빙빙 돌고 있는 날 발견하고, 처음에는 무슨 장난을 쳤기에 벌까지 받나 싶었지만, 한참이 지나도 멈추지 않는 모습에 덜컥 걱정이 되어 뛰쳐나왔다고 했다.

"달리는 게 그렇게 좋니?"

오해가 풀렸지만 담임은 몇 번이나 다시 확인했다.

"네. 좋아요."

호흡을 고르며 대답했다.

"왜 그렇게 좋은데?"

달리는 내내 날 스쳐가는 바람이 좋다. 계속 바람이 불었으면 좋겠다.

달리고 또 달린다. 어느새 숨이 차오르고 가슴과 옆구리에 통증이 밀려온다. 그 통증은 멈추지 않고 계속 달려야 사라진다.

계속되는 마찰로 발바닥은 뜨거워진다. 밑창에 발바닥이 쓸리면서 생기는 열과는 다르다. 보다 단단하고 날카로운 느낌. 그래도 멈추지 않는다. 아프지만 아픔을 모른다. 달리는 동안은 느낄 수 없다.

무릎이 풀린다. 휘청거린다. 그럼에도 입가에 미소는 사라지지 않는다. 오히려 뿌듯하다.

말라버린 땀은 소금이 되어 솜털 위에 새하얗게 내려앉는다. 그 위로 또다시 땀이 흐른다.

파닥거리며 힘차게 뛰는 심장소리가 좋다. 그 소리는 어느새 머리 전체를 울린다. 머리가 멍해지고, 숨이 찰수록 심장소리는 더욱 크게 울린다. 두근두근. 설레는 기분. 조그만 심장이 거대한 세상 앞에 당당히 마주 선다.

하지만, 아홉 살짜리 아이의 표현력으로는, 이 엄청난 느낌을 설명할 길이 없었다.

"그냥…… 그냥 좋아요……."

결국 그렇게 말했다.

"아무리 그렇다고 그렇게 무작정 달리다가는 탈난다."

담임은 덤덤하게 말하며, 내 어깨를 뒤로 당기며 허리를 곧추세웠다.

담임이 주말마다 크고 작은 마라톤 대회에 참가한다는 건 이미 우리 반 모두가 알고 있는 사실이다. 방학 때는 마라톤을 위해 외국으로까지 나간다고 했다. 최근에는 보스턴 마라톤 대회에 참여한 사진이 SNS에 올라왔었다.

"아직은 등에 근육이 없어서 자세가 올바르지 않은 거야."

담임은 커다란 손으로 내 등을 한 번 어루만지더니, 곧바로 진단을 내렸다.

근육? 근육이 뭐지? 처음 듣는 단어였다.

"오래 달리고 싶다면, 그렇게 무턱대고 달리지 말고 달리기에 대한 공부를 하렴. 체계적인 훈련도 하고. 아직 넌 어리니까, 지금은 잘 먹고 잘 자는 것에 더 신경을 쓰는 거다. 알았지?"

담임은 무리하지 말라는 말을 남기고 발걸음을 돌렸다. 걱정스러운 듯 중간에 돌아서서 어서 집으로 돌아가라고 손짓도 했다. 하지만 내 눈에는 담임이 들어오지 않았다. 머릿속에는 온통 훈련이란 단어가 맴돌았다.

본격적으로 달리기에 대해 공부했다. 인터넷에 올라온 글을 읽었고, 동영상을 보며 자세를 고쳤다. 엉성했지만 나름 체계적인 훈련에 대한 나만의 커리큘럼도 혼자 힘으로 세웠다.

어느덧 인터넷에 널려 있는 자료들의 깊이가 가볍다고 느껴질 즈음, 서점에 들러 대학생들이 보는 마라톤 교제를 여러 권 샀다. 어려운 영어와 한자가 가득했지만 포기하지 않았다. 일일이 사전을 찾아가며 느리지만 꼼꼼하게 이해해 나갔다.

한 걸음 한 걸음 앞으로 나아갔다. 마라톤이란 바로, 그런 거니까.

"그럼, 운동장에서 기다릴게."

그날은 청소 당번인 다해를 기다리기로 했다. 기다림은 지루하지 않았다. 내게는 달리기가 있으니까. 오히려 학교 운동장을 달릴 생각에 기분이 좋았다. 처음에는 내가 다해를 기다리지만, 나중에는 달리기를 멈추지 못하는 날 다해가 기다린다.

그날도 갑작스럽게 비가 내리지 않았다면, 다해는 날 기다렸을지도 모른다. 달리던 발걸음을 멈추고 하늘을 올려다보니 볼 언저리에 빗방울이 한 방울 떨어졌다. 학교 운동장 바닥에 깔린 푸른 인공잔디 위로 툭툭툭 떨어지던 빗방울은 곧이어 후드득 요란을 떨며 떨어졌다. 굵은 빗줄기가 사정없이 떨어졌다. 쏴아. 금세 파도소리 같은 빗소리가 학교 운동장을 덮었다.

"루다!"

어느새 청소를 마친 다해가 조그만 우산 하나를 쓴 채 운동장을 가로지르며 내게로 달려왔다.

"루다, 우산 없어?"

"응."

"그럼 이리로 들어와. 같이 쓰자."

우리는 한 우산을 꼭 잡고서 서로의 머리를 가려주며 소란스럽게 뛰었다. 우산 손잡이를 잡은 다해의 손과 내 손이 닿았다. 늘 잡았던 다해의 손인데, 그날은 이상하게도 두근거렸다. 시선을 돌려 다해를 바라보았다.

즐거운 듯 웃고 있다. 내 시선을 느꼈는지 날 쳐다본다. 아까보다 더 밝게 웃는다. 그 웃음에 아까보다 더 두근거린다.

"뭐 해? 다 젖잖아."

다해가 내 쪽으로 우산을 더 밀었다. 난 어쩔 줄 모르고 다해가 하자는 대로 가만히 있었다.

"젖어도 괜찮아……."

"안 돼, 감기 걸려. 조금 더 들어와."

"응, 그래……."

부끄러웠지만 애써 태연하게 굴었다.

집 앞에 도착했을 때, 우리는 너 나 할 것 없이 비에 쫄딱 젖어 있었다. 우산은 작았고, 지나치게 서로를 더 배려한 탓이다.

"엄마 계셔?"

걱정스러운 눈으로 다해가 물었다.

"아니."

난 고개를 저었다. 엄마는 저녁 늦게나 돌아온다.

"그럼, 우리 집에 가 있자. 너 그렇게 있다가는 감기 걸려."

다해는 내 손을 이끌며 자기 집으로 성큼성큼 들어갔다. 다해의 집 안으로 들어가는 건 처음이었다.

"우산 안 가져갔었니?"

현관에서 마주친 다해 엄마는 우리의 몰골을 보고 한참을 멍하니 서 있다가 물었다. 많이 지쳐 있는 얼굴이다.

"루다랑 같이 쓰고 왔어."

짧은 대답 후, 다해는 내 손을 이끌고 부엌을 지나 커다란 창고 같은 곳으로 들어갔다. 그곳이 자신의 방이라고 했다.

"바닥에 물기부터 닦아라. 지나다니다 넘어지지 않게."

문 밖에서 다해 엄마의 목소리가 들렸다.

"루다, 잠깐만 있어."

다해는 방 안에 날 남겨둔 채 서둘러 나갔다.

"아……."

혼자 남겨진 난 방 안을 둘러보다 자연스럽게 작은 탄성을 내질렀다.

레이스가 달린 조그만 침대를 제외하면, 전혀 여자아이의 방으로는 보이지 않았다. 어른이나 쓸 듯한 커다란 책상이 두 개나 있고, 그 위에는 어디에 쓰이는지 모를 온갖 부품들이 널려 있다. 책장에는 대학생이나 볼 법한 두꺼운 책들이 잔뜩 꽂혀 있고, 반대편에는 알 수 없는 기계들이 잔뜩 쌓여 있다. 벽에 걸린 수많은 상장에는 죄다 다해의 이름이 새겨져 있다. 난 할 말을 잃었다. 나와는 전혀 다른 세계에서 살고 있는 듯했다.

"자아, 여기 수건."

넋을 놓고 방을 둘러보고 있는데, 커다란 수건을 들고 다해가 돌아왔다.

"으응."

무슨 말을 해야 할지 몰라서 말문이 막혀버렸다. 다해와 나 사이에 커다란 벽이 생긴 기분이었다.

"내가 닦아줄게."

그래서였을까? 내 머리에 수건을 얹고 다정하게 물기를 닦아주는 다해가, 어색했다.

"다해야. 어서 옷 갈아입어. 감기 걸려."

또다시 다해 엄마의 목소리가 들렸다.

그제야 흠뻑 젖은 옷이 차갑게 느껴졌다. 우산 하나를 같이 쓰고 오는 동안에는 깨닫지 못했는데⋯⋯. 동시에 다해의 모습이 눈에 들어왔다. 마찬가지였다. 다른 게 있다면, 나와 달리 면 티 안에 여러 겹의 옷을 덧대어 입고 있었다. 갑자기 얼굴이 화끈거렸다. 혹시나 들킬까 봐 서둘러 고개를 숙여 감췄다. 그러면서 생각했다. 내가, 왜 이러지?

"다해야!"

재촉하는 다해 엄마의 목소리가 한 번 더 들렸다.

"응. 가요."

다해는 들고 있던 수건을 내게 건네고 밖으로 나갔다.

"하아⋯⋯."

동시에 내 입에서는 큰 숨이 새어 나왔다. 다행이라는 생각이 들었다. 무엇이 다행인지 아무리 생각해봐도 알 수 없었지만, 다행이었다.

"엄마가 너도 옷 갈아입으래."

돌아온 다해의 손에 잘 개킨 옷가지가 들려 있었다.

"아, 아니…… 괜찮은데……."

당황해서 손을 내저었지만, 다해는 아랑곳하지 않고 옷가지를 내게 안겨준 뒤 또다시 밖으로 나갔다. 곧 밖에서는 윙윙거리는 헤어 드라이기 소리가 들려왔다. 다해가 젖은 머리를 말리는 듯했다.

"진짜 괜찮은데……."

치마는 아니라지만 그래도 여자애 옷을 입기는 싫은데. 분명다해의 옷이라고 생각했다. 손가락 끝으로 조심스럽게 옷가지를 펼쳤다. 하지만 가져온 옷은 남자 옷이었다. 로봇을 좋아하는 다해이기에 남녀 구분 없이 옷을 가지고 있구나 생각했다.

옷은 조금 작았다. 불편할 정도는 아니었다. 깨끗하게 빨아서 햇볕에 바싹 말려 놓았는지 까끌까끌한 감촉이 좋았다.

"잘 어울리네. 누리 옷."

머리를 말리고, 옷을 갈아입고 돌아온 다해가 날 보며 말했다.

"누리?"

"응. 누리. 내 동생."

다해에게 동생이 있다는 사실을 처음 알았다. 지금까지 단한 번도 동생의 모습을 본 적이 없어서, 난 당연히 외동딸인 줄알았다.

"동생이 있었어? 왜 한 번도 못 봤지?"

"그야, 누리는…… 집에서만 지내니까."

담담한 말투였지만 깊이 배어 있는 아픔이 느껴졌다.

가장 큰 방. 그곳에 다해의 동생, 누리가 있었다.

방에 들어서자 알싸한 소독약 냄새가 먼저 났다. 그리고 커다란 침대가 눈에 들어왔다. 새하얀 침대였다. 그 옆에서 투명한 관이 아코디언을 연주하듯 일정한 박자로 움직이며 공기를 만들어냈다. 보글보글 올라오는 공기방울 소리. 그리고 뚜뚜거리는 알 수 없는 기계음이 조용한 방 안을 쓸쓸히 맴돌았다.

그 침대 위에 누리가 있었다. 낯선 모습이다. 일그러진 얼굴에는 침이 흐르고, 반쯤 뜬 눈은 허공에 고정된 채 움직이지 않는다. 이불 밖으로 나와 있는 손은 뒤틀려 있다.

"인사해. 내 동생 온누리."

다해는 손바닥으로 아무렇지 않게 누리의 침을 닦아주며 소개했다.

"안, 안녕."

서먹한 목소리로 주뼛거리며 누리에게 인사했다. 대답은 돌아오지 않았다.

그 공간 속, 나만이 이방인이었다. 마음이 불편했다. 어색했다.

"누리도 반갑데."

다해가 대신 대답했다. 난 얼어붙은 표정으로 멍하니 서 있었다. 무슨 말을 해야 하는지 알 수 없었다. 어지러웠고, 어서 밖으로 나가고 싶었다. 그런 내 마음을 읽기라도 했는지, 다해는 내 손을 끌어당겨 누리의 손 위에 포개었다.

"괜찮아. 누리는 우리랑 조금 다른 거야."

맞잡은 손은 딱딱했다. 조금의 미동도 못하는 누리의 손은, 내 손이 감싸 안아주기를 가만히 기다렸다. 용기를 냈다. 그 손을 잡는 데 용기가 필요했다. 용기를 내서 잡은 누리의 손은 따뜻했다. 우리와 똑같이 따뜻했다. 다르지 않았다.

"좀 앉을까?"

다해가 말했다. 주위를 둘러봤지만 앉을 만한 자리는 없었다. 결국 우리는 침대에 달린 많은 장치들을 피해 등을 기대고 나란히 앉았다. 다행히 조그만 체구의 아홉 살짜리 둘이 안기에는 충분한 공간이었다.

"저거 봐봐."

다해는 손가락으로 천장을 가리켰다. 커다란 브로마이드가 붙어 있었다. 커다란 기계덩어리가 사람을 등 뒤에서 감싸 안고 있는 모습이다. 네 개의 두터운 바퀴가 있고, 오른쪽에는 팔 모양의 집게가, 왼쪽에는 컴퓨터 모니터가 달려 있다. 다해는 로봇이라고 했다. 그동안 내가 보아오던 멋진 로봇과는 조금 다른 모습이었다.

"저 로봇은 몸이 불편한 사람을 도와주는 의료로봇이래. 아직 완성된 건 아니지만, 많은 사람들이 끊임없이 연구하고 있으니까 곧 완성될 거야. 루다. 멋있지 않아? 저 로봇만 있으면 누리도 일어날 수 있어. 밖으로 나가서 나와 함께 어울려 뛰어놀 수 있을 거야."

오랫동안 사진 속 로봇을 바라보는 다해의 눈동자는 깊고 진했다. 그동안 보아왔던 로봇을 아끼고 좋아하던 다해의 모습들이 빠르게 머릿속을 스쳐갔다.

"로봇만 있으면 돼……."

다해는 자신의 운명이자 사명이라고 생각하는지, 다짐하듯 되뇌었다. 그 위로 새근거리는 누리의 숨소리가 일정하게 들려왔다.

열

방학이 끝나고 새 학기가 시작되는 첫날.

새로운 반 아이들과 함께 복도로 나가 나란히 줄을 섰다. 새로운 담임은 천천히 우리 곁을 걸으며 눈대중으로 키를 잰 뒤, 앞뒤로 자리를 옮겼다. 키 순서대로 번호가 생겼고, 난 어김없이 앞 번호를 차지했다. 벌써 4학년이 되었지만, 내 키는 여전히 콩만 했고 또래에 비해서 덩치도 작은 편이었다.

여자애들도 줄 서기에 여념이 없었다. 그 줄 중간에 다해가 있었다. 그러니까, 다해가 나보다 키가 큰 편인 셈이다. 방학 내내 함께 어울리는 동안에는 미처 깨닫지 못했었다.

내 시선을 알아챈 다해가 반갑게 손을 흔들었다. 얼떨결에 같이 손을 흔들었지만, 곧 서둘러 창밖으로 고개를 돌렸다. 얼굴이 붉어졌다. 괜히 쑥스러웠다. 그런 내 모습이 낯설었다. 그런 내 마음을 알 리 없는 다해는 그 후로도 계속해서 눈을 마주치려 애쓰며 몇 번이나 손을 흔들었다.

"자! 모두들 지금부터 자신의 꿈에 대해서 그려보는 거예요."

미술시간. 담임은 칠판 위에 커다란 글씨로 꿈이라고 썼다. 잠자는 동안 꾸는 꿈과 지금 그려야 하는 꿈이 다르다는 걸 그날 처음 알았다.

무엇이 꿈이다, 라고 생각해본 적은 없었지만, 무엇을 그려야 할지 알 듯했다. 나보다 뒷자리에 앉아 있는 다해를 돌아봤다. 다해는 고민할 필요도 없다는 듯, 벌써 스케치북에 고개를 파묻고 열심히 그림을 그려나갔다.

난 그림에는 영 소질이 없다. 머릿속에는 분명한 그림이 그려지는데, 손끝을 통해 그려지는 그림은 내가 봐도 무엇을 그렸는지 모를 지경이다. 혼자서 낑낑대며 그림을 완성하는 동안, 이미 그림을 완성한 아이들은 앞으로 나가 자신의 그림을 들고 꿈에 대해 발표를 하기 시작했다.

"저는, 꼭 유명한 아이돌이 되려고 합니다."

얼마 전, 방송국에서 진행하는 오디션에 참가하고 있는 아이였다. 모두들 '저는 이 다음에 커서'라는 말로 시작했는데, 그 아이만큼은 당장이라도 아이돌이 된 듯 말했다. 우승하면 실제로 유명 기획사에 들어갈 수 있고, 데뷔로도 이어진다며 한껏 자랑을 한 뒤 자리로 들어갔다.

"루다는 우주비행사가 꿈이니?"

어느새 내 차례가 되었다. 담임은 내가 들고 있는 그림을 보며 물었다.

"아…… 아닌데요……."

우주비행사라니. 왜 그렇게 묻지? 그림에 자신 없던 내 목소리는 점점 안으로 기어 들어갔다. 담임은 멋쩍은 표정으로 한 걸음 물러나더니 고개를 갸웃거리며 다시 한 번 내 그림을 찬찬히 살폈다.

"음…… 이거 화성 아니니?"

"네……."

"응? 아니라고?"

"……."

주눅이 들어 있는데, 다해가 손을 들고 소리쳤다.

"선생님. 그거 사막이에요."

"사막?"

담임은 다시 한 번 꼼꼼히 내 그림을 바라보았다. 아무리 봐도 사막으로 보이지는 않는지, 어색한 웃음을 지었다.

"사막이면 뾰쪽한 모래언덕을 그려야지. 오아시스도 그리고, 야자수도 그리고, 낙타도 그려야 사막이지. 이건 뭐랄까……."

"여기는 아타카마사막이에요. 아타카마사막은 이렇게 생겼어요."

"아타…… 뭐?"

"아타카마사막이요."

내 대답은 단호했다. 비록 그림을 못 그려도, 내가 본 그대로 그리려고 했다. 화성과 닮았다고 했지만, 아타카마사막이다.

"……그, 그래, 알았다. 아타…… 뭐시냐, 사막이구나."

담임의 석연치 않은 대답에 괜히 속이 상했다. 나도 모르게 입술이 삐쭉 나왔다.

"그럼 여기, 이 사람은 누구니?"

"저예요."

"너라고? 사막에서 뭐 하고 있는 건데?"

"달리고 있어요."

"응?"

"네?"

"달리고 있다고? 사막에서? 왜?"

담임은 두 눈을 동그랗게 뜨고 되물었다. 무심코 던진 그 말에 아이들이 웃어댔다. 내 꿈이 조롱당하는 기분이다.

"다들 조용!"

그런 내 감정을 읽었는지 담임은 곧 아이들을 조용히 시켰다. 그리고 다정한 말투로 날 위로하듯 말을 돌렸다.

"오늘 그림은 가수, 배우, 과학자, 대통령처럼, 자신이 되고 싶은 사람을 그리는 거예요. 그게 꿈이라는 거야. 루다가 이해를 잘 못했나 보네."

담임은 서둘러 날 자리로 돌려보냈다. 제대로 이해했거든요. 내가 되고 싶은 사람은 아타카마사막을 달리는 사람이라고요. 무시당한 기분을 애써 누르며 자리로 돌아갔다.

"와하하! 여자애가 저게 뭐야!"

자리에 앉기도 전에 반이 떠나가라 크게 웃음소리가 터졌다. 돌아보니 교탁 옆에는 다해가 서 있었다. 손에 든 스케치북에는 로봇이 그려져 있다.

"저는 이 다음에 커서 로봇을 만드는······."

"와하하! 로봇이래! 여자애가 로봇이래!!"

다시 한 번 웃음소리가 터졌다. 돌아보니 맨 뒤에 앉아 있는 '덩치'였다. 가만히 있으면 중학생으로 보일 정도로 덩치가 커서 모두다 덩치라고 불렀다. 물론, 앞에서는 덩치라고 부르지 못한다. 그랬다가는 사정없이 주먹이 날아오기 때문이다.

"로봇을 만드는······."

"와하하! 김 박사다! 김 박사! 너희도 다 알지? 로봇 하면 김 박사잖아!"

덩치는 멈추지 않았다. 이번에는 아이들까지 선동하면서 다해를 비웃었다. 나도 모르게 그 웃음이 미워서 힘껏 주먹을 말아 쥐었다.

"로봇을 만드는······."

다해는 얼굴이 빨개진 채로 같은 말만 되풀이했다. 그 모습에 다른 아이들마저 웃음을 참지 못하고 크게 웃어댔다. 그제야 담임은 교탁을 두들기며 조용히 하라고 했지만, 한 번 터진 웃음소리는 쉽게 사그라지지 않았다.

결국, 다해는 울먹거렸다. 송아지처럼 여린 눈에 눈물이 고였다. 금방이라도 주르륵 쏟아져 내릴 듯했다. 그럼에도 웃음소리는 멈추지 않았다. 오히려 점점 더 커져만 갔다.

"다들 눈 감아!"

담임은 엄하게 소리쳤다. 최후의 통첩이었다. 하지만 너무 늦었다. 이미 우당탕하며 책상이 넘어지는 소리가 교실 전체에 요란하게 울려 퍼진 뒤였다. 난 책상 위를 밟고 달려가 덩치에게 몸을 날렸다.

"뭐야? 거기 뭐 하는 거야?"

당황한 담임이 아까보다 더 무섭게 소리쳤다.

"너희들 어서 안 떨어져!"

결국 말로는 안 된다고 판단했는지, 성큼성큼 달려와 덩치 위에 올라타 있는 날 뜯어냈다. 난 마지막까지 덩치에게 발길질을 해댔다.

느닷없이 달려든 나로 인해 잠시 어리둥절해 있던 덩치는 자신이 흘리는 코피를 보고 나서야 상황을 파악하고 내게 달려들었다.

"억!"

역시, 덩치는 달랐다. 커다란 멧돼지가 달려와 힘껏 날 밀쳐 내는 느낌이었다. 턱하고 숨이 막혔다. 날 붙잡고 있던 담임까지도 그 충격에 뒤로 자빠지고 말았다.

"당장 그만두지 못해!"

결국 담임은 이성을 잃고 화를 냈다. 고함소리가 바로 내 옆에서 들려왔다. 고막이 터진 듯 머리가 울렸다.

회사에서 곧장 달려오는 엄마가 도착하기까지, 난 상담실에서 일찌감치 도착한 덩치 엄마의 경멸스런 시선을 묵묵히 견뎌냈다. 담임은 아까부터 덩치의 엄마에게 진정하시라는 말만 반복했다.

"이루다!"

덜컥! 상담실 문이 열렸다. 엄마였다. 머리는 바람에 날려 심하게 헝클어져 있고, 화장은 땀에 씻겨 지워져 있다. 뾰족한 구두는 한 손에 모아들고 있다. 엄마다. 엄마가 왔다.

동시에 자리에서 일어난 덩치의 엄마는 기다렸다는 듯이 엄청난 욕설을 퍼붓기 시작했다. 그 옆에 앉아서 조용히 딸기 우유를 빨고 있던 덩치가 오히려 놀라 울먹거렸다. 잠깐 사이 상담실은 아수라장이 되었다.

"눈이 있으면 보라고! 우리 애가 어떻게 됐는지를!"

덩치의 엄마는 좀처럼 흥분을 가라앉히지 못했다. 반면 엄마는 침착했다. 덩치 엄마의 엄청난 욕설에도 아랑곳하지 않고, 덩치에게 다가가 얼굴 상태를 살폈다. 콧구멍을 틀어막은 휴지가 피로 물들어 있었다.

"자자, 고정하시고 자리에 앉으세요. 루다 어머님도……."

담임의 중재로 엄마는 내 옆으로 다가와 앉았다. 그리고 찬찬히 내 얼굴과 손, 팔, 몸 곳곳을 살폈다. 엄마의 얼굴에 주름이 움푹 파여 있는 게 보였다. 어제까지만 해도 보지 못했던 주름이다.

"이루다. 엄마 봐. 거짓말 안 할 거지?"

난 말없이 고개를 끄떡였다.

"친구 왜 때렸어?"

"친구 아니야……."

대답이 끝나기 무섭게 덩치의 엄마는 혀를 끌었다.

"저, 저것 봐! 애를 어떻게 교육시켰기에 저렇게 버릇이 없어?"

엄마는 그 소리가 듣기 싫었는지 미간을 찌푸리며 덩치의 엄마를 노려보았다. 하지만 별다른 대꾸는 하지 않았다. 오롯이 내게만 집중하려고 했다. 우선순위가 내게 있다는 걸 알았을 때, 솔직히 기분이 좋았다. 엄마에게는 내가 가장 중요하구나. 그 생각이 위축해 있던 날 당당하게 만들었다.

"쟤가 먼저 널 때렸니?"

"그건 아니야……."

솔직하게 말했다. 덩치의 엄마가 다시 끼어들었다.

"봐요, 봐! 그래도 양심은 있어서 솔직하기는 하네. 댁의 애가 아무 죄 없는 우리 애를 이유도 없이 무작정 때렸다니까. 책상 위로 날았대요. 조그만 게 벌써부터 발랑 까져서는. 당신 어쩔 거야? 우리 애 어쩔 거냐고!"

엄마는 이번에도 아무런 대꾸도 하지 않았다.

"루다야. 그럼 왜 그랬어?"

날 바라보는 엄마의 눈이 몹시 흔들렸다. 책망하는 게 아니라 무엇인가를 몹시 걱정하는 눈빛이다.

"이유도 없이 그런 거야? 갑자기 화가 났어? 루다, 괜찮아? 머리가 아프거나 어지럽지는 않고?"

엄마는 내 이마에 손을 올려놓았다. 난 고개를 끄덕였다. 아픈 곳은 없었다. 덩치가 달려들었던 가슴도 이제는 괜찮았다.

"지금 뭐 하는 거예요? 갑자기 쇼를 하네? 웃기지도 않아. 이봐요. 다친 건 우리 애라고요."

덩치의 엄마는 길길이 날뛰었다.

"이봐요! 좀 조용히 있지 못해요!"

지금껏 참고 있던 엄마가 소리쳤다. 날카로운 비명에 가까웠다. 순식간에 상담실 안의 공기가 얼어붙었다.

"루다야. 말해봐. 갑자기 왜 그랬어? 갑자기 왜……."

절박함. 엄마의 목소리는 절박했다. 나로서도 엄마가 무엇을 걱정하는지 알 수 없었다.

"뭐가 생각난 거야? 갑자기 무서운 게 떠오르기라도 한 거야? 아니면……."

"다해……."

짧은 내 대답에 침묵이 흘렀다. 엄마는 제대로 듣지 못했는지, 내 쪽으로 귀를 돌렸다.

"……응? 뭐……."

"괴롭혔어…… 다해를."

"……다해? ……그래서 대신, 싸워준 거야?"

순간, 엄마의 두 눈이 붉어졌다. 슬퍼서 우는 건 아닌 것 같았다. 굳게 다문 입술은 웃고 있었으니까.

"다행이네……. 그랬구나. 그런 거였구나……."

엄마는 두 손을 뻗어 내 머리를 감싸 안았다.

— 뭐야, 이 분위기 뭐야? 당신 아들 살짝 돌았어? 맞지? 맞지? 혹시, 분노장애 같은 거 아니야? 맞네. 그런 거네. 미친놈이었네.

엄마의 팔이 귀를 막고 있는 탓에 덩치 엄마의 목소리가 희미하게 들려왔다. 마치 물속에 잠수한 채 듣는 소리 같았다.

— 이봐요!

파묻고 있는 엄마의 가슴에서 쿵 하고 목소리가 울렸다.

— 자, 두 분 다 진정하세요. 진정.

이번에는 담임의 목소리였다. 이어서 침묵이 흘렀다. 상황을 보고 싶었지만, 엄마는 날 놓아주려 하지 않았다. 오히려 더욱 힘껏 날 끌어안았다. 엄마의 숨소리를 듣는 건 오랜만이다. 스르르 잠 속으로 빠져들 듯 아늑했다. 꿈을 꾸고 있는 게 아닐까? 잠시지만 그렇게 생각했다.

"죄송합니다. 우리 아이를 대신해서 제가 사과드리겠습니다."

창밖으로 해가 뉘엿뉘엿 넘어갈 무렵, 엄마는 내 손을 잡고 나란히 서서 깍듯하게 고개를 숙였다. 갑작스러운 엄마의 태도에 상담실에 있던 모든 사람이 한순간 할 말을 잃었다.

"엄, 엄마……."

나 역시도 마찬가지였다.

"루다도. 어서 죄송하다고 해야지."

엄마는 내 머리에 손을 올리고 억지로 고개를 숙이게 했다. 사과하고 싶지 않았다. 하지만 엄마를 난처하게 만들고 싶지도 않았다. 그래서 시키는 대로 했다.

"애가 커서 뭐가 되려고 그러는지……."

어느새 덩치의 엄마는 헛기침까지 하며 거들먹거렸다.

"애가 어떻게 크던지, 그건 제가 알아서 잘 교육시키겠습니다. 신경 쓰지 마세요. 그리고 다시 한 번 죄송합니다."

"네? 지금…… 사과하는 거 맞아요?"

"네. 사과하는 거 맞습니다."

"그런데 말투가 왜 그래요? 뭐, 아니꼬워요?"

그 말이 끝나기 무섭게 엄마는 숙이고 있던 고개를 들었다. 날카로운 이빨을 감추고 있는 늑대처럼 눈빛이 매서웠다.

"저, 저것 봐. 이제야 본색이 나오는군. 지금 그 눈 뭔데? 노려보면 어쩔 건데? 그 엄마에 그 자식이라고, 당신도 완전 또라이구먼. 유전인가 보지? 왜? 한 대 치려고? 그래 쳐봐! 쳐보라고!"

덩치의 엄마가 난리를 치는 동안, 엄마는 침착하게 덩치 엄마에게로 다가갔다. 무척이나 차분한 걸음걸이였다. 그 모습에 담임도 말려야 할지 말아야 할지 판단이 서지 않는 듯했다. 마침내 엄마가 덩치 엄마의 바로 코앞에 도착했다. 그녀는 당황하는 듯했지만, 몸이 굳었는지 뒷걸음질하지는 못했다. 엄마는 살짝 고개를 숙이고 덩치엄마의 귓가에 입술을 가져가 댔다.

곧이어 서늘한 엄마의 목소리가 조곤조곤 들려왔다.

"이번 일은 사과하는데, 더 이상 우리 애를 그런 식으로 말해서는 안 돼. 당신도 눈이 있으면 봐. 우리 애가 당신 아들에 비하면 덩치가 반도 안 돼. 그런 애가 친구를 위해서 싸웠다고. 그런데 당신 아들은 뭐지? 기껏해야 여자애나 괴롭히다가, 저 작은 아이에게 맞아놓고 고자질이나 하는 거야? 당신은 애를 그렇게 키워? 당신의 정신연령이 일곱 살 즈음에서 멈춰버렸다는 건 알겠는데, 애들 앞이라면 최소한 어른인 척이라도 해야지. 애들처럼 지금 뭐 하는 거야? 무턱대고 정신 나간 여자마냥 소리 지르지 말고 무엇이 옳은지 당신 애에게 모범을 보여야 하지 않겠어? 이다음에 커서 제대로 된 판단을 할 수 있도록 가르쳐줘야 하지 않겠냐고? 생각이 있으면 말해봐. 우리 애가 잘못한 건 맞는데, 그게 당신 애가 잘못하지 않았다는 의미는 아니잖아."

잘 들리지는 않았지만, 엄마가 말을 이어갈수록 덩치 엄마의 얼굴은 점점 더 창백하게 굳어갔다.

"루다. 이제 그만 가자."

얘기를 끝낸 엄마는 내 손을 이끌고 상담실을 나섰다. 그때까지 덩치 엄마도, 담임도, 나서지 못했다.

밖으로 나오자 복도 바닥에 웅크리고 앉아 있던 다해가 벌떡 일어났다. 지금까지 울고 있었는지 눈이 통통 부어 있다. 엄마는 다해를 알아보고 걸음을 멈췄다.

"아줌마, 루다는…… 잘못 없어요. 루다는, 저 때문에……."

"응. 알고 있어."

한없이 부드러운 목소리였다. 그 목소리에 안심이 되었는지, 다해는 또다시 울음을 터뜨렸다. 엄마는 말없이 다해를 안아 주었다.

"다해야. 엄마 안 오셨니?"

"네…… 엄마는 집에서 동생 돌봐야 해서 못 나오세요."

"그럼, 아줌마가 집에 데려다 줄게. 같이 갈래?"

다해는 선뜻 대답하지 않고 날 쳐다보았다. 난 망설임 없이 다해의 손을 잡았다. 그리고 앞장서서 엄마의 차가 있는 곳으로 걸어갔다.

집으로 돌아오는 내내 우리는 아무 말도 하지 않았다.

"다 왔다. 다해야. 조심히 들어가고."

"네……. 고맙습니다. 루다도 잘 가. 내일 학교에서 보자."

"응. 내일 봐."

집에 도착한 뒤, 다해를 내려주면서 나눈 대화가 전부였다. 그마저도 엄마와 둘이 남았을 때에는 다시 침묵이었다. 씻고 저녁을 먹을 때도, 숙제를 할 때도, 심지어 잠자리에 들 때까지도 별다른 말이 없었다.

"엄마……."

결국 내가 먼저, 엄마 방으로 찾아갔다.

"응? 안 잤어?"

엄마는 침대에서 읽던 책을 내려놓으며 들어오라고 손짓했다. 서먹한 걸음으로 다가가 엄마 곁에 누웠다. 그러고도 한참을 말없이 엄마를 끌어안고만 있다가 겨우 말을 꺼냈다.

"있잖아. 오늘 내가 많이 잘못한 거야?"

"음…… 반은 잘못했고, 반은 잘했어."

"그럼, 잘한 것부터 말해줘. 잘한 건 뭐야?"

"당연히 다해를 챙겨준 거지."

"그럼 잘못한 건? 알려줘. 다음부터 안 할게."

물었지만 엄마는 대답하지 않았다. 긴 침묵이 이어졌다. 용기를 내서 엄마를 재촉했다.

"챙겨주는 방법이 잘못된 거였어. 그렇게 챙겨주는 건 다해에게도 아무런 도움이 되지 못해. 친구는 주먹으로 지키는 게 아니야. 어떤 경우에도 폭력은 나쁜 거니까."

"하지만 걘 나보다 덩치도 크고……."

"그래도 안 돼."

"그러면 앞으로 또 이런 일이 있으면? 그때도 싸우지 마?"

"응. 싸우면 안 돼."

"비겁해 보이잖아. 왜? 왜 싸우면 안 되는데?"

"옳지 않으니까. 차라리 비겁한 게 더 나아."

어린 나로선 그 말의 속뜻을 이해할 수 없었다.

"그게 무슨 말이야?"

엄마는 더 이상 질문을 하지 못하도록 날 꽉 끌어안았다. 캑캑대며 엄마의 팔을 두들겼지만 풀어주지 않았다.

"아니야, 그러니까…… 어디 가서 다치지 말라고……. 넌 아빠를 꼭 닮았어. 그래서 걱정돼."

혼잣말처럼 들리던 엄마의 목소리는 시간이 흐르자 점점 작아졌다. 날 안아주고 있던 팔도 어느새 힘이 빠졌다. 가만히 들여다본 엄마의 얼굴은 여전히 지쳐 보였다.

그게 외로움이라는 걸, 열 살의 어린 난, 미처 알지 못했다.

열하나

"새벽에 정전이 되었었네? 예약해 놓은 밥이 안 됐어. 어쩌
지?"

엄마는 작동하지 않은 전기밥솥의 뚜껑을 여닫으며 난처한
한숨을 내쉬었다. 전자시계는 새벽 4시에 멈춘 채, 다시 시간
을 맞춰 달라며 껌뻑거렸다. 모두가 잠들어 있었을 시간. 그럼
에도 엄마는 그마저도 자신의 잘못인냥 미안해했다.

"루다야. 아침은 학교에 가서 사 먹을래?"

엄마는 용돈을 쥐어주며 미안해했다. 난 겉으로는 아쉬운
표정을 지었지만, 간만에 군것질할 생각에 속으로는 무척 신이
났다.

"학교 다녀오겠습니다!"

"그래, 차 조심하고!"

후다닥 현관을 나설 때도 엄마의 안부는 들리지 않았다. 어서 가서 다해랑 맛있는 거 사 먹어야지! 그 생각만 머릿속에 가득 차 있었다.

그날, 다해는 학교에 나오지 않았다. 쉬는 시간마다 전화를 걸었지만 받지 않았다.

결국, 용돈은 한 푼도 쓰지 못하고 집으로 돌아왔다. 배가 고픈 것도 잊었다. 집에 도착해서는 다해의 집 안을 기웃거렸지만, 온 가족이 갑자기 증발이라도 한 듯 서늘한 기운만 맴돌았다. 누리 때문에라도 다해 엄마는 늘 집에 있었는데, 오늘따라 아무런 인기척도 없었다. 다해가 걱정스러웠다.

늦은 저녁, 엄마에게 갑작스러운 문자가 왔다. 문자를 확인한 엄마는 한동안 멍하니 서 있기만 했다. 감도는 공기가 무거웠다. 그 모습이 하도 낯설어서, 나 역시 엄마의 얼굴만 바라보았다.

"루다. 이리 와, 옷 입자."

엄마는 입고 있던 내 옷을 벗기고, 검은색 옷으로 갈아입혔다.

"엄마, 왜?"

물었지만, 아무런 대답도 돌아오지 않았다. 평소와 다른 엄숙한 분위기에 눌려서 더 이상 묻지 못했다.

"우리 어디 가?"

한참 만에 겨우 다시 물었다.

"……다해한테."

그제야 엄마도 겨우, 짧은 대답을 했다.

어리둥절했다. 다해에게 간다니? 다해가 어디에 있기에? 엄마는 다해가 있는 곳을 어떻게 알고 있는 거지? 걱정보다는 궁금함이 앞섰고, 그 궁금증은 낯선 밤거리로 나올 때까지도 계속되었다.

엄마와 함께 도착한 곳은 대형 병원이었다. 병원의 큰 회전문 대신, 한참 떨어진 곳에 있는 작고 어두운 유리문을 통해 안으로 들어갔다. 같은 건물인 줄 알았는데 전혀 다른 곳이었다. 내 키의 몇 배나 큰 하얀 꽃들이 복도를 따라 가지런히 세워져 있고, 의미를 알 수 없는 검은 글씨가 흘러내리듯 씌어 있다.

"괜찮니?"

잠시 주춤거리자 엄마가 내게 물었다.

"응……."

괜찮다고 대답했지만, 엄마는 날 업었다.

"머리 아파?"

엄마의 물음은 등을 통해 가슴으로 전해왔다. 난 대답 대신 고개를 저었다.

"루다, 혹시 무슨 기억나니?"

이어지는 엄마의 물음에 다시 한 번 고개를 저었다.

"그래, 그렇구나……."

엄마의 목소리가 이상했다. 안도하는 것 같으면서도 아파하는 듯했다. 왜인지 궁금했지만 묻지 않았다. 물어서는 안 된다는 생각이 불현듯 들었다. 어쩌면, 묻기가 두려웠는지도 모른다. 마치 돌아올 대답을 알고 있는 듯.

그 낯선 곳에서 다해의 동생, 누리를 다시 만났다. 커다란 사진 속에서 활짝 웃고 있다. 침대에 누워 있던 뒤틀린 얼굴이 아니었다. 여섯 살 때의 모습, 해맑았다. 그 앞에 새하얀 국화가 쌓여 있다. 기다란 향이 특유의 냄새를 뿜으며 깊게 타 들어가고 있다. 아, 다해다. 가족들과 나란히 서 있다. 다해에게 다가가려는 날 엄마가 붙잡는다. 먼저 누리를 위해 기도를 해야 한다고.

"무슨 기도?"

"누리가 좋은 곳에서 행복하게 지내도록 응원해주면 돼."

"누리, 어디 가?"

물었지만, 돌아오는 대답은 없었다. 엄마는 두 손을 가지런히 모으고 조용히 눈을 감고 고개를 숙였다. 이유는 알지 못했지만, 난 엄마를 따라 했다. 주위를 맴도는 공기가 무겁게 느껴졌다.

죽음. 모르는 나이는 아니었지만, 정확하게 아는 나이도 아니었다. 만나고 싶어도 만날 수 없다, 그 정도가 이해하는 수준이다. 죽음과 직면하기에는 난 너무나 어렸다.

"새벽에 정전이 됐었어요. 우리 집은 막내 때문에 늘 비상

전력이 돌아가는데, 오늘 새벽에는 그마저도 고장이 났는지, 작동을 안 했어요. 난 그것도 모르고……. 우리 누리. 누리가 얼마나 고통스러웠을까…….”

조심스럽게 상황을 물어보는 엄마에게 힘겹게 설명하던 다해 엄마는, 끝내 무너지듯 울음을 터뜨렸다. 지금까지 얼마나 울었던 걸까? 그 울음에도 기운이 없었다.

“다해야, 나갈래?”

작게 속삭였다. 다해는 천천히 고개를 끄떡였다.

우리는 복도를 지나 건물 밖으로 나왔다. 어둠 속에서 흐드러지게 핀 새하얀 벚꽃이 보였다. 봄이었다. 아이러니하게도 수많은 생명이 힘차게 기지개를 펴는.

다해는 눈을 감고, 꽃향기를 마시려는 듯 고개를 들었다. 그리고 깊게 숨을 들이마셨다.

긴 시간 동안 이별을 준비해왔던 탓인지, 다해의 얼굴은 다행히 어둡지만은 않았다.

“난 말이지…….”

여전히 눈을 감은 채, 다해는 나지막이 입을 열었다.

“매일같이 누리랑 얘기했어. 수다쟁이 누나였지만, 누리는 언제나 잘 참고 들어줬어. 정말, 세상에서 가장 착한 동생이었어, 누리는.”

서서히 다해의 눈가가 촉촉하게 젖어왔다.

“오랫동안 잘 버텨줬어. 내 잘못이 아니라고 말해주는 듯
…….”

다해는 울지 않으려는 듯 입술을 굳게 다물었다.

지나가던 구름이 달빛을 가렸고, 부드러운 그늘이 다해의 얼굴을 가리자, 눈가에 반짝이던 이슬도 사라졌다.

다해가 끝내 눈물을 흘리지 않은 건 말라서가 아니라, 이미 오랫동안 끝없이 울었기 때문이었다.

열둘

새벽녘, 잠결에 전화를 받았다. 화면에 뜬 번호는 다해였다. 다해는 아무런 말이 없었다. 훌쩍거리는 소리가 잠깐 들렸을 뿐이다. 그 너머로 차 소리가 들렸다. 집인 줄 알았는데 밖인 듯했다.

"어디야?"

물었다.

"……다리 아래."

울먹거리는 목소리였다.

서둘러 밖으로 달려 나왔다. 골목에는 어슴푸레 아침이 밝아오고 있다.

정신없이 나오느라 신고 나온 슬리퍼는 거센 달리기를 버티지 못하고 반쯤 뜯어졌다. 바깥으로 미끄러져 나온 발가락은 아스팔트에 긁혀 피가 났다. 돌멩이가 쉴 새 없이 부딪쳤고, 유리조각까지 있었는지 날카로운 통증이 밀려왔다.

아랑곳하지 않았다. 울먹이는 다해의 목소리가 계속해서 귓가에 맴돌았다. 아무리 달리고 달려도 바람에 씻겨 떠내려가지 않았다.

다리 아래에 도착했을 때, 다해는 기다란 벤치 끝에 앉아 있었다. 가지런히 모아 바닥에 내려놓은 두 발은 멀리서 보기에도 힘이 없어 보인다.

"다해야……."

내 목소리를 들은 다해가 천천히 고개를 들었다. 얼마나 울었는지 두 눈이 잔뜩 부어 있다. 한참을 서로의 얼굴만 바라볼 뿐, 쉽게 말을 잇지 못했다.

"괜찮아? 무슨 일 있어?"

조심스럽게 다가가 옆에 앉으며 물었다.

다해는 대답 전에 가슴이 답답한 듯 긴 숨을 들이켰다. 그리고 무척이나 긴 이야기를 꺼냈다. 독백처럼 흐르는 그 이야기를 난 묵묵히 들어주었다. 그것만이 내가 할 수 있는 유일한 일이었고, 그걸 위해 다해에게 달려왔는지도 모른다.

밤이었어. 자고 있는데 말소리가 들렸어. 엄마, 아빠였어. 그런 거 있잖아. 무슨 얘긴지 정확하게 들리지 않아도 목소리만 들어도 내용이 짐작되는 거. 엄마는 평소와 다르게 몹시 불안했어. 우는 것 같기도 하고, 아닌 거 같기도 하고. 아빠는 꽤나 심각했어. 그래서 난 방 밖으로 쉽사리 나가지 못했어. 문 옆에 쪼그리고 앉아서 문 밖에서 들려오는 대화를 듣고 있을 수밖에 없었어…….

"그동안 난 죄책감 속에 허우적거렸어. 그러면서도 위로받고 싶었어. 바로 가족에게 말이야."

"그게 무슨 말이야? 우리 모두 상처가 있어. 그렇지만 서로 힘을 냈잖아. 서로 위로해줬잖아."

"아니. 단 한 번도 진심으로 위로해준 적이 없잖아!"

"진심이 아니라고?"

"날 쳐다보는 그 눈! 늘 원망이 서려 있잖아!"

"당신 왜 그래? 그렇지 않아."

"아니. 맞아. 난 평생 그 눈빛을 잊을 수 없을 거야. 난 이 집에서 숨조차 제대로 쉬지 못했어. 그래, 누리가 그렇게 된 거, 다 내 탓이야. 내가 잘 돌보지 못한 탓이야."

"아무도 당신 탓이라고 하지 않아!"

"당신도 내내 그렇게 말했잖아!"

"그렇게 말한 적 없어!"

"지금도! 봐! 저 눈! 날 원망하고 있잖아! 그렇게 말하고 있잖아!"

"당신 정말!"

"그거 알아? 이 집에서 유일하게 날 이해해준 사람이 누군지? 누리야. 누리밖에 없었어. 매번 나랑 눈 맞추며 괜찮다고 했어. 엄마 잘못이 아니라고 했어. 그래서 버텼어. 외로운 이 집에서 누리 하나만 보며 버텼다고! 그런데 누리가…… 없잖아, 이젠 없잖아."

"좀 진정하자……."

"너무 지쳤어. 그만할래."

"여보……."

"당신이 미운 건 아니야. 하지만 나 말고 다른 누굴 챙길 여유가, 이제는 없어. 그럴 자신이 없어. 당신과 이어진 가느다란 실마저도 끊어버리고 싶어. 힘들어. 벗어나고 싶다고. 당신, 내가 지금 가장 괴로운 게 뭔지 알아?"

엄마는 마른침을 삼켰어. 얼굴을 보지 못했지만, 목소리만으로 충분히 알 수 있었어. 낯설었어. 엄마 같지 않았어. 한 번도 본 적 없는 엄마였어. 엄마가 아닌 것만 같았어. 차라리 그랬으면 했어. 차라리 더 이상은 듣지 말았어야 했어.

엄마의 속마음을 알았을 때, 난 정말 믿을 수 없었거든.

"가장 괴로운 건! 짐을 벗은 것 같았어! 누리가 죽었는데, 내 새끼가 죽었는데! 난 홀가분한 기분이 든다고……."

그리고 엄마는 입에 담기도 어려운 욕을 했어. 아빠에게 하는 욕이 아니었어. 자신에게 하는 욕이었어. 그 소리를 정말이지 더 이상 듣고 있을 수가 없었어. 당장이라도 밖으로 나가서 엄마를 안아주고 싶었어. 그만하라고 말리고 싶었어. 엄마는…… 너무 아파 보였어.

"내가 지금 무슨 소리를 했어? 내가 지금 누리를 짐이라고 했어? 홀가분하다고 했어?"

"당신, 지금 너무 흥분해 있어. 진정해."

"흥분? 진정? 당신은 그게 왜? 우리 누리가 죽었는데! 그게 돼? 당신이 그러고도 아빠야? 당신 말해봐! 누리도 당신 자식이야! 그런데 제대로 챙긴 적 있어? 제대로 한 번 손 잡아주고, 눈 맞춰 준 적 있냐고?"

"알았어. 맞아. 내가 누리에게 좀 소홀했어. 하지만 그건 당신이 누리를 챙기느라 다해에게 소홀했기 때문이잖아. 우리는 암암리에 규칙을 정한 거야. 당신은 누리. 난 다해를 챙기기로 말이야."

"웃긴다. 당신 정말 웃긴다. 그게 지금 뚫린 입이라고 하는 소리야? 그게 누리 앞에서 할 소리냐고!"

"목소리 좀 낮춰! 다해 깨겠어."

"이제 와서 가식 떨지 마!"

"당신, 정말!"

"그만해. 그래, 그만해. 더 이상 아무 말도 말자. 나 당신에게 상처 주는 말 같은 거 하고 싶지 않아. 그래서 뭐 해? 누리가 살아 돌아올 것도 아니고……. 이제는 전부다 그만하고 싶어. 나, 떠날 거야. 떠나고 싶어."

"……그래, 그렇게 해. 어디 여행이라도 좀 다녀와. 친정도 좋고."

"그 말이 아니잖아! 그만하겠다고! 떠나겠다고!"

"다해는! 다해는 생각지도 않아?"

"내가 있고 당신이! 그리고 다해가! 있는 거야. 다해가 있고 내가 있는 게 아니라고!"

"그게 엄마라는 사람이 할 소리야?"

"엄마는 사람 아니야? 사람처럼 살겠다는데! 왜 그러는데! 왜! 도대체 왜!"

"진정하고 생각을 좀 해. 이제 우리에게는 다해밖에 없어. 앞으로 누리 몫까지 다해에게 쏟아야지."

"다해는……. 괜찮을 거야. 천재잖아."

"뭐?"

"당신도 알잖아. 다해가 천재라는 거 알잖아. 다해는 우리보다 훨씬 머리가 좋아. 우리보다 훌륭하다고. 그렇지? 그렇잖아. 말해봐. 우리가 다해보다 나은 게 뭐가 있어? 나이 먹은 어른이라는 거 말고 다해보다 나은 게 하나라도 있냐고? 그러니까…… 이해할 거야. 다 괜찮을 거야. 다해는 천재야. 천재라고."

"천재가 뭔데? 이제 고작 십 년 정도 산 애한테 얼마나 많은 짐을 짊어지게 하겠다는 거야? 다해는 애야! 애라고! 적어도 스무 살이 될 때까지는 책임져야지!"

"당신 정말…… 난 안중에도 없구나…… 당신 눈에는 내가 힘들어하는 게 보이지도 않지? 숨 막힐 정도로 답답해하는 게 안 보이지? 정말 보이지 않는 거야? 아니지. 보기 싫지? 그런 거지? 일부러 모른 척하는 거지? 당신 싫다. 정말 더 싫어진다."

"정말 왜 이래!"

"어른이 될 때까지? 스무 살이 되면 어른이 되는 거야? 그건 누가 정해놓은 기준인데? 서른이 되고, 마흔이 되도 어른이 안 될 사람은 어른이 안 된다고. 나이만 잔뜩 처먹은 애일 뿐이라고!"

"그런 사람이 어디 있어!"

"여기 있잖아! 당신 앞에…… 내가 그 증거잖아."

"정말 왜 자꾸 이래!"

"가끔 다해의 눈을 들여다보면 애가 아니라 어른이 들어가 있는 듯해서. 그래. 다해는 어른이야. 어른. 내가 다해에게 엄마라고 해야 해. 난 애고, 다해는 어른이니까. 어른이 뭐 대단한 줄 알아? 몸만 자란 아이일 뿐이야. 당신이나 나나 전부 다 그냥 애일 뿐이라고"

"제발 진정하고 냉정하게 생각해. 당신 지금 너무 즉흥적이야."

"아니! 아니야. 이미 오랫동안 생각해오던 거야. 미안해. 난 정말 더 이상은 못하겠어……. 돌겠다고. 미치겠다고. 다해를 보기 힘들다고! 더 이상 다해를 볼 자신이 없다고!"

"그건 또 무슨 말이야?"

"……다해를 보면 자꾸만 가슴 한 구석에서 욱하고 무언가 치밀어 올라와. 누리가 불쌍해서……. 누리가 그렇게 된 게……."

"조용히 못해! 너, 정말 미쳤구나? 어떻게 그런 생각을 해? 네가 그러고도 엄마야? 어떻게 엄마라는 사람이……."

"그래! 그래서 떠나겠다고! 엄마? 배 아파서 애 낳으면 다 엄마가 돼? 준비도 없이, 덜컥 애부터 낳으면 그걸 엄마라고 할 수 있냐고! 그 엄마라는 이름으로 얼마나 더 날 희생하게 만들 건데!"

"도망치지 말라고! 왜 자꾸 애처럼 굴어? 다해 보기에 창피하지도 않아?"

"아니, 왜 창피해? 다해가 어른이야, 우리가 애고. 당신, 아까부터 자꾸 어른 어른 하는데,"

"다해 엄마!"

"이런 거, 내가 꿈꾸던 게 아니야. 내가 생각하던 가족이 아니라고."

"가족이란 게, 당신이 싫다면 그만할 수 있는 거야? 아무리 싫고 힘들어도 가족은 가족이야. 끊으려야 끊을 수가 없는 게 가족이라고!"

"그러니까, 나, 그만할래. 이런 가족…… 정말, 더는 못하겠어."

"알았어. 그럼 아내는 그만해도 좋아. 그래, 그럴 수 있어. 그런데 엄마를 그만한다고? 그게 가능해? 당신, 분명히 말하는데 이대로 포기하면 나쁜만 아니라, 다해도 다시는 못 봐. 당신, 죽을 때까지 다해 못 만나게 할 거야."

"……응. 알았어. 그렇게 해…… 고마워……."

난 그만, 눈을 질끈 감아버리고 말았어. 아빠의 그만해도 좋다는 말도, 엄마의 알았다는 말도 다 거짓이기를 바랐어. 고맙다니. 어떻게 고맙다는 말을 할 수 있어? 제발 꿈이길 바랐어. 모든 게 거짓말이길 바랐어…….

질끈 감아버릴 수밖에 없었던 눈을 뜨면, 모든 게 꿈이길 바랐던 다해는, 여전히 눈을 뜨지 못하고 지금 내 앞에서 운다. 눈을 뜨면 마지막 바람도 사라질까 봐, 겁이 나는지 두 눈을 질끈 감은 채 하염없이 울고 있다.

무슨 말을 해야 하나 고민했지만 위로를 할 때는 딱히 말이 필요 없다는 걸 그날 처음 알았다. 곁에 있어 주는 것만으로도 충분했다. 긴 침묵 끝에서 다해는 조금씩 안정을 찾아갔다.

그해 가을. 창밖으로 내다본 다해의 집 앞에는 조그만 트럭 한 대가 서 있었다. 다해 엄마가 떠나고 있었다. 커다란 여행가방을 마지막으로 트럭에 실어준 다해 아빠는 어색하게 서 있는 다해 엄마에게 다가가 따뜻하게 포옹을 해주었다. 길지 않았지만 진심이 느껴지는 포옹이었다.

다해는 멀찌감치 떨어져 있다. 다해 엄마는 다가와주지 않는 다해를 오랫동안 지켜만 보다가, 천천히 뒤돌아섰다.

트럭은 빠르게 떠났다. 다해는 쫓아가지 않았다. 다만, 아주 오랫동안 그 자리에 멍하니 서 있을 뿐이었다.

가족은 서로 미워하거나 원망하지 않더라도, 때론 헤어짐을 선택한다. 다해는 운명처럼 그걸 받아들였다. 열두 살의 다해가 어른이 되어야 했던 이유이기도 했다.

열셋

남들보다 한 해 일찍 학교에 들어갔던 다해와 난, 남들보다 한 해 일찍 중학생이 되었다. 애벌레가 나비가 되듯, 우리의 모습이 갑작스레 바뀌지는 않았다. 난 여전히 아침마다 강둑을 따라 달렸고, 다해도 여전히 로봇을 좋아했다.

"학교 다녀왔습니다!"

씩씩하게 인사했지만 돌아오는 대답은 없다. 매일같이 엄마는 회사에서 늦게 돌아온다. 알면서도 매번 학교에서 돌아오면 인사를 한다. 그러지 않으면 이 집에 살고 있는 사람은 정말 나혼자인 듯해서 마음이 편치 않았다.

"다녀오겠습니다!"

현관 앞에 가방을 던지듯 내려놓고 곧장 밖으로 나왔다. 빈집에 있기는 싫었다. 다해에게로 갔다.

"왔어? 어서 와."

다해도 혼자였다. 다른 점이 있다면 혼자 있기를 싫어하는 나와 달리, 다해는 혼자서도 늘 바빴다. 아니나 다를까? 오늘도 다해는 수많은 부품들을 늘어놓고 깊은 생각에 빠져 있었다.

"이게 다 뭐야?"

이제 다해는 자신이 직접 설계한 도면을 가지고 로봇을 만드는 수준이다. 비록 단순한 동작이 가능한 로봇팔 정도였지만 로봇은 로봇이었고, 하루하루 눈에 띄게 성장하는 모습이 보였다.

"설마? 가방을 받아주는 거야?"

로봇팔 끝에 다해의 가방이 들려 있었다. 며칠 전까지만 해도 기껏해야 열쇠 같은 가벼운 것들만 들어 올릴 수 있던 로봇팔이었다. 어느새 다해의 가방을 받아줄 정도로 발전했다. 마치 학교에서 돌아온 딸을 반겨주는 엄마 같다.

"힘을 더 줄 수 있도록 설계를 수정했어. 그래서 지금은 최대 2킬로그램까지 들어 올릴 수 있어. 그리고 움직임을 감지하는 센서를 달았거든. 일종의 눈이 생긴 거지. 그래서 이렇게 앞을 지나가면 가방을 받으려고 손을 내미는 거야."

손에 해당하는 부분에 동그란 봉우리 같은 게 달려 있었다. 가방은 그 끝에 걸려서 흘러내리지 않았다. 결국에는 저 봉우리도 분명 움켜쥐고 펼 수 있는 기능을 갖게 될 거다.

"그리고 목소리를 낼 수 있도록 스피커도 달 거야. '어서 와.' 같은 목소리를 녹음해 두면 훨씬 그럴싸하겠지?"

"우와! 멋지다!"

진심으로 감탄했다. 갖고 싶었다. 우리 집 현관에 가져다 놓고 싶었다. 밖에서 돌아올 때마다 반갑게 반겨주면 좋겠다. 로봇은 어느새 생활의 동반자로 진화하고 있다. 완성되면 선물로 달라고 해볼까? 아무리 친해도 그건 무리겠지? 그런 생각으로 우물쭈물하는데 다해가 먼저 입을 열었다.

"마음에 들어?"

나도 모르게 고개를 끄덕였다.

"완성되면 줄까? 이거라도 괜찮다면, 받아 줄래?"

"무슨 소리야! 당연하지. 당연히 받지. 정말 대단한 거잖아."

호들갑스럽게 대답했다. 하지만 정말 받아도 될까 싶었다.

"오히려 내가 더 좋은데? 이제부터는 선물이 될 테니까, 아무래도 더 신경 써서 잘 만들 거 아니야. 그만큼 완성도도 높아질 거고. 그러니까 오히려 내가 더 고마운 거지. 안 그래? 루다. 내가 만든 로봇을 받아 준다고 해줘서 고마워."

그렇게 말하고, 다해는 진심을 담아 웃는다.

처음 다해와 만났던 날이 떠오른다. 한 손에 로봇을 든 채 내 앞에 나타났던 다해. 그 로봇을 잡아 보려 손을 뻗을 때마다 다해는 자신의 등 뒤로 로봇을 감췄다. 심지어 바보라고 놀리기까지 했는데. 그런데 이제, 그때와 비교조차 할 수 없는 진짜 로봇을 내게 준다고 한다. 이번에 로봇팔이면, 다음에는 로봇 다리가 아닐까? 이러다가 타고 다닐 수 있는 로봇까지도 만들어 줄 거 같아서 마음이 두근거렸다. 로봇이다. 진짜 로봇이다.

"이거 뭐라고 불러?"

곧 우리 집 현관에 놓일 로봇팔이라는 생각이 들자, 관심이 쏠렸다.

"뭐? 어떤 거? 이거? 로봇팔?"

"응. 로봇팔."

"로봇팔이 로봇팔이지."

"그래도. 뭔가 그럴싸한 이름이 있어야 하지 않을까?"

"이름이 별거니. 듣고 뭔지 바로 알 수 있고, 기억하기 쉬우면 되는 거지."

다해는 대수롭지 않은 듯, 입가에 한껏 미소를 머금고 말했다.

"루다, 부탁이 있는데, 손 좀 흔들어 줄래?"

"손? 어떻게? 이렇게?"

나도 모르게 다해의 부탁에 따라 손을 흔들었다.

"아니, 그렇게 빨리 말고. 조금만 더 천천히."

"천천히? 이렇게?"

다해가 만족할 때까지 계속해서 손을 흔들었다.

"아하. 근육이 이렇게 당겨지는구나."

꼼꼼히 관찰하는 다해의 눈이 반짝하고 빛났다.

"갑자기 왜?"

"팔꿈치에 해당하는 관절을 만들어볼까 해서. 아무래도 상하좌우로만 뻣뻣하게 움직여서는 허수아비 같잖아. 로봇설계의 꽃은 관절이니까."

다해는 내게 바싹 다가서서 손끝부터 어깨까지 모든 근육의 움직임을 꼼꼼히 만져보며 살폈다. 자연스럽게 풍겨오는 다해의 향긋한 향기가 코끝을 자극했다. 제멋대로 얼굴이 상기되었다.

"벤자민이야."

다해는 아무렇지 않다는 듯 한마디 했다. 난 못된 짓 하다가 들켜버린 사람처럼 놀라서 그만 굳어버리고 말았다.

"갑자기 왜 힘을 줘?"

다해는 얼어붙은 내 팔을 자연스럽게 좌우로 흔들며 풀었다.

"너야말로 가, 갑자기 그게 무슨 소리야."

"벤자민이라고. 얼마 전에 세제 바꿨어. 벤자민 향으로."

"그, 그러니까 왜? 그걸 왜 내게 말하는데?"

"아까부터 내 냄새 맡았잖아."

다해의 눈은 여전히 팔의 움직임을 지켜볼 뿐, 입으로만 말했다.

"아니, 그게 아니고……."

"그게 아니면? 뭐?"

다해는 그제야 내게 시선을 돌렸다.

송아지처럼 동그란 눈과 마주치자 순식간에 입술이 바싹 마른다. 침까지 삼키면, 정말 이상하게 보이겠지? 그럴 순 없다. 참아야 한다.

"아파? 얼굴이 완전 빨게. 열 있어?"

다해가 자신의 이마를 내 이마에 가져다 댔다. 이제는 심장이 미친 듯이 뛰기 시작한다.

"열은 없는데……."

아니. 없던 열이 생길 지경이다. 식은땀이 흐른다.

"더워? 갑자기 땀까지 흘리고 그래? 창문 열까?"

"아, 아니. 그게 아니고…… 나, 갑자기 두고 온 게 생각나서. 먼저 간다."

결국, 안절부절못하면서 도망치듯 다해의 방에서 뛰쳐나왔다.

골목으로 나와 곧장 달렸다. 그 길로 한달음에 강둑에 도착했다. 녹초가 될 때까지 강둑을 따라 달리고 또 달렸다. 심장이 고통스러울 정도로 빠르게 뛰었다. 분명 달려서 그런 거야. 애써 그렇게 생각하려고 했다.

그런데 자꾸만 웃음이 난다. 다해와 이마가 맞닿던 그 순간이 내내 머릿속에서 지워지지 않는다.

내 나이 열셋. 어느덧 우리는 중학생이 되어 있었다.

그날, 바람에 묻은 짙은 벤자민 향기는 계속해서 날 따라왔다.

열넷

　그 일은 수학여행을 목전에 둔 주말 오후, 멀티플렉스 극장에서 일어났다. 다해와 영화를 보기로 했다. 인간의 본성을 심도 깊게 다룬 소설을 원작으로 한 영화였다. 타인의 몸에 자신의 혼을 넣을 수 있게 되면서 벌어지는 사건들과 심리의 변화를 빠른 호흡으로 풀어낸 내용이다. 수학여행을 앞두고 있는 터라 가능하면 공부에 시간을 할애할 생각이었지만, 이미 책으로 읽으며 팬이 되었던 다해는 개봉과 동시에 꼭 보고 싶어 했다. 조만간 할리우드에서도 리메이크를 한다고 하니, 나 역시도 왠지 놓쳐서는 안 될 것 같아 함께 극장을 찾았다.

　멀티플렉스 안은 북적거렸다. 사람들은 하나같이 모두 바쁘게 앞만 보고 걸었다. 그 사이에 우두커니 서 있는 난, 마치 다른 시공간이 우연히 겹쳐진 곳에 이방인처럼 서 있었다. 저 사람들의 눈에는 내가 보이기나 할까? 단 한 명도 나와 시선이 마주치는 사람은 없었다.

"그럼 40분 후에 다시 만나기로 해."

다해가 내 팔을 살짝 잡으며 말했다. 동시에 진공 속을 부유하던 내 정신이 깨어났다.

"루다는 어디에 있을 거야?"

상영시간보다 1시간 빨리 도착한 우리는, 멀티플렉스 안을 둘러보기로 했었다.

"스포츠 매장?"

"응. 페이스메이커에서 새로운 마라톤화가 나왔거든."

"사려고?"

"아마 비쌀 거야. 일단은 눈도장. 그러는 다해는? 서점?"

"응. 읽고 싶은 책이 있어서."

관심 분야가 다른 우리는 구태여 함께 다니지 않는다. 합리적 시간 소비. 같은 지붕 아래 함께 있는 것만으로도 우리는 충분했다. 다해는 서점으로, 난 다양한 브랜드가 한 곳에 모여 있는 스포츠 매장으로 각자 발걸음을 향했다.

스포츠 매장 안은 사람들로 몹시 북적거렸는데, 특히 예닐곱 살로 보이는 아이들이 서로 뒤엉켜 매장 안과 밖을 정신없이 뛰어다녔다. 비명에 가까운 웃음소리에 멀티플렉스 전체가 들썩거릴 정도였다. 그 모습을 보고 있자니 다해의 손을 잡고 엄마의 잔소리를 피해 동네 골목을 함께 달렸던 어린 시절이 떠올랐다. 불과 며칠 전 일인 듯한데, 벌써 몇 년 전 일이다. 그때나 지금이나 난 여전히 그대로인 듯한데, 중2가 되면서 키도 훌쩍 자랐고, 코밑도 거뭇거뭇해지고 목소리도 굵게 변했다. 난 여전히 어린 나로 멈춰 있는데, 몸은 상관없다는 듯이 계속해서 자랐다. 서둘러 어른이 되어 가려는 듯했다. 이봐, 그러지 말라고. 너무 빨리 어른이 되지는 말라고. 몸에게 당부하고 싶었다.

100년을 기준으로 본다면 80퍼센트에 해당하는 삶을 어른으로 살아갈 텐데, 지금의 이 시기를 그 어른이 되기 위한 준비로만 보내고 싶지 않았다. 어른들은 말한다. 어른이 된 다음 실컷 하라고. 하지만 오롯이 이 시기에만 할 수 있고, 만끽할 수 있는 게 있다. 가령, 내 꿈인 아타카마사막을 달리는 것도 성인이 된 다음에 하는 것과, 그전에 하는 건 여러모로 다르다. 그래서 지금이 아니면 안 된다. 지금이 아니면 느낄 수 없다.

그런 의미에서 난 시간이 날 때마다 스포츠 매장을 찾는다. 갖고 싶은 마라톤화와 사막마라톤에 필요한 다양한 장비들을 맘껏 보면서 내 꿈이 멀리 있지 않다고 깨닫는다. 일상에 익숙해져 그 꿈이 흐릿해질 때마다 찾는다. 가능하면 한 살이라도 어릴 때 아타카마사막을 달려 보고 싶다. 어른이 되기 전, 꼭 한 번 달려 보고 싶다.

"얘들아! 여기서 이러는 거 아니야! 조용히 안 해!"

내가 깊은 생각에 빠져 있는 동안에도, 아이들은 계속해서 뛰어다녔다. 결국 참다 참다 못한 매장 직원이 앙칼지게 주의를 주었다. 주춤거리며 눈치를 보던 아이들은 곧 울 듯한 얼굴을 하고서 각자의 부모에게로 돌아갔다.

"이봐요. 지금 뭐라고 했어?"

부모 중 한 남자가 소리를 지른 직원에게 다가가 따져 물었다.

"그, 그게 아니고……."

"그게 아니면! 아니면 뭐요! 당신도 이렇게 누가 소리 지르면 좋아? 좋냐고!"

변명을 하려던 직원은 남자의 기에 눌려 그만 입을 다물었다. 그러자, 남자는 제대로 걸렸다는 듯 매섭게 따져 물었다. 목소리 큰 사람이 이긴다고, 소리소리 지르며 모두가 보는 앞에서 단단히 창피를 주기 시작했다.

"거참, 애가 누굴 닮아 그렇게 시끄럽고 버릇없나 했더니, 제 아빠를 닮았구먼!"

지켜보던 손님들 중, 보다 못한 한 할아버지가 지나가는 말처럼 한마디 했다.

"뭐라고요? 지금 뭐라고 했어요? 네가 뭔데 끼어들어? 당신 뭐야? 이 여자 아빠라도 돼?"

남자는 손가락으로 직원을 가리키며 사납게 할아버지를 노려보았다. 할아버지는 흉악해진 분위기를 피하고 싶은지, 자리를 피하려고 했지만 남자의 멈추지 않는 독설은 할아버지의 발목을 붙잡았다. 횡포였다. 하지만 아무도 남자를 말리려 하지 않았다. 모두가 말려들고 싶지 않은 듯 가만히 서서 빨리 이 상황이 끝나기만을 기다렸다.

"무슨 일이야?"

다해였다. 얇은 띠종이로 감싼 책 한 권을 들고 있었다.

난 할아버지와 남자에게서 눈을 떼지 않은 채, 지금까지의 상황을 다해에게 설명해주었다. 그래서 듣고 있던 다해의 표정이 몹시 불쾌하게 변해가고 있다는 걸 미처 알아채지 못했다.

"학생. 가만히 있어요."

누군가가 팔을 뻗어 다해를 제지했다. 그제야 다해가 망설임 없이 도심 속 괴수처럼 난장을 피우고 있는 남자에게로 성큼성큼 나아가려고 했다는 걸 알았다. 말린 사람은 조금 전까지 남자에게서 창피를 당하고 있던 직원이었다.

"지금 그게 무슨 말이에요?"

다해가 따져 물었다.

"나서지 말고 가만히 있어요. 그게 도와주는 거예요."

직원은 다해에게 목소리를 낮추라는 듯, 일부러 속삭이듯 말했다. 표정은 심각했다.

"가만히 있으라고요? 모두를 위해?"

"네. 그래요. 가만히 있어요."

"이 상황에 그게 맞아요?"

"네, 맞아요. 그게 매장 매뉴얼이에요."

"매뉴얼이요? 지금 매뉴얼이라고 했어요?"

"네."

직원은 더 이상 말을 않겠다는 듯 다해에게서 고개를 돌렸다.

다해는 헛헛한 웃음을 내뱉었다. 고개를 절레절레 흔들면서 직원에게 등을 돌렸다. 그리고 거침없이 남자에게로 걸어갔다. 직원이 서둘러 손을 내밀었지만 차마 붙잡지는 못했다.

"아저씨! 그만하세요!"

다해는 남자 앞을 가로막고 서서, 다짜고짜 몰아붙였다.

"뭐, 뭐라고?"

남자는 황당한 표정을 지은 채, 섣불리 말을 잇지는 못했다.

"어서 할아버지께 사과하세요."

"뭐야? 넌 뭔데 그래?"

"어서 사과하시라고요."

다해의 말투는 단호했다. 어른이 아이를 야단치는 말투였다. 어른의 모습을 한 철부지 아이가 아이 모습을 한 어른 같은 다해에게 제대로 혼나고 있었다. 옆에 서 있는 직원도 하나같이 어른의 모습을 한 아이였다. 몸은 자랐지만 여전히 미숙한 아이의 상태에 머물러 있는 듯 보였다.

어른이 뭘까? 지금 이 자리에서 누구를 어른이라고 가리켜야 할까?

"이, 이 어린놈이. 감히 어디서! 너 몇 살이야?"

남자가 다해를 노려보며 부들부들 이를 갈았다. 어리다. 그 말이 뇌리에 박혀 떠나지 않았다. 누가 누구에게 어리다고 하는 걸까? 누가 저 남자에게 나이를 주었을까? 그리고 그 나이와 함께 대체 무슨 권한을 주었기에 저렇게 당당하게 다해에게 소리를 칠 수 있는 걸까? 아니다. 다해에게 그래서는 안 된다. 남자가 말했던 대로. 감히. 그래서는 안 된다. 나도 모르게 속에서 피가 끓어올랐다.

"아빠⋯⋯."

사태가 심각해지자, 곁에 서 있던 아이는 겁에 질린 표정으로 남자의 다리를 붙잡아 당기며 올려다보았다. 순간, 남자는 그 아이의 등짝을 사정없이 후려쳤다. 갑작스러운 손찌검에 아이는 미처 상황 판단을 하지 못하고 커다란 두 눈만 끔뻑였다. 믿을 수 없다는 표정을 하고서도 더욱 아빠에게 달라붙었다.

"그러니까 뭐래! 뛰어다니지 말랬지!"

엄청난 고함이었다. 훈계가 아니라 분노였다. 남자는 억누르지 못한 분노를 아이에게 쏟아냈다. 곧 아이의 얼굴이 일그러졌다. 울음을 터뜨렸다.

"시끄러워! 울지 마! 울기만 해봐!"

남자는 그렇게 말하면서 계속해서 아이의 등짝을 후려쳤다. 그러면서 울지 말라고 계속해서 윽박을 질렀다. 지독하고 어이없는 모순이다. 아이는 서러움에 더욱 크게 울음을 터뜨리고 말았다. 그리고 고개가 꺾일 정도로 등짝을 맞아 가면서 주위를 둘러봤다. 나 좀 안아줘요. 우리 아빠가 이상해요. 커다란 눈물을 뚝뚝 흘리는 그 눈은 그렇게 말하는 듯 보였다.

"아저씨! 지금 뭐 하시는 거예요!"

다해는 재빨리 허리를 숙여 아이를 감싸 안았다. 그 바람에 멈추지 못한 남자의 손바닥이 다해의 머리를 때렸다. 남자는 다해라는 걸 알면서도 몇 차례 더 손찌검을 해댔다. 분명했다. 귓가에 다해의 짧은 외마디 비명이 들려왔다.

"야! 이 새끼야!"

내 눈에서 불꽃이 튀었다. 곧장 뛰어나갔다. 미안해, 다해야. 더 빨리 나섰어야 했어. 늦어서 미안해. 앞으로는 그러지 않을 거야. 멍청하게 지켜보고만 있지 않을 거야. 탁! 탁! 탁! 거친 발소리가 매장 안을 가득 채웠다. 동시에 내 두 다리는 허공으로 날아올랐다. 그대로 남자의 커다란 덩치를, 어깨를 던져 밀쳐냈다. 남자는 꼬꾸라지듯 뒤로 나자빠졌다. 달려오던 속도 때문에 바닥을 뒹굴던 난, 아픔도 잊은 채 곧바로 남자가 넘어진 쪽을 향해 다시 달렸다. 남자는 구경하던 사람들과 함께 뒤엉킨 채 두 팔을 허우적거리며 버둥댔다. 곧바로 남자의 위에 올라타고 있는 힘껏 주먹을 휘둘렀다. 남자는 허둥지둥 손을 뻗어 날 밀어냈지만, 난 브레이크가 고장 난 기관차처럼 멈추지 않았다.

이성을 잃었다. 눈앞에 보이는 건 아무것도 없었다. 허공을 향해 가슴에 차오르는 분노를 게워낼 뿐인데, 주먹 끝에 둔탁한 무언가가 자꾸 부딪쳤다. 새하얀 공간 속에 새빨간 점이 수묵화처럼 번졌다. 난 눈앞에 흔들리는 빨간 케이프(Cape)를 본 투우처럼 더욱 미쳐 날뛰었다.

"이루다!"

다해가 내게 달려들었다. 그 상황에서도 주저 없이 날 끌어안았다. 거칠게 타오르던 불길 위로 커다란 천이 덮여지는 듯했다. 갑자기 머릿속이 새하얘진다. 잠깐이었지만 아무것도 기억나지 않는다. 내 두 손에 잔뜩 피가 묻어 있다. 그 아래, 얼굴 가득 피범벅이 된 남자가 신음을 토해내고 있다.

거친 숨을 몰아쉬며 주위를 둘러보았다. 주위를 둘러싸고 있던 모두가 굳게 입을 다물고 마치 괴물을 쳐다보듯 한 걸음 뒤로 물러서 있다. 침묵이 흐른다. 아무런 소리도 들리지 않았다.

"아빠, 아빠……."

조금 전까지만 해도 남자에게 얻어맞고 있던 아이의 울음만 귓가에 들렸다.

아이는 자신을 향한 폭력 앞에서도, 자신의 아빠에게 안아 달라고 팔을 벌렸다. 다가온 아이는 쓰러져 있는 남자의 팔을 붙잡고 서럽게 울기 시작했다. 결국 그 울음 앞에 죄인이 된 건 나였다. 그 너머로 사색이 된 채 지켜보는 직원의 모습이 보였다. 또다른 직원들은 서둘러 어디론가 급히 전화를 걸었다.

"루다야. 너, 괜찮아?"

다해의 목소리가 들렸다. 그제서야 울먹이는 다해의 얼굴이 보였다. 날 바라보는 눈동자엔 걱정이 가득했다. 남자에게서 튄 피로 범벅이 된 내가 함께 들어있었다. 낯설었다. 지금 내가 뭘 한거지? 잠시 정신이 나갔었나? 현기증이 밀려왔다. 어지러웠다.

괜찮지 않아.
모르겠어. 아무것도 모르겠어.

그날 저녁. 엄마는 굳은 표정으로 경찰서로 왔다.
다해와 매장 직원들의 진술로 더 이상의 큰 문제는 일어나

지 않았다. 남자도 더 이상 소란을 피우고 싶지 않다며 아이와
함께 일어났다.

"아직 학생이고 하니까. 선처를 부탁합니다."

남자는 그렇게 말하고 돌아섰다. 하지만 내게는 한마디도
하지 않았다. 꼴도 보기 싫다는 듯 쳐다보지도 않았다. 말과 행
동이 달랐다. 그게 잘못을 인정하더라도 쉽게 머리를 숙이지
않는 어른의 자존심이라는 걸 한참 후에야 알았다.

"아빠, 아파? 응? 아파?"

아이는 힘없이 돌아서는 아빠의 손을 꼭 붙잡고 짧은 다리
로 부지런히 따라 붙었다. 그럼에도 조금씩 뒤로 처지자 남자
는 허리를 숙여 아이를 안아 올렸다.

"그럼, 데리고 가도 될까요?"

엄마가 경찰에게 물었다. 목소리는 무척 조심스러웠다.

일부러 다해는 먼저 돌려보냈다. 엄마와 마주쳐서 좋을 게
없었다. 분명, 엄마는 다해 때문이라고만 생각하고 다해를 미
워했을 게다.

"네. 데리고 가시면 됩니다."

경찰이 사무적으로 대답했다. 엄마가 날 데리러 온 건 형식
적인 인계조치였다.

경찰서를 나와 집으로 돌아오는 차 안에서 엄마는 아무런
말도 하지 않았다. 그 침묵은 몇 년 전에도 있었다. 그날도 난
다해를 위해 싸웠었다. 다해를 위해서였다.

94

"그 아저씨. 다해에게 손찌검을 했다고."

침묵을 참지 못하고 볼멘소리로 투덜거리자, 엄마는 곧장 차를 세웠다. 그리고 무섭게 날 노려보았다.

"엄마가 그랬지. 폭력은 나쁜 거라고."

목소리는 그 어떤 때보다 매서웠다. 하지만 엄마가 더 이상 무섭지 않았다. 엄마가 이렇게 작았나? 어느새 난 엄마보다 훨씬 더 자라 있었다.

"정당방위였어."

변명하듯 한마디 했을 뿐인데, 엄마는 아까부터 참고 있던 말들을 한바탕 쏟아냈다.

"그게 무슨 정당방위야! 그건 폭력이야! 다해가 아이를 감싸 안은 것처럼, 차라리 너도 다해를 감싸 안았어야지! 왜 다짜고 짜 주먹부터 휘둘러!"

순간 시간이 멈춘 듯했다. 엄마의 얼굴이 낯설었다.

"무슨 말을 그렇게 해? 그럼 엄마는 지금, 아들이 그 아저씨 한테 맞았어야 한다는 말이야?"

"그래! 차라리 맞아! 그게 훨씬 어른다워! 애도 옆에 있었다 며! 애 보는 앞에서 애 아빠를 때려! 그게 무슨 짓이야!"

그 말에 경찰서를 빠져나가던 남자가 아이를 들어 올려 안 던 모습이 떠올랐다. 남자는 아이를 미워했던 게 아니었다. 자 신도 어떻게 해야 할지 모르고 있을 뿐이었다. 몸은 어느새 어 른이 되었지만, 여전히 모르는 게 많았다.

그래, 난 그래선 안 되는 거였다. 아이가 보고 있는데 아빠를 때리다니. 아이에게 아빠는 그런 모습을 보여서는 안 되는 존재다. 아직은 산 같고 든든해야 하는 존재여야 한다. 내가 그걸 망가뜨렸다.

알고 있다. 알고 있는 사실을 엄마에게서 다시 듣게 되자 짜증이 났다. 안 된다는 걸 알면서도 밀려오는 짜증을 참을 수 없었다. 결국 말은 생각과 반대로 튀어나왔다. 이게 아닌데. 말하는 순간에도 그런 생각을 했다.

"그게 뭐! 애가 뭐! 엄마가 여자라서 그래! 다해도 여자라서 그런 거고! 남자는 아니라고! 아빠라면 잘했다고 했을 거야! 분명 그렇게 말했을 거라고!"

"아빠는!"

흥분해서 날뛰는 내 목소리보다 더 크게 한마디를 내뱉고서, 엄마는 그만 말을 멈췄다. 입술을 굳게 다문 엄마는 마지막 말을 삼켰다. 아까보다 더 엄숙한 침묵이 흘렀고, 더욱더 내 숨통을 조여 왔다. 자리를 박차고 뛰쳐나가고 싶었다. 하지만 그러면 엄마가 너무 불쌍해질 듯했다. 화난 엄마에게서 도망치는 게 아니라, 이제는 엄마를 버리는 기분이 들었다. 미안함은 없었다. 측은할 뿐이었다.

"아빠는……. 그랬어."

엄마는 흘리듯 말하며 천천히 고개를 돌렸다.

"그래. 아빠는 그랬어. 산처럼 버티고 서서 든든하게 막아주는 사람이었어."

"아빠가 바보처럼 맞고만 있었다고? 거짓말. 엄마는 내가 아빠를 기억 못한다고 거짓말하는 거야. 남자는 안 그런다고."

"아빠는 어른이었어. 너처럼 어리석게 행동하지 않았어."

"맞고만 있는 게 어른이야? 그럼 나, 안 해. 어른."

툭 하고 내뱉은 말에 엄마는 얼어붙은 듯 멈췄다. 하지만 엄마는 더 이상 화를 내지 않았다. 다만 아무런 말없이 한참을 생각에 잠긴 듯 있다가 속 깊은 말을 내게 했다.

"루다. 누구나 어른이 돼. 그건 어쩔 수 없는 거야. 결국 어른이 된다면. 제대로 된 어른이 되어라. 네 아빠처럼."

엄마의 독백이 바람을 타고 흘러왔다. 난 더 이상 아무런 대꾸도 하지 않았다. 엄마의 말이 옳다는 생각이 들지는 않았다. 기억나지도 않는 아빠가 어쨌다고. 말이 통하지 않았다. 그래서 입을 다물었다. 침묵했다.

커 갈수록 점점 엄마와의 거리가 생겼다. 마음은 그렇지 않은데 자꾸만 그렇게 만드는 상황들이 생겨났다. 아니라는 걸 알면서도 자꾸만 멀어지고 싶었다. 그게 쉬운 일이다. 마음이 그렇게 흘렀다.

혼자이고 싶었다. 떠나고 싶었다. 아타카마사막이 떠올랐다. 달리고 싶었다.

열다섯

　중학생의 마지막 여름 방학을 며칠 앞둔 어느 날, 깜짝 놀랄
만한 소식을 들었다. 한참 동안 내 귀를 의심해야 했다. 믿을
수 없었다. 갑작스럽게 다해가 학교를 그만두었다. 몸이 아프
다거나, 사고를 친 것도 아니었다.

　"나, 본격적으로 로봇을 만들 거야!"

　그게 이유였다. 로봇을 만들기 위해서. 로봇이라니! 다해는
잘도 그런 이유로 모두의 허락을 받아냈단 말인가?

　"있잖아, 학교란 말이지, 단순히 지식만 배우는 곳이 아니
야. 인성도 배우는 곳이라고……."

　여기까지 듣던 다해가 피식 웃었다. 나 역시도 말해놓고 따
라 웃었다.

　"좋아, 좋아. 그럼, 친구들은? 이맘때 사귄 친구가 평생을 가

는 거다.”

“이루다만으로 충분하네요.”

“장난치지 말고!”

짜증내는 말투였지만, 솔직히 기분은 좋았다. 그럼, 내가 다해를 독점하게 된다는 의미인 걸까? 생각해보니 나쁘지는 않았다.

“이루다, 지금 무슨 생각하는데 그렇게 징그럽게 웃어?”

“누, 누가 웃는다고 그래?”

다급히 부정해 보지만, 다해는 이미 모든 걸 꿰뚫어본다는 듯한 표정이다. 속내를 들킨 듯해서 얼굴이 화끈거렸다.

“온다해. 장난치지 말고. 나 정말 심각하다고.”

겨우 말을 돌리며 진정했다.

“그러니까 왜 그렇게 심각하시냐고요?”

“학교를 그만뒀다니까 심각하지! 몰라서 묻는 거야?”

“그러니까, 왜 학교를 그만두는 게 심각한 거냐고요?”

“그, 그러니까…… 어른들은? 어른들은 뭐라는데?”

말이 헛돌며 결론이 나지 않자 어른을 앞세웠다.

“집에선 적극 찬성.”

다해 아빠가 떠올랐다. 늘 다해가 하는 일이라면 아낌없이 응원을 보내주던 모습. 그래, 충분히 허락하고도 남을 듯하다.

“학교에선?”

“다들 안 봐도 비디오라며 말리지.”

“그지? 지금 나만 말리는 게 아니지?”

"그래서?"

"응?"

"그래서, 너도 그렇게 생각한다는 거야? 내가 로봇을 못 만들 듯해서?"

"그렇게 생각 안 해. 다만, 너무 극단적인 선택이잖아. 학생이 학교를 그만두겠다는 건."

"목표도 없이 그냥 나가겠다는 게 아니잖아. 내 목표는 너무나 명확해서 지금도 그렇고, 앞으로도 어떻게 해야 하는지 더욱 분명해진 거야. 학교는 우선순위에서 밀려난 것뿐이고. 학생은 학교에 다녀야 한다는 건 누가 정해놓은 규칙인데? 그 규칙대로 살지 않으면 잘못된 거야? 난 아니라고 생각해. 그리고 머릿속으로만 이거 하고 싶다, 저거 하고 싶다 생각만 하면서 시간 낭비하고 싶지 않아. 변명만 잔뜩 늘어놓으면서 망설이고 싶지 않다고. 난 내 머릿속에 들어 있는 걸 실현하고 싶어."

군더더기 없는 깔끔한 지론이었다. 그래도 말려야 하지 않을까? 생각했다. 난 누가 정해놓은지 모를 그 규칙에서 쉽게 벗어날 수 없는 사람이니까. 내 눈에는 용기라기보다는 무모해 보였다. 앞으로의 다해 모습이 걱정되었다.

"그래도 다해야, 학생이라면⋯⋯."

"그러니까 안 하겠다고. 그 학생."

다해는 웃으며 말을 잘랐다.

다르다. 불현듯 그 생각이 머릿속에 떠올랐다.

'다름'은 불편하다. 그래서 그런 마음은 '같음'을 똘똘 뭉치게 하고 '다름'을 배척하게 한다. '다름'은 다수의 횡포에서 살아남기 위해서라도 거짓이라고 거짓시인을 해야 한다. '다름'이 아닌 '틀림'이라고 거짓인정을 해야 한다. 그런데 지금, 다해는 그걸 하지 않고 있다.

"그러면 선생님들은? 담임은 뭐래?"

"말리지."

"어른들이 말리면, 이유가 있지 않을까? 이미 다 해봤으니까, 아니라는 걸 아니까, 그래서 말리는 게 아니겠어?"

"어른이 이미 다 해봐서 안다면, 나 역시도 해봐야지. 해보지 않으면 알 수 없잖아."

다해는 용기 있다. 그 어떤 어른보다도 어른처럼 느껴졌다.

"아까도 말했듯이, 생각 없이 그만두는 거 아니야. 계획도 있고, 꿈도 있고, 목표도 있어."

꿈과 목표라는 말을 할 때, 다해의 얼굴은 확신에 가득 차 있었다.

더 이상은 무리구나. 다해가 학교를 그만두면 안 되는 이유를 계속해서 찾아내려고 했지만, 결국 단 한 가지도 찾아내지 못했다. 오히려 이제는 내가 학교를 다녀야 하는 이유도 모르겠다. 왜 학교에 다니고 있는 걸까? 무엇을 위해서?

마치 어디로 향하는지 알 수 없는 긴 에스컬레이터 위에 올라타 있는 느낌이다. 가만히 서 있기만 하면 부유하듯 두둥실 떠가는. 어디서 멈추고 내려야 하는지도 모르고 그저 멍하니 흘러가고 있다. 갑자기 앞으로의 내 미래가 걱정되었다.

영국에서 진행된 마라톤에서 5,000명의 선수들이 단체로 실격되는 사태가 있었다. 실격 이유는 코스 이탈이었다. 한두 명도 아니고, 어떻게 5,000명이나 되는 선수들이 코스를 이탈했을까? 선두를 달리고 있던 한 선수가 실수로 코스를 이탈했는데, 이를 아무 생각 없이 뒤따라오던 모든 선수들이 줄줄이 따라서 경로를 이탈했기 때문이다. 무작정 남들 가는 대로 따라 달리기만 한 결과였다.

난 그들과 다를 바 없다. 인파에 휩쓸려 어디를 향하는지도 모르고 흘러만 가고 있다. 지금 달리는 이 길이 맞는 길이긴 할까? 달리라니까 달리고, 달리고 있으니까 멈출 수 없을 뿐이다. 고개를 들어 주위를 둘러보면, 모두가 시무룩하고 지친 얼굴이다. 초점 없는 눈동자로 서로가 서로를 떠밀어가며 달리고 있다. 단 한 사람도, 다해의 확신에 찬 얼굴과 같은 사람이 없다. 이건 아니라는 생각이 들었다. 모두 다해와 같은 용기가 없다. 그랬구나. 다해는 엄청난 용기를 끌어낸 거구나. 갑자기 다해가 부러웠다. 반대로 꿈도 없는 내가 한없이 부끄러웠다.

그해 여름, 다해는 학교를 떠났고, 난, 학교에 남았다.

열여섯

"여기서부터는 혼자 갈게. 너무 멀리까지 왔어."

갈림길에 다다르자 다해는 멈춰 서서 날 돌아보았다.

"생각보다 무거워. 그냥 독서실까지 옮겨줄게."

다해의 부탁으로 내가 쓰던 중학교 교과서를 옮겨주는 중
이다.

"무거운 거 알아서 그래. 미안하잖아."

"알면, 그만 말 걸고 어서 가시지요? 무거우니까."

SNS상에서는 매일 보지만, 이렇게 직접 얼굴을 마주하는 건
꽤 오랜만이다. 오늘처럼 꼭 만나야 하는 일이 아니라면, 문자
로 대화하는 게 일상이었다.

"그럼, 반반 나눠서 들자."

"노끈으로 꽁꽁 묶어둔 걸 이제 와서 어떻게 풀어? 그냥 가."

고등학생이 되면서 엿으로라도 바꿔 먹을 생각에 단단히 묶어 뒀었는데, 오늘 아침, 다해가 필요하다고 했다.

"갑자기 중학교 때 책들은 왜 필요한데?"

"검정고시 보려고."

"에? 검정고시?"

"독일에 있는 대학에 추천됐어. 로봇공학으로 유명한 곳이야. 그래서 중, 고등학교 졸업장이 필요해."

아, 로봇. 역시 다해였다. 여전하구나. 뒤늦게 중학교를 졸업하겠다는 것도, 이제와 고등학생이 되겠다는 이유도 다 로봇 때문이었다. 자신의 목표를 향해 달려가기 위해서 단지, 졸업장이 필요할 뿐이다. 어쩌면 당연한 이치다.

"독일이라니, 너무 멀리 가는 거 아니야? 그리고 로봇은 일본이 가장 발달했잖아."

뉴스에서 봤던 게 기억나서 물었다.

"얼마 전 발표된 자료에 의하면, 세계에서 로봇이 가장 많이 발달된 나라는 일본도 독일도 아닌, 바로 우리나라야. 다만 우리나라 교육제도로는, 지금의 나로선 원하는 공부를 곧바로 할수 없는 상황이야. 그게 못내 아쉬울 뿐이지."

"그래서 독일로 가는 거야? 언제 가는데?"

"이변이 없으면 올해 말이나, 늦어도 내년 초에는 가 있을 거야. 독일에서는 가을에 학기가 시작하는데, 난 미리 가서 언어연수를 좀 해야 하고……."

옆에서 걷고 있는 다해를 곁눈으로 바라보았다. 몰랐는데,

하루가 다르게 여자다워지고 있다. 학교를 다니지 않아서 그런지 머리모양도 어른스럽고, 어라? 화장도 한 듯하다.

"에? 얼굴에 낙서한 거야?"

유치하지만 그렇게 말을 걸었다. 화장이라는 단어가 낯설고 어색했다.

"낙서? 아, 화장?"

다해가 빙그레 웃었다. 그렇게 웃지 말라고. 심장이 두근거린다고.

"다들 하지 않나?"

"다들 한다고? 난 안 하는데?"

"여자애들 말이야. 또래 여자애들은 다 한다고."

"에? 그런 거였어? 그럼 저 여자도? 저 여자도?"

주위를 둘러보며, 내가 물었다.

"그렇게 노골적으로 쳐다보지 마. 기분 나쁘겠다. 저 사람들도 화장했겠지. 예쁘게 보이고 싶을 테니까……."

다해는 한 발 앞장서서 걸어 나갔다. 그 바람에 다해의 마지막 말을 제대로 듣지 못했다.

"에? 방금 뭐라고 했어? 잘 안 들렸어."

"못 들었으면 말아."

"에? 그러지 말고 말해줘. 나 궁금하면 못 참잖아. 뭐야? 지금 일부러 그러는 거야? 말해줘. 응? 말해줘."

다해는 괴로워하는 내 모습이 즐거운가 보다. 말은 해주지 않고 연신 싱글거리며 가볍게 통통대며 앞장서 걸었다. 그런데 그게 또 마치 싱그러운 CF 속 한 장면 같다. 분명, 남자들이 가만히 놔두지 않을 거다. 어쩌면 이미 남자친구가 있는지도 모른다. 물어볼까? 아니다. 그러다 진짜 있기라도 하면? 차라리 모르고 있는 게 낫다. 혹시 알게 되더라도 아무렇지 않은 듯 축하한다고 해야 하겠지? 아니다. 평생 남자친구 하나 없게 생긴 사람이라면 축하할 만하겠지만, 다해다. 온다해. 남자친구쯤이야 당연하다. 그렇다면, 난 뭐지? 다해에게 뭐지, 난?

"참, 나 며칠 전에 고백 받았다."

독서실에 가까워질 무렵, 느닷없이 다해가 말했다. 불길한 예감은 틀린 적이 없다더니, 당황해서 다리가 꺾이고 말았다. 길바닥에 그대로 주저앉을 뻔했다. 마른침이 탁하고 목에 걸렸다. 난 괜찮다. 아니, 괜찮아야 한다.

"어머! 강아지다!"

다해는 조금 전, 자신이 얼마나 엄청난 폭탄을 터뜨렸는지도 모르는 듯, 금세 내 옆에서 산책 중이던 강아지에게로 시선을 돌렸다. 아, 개만도 못한 취급을 당한 듯하다. 서운함이 밀려온다. 그래도 뭐, 강아지는 너무 귀엽다. 바라보고 있는 다해의 옆모습도.

"고백을 받았으면 받았지, 그걸 뭐 하러 나한테 말하는데?"

아무렇지도 않은 듯, 애써 태연한 척 말했다. 다해 역시, 별일 아니라는 듯 여전히 강아지에게 시선을 고정한 채 대답했다.

"그럼, 그걸 남자친구에게 말하지, 누구에게 말하니?"

"……뭐?"

"아무튼 난 숨기지 않고 말했으니 나중에 화내기 없기야."

"에?"

머릿속이 멍해졌다. 무슨 말을 해야 할지 몰랐다. 그제야 이상한 낌새를 느꼈는지, 다해는 고개를 돌려서 날 쳐다보았다. 다해의 맑고 커다란 눈동자에 당황하는 내 얼굴이 비친다. 바보 같은 표정이다. 동시에 다해의 고개가 오른쪽으로 살짝 기울어졌다. 잠시 후, 이번에는 왼쪽으로 기울어지는 듯싶더니, 갑자기 두 손바닥으로 탁하고 내 얼굴을 옴짝달싹 못하게 붙잡는다.

"이루다. 너, 설마…… 아니지? 그렇지?"

"뭐, 뭐가?"

"옛날부터 바보라는 건 알고 있었지만, 아무리 바보라고 해도 그렇지 그걸 모를 리 없잖아."

"아, 정말. 그 바보라는 소리 좀 하지 마. 벌써 몇 년째냐?"

"정말 몰랐던 거야?"

"그러니까 뭘?"

"하긴, 바보니까 모를 수도 있겠다."

"아, 진짜! 바보 아니라니까!"

"이루다. 말해봐."

"뭐, 뭘 말해?"

"솔직하게."

다해는 내 얼굴에 자기 얼굴을 더욱 가깝게 가져다 댔다.

"내, 내가 언제는 솔직하지 않은 적이 있었냐?"

이러다가 얼굴이 터져버리는 건 아닐까?

"그래, 솔직하지. 그러니까 말해봐…… 난 너한테 뭐니?"

"에?"

그건, 네가 아니라 내가 묻고 싶던 말이잖아. 갑작스런 물음에 넋이 나갔다. 침묵이 길어지자 다해는 월척이라도 잡은 낚시꾼처럼 신 나서 발을 동동거렸다.

"맞네! 몰랐네! 모르니까 말 못하네!"

"모, 모르긴 누가 모른다고 그래?"

"하긴 모를 리 없지…… 그렇다면 혹시?"

다해는 이미 내 말은 듣고 있지 않았다. 자기 혼자 결론 내고, 이제는 또 무슨 생각을 하는지 가늘게 실눈을 뜨고 날 노려보았다.

"왜, 왜 갑자기, 또 뭐, 뭔데?"

무슨 말이 나올지 몰라서 말까지 더듬거렸다.

"혹시, 바람피우나?"

"바, 바람이라니?"

"딴 여자 생겼어?"

"따, 딴 여자? 갑자기 그게 뭐? 와! 온다해, 정말 뜬금없다."

"아니면 됐어."

사람을 들었다 놨다 하더니, 이번에는 아니면 됐단다. 와, 정말. 갑자기 폭풍이라도 몰아친 듯 정신이 하나도 없다.

"그만 가자."

내가 그러던지 말든지 다해는 다시 앞장서서 걸었다.

"그래. 가자! 가자고!"

이번에는 내가 한 걸음 앞장서서 걸어 나갔다. 이상하게도 기분이 좋아졌다.

그럼, 그걸 남자친구에게 말하지, 누구에게 말하니?

머릿속에는 온통 다해의 입에서 나왔던 '남자친구'라는 단어만 맴돌았다. 내가 알고 있는 그 남자친구라는 의미지? '남자인 친구'가 아니지? 혹시 내가 잘못 들은 건 아닐까? 슬쩍 다시 한 번 물어볼까? 아니다, 그랬다간 또다시 바보라고 놀려댈 게 분명하다. 그런데 우리가 언제부터 사귄 거지? 아무리 기억을 되돌려 봐도 사귀자고 말했던 적이 없다. 언제부터 내가 다해의 남자친구가 된 걸까? 생각이 깊어질수록 머리만 더욱 아파왔다.

"저기…… 다해야."

분명, 놀릴 텐데. 에라, 모르겠다.

"우리가 언제부터…… 사귀기 시작했……."

"이루다! 딱 걸렸어!"

다해가 함박웃음을 터뜨렸다.

"그지? 정말 모르고 있었던 거지? 설마 했는데. 어쩜!"

"아, 아니, 그냥, 뭐랄까? 갑자기, 불현듯, 문득, 마구 떠올랐다고 할까? 남자와 여자는 왜 사귀는가? 그 사귐으로 얻게 되는 시너지는 무엇인가? 과연 우리는 그 시너지를 제대로 내고 있는가……."

"애쓴다 애써. 확실하네. 몰랐네. 몰랐어."

"아. 아니라니까."

"이루다. 바보 맞네."

"바보 아니라니까."

"바보."

"바보 아니라고!"

성질을 부리는데, 갑자기 다해가 내 볼을 꼬집으면서 웃는다. 다해는 바보라고 놀릴 때, 퉁명하게 반응하는 내 표정을 좋아한다. 심지어 귀엽다고 한다. 솔직히 기분은 좋다. 그래서 매번 바보라고 놀리는 다해의 장난에, 맞장구쳐왔는지도 모르겠다.

"언제냐 하면, 우리 일곱 살 때 기억나? 그때 네가 내 손 잡았잖아."

"에? 그거라고?"

"당연하지. 그럼 넌 사귀지도 않는데 막 손 잡고 그래?"

"에?"

다해의 앞집으로 이사를 온 날. 엄마가 부르는 소리에 같이 놀고 있던 다해의 손을 잡고 함께 달렸었다. 헤어지기가 아쉬워서 그랬다. 하지만 일곱 살 때라니. 뭐가 이렇게 조숙해?

"그때부터 지금까지 한 번도 헤어지자고 한 적 없잖아."

사귀고 있는지 몰랐으니까. 헤어지자고 말한 적이 없지.

"그러니까 우리는 현재진행형이지."

맞네. 그때부터 줄곧 다해는 내 여자친구였네. 줄곧 사귀고 있었네. 다들 알고 있었던 거야? 나만 몰랐어? 지난 수년간 여자친구인데도 여자친구인 줄도 모르고, 여자친구처럼 대하지도 못했네. 그래. 나 바보네. 바보 맞네.

"그렇다면……."

억울한 마음에 손을 내밀었다.

다해는 한참을 말없이 내민 그 손을 내려다본다. 한참을 보더니 탁, 하고 내 손바닥을 내려친다. 그러고는 방긋 웃는다.

"됐네요. 지금까지 몰랐으면서."

다해는 다시, 앞장서 걷기 시작했다. 우리는 손을 잡지도, 나란히 걷지도 않았지만, 서로를 이어주는 끈이 있는 듯 일정한 거리를 유지한 채 함께 걸었다.

조금은 수줍게 느껴지는 발걸음이, 한 걸음, 한 걸음, 다해를 따라 걷는다.

짙은 벤자민 향기가 바람에 묻어 뒤따라 걷는 내게로 날아왔다.

다해는 나의 '첫 기억'이다.

열일곱

중간고사가 끝나는 날이었다. 밤샘까지 하며 준비했건만, 정확히 아는 문제보다는 모르는 문제가 더 많았다.

"다녀왔습니다……."

일부러 힘없는 목소리로 현관문을 열었다. 언젠가부터 집으로 돌아오면, 일부러 지친 내색을 한다. 말하고 싶었다. 고등학생이라는 거, 힘들다고. 지친다고. 물론 언제나 되돌아오는 목소리는 없다. 역시나 엄마는 회사에서 돌아오지 않았다. 오늘도 야근인 듯하다. 아무리 내가 지친 모습을 보여도, 엄마는 나보다 훨씬 더 지쳐 보인다. 그래서 실제로는 엄마 앞에서 힘든 내색을 하지 않는다. 힘들지만, 힘들다고 말할 수 없다. 엄마에게는.

'배고프다.'

식탁 위에는 엄마가 출근하면서 차려놓은 아침밥상이 그대로 있었다. 국을 데우고, 밥만 푸면 된다.

어려서부터 혼자 식사하는 건 익숙해 있었지만, 그래도 혼자 하는 식사만큼은 영 어색하고 불편하다.

갑자기 우울하다. 습관처럼 TV를 켰다. 이리저리 채널을 돌리다가 깜짝 놀라 멈췄다. 저녁 뉴스였다.

"어?"

밥을 퍼 올리던 숟가락을 그대로 쥔 채, TV 볼륨을 높였다. 놀란 입은 좀처럼 다물어지지 않았다.

다해다. 믿기지 않을 만큼 놀랍고, 또 반가웠다.

"……국제로봇챌린지리그에서 우리나라의 온다해 양이 속해 있는 독일 대학의 루보팀이 값진 동메달을 수상했습니다. 현재, 열일곱 살인 온다해 양은 로봇관절분야에서 큰 두각을 나타내고 있습니다. 앞으로 우리나라 로봇의 미래가 밝다는 걸 시사하며……."

기자는 한껏 격양된 목소리로 소식을 전하고 있었다.

화면 속의 다해는 정장을 갖춰 입은 수많은 어른들 사이에서 커다란 트로피를 들고 활짝 웃고 있다. 그 뒤로 바다 속을 유유히 헤엄치는 돌고래의 영상이 흘러나왔다. 자세히 보니, 평범한 돌고래가 아니었다. 그건 다해가 속해 있는 루보팀이 만든 로봇돌고래라는 사실이 자막을 통해 전해졌다.

수많은 기자들이 앞다투어 플래시를 터뜨렸다. 다해는 긴장한 기색도 없이 자랑스럽게 트로피를 치켜 올렸다. 자랑스럽다. 그 모습이 한없이 자랑스러웠다. 하지만 다른 한편에서는 공허함이 밀려왔다. 왜 그런 기분이 드는지는 알 수 없다. 분명, 질투는 아니다. 다해는 열심히 하고 있고, 그에 상응하는 결과를 내고 있는 거다. 응원해주고 축하할 일이다.

다만, 다해가 점점 더 멀어지는 기분이 들었다.

사방이 막힌 깊은 우물 속에 빠진 기분이다. 그 안에서 올려다보는 손바닥만 한 하늘이 내가 꿈꾸는 전부라는 걸 깨달았지만, 난 우물을 빠져나갈 방법도 모르고, 힘도 없다. 다해는 우물 밖에서 그런 날 가만히 들여다본다. 눈이 마주친다. 하지만 다해는 손을 내밀지는 않는다. 어디론가로 시선을 돌린다. 그리고 사라진다.

이제는 다해가 어떤 길을 걷고 있고, 어떤 삶을 살고 있는지 감조차 잡을 수 없었다.

조금만 고개를 돌려서 서로의 길을 걷는 거라고 생각했는데, 어느덧 다해와의 거리는 걷잡을 수 없이 멀어져 있다.

시작점이 같아도 1도만 방향이 틀어지면, 길게 뻗어가는 두 직선의 간격은 점점 더 멀어진다. 시간이 흐를수록, 다해와의 거리는 더욱더 멀어져 간다. 이대로라면 우리가 어른이 되었을 때, 분명 어울릴 수 없을지도 모른다.

우리는 너무 다른 길을 걷고 있다. 비로소 깨달았다.

"제길."

결국, 밥상을 뒤로한 채 밖으로 뛰쳐나왔다. 가만히 있기에는 가슴이 너무 답답했다. 먹먹했다.

강둑으로 달려가 숨이 턱턱 막힐 때까지 달렸다. 몇 시간이고 지치고 지칠 때까지 달리고 또 달렸다. 반복되는 보폭이 일정한 소리를 내며 깊고 고요한 침묵이 날 끌어당겨도 좀처럼 마음이 진정되지 않았다. 달리는 내내 생각이 꼬리에 꼬리를 물었다.

여기서 지금 뭐 하고 있는 거지? 공부는 왜 하고 있지? 대학을 가기 위해서? 대학은 왜 가야 하지? 취직하려고? 그렇다면 내 꿈은 직장인가? 아니다. 분명히 그건 아니다. 그렇다면 내 꿈은 뭐지? 무엇을 위해 이토록 달리고 있는 거지? 무엇을 향해?

아무리 곱씹어 봐도 답을 찾을 수 없었다.

다해는 나와 같은 열일곱 살이지만, 비교도 할 수 없을 만큼 성장했다. 이제는 아무리 손을 뻗어도 닿을 수조차 없을 듯하다. 그 사실이 뼈저리게 다가온다. 아무리 달려도 닿을 수 없는 절박함이 가슴 한 구석을 무너뜨린다.

이마에 송골송골 땀이 맺혔다. 숨이 차오르자 있는 힘껏 이를 악물었다. 자격지심이 가슴을 아프게 눌렀다. 삼킬 수만은 없어서 고함을 질렀다.

"깜짝이야!"

지나가는 사람의 목소리가 들렸다. 아랑곳하지 않고 한참을 더 달렸다.

죽을 듯이 숨이 차오른다. 다리에 힘이 풀린다. 비틀거린다. 이러다가 넘어질지도 모르겠다. 그럼에도 불구하고 멈추지 못하겠다. 이대로 멈추면 영영 다해에게 닿을 수 없을 듯한 불안함이 거센 파도처럼 밀려와 두려웠다.

"노을 참 멋지네."

지나가던 또 다른 목소리가 그렇게 말했다. 따라 올려다본 하늘에는 저물어 가는 노을로 아름답게 물들어 있었다.

멀리서 바라보는 다해는, 눈물겹게 아름다웠다.

일주일 후, 중간고사 성적이 나왔다.

31명 정원 중, 19등.

최악이다.

열여덟

처음으로 다해에게서 음성파일을 받은 건 2년 전, 그러니까 다해가 독일로 떠난 직후였다. 모두 영어로 녹음되어 있는 탓에, 난 그게 뭔지도 몰랐다. 메신저를 통해 받은 파일 속 다해의 목소리만 겨우 구별할 수 있었다.

— 온다해? 이게 뭐야?

곧바로 자판을 두들겨서 메시지를 보냈다. 보내온 음성파일을 듣는 동안 고작해야 10분 정도가 흘렀을 뿐인데, 그사이 다해는 자리를 비웠는지 좀처럼 답장이 오지 않았다. 한 시간 정도 지나고 나서야, 겨우 다해의 메시지가 떴다.

— 일기랄까?

시간의 간격 따위는 가뿐하게 뛰어넘는 대답이었다. 덧붙이는 말은 하나도 없었다. 하긴, 우리는 시간뿐만 아니라 거리의 간격도 가뿐히 뛰어넘고 있으니까.

— 영어로?

— 응. 여기서는 독어뿐만 아니라 영어도 필수니까.

— 그렇지만, 나, 영어 점수가 썩 좋지 않아. 무슨 말인지 알아들을 수 없어.

— 상관없어.

그렇게 대답하는 다해는 재미있다는 듯 웃는 이모티콘을 보내왔다.

— 어차피 쑥스러워서, 루다가 듣지 못했으면 하는 마음도 있다라고 할까? 그러다가도 역시, 루다에게 말해주고 싶어져. 이곳에서의 생활이나, 내가 하고 있는 생각 같은 걸, 공유하고 싶어. 하지만 그러다가도 또, 루다가 듣지 않았으면 하기도 하고. 솔직히 모르겠어. 나도 내가 어떤 마음인지.

이런 게 여자의 마음이라는 거군. 그런 생각이 들었지만, 자판으로 두들기지는 않았다.

— 그냥 메일이나, 메신저로 하면 안 될까?

— 사실, 그건 좀 별로야. 아무래도 텍스트는 감정을 읽을 수 없으니까, 자칫 오해 같은 게 생길 수도 있고. 무엇보다 루다는 눈치가 없잖아.

다해의 말에 말없이 고개를 끄덕였다. 사실이다. 그동안 받은 문자의 의미를 잘못 해석해서 토라진 적이 종종 있었다. 눈치가 없다는 말이 틀린 말은 아니었다. 매번 다해가 토라진 날 달래주고, 오해를 풀어줬지만, 지금처럼 떨어져 있는 상황이라면 오해의 골만 깊어질 수 있다.

— 그리고 알아주었으면 하는 게 하나 있어. 이곳에서의 생활은 정말 정신없이 흘러가. 하루에 해야 할 일들을 리스트로 만들어놓고 하나씩 해치우지 않으면 놓치고 말 지경이야. 서운하게 들릴 수도 있는데, 루다에게 연락하기도 이 리스트에 들어 있어. 미안해도 지금의 내게는 이게 일이야. 음성파일을 이용하는 이유도 그 때문이야. 내가 정해 놓은 시간에 정해 놓은 시간만큼 연락되기를 바라니까. 이기적이라고 하겠지만, 난 지금 선택과 집중을 할 수밖에 없어. 이해하지?

조금 전, 메신저에서 곧바로 답장이 오지 않는 이유를 이해했다. 그리고, 많은 시간이 흘렀는데도 미안하다는 말조차 없던 이유도. 정신없이 바쁜 다해의 시간은 다해의 대답만 기다리고 있는 나의 시간과 다르게 흘러가고 있는 셈이다. 내 시간에 맞춰 다해의 시간을 이해해서는 안 된다. 타지에서 혼자 힘내고 있을 다해를 다그칠 수는 없다. 응원해주고 싶다.

알았다는 문자와 함께, 함박 웃는 이모티콘을 찾아서 보냈다.

— 고마워. 이해해줄 거라 믿었어.

— 열심히 하자. 나도 여기서 열심히 할게.

— 응. 서로 떨어져 있지만 힘껏 응원하자!

— 그래, 좋아!

그렇게 시작된 다해의 음성파일은 어느새 하나 둘 쌓여갔고, 난 음악 대신 다해의 목소리를 들으며 강둑을 달리는 날이 점점 늘어갔다.

[RD_0001.mp3]

이제야 정해놓은 하숙집에 도착했어.

공항에서부터 여기까지 오는 동안 다양한 피부색의 사람들과 마주쳤어. 낯설지만 정말 외국에 있구나 싶더라.

하숙집은 깨끗하고 정리정돈이 잘되어 있어. 하지만 왠지 딱딱하다는 느낌이야. 그래도 괜찮아. 내 방에 있는 침대는 구름처럼 푹신하거든. 방에는 작은 책상이 하나 있고, 그보다 더 작은 창문이 옆에 있어. 내다보면 거리를 오가는 사람들이 보여. 동양인은 없어. 그제야 또 깨닫게 돼. 아, 맞다. 외국이었지, 하고.

여기 사람들은 모두 친절하고 좋아. 동양인을 많이 보지 못했는지, 날 신기해 해. 나이를 말해주면 더 깜짝 놀라지. 그때마다 내가 어리다는 걸 새삼 느껴.

대학에 입학하는 가을까지, 먼저 언어연수를 시작하려고 해. 독어와 영어를 동시에 배우기로 했어. 다들, 그렇게 함께 배우는 편이 빠르고 좋대. 어렵겠지만 열심히 할게.

거짓말 같지만, 다해에게서 받은 음성파일이 늘어갈수록 내 영어 점수도 점점 올랐다. 처음에는 다해의 목소리를 듣는 것만으로 좋았다. 영어로 말하는 다해가 어색하긴 했지만, 금세 익숙해졌다. 그러다가 무슨 말인지 알고 싶어 견딜 수 없게 되었다. 음성파일인 탓에 번역기를 돌릴 수도 없었다. 들으며 단어를 찾고 문장을 해석해야 했다. 그나마 다행인 건 다해도 아직은 초급영어를 구사해서 단어들이 어렵지는 않았다. 물론,

일취월장하는 다해와는 금세 실력 차이가 벌어졌지만, 난 포기하지 않고 열심히 쫓아갔다. 다해가 내게 말하고 있다. 들어야 했다. 무슨 얘긴지 알아야 했다.

어느덧 길을 묻는 외국인에게 안내를 해주다가 친구가 될 정도로 대화에는 어려움이 없게 되었다. 실로 놀라운 일이었다.

여름이 지나고, 가을이 시작되었다. 다해의 발음은 점점 더 자연스러워졌고, 단어들은 훨씬 어려워졌다. 따라서 나의 영어 점수도 쑥쑥 올라갔다. 가끔은 다해가 날 공부시키기 위해 일부러 수를 쓰는 게 아닌가 싶을 정도였다.

담임은 영어영문과를 목표로 입시준비를 해보자고까지 했다. 하지만 솔직히 난 아무런 생각도 없었다. 영어를 좋아한다기보다는 다해가 그리울 뿐이었으니까. 그것만으로 난 만족했다.

무엇보다도 영어를 제외한 다른 과목들은 좀처럼 점수가 오르지 않았다. 내 앞날은 불투명 그 자체였다.

[RD_0209.mp3]

여전히 기숙사 생활은 쉽게 적응이 안 돼. 소설책에서 읽었던 기숙사와는 전혀 달라. 여기 애들은 아무렇지도 않게 속옷차림으로 돌아다녀. 내가 다 부끄럽다니까. 볼 때마다 너무 놀란 나머지 그대로 얼어붙어 버려. 나중에 증거사진 보내줄 테니까, 기대해.

이 무렵, 다해는 정든 하숙집을 떠나 다니고 있는 대학교의 기숙사로 들어갔다고 했다. 어린 나이 때문인지, 아니면 문화적 차이인지 쉽게 적응하지 못하는 듯했지만, 난 걱정하지 않았다. 분명, 다해에게 포기란 없을 테니까.

물론, 보내겠다는 증거 사진은 끝끝내 보내주지 않았다. 단한 장도.

[RD_0222.mp3]

내 룸메이트는 일본인이야. 이름은 마사미. 짧은 머리에 시원한 웃음이 정말 좋아. 보는 나까지 기분이 좋아진다니까.

나이는 나보다 다섯 살 많은데 워낙 동안이라 사람들은 나랑 동갑이라고 생각해. 좌절이야.

같은 동양인이라 그런지 서로 많이 의지가 돼.

다해와 비교해서 나의 하루는 시시할 정도로 단조로웠다.

숨 막히게 사람들로 꽉 찬 버스에 몸을 싣고 등교하면, 1교시가 끝나기 무섭게 도시락을 까먹는다. 점심시간에는 땀에 흠뻑 젖도록 농구나 축구를 하고, 슬슬 몰려오는 졸음과 싸워가며 오후 수업을 마친다. 방과 후에는 집으로 돌아가기 전 강둑을 따라 두세 시간 달린다. 유일하게 내가 진심으로 좋아하는 시간이기도 하다. 저녁이 되면 TV를 보면서 실실거리다가, 잠이 든다.

문득 내 모습이 한심하게 느껴졌다. 유일하게 다해에게 부끄럽지 않은 모습은 달리는 모습뿐이다.

[RD_0238.mp3]

마사미는 이미 도쿄에서 대학을 졸업했어.

언젠가 산업디자인을 전공한 마사미의 디자인 노트를 볼 기회가 있었는데, 거기에 그려진 로봇들은 정말 너무나 아름다웠어. 난 마사미의 디자인이 너무 좋아.

마사미에 대한 이야기는 자주 등장했다.

다해는 마사미에게 허락을 받고, 드로잉(drawing)한 습작들을 종종 첨부해서 보내주기도 했다.

무척이나 세련되고 매끈한 디자인이었다. 평소 꼼꼼하다는 마사미의 성격 탓인지 아기자기하면서도 야무진 느낌이 강했다.

실제로 제품이 출시되면 바로 사고 싶다는 생각이 들 정도였다.

[RD_0244.mp3]

마사미는 내가 설계한 로봇근육에 큰 관심을 보이고 있어. 근육모양의 디자인이 핵심인데, 마사미가 그 디자인을 맡아 보고 싶어 해.

우리는 서로의 기술을 공유하기로 했어. 서로 손발이 잘 맞는 듯해서.

다해가 설명해준 로봇근육이란, 공기압을 이용해서 수축과 이완을 통해 관절을 움직이는 방식으로, 주로 모터를 이용해 오던 지금까지의 방식과는 전혀 다른 접근이다. 단순한 관절의 움직임뿐만 아니라 힘의 세기까지 쉽게 조절할 수 있는 독특한 기술이다. 학교에서도 유일하게 다해만 다루고 있는 연구과제였다. 그 연구에 이제는 마사미도 동참했다.

[RD_0272.mp3]

이곳에서 수업은 치열한 토론회를 방불케 해. 모두가 며칠 동안 밤새워 자신의 이론을 뒷받침할 자료를 준비해 오는데, 그 분량과 전문성에 매번 놀라곤 해.

오늘은 내가 발표하는 날이었는데, 특히, 로봇근육에 관한 질문들이 많이 나왔어. 모두가 흥미롭게 지켜보고 있어서, 설레기도 하고 두렵기도 해.

할 말이 너무 많았는데 언어의 장벽을 뛰어넘지 못해, 하고 싶은 말을 다 못했어. 속상해서 자꾸 눈물이 나.

다해는 이제 원어민이라고 해도 손색이 없을 정도의 영어를 구사하면서도, 여전히 서툴다며 속상해했다.

이날은 내가 모의고사에서 고작 반타작을 한 날이기도 했다. 아무리 노력해도 다해를 따라갈 수가 없다는 생각이 다시 한 번 들었다.

하숙집과 기숙사에 대한 이야기나, 마사미와 같은 친구들에 대한 이야기는 마냥 흥미롭게 들었는데, 수업이나 연구에 대한 이야기는 날 절망스럽게 했다. 내용이 너무 어려웠다. 나름 인터넷도 뒤져 보고, 책도 찾아보는데도 다해가 하는 말들을 알아들을 수가 없었다. 자격지심은 여전히 날 괴롭혔다. 언젠가는 다해의 밝은 웃음소리가 날 비웃는 게 아닌가 하는 못난 생각을 하기도 했다. 끔찍했다.

[RD_0312.mp3]

마사미와 함께 보다 전문적으로 로봇을 제작하기 위해 팀을 만들기로 했어. 동력, 전지, 프로그래밍, 디자인, 제작 등, 로봇에 필요한 모든 분야에 걸쳐 최고의 전문가를 모을 거야.

마사미와 난, 오랜 심사숙고 끝에 총 열아홉 명에게 손을 내밀었어. 그중에 여덟 명이 함께하고 싶다는 의사를 밝혔고, 마사미, 그리고 나까지, 이제 모두 열 명이야.

팀 이름은 루보(Roobo)로 정했어. 벌써부터 학교에선 우리가 뜨거운 이슈로 떠오르고 있어.

루보팀에서 가장 크게 신경 쓰고 있는 부분은 두 가지였다. 다해가 독자적으로 진행하고 있는 로봇근육의 자연스러운 움직임과, 또 다른 하나는 그 근육을 움직이게 하는 에너지에 관한 거다. 조그만 시계를 움직이는 데 배낭만 한 저장장치를 메고 다닐 순 없듯이, 에너지를 저장하는 기술도 매우 중요하다. 루보팀은 그 해답을 태양광에서 찾으려 했다. 그렇게 되면 무게와 부피에서 오는 상당한 부담을 줄일 수 있다.

[RD_0413.mp3]

정말 피 말리는 회의 끝에 드디어 국제로봇챌린지리그에 참가할 로봇의 방향이 정해졌어. 우리는 로봇돌고래를 만들 거야. 물과의 마찰을 이겨내는 돌고래의 움직임에서 강한 힘을 느꼈거든. 로봇근육의 장점이 바로 힘이니까, 이걸 부각시키는 데 매우 적합하다는 판단이야. 게다가 고래의 움직임은 수영의 접영과 유사하니까, 인간의 근육으로도 쉽게 발전시킬 수 있을 거야.

많이 응원해줘.

돌고래의 모형을 본뜬, 마시미의 디자인이 나오자, 기숙사 안에선 조촐한 파티가 벌어졌다. 부력부터 동력까지 넘어야 할 산이 한두 개가 아니었지만, 그날만큼은 모든 걸 잊고 즐기기로 했다.

— 루다도 함께해!

이날은 중간고사가 시작되는 날이라서, 화상통화로 함께 어울리자는 다해의 제안을 정중하게 거절했다.

가슴 한구석이 쪼그라들었다. 가슴이 답답하다. 동갑인데도 다해는 한없이 자유로워 보였고, 어른스러웠다.

책을 펼쳤지만 쉽게 눈에 들어오지 않았다.

결국 다음 날 시험을 망치고 말았다.

[RD_0422.mp3]

국제로봇챌린지리그에는 다양한 나라에서 참여해. 물론, 우리처럼 다국적 팀도 있지만.

아무튼 우리에게는 조금 심각한 문제가 생겼어. 팀원 중에 까미에라는 프랑스 애가 있는데, 걔가 우리를 떠났어. 자기 나라인 프랑스팀으로 참가하겠데, 까미에는 배터리 분야에 있어서는 정말 최고라서 팀에 타격이 클 거 같아.

지금 여기 분위기는 그것 때문에 엉망이야. 다들 열의를 잃고 말았어.

마침 방학이라서 팀원들 모두 잠시 휴식을 갖기로 했어. 이런 기분으로는 아무것도 할 수 없으니까. 내 단짝, 마사미는 가족과 지내고 싶다면서 일본으로 돌아갔어. 다들, 집으로 돌아가거나, 여행을 떠났어. 기숙사가 너무 조용해서 이상할 지경이야.

루다, 나. 지쳤나 봐.

우울해하는 다해를 위해서 가만히 있을 순 없었다.

책상 위에 스마트폰을 조심스레 세우고, 녹화가 잘되는지 확인했다. 쑥스럽지만 노래를 불러 주고 싶었다.

가끔 다해가 지쳐 있으면 슬그머니 어깨 한쪽을 내밀어 주었다. 그때마다 다해는 그 어깨에 기대어 눈을 감았다. 그때마다 난 어색한 기분이 들어서 나지막이 노래를 부르곤 했다. 처음에는 잔잔하게 불렀지만, 클라이맥스에 도달하면서 어느새 핏대를 세웠다. 머리에 피가 쏠려 현기증이 날 것만 같았다. 그때마다 다해는 엉성한 내 노래에 큰 웃음을 터뜨렸다. 한참 동안을 유쾌하게 웃은 뒤에는, 어김없이 기운을 차렸다.

이번에도 그 노래가 통하길 바라며, 녹화버튼을 눌렀다.

수도 없이 불렀던 그 노래를, 아닌 척은 했지만 몇 번이나 다시 찍고, 다시 불렀는지 모른다.

영상을 본 다해는 진심으로 좋아했다. 역시나 쩔쩔매며 노래를 부르는 내 표정에 한참이나 웃었다고 했다.

다해가 웃었다. 그것만으로도 충분하다.

[RD_0504.mp3]

드디어 국제로봇챌린지리그가 코앞으로 다가왔어. 제대로 잠을 잔 게 언젠지 모르겠어. 그래도 차근차근 완성되어 가는 로봇피시를 보면 힘이 나.

지금 로봇피시의 가장 큰 문제는 생각보다 로봇근육의 장력이 세질 못하다는 거야. 다들 걱정이야. 이 문제를 해결하지 않으면 우리가 입상할 가능성은 없을지도 몰라. 아! 루다의 근육을 만져 보면 뭐가 문제인지 단번에 알 수 있을 텐데!

이루다. 어디 있는 거야? 난 지금 몹시 루다가 필요해!

이날은 모의고사 성적이 나온 날이었다. 이 점수라면 원하는 대학에 갈 수 없다는 담임과의 씁쓸한 상담을 한 날이기도 했다. 내가 원하는 대학이 있기나 했었나? 생각해보니 웃음이 나왔다. 진지하게 임하지 않는다며 한 소리 들었지만 자꾸만 웃음이 새어 나왔다. 결국 그 벌로 운동장 열 바퀴를 돌아야 했다.

달리고 있는 동안은 마음이 편하다.

결국, 열 바퀴를 훌쩍 넘겨 계속해서 달렸다. 이미 학교에는 아무도 남아 있지 않았다.

달려 루다. 멈추지 말고, 끝까지 달려.

내 거친 호흡소리를 뚫고, 어김없이 목소리가 들려왔다. 달릴 때마다 어김없이 들려오는 목소리다. 이제는 그 목소리가 스스로에게 하는 다짐처럼 울렸다. 기억 저편, 누군가가 보내오는 응원일지도 모른다. 아니면 페이스를 망가뜨리려는 잡념의 목소리인지도 모른다. 세차게 고개를 흔들며 떨쳐냈다.

[RD_0692.mp3]

드디어 로봇돌고래를 완성했어. 까미에. 그 애 없이도 우리는 이렇게 해냈다고.

길이는 1.5미터. 무게는 0.2톤이야. 무게를 더 줄이고 싶었지만, 지금 우리가 가지고 있는 기술로는 이게 최선이야.

지난밤에는 차를 몰고 바다로 향했어. 넓은 바다에. 드디어 내가 설계한 로봇돌고래의 첫 태동이 울리는 거야!

"……국제로봇챌린지리그에서 우리나라의 온다해 양이 속해 있는 독일 대학의 루보팀이 값진 동메달을 수상했습니다. 현재, 열일곱 살인 온다해 양은 로봇관절분야에서 큰 두각을 나타내고 있습니다. 앞으로 우리나라 로봇의 미래가 밝다는 걸 시사하며……."

결과는 한국에서도 뉴스를 통해 확인할 수 있었다. 그날, 한껏 격양된 목소리로 소식을 전하던 기자의 표정을 잊을 수 없다. 뉴스 속에는 다양한 인종의 학생들이 트로피를 얼싸안고 해맑게 웃고 있었고, 그 뒤로 바다 속을 유유히 헤엄치는 로봇돌고래의 참고영상이 연이어 흘러나왔다. 생각했던 것보다 훨씬 크고 웅장했다. 빠르고 날렵하다기보다는, 고요하면서도 아름다운 느낌이다.

그해, 다해는 로봇돌고래의 기술력을 인정받아 대한민국 인재상도 연이어 받았다. 특히 다해가 직접 설계한 로봇근육은 국내외 유명 교수들까지 대단한 기술이라며 감탄을 감추지 않았다.

다해는 '최연소'라는 타이틀과 함께, 다양한 곳으로부터 강연 초청을 받았다. 사람들은 로봇뿐만 아니라 다해의 이야기도 듣고 싶어 했다. 다해는 수많은 곳을 다니면서 강연을 하게 되었다.

그 무렵이었다. 떨어진 성적을 올리겠다는 핑계로, 한동안 다해가 보내오는 음성파일을 열지 않았다. 솔직한 마음은, 자꾸만 초라해지는 내 모습을 감당할 수 없어서였다.

다해도 이렇다 할 답변을 바라고 보내오는 건 아니었으니까 상관없었지만, 하루하루 꼬박꼬박 쌓여 가는 다해의 목소리를 계속해서 외면할 수는 없었다.

난, 다해를 밀어내려고 하면서도 몹시도 그리워했다.

[RD_0722.mp3]

우리나라의 과학재단에서 로봇관련 연구소를 운영해보자는 제안이 들어왔어. 하지만 난 정중하게 거절했어. 내가 원하는 연구를 할 수 있다기보다는, 다른 누군가의 연구에 참여해야 한다는 사실에 거부감이 생겼거든. 우린 아직 젊잖아. 하고 싶은 거 하면서 살아야지. 대신 큰 용기가 생겼어. 어찌 되었든 내 능력을 인정받은 거니까.

그동안 강연을 다니면서 후원해주겠다는 단체와 기업을 많이 만났어. 그래서 투자를 좀 받을까 해. 내 개인 연구소를 차려 보고 싶거든. 일종의 창업이라면 이해가 쉽겠다.

겸사겸사 휴학하고 내년 초에는 한국으로 돌아가기로 했어. 이미 결심은 반 이상 선 상태야. 루보 팀원들과도 원격을 통해 지속적으로 연결되어 있을 거고. 자리가 잡히는 대로 모두 데려올 방안도 검토 중이야.

무엇보다 가장 좋은 건, 매일매일 루다를 만날 수 있다는 사실이야.

곧 봐, 루다. 보고 싶어.

눈을 감았다. 보고 싶다는 말은 끝내 내 귀에 들리지 않았다.

지난 2년 동안, 바보처럼 학교와 집을 의미 없이 오가는 동안, 다해는 수많은 걸 이뤄냈다. 거기서 멈추지 않고 또 다른 목표를 세우고, 거침없이 도전하려 하고 있다. 생각만 하고 있는 동안, 다해는 앞으로 거침없이 달려 나가고 있다.

거대한 산을 마주한 듯 턱, 하고 숨이 막혀 왔다. 깊은 심호흡을 하며 애써 밀려오는 못난 감정들을 털어내기 시작했다. 질투건, 자격지심이건, 다해를 향해 가질 감정은 아니었다.

강둑에는 진눈깨비가 흩날렸다. 달리기에는 조금 쌀쌀한 겨울 날씨다.

바람막이 후드점퍼와 운동화 끈을 있는 힘껏 꽉 조였다. 힘껏 발을 구르며 달려 나갔다. 머릿속을 파고 들어오는 잡다한 생각이 더 이상은 끼어들지 못하도록 녹초가 될 때까지 달릴 생각이다. 숨을 내쉴 때마다 하얀 입김이 나타났다가 금세 사라졌다.

질척하게 내리던 진눈깨비는 어느새 함박눈으로 바뀌었다. 잔인할 정도로 아름다운 풍경이다. 순간 가슴 한편이 시렸다. 애써 고개를 숙인 채 계속해서 강둑을 따라 달렸다. 내게는 너무 과분하게 느껴졌다.

그동안 단 하루도 달리기를 거른 날이 없었다.

달리는 동안은 맘껏 다해를 그리워했었다. 달리는 내내 다해가 보내온 음성파일을 듣고 또 들었다.

다해가 돌아온다. 하지만 다해의 얼굴을 마주할 자신이 없었다.

그해, 난 대학에 떨어졌다.

나의 존재는 흔적도 없이 사라져 버렸다.

그리고 난, 내 생에 가장 잊을 수 없는 열아홉 살이 되었다.

열아홉 I

희망을 가져야 한다.

희망은 그 자체가 행복이기 때문이다.

– 사무엘 존슨

달리기 하나

— 합격자 명단에 없습니다.

수화기 너머에서 들려오는 기계음을 붙잡고 부정하고 싶었다. 인정하고 싶지 않은 현실과 마주한 채, 한동안 아무것도 할 수 없었다. 주위에서는 괜찮다고 했다. 말은 쉽지. 아무렇지 않은 듯 툭툭 털고 쉽게 일어날 수 있을 만큼 난 강하지 못했다. 어떻게 다시 일어나야 하는지, 그 방법조차 몰랐다. 아무도 그것에 대해서 가르쳐주지 않았다.

대학에 떨어진 난, 겨울이 채 끝나기도 전에 재수생활을 시작했다. 이렇다 할 뚜렷한 목표가 있는 건 아니었다.

'그래서, 이젠 뭘 하지?'

끝이었는데, 시작은 없었다.

난 방향을 잃고 헤맸다. 분명 어디론가로 달려가야 하는데 길을 잃었다. 길은 보였지만 그 길이 맞는지 확인할 방법이 없었다.

이제부터 이 길로 가면 되는 거야? 그런 거야? 누가 좀 알려 줘! 알려 달라고! 아무리 외쳐도 돌아오는 대답은 없었다. 대서양 한복판으로 내몰린 기분이 들었다. 막막하고 두려웠다. 그 어디에도 돌아갈 자리는 없었다.

어디로 향하는지도 모른 채 거친 물살에 휩쓸려 흘러가기만 했다. 그러다 절벽을 만났다. 요란한 천둥소리를 내는 폭포 속으로 빨려 들어갔다. 넓은 바다를 만나겠다는 희망 하나만으로 모질게도 버텨 봤지만, 끝끝내 바다는 보이지 않았다.

결국, 겨울이 채 끝나기도 전에 재수학원에 등록했다. 잠시 숨을 고르며 주위를 둘러볼 용기도 없었다. 멈추는 순간 정말로 모든 게 끝장 날 것만 같았다. 이 길이 아닐지도 모른다는 생각은 했지만, 달리 다른 길도 보이지 않았다.

"여기 보세요. 이거 아주 중요한 공식입니다! 반드시 외워야 합니다! 자다가도 누가 쿡 찌르면 저절로 튀어나와야 합니다. 알겠습니까!"

마이크를 잡은 강사가 목에 핏대를 세우며 목소리를 높였지만, 동떨어진 시공간에 고립되어 표류하듯 귓가에는 아무런 소리도 들리지 않았다. 어지럽고 복잡한 수학 공식들이 칠판에서 튀어나와 머리 위 수면 위로 두둥실 부유했다. 눈이 아팠다. 창밖으로 시선을 돌렸다. 아, 눈이다. 언제부터였는지 눈이 내리고 있다.

도로를 가득 메운 차들은 도통 움직이지 않았다. 사거리에 신호등이라도 고장 나 있는 모양이다. 다들 체념했는지 그 흔한 클랙슨 한 번 울리지 않는다. 거리는, 세상은, 꽉 막혀 있다.

한참이나 멍하니 창밖을 내다보고 있다. 이쯤 되면 "거기! 창가!"라는 주의를 받을 만도 한데, 교단 위에 서 있는 강사는 그러지 않는다. 수업을 듣지 않아도 상관없다는 표정이다. 할 마음이 있으면 하고, 그렇지 않으면 하지 않아도 된다고 눈빛을 던질 뿐이다.

'이런 게 자유인가?'

누구 하나 제재하는 사람이 없었다. 무척이나 자유롭다. 그 자유가 낯설고 어색했다. 벗어 버리고 싶었다.

곧 수업의 끝을 알리는 종이 울렸다.

학원을 나서자 눈은 그쳤다.

거리는 잿빛 공해를 잔뜩 머금고 반쯤 녹아 버린 눈으로 질펀했다. 그 거리를 따라 천천히 달리기 시작했다. 서서히 숨이 차올랐다. 차가운 맞바람이 콧등을 얼렸다. 날카로운 면도칼로 찢어내듯 콧속이 아렸다. 그 고통이 싫지 않았다. 살아 있다는 생기가 휘감아 돌았다.

늘 찾는, 동네어귀 서점 앞에 멈춰 숨을 골랐다. 학원에서 여기까지 거리는 21.0975킬로미터. 정확히 마라톤 하프 거리다.

예전에는 동네마다 있는 서점이 지금은 좀처럼 찾아볼 수 없다. 이곳도 언제 사라질지 모르는 작은 서점이다.

서점 안은 한산했다. 매일 수십 권의 책이 들어오지만, 몇 달째 내 손은 똑같은 책을 펼쳤다.

"이 책, 지난번에도 사가시지 않았나요?"

계산을 도와주던 직원이 내 얼굴을 기억하고 말을 붙였다.

아타카마사막을 횡단한 마라토너의 에세이였다. 다큐멘터리 사진작가가 공저한 그 책은 글보다 사진이 많은 책이었다. 아타카마사막의 모습뿐만 아니라 힘차게 달려가는 마라토너의 모습도 가득했다. 난 그 책이 좋았다.

"네…… 선물을 좀 하느라고요."

거짓말이다. 모두 내가 가지고 있다.

몇 달 전부터 알 수 없는 갈증에 시달렸다. 가슴이 타 들어가는 듯한 갈증은 쉽사리 사라지지 않았다. 타는 듯한 목을 축이기 위해 물을 마시듯, 메마른 삶을 적시고 싶어서 그 책을 샀다. 우습게도 책을 읽는 것보다 책을 사는 행위가 더 마음의 위안이 되었다.

"달리기를 좋아하시나요?"

"네?"

"아니면 사막을 좋아하시는 건가?"

직원은 책을 봉투에 담으며 지나가는 말로 물었다.

"아…… 그냥, 뭐……. 둘 다 좋아해요."

"아, 그런 거구나…… 그럼 달려 봤겠네요?"

"네?"

"사막에서 달려 봤겠다고요."

직원은 영수증을 챙겨주면서 오지랖을 떨었다. '아니오'라고 대답하면 그만이었지만, 그렇게 대답하고 싶지 않았다. 말이 씨가 될 듯했다. 그냥 웃었다. 그 웃음은 아팠다.

서점을 나와 근처 공원으로 향했다. 입구 자판기에서 커피를 뽑아, 나무벤치에 앉았다.

숨을 쉴 때마다 하얀 입김이 눈앞에 아롱거렸다. 가끔 날카로운 칼바람이 온몸을 감쌌다. 그때마다 책을 들고 있는 손이 바들바들 떨렸다. 책을 펼쳤다. 이미 보고 또 본 사진들이 펼쳐졌다. 사진 속 풍경은 무더웠다. 강렬하고 뜨거운 태양이 내리쬐고 있었다. 닿은 손끝에 온기가 느껴지는 것만 같았다.

마라토너는 메마르고 거친 아타카마사막의 모래 위를 달리고 있다. 검게 탄 얼굴과 허물이 벗겨진 바싹 마른 입술은 그곳이 얼마나 힘겨운 곳인지를 말해준다. 발은 엉망이었다. 터지고 찢어지고 성한 곳이 하나도 없었다. 그럼에도 불구하고 입가에는 미소가 가득하다. 그 미소가 날 미치게 한다. 달리고 싶다.

어릴 때부터 꿈꿔온 유일한 목표. 대학에 들어가면 곧바로 아타카마사막으로 가려고 했는데. 이제는 모든 게 기약 없이 미뤄졌다.

딸리기 둘

독일에서 돌아온 다해는 곧바로 루보코리아라는 연구소를 차렸다. 연구소라고는 했지만 작은 창고였다. 과거에 가방원단을 만들던 공장이었다. 그곳은 다해 아빠의 도움으로 어렵지 않게 구할 수 있었다.

다해 아빠는 오랜만에 독일에서 돌아온 딸이 자신과 함께 살기를 바랐지만, 다해는 자주 찾아뵙겠다는 약속을 하고 독립했다.

다해는 매일같이 연구소에서 먹고 자면서, 모든 의식주를 해결했다. 그래서 따로 집을 구하지도 않았다. 구석에 놓인 반으로 접히는 침대, 그리고 단출한 옷가지를 넣어두는 조그만 캐비닛이 가구의 전부였다. 그 외의 모든 건 연구에 필요한 것들이었다. 외모에도 별로 관심을 두지 않았다. 긴 생머리는 아무렇지 않게 말아 올려서 연필을 꽂아 고정했지만, 늘 목 언저리에는 잔머리가 빠져나와 흘러내렸다. 그 아래로는 목이 늘어난 티셔츠를 아무렇지 않게 입고 생활했다. 편해서 좋다고 한다. 물론 내 눈에는 그런 다해의 모습도 마냥 예쁘게 보였지만, 남자인 나보다도 험하게 살고 있는 듯해서 안쓰러운 마음이 드는 건 어쩔 수 없었다.

"괜찮아. 독일에서도 비슷하게 생활했었어."

다해는 오히려 날 안심시켰다. 그러나 난 전혀 괜찮지 않았다. 자꾸만 걱정이 되어서 가만히 있을 수 없었다. 그래서 도시락을 하나 더 만들어 학원 가는 길에 전해주거나, 가끔 기름때가 잔뜩 묻은 작업복을 집으로 가져와 엄마 몰래 세탁해서 가져다주기도 했다.

하날 주면 둘을 주고 싶고, 둘을 주면 넷을 주고 싶었지만 해줄 수 있는 건 많지 않았다. 그만큼 다해는 부족함이 없었다. 아이러니하게도 부족한 건 오히려 나였다. 다해의 옆에 서면 그 부족함이 적나라하게 보였다. 여러모로 다해에 비해 난 부족함이 많았다.

'누가 누굴 챙겨주겠다는 건지…….'

자꾸만 작아지는 내 모습과 마주하는 게 싫었다. 피하고 싶었다. 다해에게서 멀어지면 더 이상 마주하지 않아도 될 듯했다.

― 루다!

주말 오후, 다해의 전화였다. 목소리는 평소보다 맑았다. 순간 반대로 내 기분은 깊숙이 내려앉았다. 즐거워 보이는 다해의 모습이 다행이다 하면서도 서운했다. 서운할 것도 아닌데 서운해하는 내 모습이 한심하고 초라했다.

— 이따가 늦지 말고 와. 알았지?

컨퍼런스센터에서 열리는 로봇컨퍼런스 이야기였다. 다해는 로봇돌고래에 대한 프레젠테이션을 하기로 되어 있었다.

로봇돌고래가 오랫동안 많은 관심을 받고 있는 건, 로봇근육 때문이다. 뼈대와 모터로 이루어진 기존의 로봇들과 달리 모든 움직임을 로봇근육이 주관한다. 게다가 꼬리를 좌우로 움직이며 추진력을 얻는 여느 물고기와 달리, 돌고래는 꼬리를 상하로 내리치며 헤엄친다. 이를 참고하여 만든 로봇돌고래는 인간의 접영 수영 동작과 유사하기 때문에, 인간으로까지 그 연구 방향을 손쉽게 발전시킬 수 있다고 했다. 높은 평가를 받는 이유였다. 다해의 최종 목표도 이족보행로봇을 향하고 있었다.

반면, 난 재수생이다. 밀려드는 자격지심을 떨쳐버릴 수 없었다. 다해와 마주설 때마다 짙은 상실감이 밀려온다. 다해 옆에 나란히 설 수도 없는 현실이 괴롭다.

"저기……."

가고 싶지 않다. 로봇컨퍼런스 따위. 달리 둘러댈 말이 떠오르지 않았다.

— 루다! 뭐라고? 나 잘 안 들려! 갑자기 사람들이 몰려와서…….

수화기 건너편, 수많은 인파들이 내는 소음이 들려왔다. 그 한가운데에 다해가 있다.

"있잖아……."

열아홉 살. 다해와 내가 흘려보낸 시간이 다르지 않았는데, 난 지금까지 뭘 했던 걸까?

— 잘 안 들려! 여기 왜 이렇게 시끄럽니?

"그러니까 말이야……."

이미 잡을 수도 없는 저만치 높은 곳에 올라선 것도 내게는 버거운데, 다해는 더 먼 곳을 향해 거침없이 날아가고 있었다. 제아무리 손을 뻗어 봐도 닿을 수 없는 저편에 서 있다.

— 뭐라고? 크게 말해줘.

"그러니까, 나……."

다해 곁에 서면, 난 너무 작아져서 세상에 존재하지 않게 된다. 무너지는 자존감이 상처로 남아 지워지지 않는 흉터를 남긴다. 차라리 모르는 사람이라면. 나와 아무런 상관도 없는 사람이라면. 아니면 나보다 훨씬 나이가 많은 사람이라면 차라리 낫지 않았을까? 왜 우리는 똑같은 열아홉 살일까?

— 크게 말해! 루다. 미안해, 안 들린다고.

"만나고 싶지 않아, 온다해."

순간, 공간 속 모든 소음이 사라졌다. 흐르던 공기는 멈추고 희미한 이명조차 들리지 않았다. 오랫동안 긴 침묵이 이어졌다.

그날 저녁, 컨퍼런스센터 지하에 있는 아쿠아리움에서 다해를 만났다.

— 얼굴 보고 정확하게 다시 말해줘.

다해는 그 말만 남기고 일방적으로 통화를 끝냈었다.

"아까, 뭐라고 한 거야?"

마주한 다해의 목소리는 부드러웠다. 아쿠아리움 속 바다거북이가 마주 보고 서 있는 우리를 구경이라도 하듯 훑어보며 스쳐갔다. 그래, 지질하게 굴지 말고 당당하게 말하자. 단 한 번만이라도 좋으니 다해에게 멋있게 보이자. 마지막이니까.

마지막이라는 단어가 떠오르자 코끝이 찡해왔다. 정말 마지막이야? 후회하지 않을 자신 있어? 걷잡을 수 없는 후회의 소용돌이 속에 휘말린 듯하다. 그럼에도 불구하고 자존심 하나 지키겠다고 꾸역꾸역 결국 그 말을 해야만 했다.

"난, 너에게 어울리는 사람이 아니야. 나 때문에 네가 손해 보게 될까 봐 걱정돼. 미안한 생각만 자꾸 들고. 그러니까 우리⋯⋯."

끝내 서러운 눈물이 핑 돌았다.

"여기까지만 하자⋯⋯."

무거운 침묵이 흘렀다. 너무나 무거워서 숨이 막힐 지경이다.

다해는 한걸음 내 앞으로 다가와 고개를 내밀고 내 눈을 깊이 들여다보았다. 눈동자가 마주쳤다. 다해도 슬픈지 웃고 있다⋯⋯ 어? 웃고 있다고? 눈 밑이 볼록 튀어나온 채 반달이 되어서 분명, 웃고 있다.

"이루다, 죽을래?"

철부지 동생을 타이르는 듯한 말투였다.

"지금 그게 이유가 된다고 생각해?"

다해에게 정곡이 찔리자 어디론가 숨고 싶어졌다. 다해는 그 마음을 놓치지 않고, 내 손을 꼭 잡았다.

"앞으로 우리는 얼마나 많은 시련을 마주하게 될까? 그때마다 루다는 이렇게 헤어지자고 어리광을 부릴까?"

어리광이란 말에 순간, 얼굴이 화끈거렸다.

"그런데요, 루다 군. 그럴 때마다 더 힘이 되어주고 싶고, 곁에 있어주고 싶은 난 어쩌라고요. 왜 그걸 못하게 하려는데?"

마지막 목소리에 강하게 힘을 주어 나무라듯 말했다.

"왜 네가 주려고만 생각해? 내가 주고 싶어 하는 건 왜 못 보는데?"

군더더기 하나 없이 깔끔했다. 단 한 마디도 반박할 수 없었다. 모두 맞는 말이다.

"알았지? 그러니까, 이상한 생각 하지 마."

"……."

마음 같아서는 그러겠다고 고개를 끄떡이고 싶었지만, 차마 할 순 없었다. 여전히 못난 자격지심은 내 발목을 붙잡고 놓아주려 하지 않았다. 쉽게 떨쳐버릴 수 있는 감정이 아니었다. 아무런 대답도 할 수 없는 내 옆으로 아쿠아리움 속 물고기들이 유유히 헤엄치며 지나갔다.

"알았지?"

다해가 대답을 재촉했다. 내 눈을 들여다보며 재차 물었다. 나도 모르게 그 시선을 피했다.

"응? 응?"

다해는 익살스럽게 웃으며 집요하게 파고들었다. 일부러 회피하는 내 눈을 따라다녔다. 난 어찌할 바를 몰라 얼굴만 붉혔다. 그러는 동안 타이밍을 놓치고 말았다. '알았어'라고 말하면 되는데 그 말이 목에 탁 걸려서 나오지 않았다. 알량한 자존심이 입술을 꿰맸다. 다해도 점점 실망하는 눈치다.

그러는 사이, 다해의 전화벨이 울렸다.

— 온다해 씨? 지금 어디세요?

수화기 건너편에서 다해를 찾는 목소리가 내게까지 들려왔다.

"아쿠아리움 안에 들어와 있어요."

— 아…… 그거 보러 가셨구나…… 그런데, 여기도 곧 행사가 시작되는데…….

"금방 보고 갈게요."

— 네. 알았어요. 거기서 컨퍼런스 룸으로 어떻게 오는지는 아시죠?

"네? 아…… 그러니까."

모르는 눈치였다. 다해는 주위를 두리번거렸다. 커다란 미로 같은 이 안에서 밖으로 나가는 길을 찾기란 결코 쉬운 일은 아니었다.

— 시간이 없어서 헤매시면 안 돼요.

"네……. 늦지 않게 갈게요."

통화가 이어지는 동안 아쿠아리움에 이상한 기류가 흘렀다.

안에서 헤엄치던 물고기들이 무언가를 보고 놀란 나머지 사방으로 순식간에 흩어졌다.

— 그럼, 그냥 거기에 계세요. 제가 지금 모시러 갈게요.

노련한 진행 담당자는 조금의 망설임도 없이 직접 데리러 온다고 했다.

"아! 그래 주시겠어요? 네. 그럼 부탁드립니다."

전화를 끊은 다해는, 아쿠아리움의 대형 유리 앞에 찰싹 달라붙었다. 그러고는 어린아이처럼 계속해서 좌우를 살폈다.

"드디어 나오나 봐."

다해는 몹시 흥분한 채 발까지 동동 굴렀다.

"아!"

곧 다해의 두 눈이 동그랗게 커졌다. 시선이 멈춘 곳에는 거대한 로봇돌고래가 유유히 헤엄치며 등장했다.

"저거 봐! 다른 돌고래들이 따라 헤엄지고 있어!"

다해가 아이처럼 소리쳤다. 아이 같다. 정말 아이 같다. 그랬나? 다해는 여전히 어린아이일 뿐인가?

주위에 있던 사람들도 웅성거리기 시작했다. 모두가 멈춰 서서 넋을 놓고 로봇돌고래를 바라보았다.

로봇돌고래의 움직임은 정교하면서도 묵직했다. 힘이 넘쳤다. 다해가 만든 작품이다. 정말이지, 감동이다. 아름답다.

"이루다."

시선은 로봇돌고래에 고정한 채 다해가 날 불렀다. 부드러운 목소리다.

"어렸을 때 기억해? 마라톤에 관련된 자료들. 사전까지 찾아가며 읽고 해석해서 정리하고, 결국 다 네 것으로 만들었잖아. 그리고 외국에 한 번 나가본 적 없으면서 막힘없이 영어로 소통하는 거, 결코 쉬운 일이 아니야. 지금 난, 네가 그 일을 해냈다고 말하고 있는 거야. 생각만 하고 시도도 못하는 사람들이 얼마나 많은데. 루다는 마음먹은 건 해내잖아. 말뿐인 사람이 아니잖아."

독백하듯 긴 이야기를 쏟아낸 다해는 지그시 날 바라보았다. 까만 눈동자가 보석처럼 반짝거렸다.

"내가 이렇게 치열하게 살게 된 건 루다가 있었기 때문이야. 중학생 때 학교를 그만둔 것도, 독일로 유학을 간 것도. 그 모든 결단을 내릴 수 있었던 건 모두다 루다를 보고 배웠기 때문이야. 난 루다가 자랑스러워. 언제나 그런 너에게 어울리는 사람이 되고 싶었어."

그러고는 웃는다. 머릿속이 하얗다. 지금 누구 옆에 서고 싶다는 거야? 다해의 말이 쉽게 정리가 되지 않는다.

"온다해 씨!"

어디선가 다해를 부르는 다급한 목소리가 들려왔다. 돌아보니 가슴에 'STAFF'라고 적힌 명찰을 달고 있는 남자가 숨을 몰아쉬며 다해를 부르고 있었다. 다해는 번쩍 손을 들어 흔들었다.

"곧, 다해 씨 순서예요. 뛰시죠."

남자는 달려가야 할 방향을 안내하며 앞장섰다. 다해도 서둘러 그 뒤를 따라 뛰었다. 반면, 난 여전히 정신을 차리지 못하고 그 자리에 멍하니 서 있었다. 멀어져가는 다해의 뒷모습을 보고 있자니 그제야 머릿속이 정리되는 기분이 들었다. 그래, 잘못 들었던 게 분명해. 나약한 루다를 보고 싶지 않아! 갈 거야! 그렇게 말했던 게 분명하다. 차라리 이대로 남자답게 보내주자! 다해를 위해서라도 이게 옳다. 다해는 자신과 어울리는 사람들과 함께 지내야 한다. 슬프지만 난 아니다.

안녕…… 온다해.

멀어지는 거리만큼 점점 작아지는 다해……가, 어라? 점점 커지네? 다해가 되돌아오고 있다. 곧 거친 숨을 몰아쉬며 떡하니 내 앞에 섰다. 어찌나 격렬하게 달려왔는지 그 잠깐 사이에 땀까지 송골송골 맺혀 있었다.

"이루다! 너 진짜, 죽을래!"

"내, 내가 뭐……."

"내가 못 헤어진다고 했지! 안 헤어진다고 했지!"

"아, 아니…… 그게 아니라……."

"그럼, 왜 안 따라와?"

마땅한 대답을 찾지 못해 눈동자만 이리저리 굴렸다. 그러는 동안에도 다해의 눈동자는 조금도 흔들림 없이 내게로 고정되어 있었다.

"온다해 씨! 어서요! 늦었어요!"

멀리서 스태프가 초조한 듯 소리쳤다.

"자존심이 허락하지 않으면, 대답하지 않아도 돼. 그 자존심까지 지켜줄게. 하지만 한 가지만은 알아줘."

다해가 내 손을 꼭 잡았다. 보드랍고 따뜻한 손이다.

"나, 너 없으면 안 돼. 내가 안 된다고."

그 짧은 한마디를 내뱉고, 다해는 몸을 돌려 한걸음을 내달렸다.

그 움직임이 고스란히 내 손에 전해진다. 접혀 있던 팔꿈치가 펼쳐지고, 연이어 한쪽 어깨가 앞으로 나간다. 가슴이 활짝 펼쳐지고, 곧장 무게중심이 앞으로 쏠린다. 툭. 자연스레 한 발이 다해를 따라 나갔다. 그리고 이어지는 또 한 발. 한 걸음. 한 걸음.

만족하지 못한 삶을 살고 있다면 순간에 만족하며 살면 된다. 아쉬움이 있더라도 '그래, 이 정도로도 충분히 만족해' 한다면 그 순간순간의 만족이 모여, 결국 만족스러운 삶이 된다. 너무 먼 미래를, 너무 먼 이상만을 바라보다 보면, 지금의 순간이 얼마나 행복한지 깨닫지 못하게 된다.

그래 온다해. 나도, 네가 있어야 돼.

다해를 따라 달린다. 바람처럼 스쳐가는 사람들 사이를 비집고 달려 나간다.

상쾌한 바람이 가슴을 뚫고 분다. 입가에 활짝 웃음이 번진다.

달리기 셋

이른 새벽. 강둑에는 미간이 시릴 정도로 매서운 바람이 불었다. 서둘러 가볍게 몸을 풀고, 이어폰을 꽂았다. 달릴 때 듣는 음악만 모아놓은 폴더가 따로 있다. 모두 다 날 위해 다해가 엄선한 응원의 곡들이다. 찬 공기를 가르며 천천히 달리기 시작했다. 강물 위에 은은하게 물안개가 피어올랐다. 햇살은 바람을 타고 부드럽게 흘러갔다.

한 번 달리기 시작하면 좀처럼 멈출 수가 없다. 서서히 숨이 차오른다. 잡념은 서서히 사라지고, 오로지 한 걸음, 또 한 걸음만 머릿속을 가득 채운다. 심장은 고통을 이겨내려는 듯 더욱 힘차게 뛰고, 치솟는 체온은 송골송골 맺히는 땀과 함께 씻겨 내린다.

"이루다!"

언제 왔는지, 등 뒤에서 다해의 목소리가 들렸다.

늘 같은 시간, 같은 코스를 달리고 있기에, 따로 만날 약속을 하지 않아도, 다해는 매일같이 날 만나러 강둑으로 나왔다. 다만, 오늘은 목적이 있는 만남이었다. 도움이 필요하다고 했다. 다해는 내가 달리는 모습을 수치화시켜서 기록하고 싶어 했다. 연구에 꼭 필요한 데이터라고 했다.

"안녕!"

다해는 나와 나란히 달리며 가볍게 손을 흔들었다. 커다란 배낭 같은 걸 메고 있다. 그 안에 무엇이 들었는지는 안 봐도 뻔했다. 데이터를 분석하고 기록할 다양한 장비들이 들어 있다. 다해가 달리는 속도에 맞춰서 천천히 속도를 줄였다.

"공부는 잘 되고?"

다해는 안부부터 물었다. 매일 반복되는 같은 질문. 분명 인사치레는 아니다. 말투에서 매번 다해의 진심이 느껴졌다.

"물론!"

대답하면서 더욱 높이 무릎을 들어 올렸다. 힘은 넘치는데, 다해에게 맞추느라 속도를 내지 못하니, 이렇게라도 에너지를 써야 했다.

"오! 자신감 넘치는데!"

"올해는 꼭 간다. 대학!"

"멋있어요, 이루다!"

다해는 늘 칭찬을 아끼지 않는다. 덕분에 기가 살아났다. 좋아하는 내 표정을 보면서 다해 역시 좋아한다. 칭찬은 결국 당사자에게 돌아오는 즐거움이자 활력이다. 반면, 엄마에게서는 이렇다 할 칭찬 한 번 듣지 못했다. 잘하는 건 언제나 당연했고, 못하는 것만 매번 잔소리를 했다. 하지만 못하는 건 야단이 아닌, 격려와 응원이 필요하다. 칭찬에 목말라 있던 내 삶은 아타카마사막보다 메마른 삶이었다. 그런 내게 다해는 단비였다.

"다해 넌? 바쁜 것 같던데. 좀 괜찮아졌어?"

"말도 마. 밤새우느라 정신이 없어."

"왜? 또 뭐 만들어?"

"응. 이제부터, 헉헉……. 본격적으로 이족보행로봇에 도전하려고, 헉헉……. 내가 설계한 로봇근육으로, 헉헉……. 루보 팀원들이랑 화상회의할 일이 많아졌는데, 헉헉……. 아무래도 시차 때문에, 헉헉……. 에고, 힘들어."

숨이 찼는지, 다해는 더 이상 쫓아오지 못하고 바닥에 주저앉으려 했다. 지난번과 비슷한 위치였다. 다해의 팔을 붙잡아 부축해 일으켜 세웠다. 조금만 더 달리게 하고 싶었다. 지난번보다 100미터라도 더 달린다면, 아니, 한 걸음이라도 좋다. 그것만으로 발전을 한 거니까.

"이족보행로봇. 그게 그렇게 힘든 거라며?"

딴생각 하지 못하게 계속 말을 걸었다.

"아무래도 무게중심 잡는 게, 헉헉……. 쉽지는 않지, 헉헉……."

"그거 말이야."

"응? 뭐? 헉헉……."

"이족보행로봇 말이야. 멋있을 듯해서."

"응. 그렇게 말해줘서, 헉헉……. 고마워, 헉헉……."

"그럼 오늘 도와 달라는 것도, 그것과 연관이 있는 거야?"

"응, 헉헉……."

"알았어. 그럼 뭘 도와주면 되는데?"

"그러니까, 헉헉……. 그게 뭐냐 하면, 헉헉……."

길게 혀를 내민 다해의 얼굴은 점점 더 심하게 일그러졌다.

"얼마나 달렸다고. 뭐가 힘들다고 그래?"

"이루다. 나도 너처럼, 헉헉……. 어려서부터 달리기로 단련된, 헉헉……. 그런 체력을 가지고 있다고 생각하지 마. 헉헉……. 에고, 진짜 그만. 이제 그만, 헉헉……. 이러다가 정말, 죽을지도 몰라."

결국 다해가 멈춰 섰다. 곧장 허리를 숙이고 숨을 몰아쉬었다. 난 그런 다해의 주위를 계속해서 빙글빙글 돌았다.

"에고, 힘들다, 후우하……."

다해는 가슴을 활짝 열고 최대한 길고 깊게 호흡했다. 어느새 훨씬 편안해진 얼굴로 돌아왔다. 그런 뒤, 주위를 맴도는 내 허리를 붙잡고 세웠다.

"가만히 있어 봐."

"왜? 어지러워서 그래?"

난 제자리에서 달리며 물었다.

"아니, 이제 날 좀 도와줘야지."

다해는 메고 있던 가방에서 주섬주섬 장비들을 꺼냈다. 파

154

스처럼 생긴 패드와 연결된 알 수 없는 장치들. 그리고 스마트패드를 꺼내 전원을 켰다. 나로서는 들여다보아도 알 수 없는 시스템을 작동시켰다.

"앗, 차가워!"

다해가 패드를 내 다리에 붙이자 차가운 기운이 전해왔다. 한창 열이 올라와 있는 상태라 더욱 차갑게 느껴진다. 곧 짜릿한 전기가 오는 것 같았지만 대수롭지 않은 수준이다.

"달리기할 때에 근육이 어떻게 변하는지, 그 움직임을 데이터로 모을 거야. 시간과 거리에 따라서도 분석할 거고……."

"앗, 차가워!"

또 다른 패드가 허리에 닿았다.

"달릴 때의 자세도 볼 거야."

그 외에도 여러 장의 패드가 중요한 근육마다에 붙여졌다. 그로부터 연결된 선들을 말끔하게 정리한 뒤, 내 어깨에 메어 준 조그만 가방 속으로 밀어 넣었다. 그 안에는 데이터를 수집하고 송신하는 장치가 들어 있다고 했다. 무게는 메고 있는지도 모를 정도로 가벼웠다.

"모아진 데이터는 일정한 간격으로 내게 보내지고, 여기서 바로 바로 분석할 수 있지."

다해는 들고 있는 스마트패드를 내밀었다. 빨간 그래프가 벌써 조금씩 움직였다.

"나도 이 연구에 참여하는 거네?"

"그렇지!"

"그럼 나중에, 완성되면 내 이름도 세상에 알려지는 거야?"

"당연하지. 루다는 내 최고의 파트너니까."

다해가 엄지손가락을 치켜들면서 근처 벤치를 찾아 앉았다. 곧 가지런히 치아를 드러내며 방긋 웃었다.

"그럼, 다리 끝까지 갔다 올게."

"알았어!"

입가에 손을 모아 대답하는 다해를 향해 가볍게 손을 흔들었다. 제자리에서 달리고 있던 발걸음을 앞으로 내디뎠다. 누군가가 잡아당기고 있다가 놓아버린 듯 내 몸은 탄력 넘치게 앞으로 튀어나갔다. 지면에 닿는 발바닥을 통해 전해오는 충격이 좋다. 단단하면서도 야무지다. 내딛는 발에 맞춰 힘껏 밀어 올려준다.

달리는 동안 시간은 느리게 흐르는 듯하다가도, 반대로 순식간에 흘러가버린다.

숨이 차오른다. 죽을 듯이 괴롭다. 목구멍에서 피 맛이 올라온다. 머리로 향하는 피가 모자란 듯 눈앞이 멍하다. 그러다 곧 점점 기분이 좋아진다. 이상하리만치 좋다. 자신의 한계를 뛰어넘었을 때, 맛볼 수 있는 상쾌한 청량함이 밀려왔다. 러너스 하이(Runner's High)다. 몸은 이 좋은 기분을 기억하고 원했다. 중독이었다.

달리지 않으면 견딜 수 없는 강렬한 중독이다.

달리기 넷

— 아, 맞다. 이루다. 내일 생일이지?

수화기 건너편에서 다해는 갑자기 생각났다는 듯한 말투로 내게 물었다.

"뭐야? 갑자기 생각났다는 그 말투는."

나름 무심한 척하고 싶었던 모양인데 어설펐다. 이미 오래 전부터 챙기고 있던 티가 팍팍 났다.

— 생일에 뭐 하고 싶어?

이럴 때 보면, 참 얄밉다고 해야 할까? 마냥 귀엽다고 해야 할까? 자기가 조금이라도 불리한 상황이 되면 기가 막히게 빠져나간다.

"뭐가 갖고 싶어가 아니고?"

— 대출금 갚아야 해서 돈 없어. 대신 하고 싶은 거 같이 해

줄게.

"대출금?"

— 연구하는 데 필요한 돈이 생각보다 많이 들어.

"어? 뭐야? 나라에서 돈 대주는 거 아니었어?"

— 응, 아니야.

다해의 말에 잠시 머리가 멍해졌다. 언론을 통해 로봇의 미래가 밝네 어쩌네 하며 극찬을 아끼지 않더니, 정작 아무런 도움도 주지 않는다고? 그래서 지금 대출을 받아서 연구를 한다는 거잖아? 이제 고작 열아홉이 빚이 있다니! 아무리 머리를 돌려도 이해할 수 없었다.

— 내가 속해 있는 루보가 다국적 팀이잖아. 그러니 국가에서 지원을 못해주지. 그래서 기업 같은 곳에서 투자를 받아야 해. 후원사가 좀 붙어주면 좋겠는데, 쉽지는 않아. 그동안 계속해서 강연을 하는 것도 사실, 그런 이유야.

지난 컨버런스에 참여하는 것도, 일종의 홍보를 위한 활동이었다는 말이다. 다해는 애써 덤덤하게 말했다. 어서 이 화제가 지나가길 바라는 듯했다.

가슴속에서 무언가 울컥하는 게 느껴졌다. 도움을 주고 싶다. 아니면 돈 따위는 내가 다 알아서 할 테니 걱정 말고 연구에만 집중하라고 말해주고 싶다. 그러나 목구멍 끝까지 올라온 그 말은 결국 내뱉어지지 못했다. 진심을 빈말처럼 내뱉고 싶지 않다. 아직 난, 다해에게 도움을 줄 수 있는 게 하나도 없다. 다해와 달리, 난 평범한 열아홉 살이었다.

"다해야, 생일에 재미있는 거 해볼래?"

우울해진 분위기를 읽고 내가 먼저 서둘러 화제를 돌렸다.

"내 생일이 원래 19일이잖아."

— 그렇지.

"그리고 올해가 열아홉 살이 되는 생일이고."

— 응, 맞아.

"19, 19. 재미있지 않아? 그러니까 우리, 내일 19시 19분 19초에 딱 맞춰서 기념사진 찍어보면 어떨까?"

오래전부터 꼭 해보리라 마음먹었던 일이다. 평생에 단 한 번밖에 오지 않는, 열아홉 살이 되는 19일이다. 이보다 완벽한 숫자의 조합이 내 생에 다시 올 수 있을까? 그 순간을 놓치고 싶지 않았다. 그리고 영원히 기록해두고 싶었다. 다해와 함께.

— 재미있겠다!

다해가 손뼉까지 치며 반색했다.

— 그럼 거기 가서 찍자.

다해가 생각나는 곳이 있다는 듯 손가락을 튕겼다.

"어딘데? 멀어?"

— 종합운동장. 루다는 달리기를 좋아하니까. 트랙 위에서 찍자!

"안에 들어갈 수 있을까?"

— 안 되면 사정하지. 특별한 날이잖아.

"그래, 좋아! 가자!"

— 응. 좋아!

수화기 너머로 다해의 기대에 찬 흥분된 마음이 고스란히 전해왔다. 목소리가 다시 밝아졌다. 다행이다.

하지만 그날 왜, 안 될 거라고, 다른 곳을 알아보자고 말하지 않았을까? 왜, 좋다고 했을까? 우리에게 닥칠 시련은 꿈에도 모른 채 해맑게 웃으며 즐거워만 했다.

그날 저녁. 다해가 불쑥 집으로 찾아왔다.

"어? 연락도 없이 갑자기……. 들어와."

"아니야. 금방 가봐야 해."

현관 앞에 서 있는 다해는 파란 종이로 정성스럽게 포장된 상자 하나를 들고 있었다. 하얀색 리본이 꽃처럼 달려 있다.

"어? 뭐야, 이거?"

"생일 선물."

"생일은 내일인데?"

"아까 통화하면서 생각한 건데. 아무래도 내일보다 오늘 주는 게 더 좋을 듯해서."

다해는 상자를 내게 내밀었다.

"바로 풀어봐?"

상자를 받아 들며 물었다.

"응."

대답하는 다해의 입가에는 연신 웃음이 흘렀다. 즐거움을 감추지 못했다.

선물은 받는 사람도 물론이지만, 주는 사람도 즐겁다. 만약,

받을 때 부담스럽고, 줄 때 아깝다면 그건 선물이 아니다. 선물은 그런 거다. 받을 때보다 줄 때가 더 기분 좋은 거다.

내겐 다해가 선물이었다. 하지만 말하지는 않았다. 다해의 손발을 오그라들게 만들고 싶지는 않았으니까.

상자의 포장을 풀었다. 어? 페이스메이커. 가장 좋아하는 브랜드다. 파란색 마라톤화였다. 날렵한 페이스메이커의 로고가 활짝 날개를 펼치고 있었다.

"이거, 전문가들이나 신는 건데……. 다해가 어떻게 알았어?"

생각지도 못한 선물을 받고 입이 귀에 걸렸다. 무척 마음에 들었다.

"좋아?"

"당연하지!"

곧바로 신어 보았다. 마치 양말만 신은 듯 한없이 가볍고 편했다.

"신발 사주면 도망간다고 하던데?"

비쌀 텐데. 괜스레 미안한 마음에 농담을 던졌다.

"괜찮아. 도망가면 다시 잡아오면 되지. 덥석!"

다해가 아무것도 아니라는 듯, 팔짱을 끼고 자신만만해 했다.

"내일, 신고 만나자고. 종합운동장에 가서 트랙 위를 달릴 때, 이거 신고 있으면 멋있을 듯해서. 그래서 내일보다 오늘 주는 게 더 좋을 것 같았어."

다해가 해맑게 웃었다. 나도 따라 웃었다.

"근데, 뭐지, 이거?"

마라톤화 앞부분에 아까부터 눈에 들어오는 게 있었다. 아담하고 귀엽게 수놓인 로봇이다. 허리에 손을 얹고 위풍당당하게 서 있는 모습이다. 세련된 모습은 아니다. 어딘지 모르게 둔탁하고 어설펐다.

"설마? 직접 수놓은 거야?"

"당연하지!"

순식간에 다해는 허리 위에 손을 얹고 위풍당당하게 서서 호탕하게 웃었다. 로봇과 똑같은 포즈였다. 마라톤화에 수놓은 건, 로봇이 아니라 다해, 자신이었다.

다해가 언제나 나와 함께 달린다는 생각이 들었다. 불쑥 팔을 뻗어 다해를 안았다. 달리 고마움을 표현할 방법을 찾을 수 없었다.

"엄, 엄마 보시면 어쩌려고?"

"저녁 늦게 오신다고 했어."

"그, 그래? 그럼……."

당황해서 떨어지려고 했던 다해는, 조금 전과는 다르게 두 팔로 힘껏 내 허리를 휘감았다. 내가 안은 모습이라기보다는 오히려 안기는 모습이 되어버렸다. 다해에게서 아이 같은 천진난만한 웃음소리가 흘러 나왔다. 자신의 웃음소리에 기분이 한껏 더 좋아지는지, 더욱더 힘껏 날 끌어당겼다.

"다, 다해야."

어찌나 세던지 숨 쉬기가 곤란할 정도였다. 허공으로 두 팔을 흔들며 장난스럽게 버둥거렸다. 다해는 아랑곳하지 않고 그럴수록 더욱더 힘껏 날 안았다. 여전히 일곱 살, 처음 만났던 그때처럼 천진난만했다. 어릴 때 늘 들고 다니던 로봇 대신, 이제는 날 꼭 잡고 있다.

"이젠 갈게. 그럼, 내일 봐."

충분히 안았다고 생각했는지, 다해는 수줍게 미소를 지으며 뒤돌아 달려간다. 그 뒷모습을 따라 환한 달빛이 앞장선다. 난 다해가 보이지 않을 때까지 파란색 마라톤화를 한 손에 든 채, 계속해서 안녕의 손을 흔들었다.

그리고 열아홉 살이 되는 19일은,

아무것도 모르는 내게, 그리고 다해에게.

어느 때와 다름없는 익숙한 얼굴로 찾아왔다.

그래서 알지 못했다.

그 뒤에 숨겨진 악마 같은 미소를.

다음날, 열아홉 살이 되는 생일. 다해와 다시 만났다.

다해는 만나기로 한 지하철 역, 시계탑 앞에 약속했던 시간보다 한 시간이나 늦게 나왔다.

"서두른다고 서둘렀는데……."

말꼬리를 흐리는 다해의 얼굴이 평소와는 달랐다. 살짝 화장을 한 듯했다. 눈에 익숙하지 않은 모습이라 보는 나까지 조금은 어색했지만, 화장한 다해는 분명 예쁘고 귀여웠다.

"괜찮아. 아직 시간 괜찮을 거야."

표를 끊고 플랫폼으로 내려가 종합운동장으로 향하는 지하철에 올라탔다. 안은 무척 한산했다. 다행이다. 꽤 먼 거리였는데, 앉아서 갈 수 있다. 다정하게 서로의 어깨를 기댄 연인들과, 나들이 나온 가족들이 맞은 편에 자리를 잡고 앉아있었다. 보기 좋은 모습에 미소가 흘렀다.

우리는 나란히 앉아서 각자의 책을 읽었다. 서로 말을 섞지 않고 각자의 책에 집중한다. 겉보기엔 아무런 대화도 없어보이지만, 우리는 맞잡은 손끝으로 끊임없이 대화하고 있었다. 그것만으로도 충분했고, 즐거웠다. 한손만으로 책장을 넘긴다는 게 쉽지는 않았지만, 끝까지 잡은 손을 놓지 않았다.

어느덧 지하철이 지상으로 나오자, 뉘엿뉘엿 저물어가는 석양이 장관을 이루며 눈앞에 펼쳐졌다. 아름다웠다.

"몇 시야?"

다해는 읽고 있던 책에서 눈을 떼지 않은 채, 혼잣말처럼 물었다.

"7시 5분."

"어머? 벌써?"

책에 푹 빠져서 시간 가는 줄도 몰랐다. 화들짝 놀란 다해는 출입문 위의 노선표를 뚫어지게 쳐다보며, 남은 정거장의 수를 헤아렸다.

"하나, 둘, 셋…… 이러다가 늦겠다."

다해는 속이 타는지 아랫입술을 지긋이 깨물었다. 그 모습에서 초초함이 전해왔다.

"온다해."

"응?"

"너무 초조해하지 마. 시간 내 도착하지 못하면 말지 뭐."

난, 애써 태연한 말투로 말하며 다해를 진정시켰다.

"정말 기발한 생각이었는데. 괜히 내가 오늘 늦게 나오는 바람에 망쳐버렸어. 정말, 죄송합니다."

다해는 애교섞인 울먹임으로 내게 배꼽인사를 했다.

"아닙니다. 괜찮습니다."

나 역시, 두 손을 배 위에 가지런히 모으고 고개를 숙였다. 그런 뒤, 다해에게 손을 내밀었다.

"괜찮아. 지금 같이 있는 게 중요하지. 자, 손."

다해는 수줍어 하면서도, 내민 내 손 위에 자신의 손을 살포시 올려 놓았다. 놓치고 싶지 않다. 이 손. 그리고 다해.

— 이번 역은 종합운동장, 종합운동장 역입니다. 내리실 문은…….

안내 방송이 나왔다. 내려야 할 역이다.

"내리자!"

다해의 손을 끌어당기며 문 앞에 섰다.

"지금은 몇 시야?"

다해는 다시 한번 시간을 확인했다.

"7시 16분."

시간은 이미, 우리와 상관없이 흘러가고 있었다.

"정말? 어떡해……."

다해는 울먹거리는 표정으로 속상한 듯 고개를 숙였다. 아무래도 종합운동장까지 가는 건 무리였다.

"다해야. 그냥 여기서 찍자."

장소는 포기하고 시간을 챙기기로 마음을 굳혔다.

예쁘게 화장까지 하고 온 다해를 달리게 할 수는 없다. 분명 땀이 나고 머리까지 헝클어질 거다. 게다가 사진을 찍는다. 평생 남을 텐데 예쁘게 하고 온 지금의 모습 그대로 사진에 담아 두고 싶다. 종합운동장이라는 욕심 하나를 버리면 된다. 내려서 플랫폼에서 사진을 남기기로 했다. 그러면 시간은 충분하다. 종합운동장은 그 뒤, 천천히 산책하듯 둘러보면 된다. 마음을 비우니 한결 편해졌다.

종합운동장 역 플랫폼은 스크린도어를 새로 설치하는 공사가 한창이었다. 어수선하고 복잡했다.

"손 놓지 않기!"

가방에서 준비해온 폴라로이드 사진기를 꺼내 들려고 할 때, 다해가 짓궂은 웃음을 머금고 말했다.

"알았어."

한 손으로만 꺼낸다는 게 여간 쉽지가 않았지만, 잡고 있는 다해의 손을 놓지 않았다. 낑낑거리는 내 모습이 재미있는 듯, 결국에 다해가 참았던 웃음을 터뜨렸다.

"웃지 마."

그렇게 말하는 나도 웃는 건 마찬가지였다.

"알았어."

진지하게 대답했지만, 다해는 웃음을 멈추지 못했다. 예쁘다. 다해의 웃음을 놓치고 싶지 않았다. 사진기를 꺼내려는 손이 더욱 바빠졌다.

"자, 나란히 서."

드디어, 사진기를 꺼냈다. 다해의 손을 끌어당기며 다정하게 붙어 섰다. 사진기를 든 팔을 최대한 길게 뻗었고, 다해보다 얼굴을 앞으로 더 내밀었다.

"이런 매너는 또 어디서 배웠을까?"

"뭐가?"

알아도 모르는 척, 수줍지만 애써 아무렇지도 않은 척 굴었다. 다해도 싫지 않은 듯 내 어깨에 살짝 머리를 기댔다. 셔터에 손가락을 올려놓고 곁눈질로 플랫폼의 시계를 쳐다보았다. 막 19분을 지났다. 이제 19초가 되기를 기다리기만 하면 된다.

"3초, 4초⋯⋯."

설렘 가득한 목소리로 초를 세기 시작했다. 심장이 두근거렸다.

순간이었다.

갑자기 플랫폼 건너편에서 날카로운 비명소리가 공간을 가득 메웠다. 본능적으로 그 소리를 따라 시선이 돌아갔다. 사람들이 우왕좌왕하고 있다. 쳐다보고 있는 곳은 맞은편 철로 아래. 그곳에 한 아이가 떨어져 있다. 아이는 충격을 받았는지 주저앉아 울고만 있다. 아이의 엄마는 발을 동동 구르며 비명에 가까운 고함을 계속해서 질러댔다. 주위에 서 있는 사람들의 안타까운 탄성이 레퀴엠처럼 플랫폼 안을 가득 채웠다. 그리고 서늘한 바람이 휘몰아쳤다. 플랫폼 안으로 점점 미끄러져 들어오는 지하철의 불빛이 보였다.

순간이었다.

다해의 손이 내 손에서 미끄러지듯 빠져나간다. 일말의 망설임도 없이 몸이 먼저 튀어나간다. 내가 무슨 상황인지 깨달았을 때, 이미 다해는 플랫폼 아래로 뛰어들고 있다. 다해! 동시에 바닥에 붙어 있던 내 발이 떨어진다. 다리의 모든 근육을 일으켜 세우며 달려 나간다.

모든 게 영화의 한 장면처럼 너무도 천천히 흘러가고 있다.

한 걸음 먼저 철로로 뛰어내린 다해는 재빨리, 아이에게로 달려갔다. 울고 있는 아이를 번쩍 들어 올려 플랫폼 위로 보내려 했다. 조금 들리는 듯싶던 아이는 다시 바닥으로 떨어지고 말았다. 입고 있던 바짓단이 철로의 너트 끝에 걸려 있다. 쉽게 풀어낼 수 있을 정도로 살짝 걸려 있는데도, 당황한 다해는 그만, 그대로 몸이 굳어버리고 말았다.

한 걸음 늦게 철로 아래로 뛰어내린 난, 재빨리 걸려 있던 아이의 바지 끝을 잡아 뜯고, 있는 힘껏 플랫폼 위로 아이를 내던졌다. 투두둑. 아이의 무게를 이기지 못한 어깨 근육이 찢어지는 소리가 귓가에 들린다. 견디기 힘든 고통이 일순간 밀려왔다. 그건 아무것도 아니다. 서둘러 다해에게로 달려들었다. 그러고는 플랫폼 아래에 있는 잉여공간으로 있는 힘껏 다해를 떠밀었다. 넘어지듯 뒤로 밀려나간 다해는 무사히 안전한 공간 속으로 들어갔다. 반면, 밀어내느라 무게중심을 잃은 난 그대로 바닥에 쓰러지고 말았다.

잔뜩 겁에 질린 다해의 눈과 내 눈이 잠시 마주친 건 그 순간이었다.

괜찮아? 내가 물었다.
괜찮아. 다해가 대답했다.
그래. 그럼 된 거야. 내가 웃었다.
이루다! 다해가 소리쳤다.

날카로운 쇳소리가 고막을 터뜨릴 기세로 다가온다. 거대한 소음이 주위의 모든 바람을 빨아들였다. 곧 두 다리가 뒤엉키는 듯하더니, 그 충격으로 내 몸은 심하게 뒤틀리며 몇 바퀴나 옆으로 돌아갔다. 빛도 제대로 들어오지 않는 그 좁은 공간 속에서 내 몸뚱이는 이리저리 나뒹군다. 세상이 빙글빙글 돈다. 어지러운 현기증이 밀려온다. 정신을 잃지 않으려 이를 악 물었다.

어느덧, 뒤죽박죽 뒤엉킨 순간들이 메케한 먼지와 함께 차분히 내려앉았다. 탁하고 습한 공기를 잔뜩 머금은 불쾌한 바람이 순식간에 사라졌다. 곧이어 적막한 고요가 밀려왔다. 시간이 정지한 듯했다. 불과 몇 초도 안 되는 짧은 시간이었다.

이상하게 졸음이 밀려왔다. 자꾸만 감기는 눈을 억척스럽게 뜨며 다해를 찾았다. 몇 걸음 떨어진 곳에서 내 쪽으로 기어오고 있는 게 보였다. 겁에 질린 얼굴로 바들바들 떨고 있었지만, 다행히 크게 다친 데는 없어 보였다. 나 역시, 다해 쪽을 향해 힘껏 바닥을 밀었다. 그런데 아무리 밀어대도 조금도 앞으로 나아가지 않았다. 허공을 향해 발길질하는 기분이 들었다.

두 다리에.

아무런 느낌도.

없었다.

달리기 다섯

조그맣고 어두운 병원의 회의실은 공기가 무거웠다. 모두가 낮은 목소리로 대화를 나누거나, 아예 침묵한다. 초조하게 누군가를 기다리고 있는지, 발자국 소리가 들릴 때마다 문 쪽으로 고개를 돌렸다. 모두가 스쳐 지나갈 뿐, 문을 열고 들어오는 사람은 없었다. 기다리는 시간이 길어질수록 초조함은 커졌다. 한계가 다다랐을 즈음, 마침내 문이 열렸다. 수술두건을 머리에 쓴 의사는 모두와 시선을 나누며 들어왔다. 수술실에서 곧장 이곳으로 달려왔는지 초록색 수술복에는 선명한 핏자국이 그대로 묻어 있다.

"어떻습니까?"

누군가가 먼저 물었다. 대답하는 의사의 목소리에는 아무런 감정이 묻어나지 않았다.

"노력은 했습니다만, 절단되어 온 두 다리 모두, 뼈와 근육의 손상이 심해서 봉합할 수 없었습니다. 몸에 남은 부분도 동일한 상황이라 허벅지 바로 아래까지밖에 지켜내지 못했습니다."

"아……."

동시에 짧은 탄식이 기름처럼 바닥 위를 흘렀다.

"수술은 잘 마무리되었습니다. 다행히 환자가 아직 젊고 건강하니 빠르게 회복할 거라 생각합니다."

"환자가 젊어요?"

"네."

"몇 살이라고 그랬죠?"

희끗한 머리의 늙은 의사가 걱정스런 말투로 물었다.

"열아홉 살입니다."

"이제 열아홉 살이라…… 젊은 게 아니라, 너무 어리네요."

"네……."

"정신적 충격이 클 테니 심리치료도 병행하도록 권하고 싶습니다."

"네, 그렇게 하도록 준비하겠습니다."

"이름은 뭐라고 그랬죠?"

"이름이……."

의사는 곧바로 이름이 기억나지 않는지, 들고 있던 차트를 서둘러 펼쳤다.

"이루다!"

남자의 목소리와, 여자의 목소리가 섞여서 들렸다.

"이루다!"

점점 남자의 목소리는 작아지더니 결국에는 여자의 목소리만 들렸다.

"이루다!"

날카로운 비명에 가까웠다 다해? 분명, 다해의 목소리였다. 번쩍 눈을 떴다. 주위를 둘러보기 위해 고개를 돌렸지만, 담에 걸린 듯 좀처럼 고개를 움직일 수 없었다. 눈동자만 이리저리 굴리며 다해를 찾았다. 다해의 모습은 어디에도 없었다. 찾을 수가 없었다.

"이루다!"

또다시 다해의 목소리가 들렸다. 이번에는 요란한 소리와 함께 마구 뒤엉켜 다가왔다. 곧 거대한 파도가 거짓말처럼 세차게 날 후려치며 덮쳤다. 강한 물살은 모든 걸 헝클어 놓았고 삽시간에 아수라장이 되었다. 내 몸은 세탁기에 들어간 빨래처럼 이리저리 휘몰아쳤다. 곧이어 어디선가 나타난 피라니아 떼가 날카로운 이빨을 들이대며 내 두 다리를 물어뜯기 시작했다. 순식간에 붉은 피가 사방으로 펴졌고, 견딜 수 없는 고통이 흘렀다.

"으아아악!"

비명을 지르며 또 한 번 번쩍 눈을 떴다. 모든 게 꿈이다. 현실과 꿈이 뒤죽박죽 엉켜 있었다. 머릿속이 멍했다. 몽롱했다. 금세 눈에 피로가 몰려왔다. 쓰라렸다. 다시 눈을 감았다. 희한하게도 눈을 감았는데도 낯선 천장이 보였다. 흰색이었지만 희미한 회색에 가까웠다. 손을 뻗어 긁으면 그대로 새하얀 줄이 생길 듯했다.

"환자 분, 일어나 보세요. 환자 분? 환자 분!"

낯선 목소리가 들렸다. 계속해서 뺨을 두들긴다. 그런데도 좀처럼 눈은 뜰 수가 없다. 뜨려고 하면 할수록 더 깊은 잠 속으로 빨려 들어가는 기분이 들었다.

"그냥 놔두세요. 진통제 때문에 좀 어지러워 할 거예요. 가능하면 숙면을 취할 수 있도록 해주세요. 진통제 투입량은 줄여볼 수도 있는데, 그러면 고통이 심해서요. 지금은 이대로 두고 경과를 살펴봅시다. 환자가 건강하고 젊으니까 금방 이겨낼 겁니다."

말을 끝낸 목소리가 어디론가 뚜벅뚜벅 걸어가더니, 이내 자취를 감췄다.

부드러운 손 하나가 내 이마를 어루만지는 게 느껴졌다. 누구지? 곧이어 훌쩍거리는 울음이 들렸다. 엄마? 분명 엄마였다. 눈물을 삼키며 소리 죽여 울고 있다. 왜 울어, 엄마. 눈을 뜨려고 했지만 끝내 떠지지 않았다. 아니, 떴는지도 모른다. 그러나 아무것도 보이지 않았다. 여전히 사방은 깜깜했고, 순식간에 모든 감각이 사라졌다.

며칠 밤낮으로 똑같은 꿈을 꾸었다. 다행히 꿈보다 현실의 모습들이 조금씩 더 선명해진다. 그 잠에서 깨어나는데 무려

일주일이란 시간이 걸렸다. 무척 긴 잠이었다. 완전히 깨어났을 때에 두 다리로부터 견딜 수 없는 통증이 득달같이 달려들었다. 날카로운 메스로 사정없이 생살을 도려내고 그 안의 근육을 잡아당겨 갈기갈기 찢는 듯했다. 이를 악물고 손을 뻗어 종아리를 움켜쥐었다. 그런데, 손끝이 허망했다. 아무것도 손에 잡히는 게 없다. 너무 놀란 나머지 두 눈을 끔뻑이며 몇 번이나 손이 멈춰 있는 곳을 확인했다.

"뭐…… 뭐야, 이게…… 이게 뭐냐고……."

왈칵, 하고 눈물이 쏟아졌다.

있어야 할 그곳에는 아무것도 없었다.

달리기 여섯

"받아들이세요. 그래야 이겨낼 수 있습니다."

의사는 몸도 몸이지만, 마음의 병도 깊어진다며, 하루라도 빨리 현실을 받아들이라고 조언했다. 시간이 흘러 되돌아보면, 왜 더 빨리 마음을 다잡지 못했나, 후회할 거라고 했다. 말이 쉽다. 어쩔 수 없었다. 나 자신에게조차 마음이 열리지 않는데, 무엇을 받아들일 수 있을까? 더 이상 달릴 수 없다. 상실감이 너무도 컸다.

"한 숟가락만 더 먹자."

엄마는 직접 쑤어온 죽을 내 입에 밀어 넣었다.

"욱!"

식도를 넘어가던 죽이 탁, 하고 걸렸다. 곧이어 쓴 물과 함께 역류해 올라왔다. 목이 타 들어가는 통증에 나도 모르게 엄마에게 짜증을 냈다.

"그만 먹을래."

"한 숟가락만 더. 응? 조금이라도 먹어야 힘을 내지."

"싫어……."

조금만 먹어도 모든 걸 토해냈다. 독한 약 때문에 아무것도 먹을 수 없었다. 하루가 다르게 얼굴은 퀭하니 말라가고 생기를 잃었다. 초점 잃은 두 눈으로 멍하니 허공만 바라보는 시간이 많아졌다. 감정이 연결된 고리가 끊어져버린 듯하다.

"루다 좀 만나게 해주세요. 제발요."

병실 밖에서 다해의 목소리가 들렸다. 금방이라도 울 듯한 목소리였다. 듣는 것만으로도 마음이 아팠다. 하지만 지금 난 아무런 말도 하고 싶지 않았다. 만나고 싶지 않았다. 원망은 아니었다. 초라한 내 모습을 보여주고 싶지 않았다. 그렇게 하루가 멀다 하고 찾아오는 다해를 피했다. 병실 문을 굳게 닫은 채 엄마가 대신해서 다해를 막았다.

어느새 난, 어두운 공간 속에 굳게 문을 걸어 잠그고, 그 속에 스스로를 가둬버렸다.

"다해는…… 갔어요?"

병실 안으로 돌아오는 엄마에게 물었다.

"응."

대답하는 엄마의 목소리에는 힘이 없었다.

"나 잘래. 불 꺼줘."

이불을 머리 끝까지 덮어쓰며 투정 부리듯 말했다. 철없는 어리광이다. 하기 싫은 거 다 엄마에게 시키고, 이제는 뻔뻔하게 대하고 있다. 분명 몹쓸 어리광이다. 엄마는 묵묵히 그런 내 못된 기분을 다 받아주었다.

"엄마도 어서 집에 가서 자. 내일 출근해야지."

"……엄마 휴가 낼까 해."

"그러지 마, 그럴 필요 없어, 엄마가 옆에 있어도 달라지는 건 없으니까."

보고 있지 않아도 엄마의 표정이 어떨지 뻔했다. 마치 내가 이렇게 된 게 모두 자기 탓인 냥, 죄인의 얼굴을 하고 있다. 그게 더 싫었다. 짜증스러웠다. 혼자 있고 싶었다.

엄마는 더 이상 아무런 말도 하지 않고, 묵묵히 자리에서 일어났다. 툭 하고 병실의 불이 꺼지고, 문이 닫혔다.

병실 안에 무거운 침묵이 흘렀다. 한참이 지난 후, 그 침묵의 틈 사이로 내 울음이 비집고 퍼져나갔다.

계속되는 수면부족에 시달렸다. 매번 무시무시한 악몽에 시달려야 했다. 잊고 싶은 그날의 사고가 꿈속에서 끊임없이 되풀이되었다. 그때마다 두 다리가 잘려 나가는 고통이 똑같이 반복되었다. 그 통증만큼은 꿈이 아니었다. 현실이다. 잔인할 정도로 끔찍한 고통의 현실이었다. 있지도 않은 두 다리가 너무 아팠다. 밤새 뒤척이다 보면 어느새 아침이 되어 있고는 했다.

의사는 환상통이라고 했다.

"진통제…… 좀 놔 주세요……."

통증을 이겨내지 못하는 날이면 사정하듯 의사에게 매달렸다. 그러나 의사는 꿈쩍도 하지 않았다. 실제 통증이 아니기 때문에 진통제가 소용없다고 했다.

"그럼, 수면제라도…… 그거라도 주세요."

그 역시도 쉽게 처방하지 않았다. 의사는 괜찮을 거라며, 이겨내라고 다독였지만, 무엇을 이겨내라는 말인지 뚜렷하게 받아들여지지 않았다.

한 번은 갑자기 식은땀이 흐르고 좀처럼 숨을 쉴 수가 없었다. 눈앞이 빙글빙글 돌기 시작하고 헛구역질이 났다. 화장실로 뛰어가기 위해 침대를 내려오다, 그만 머리부터 곤두박질쳤다. 바닥을 짚을 두 다리가 없었기 때문이다. 알고 있으면서도 몸은 여전히 두 다리를 놓아주지 않았다. 익숙하지 않았다. 받아들이지 못했다. 피를 흘리며 바닥을 뒹굴다가 처량함에 몸부림쳤다. 가슴을 잡아 뜯었다. 견디기 힘들었다. 받아들이지 못할수록 더욱 비참해져 갔다.

삶에 대한 의지는 하루가 다르게 사라져 갔다. 여기가 끝인데, 미련하게 끝인 줄도 모르고 바보처럼 살아내고 있는 듯했다. 무기력했다. 삶에 대해서도, 죽음에 대해서도. 아무런 생각도 하고 싶지 않았다. 살아서건, 죽어서건, 그저 쉬고 싶었다.

결국, 의사는 진정제의 양을 늘렸다. 의사의 경고대로 늘어난 약물 때문에 무기력해지고 생기를 잃었다. 약 효과가 떨어질 즈음에는 온몸을 사시나무 떨듯 떨었다.

감당할 수 없을 정도로 커다란 슬픔이 닥치면, 오히려 그 슬픔은 뚜렷하게 느껴지지 않는다. 차라리 죽고 싶은 생각이 강하게 들었다. 왜 살아났을까? 그냥 거기서 죽어버리지, 뭐가 아쉬워서 살아났을까? 약물에 취해 밤새 잠꼬대를 하며 뒤척이다가 바닥으로 굴러떨어졌다. 점차 잠드는 게 두려웠다. 깨어 있는 건 더욱 고통스러웠다. 이러지도 저러지도 못하고 점점 미쳐가는 듯했다.

새벽녘에 가슴이 답답해서 견딜 수 없었다. 탁 트인 풍경과 마주 서서 가슴 뚫리는 시원한 바람의 냄새를 맡고 싶었다. 넓은 곳으로 가고 싶었다.

익숙하지 않은 휠체어 위에 힘겹게 몸을 앉혔다. 제대로 힘이 들어가지 않아 두 팔을 부들부들 떨면서 힘겹게 휠체어 바퀴를 굴렸다. 어떻게든 밀며 병실을 나섰다. 어둑어둑한 복도를 지나 마침내 병원 밖으로 나왔을 때엔, 차가운 새벽 도시의 바람이 불었다.

천천히 고개를 들어 주위를 둘러보았다. 병원 밖 세상은 그대로였다. 억울했다. 난 잔혹하게 달라져 있는데. 앞으로는 전혀 다른 삶을 살아가야 하는데. 세상은 그러든지 말든지 아무런 관심조차 보이지 않고 있다. 욕이 튀어나왔다. 이를 악물고 한 대 후려치고 싶은 도시의 그 얼굴을 조금 더 자세히 보고 싶었다.

더 이상 그곳에 머물고 싶지 않았다. 병실로 돌아가고 싶었다. 서둘러 휠체어 바퀴를 굴렸다. 그러다 그만, 한 뼘도 안 되는 낮은 턱에 걸려 멈춰 서고 말았다. 이를 악물고 있는 힘을 다해 휠체어의 바퀴를 굴렸지만, 꼼짝도 하지 않았다. 식은땀이 흘렀다. 한 뼘도 안 되는 그 턱을 아무리 발버둥 쳐도 넘을 수가 없었다. 턱은 그런 날 비웃었다. 앞으로 내 미래가 이런 거라며 날카로운 비수를 꽂았다. 복잡한 감정이 바람에 휘말려 날아왔다.

"여! 조심하라고!"

어디선가 들려오는 낯선 목소리가 후다닥 하고 눈앞을 스쳐 지나갔다. 사라진 쪽으로 시선을 던지는데, 비슷한 말들이 뒤통수 너머에서 또다시 들려왔다. 이번에는 하나가 아니었다. 고개를 돌리자 수많은 사람들이 내 쪽을 향해 달려왔다. 어슴푸레 동이 터오는 도시를 가로지르며 달리기를 하는 사람들이다. 휠체어에 앉아 있는 날, 뒤늦게 발견하고는 우왕좌왕하며 좌우로 갈라지며 빠르게 스쳐갔다. 가벼운 차림에 하나같이 반사 띠를 차고 있다. 헤드라이트를 켜고 달리는 차들이 그 옆을 지나가자 밤하늘의 별처럼 반짝반짝 빛을 토해냈다.

그 모습을 멍하니 바라보다가 그만 참았던 울음이 터져 나오고 말았다. 입을 막아도 소용없었다. 꾸역꾸역 밀고 올라오는 꺽꺽거리는 짐승의 소리가 쏟아져 나왔다. 그제야 짧은 울음이 목구멍에서 툭 하고 튀어나와 버렸다. 애처롭게 새어 나온 그 소리가 서러워서 또 다른 울음이 터져 나왔다. 한번 터져

버린 울음은 걷잡을 수 없었다. 그러다가 잘못 삼킨 침이 기도를 타고 들어갔다. 순식간에 거센 기침이 울음을 뚫고 밖으로 튀어나왔다. 막혔던 기도가 뚫리고 메마른 공기가 세차게 파고들었다. 몸뚱이는 살겠다고 발버둥을 쳤다. 살아 있다는 사실이 괴로웠다.

달리고 싶다.

그래서 울었다. 참 서럽게 많이 울었다. 다시는 울지 않게, 눈물이 말라버리도록, 내 인생에서 다시는 울지 않으리라 다짐하며 울고 울고 또 울었다.

받아들여야 한다. 계속해서 이렇게 아파하며 살 수는 없다. 남은 삶을 위해서 하루라도 빨리 인정해야 한다.

난, 더 이상은 달릴 수 없다.

달리기 일곱

"이루다! 문 열어! 문 열라고!"

이제 다해는 애원하다시피 문을 두들겼다.

그 무렵의 난 다해가 보내오는 문자도 확인하지 않았고, 그렇다고 지우지도 않았다. 시간이 그대로 멈춰버린 듯 굴었다. 가능한 모든 걸 밀어내고 있었고, 아니라는 걸 알면서도 달리 손쓸 방법을 몰랐다. 누구도 친구의 다리가, 아들의 다리가, 자신의 다리가 사라질 것에 대해 상상해보지 못했기에 아무런 준비도 해두지 않았고, 그래서 무엇을 어떻게 해야 할지 아무것도 알지 못했다.

"이루다! 제발! 제발 문 열어줘!"

다해가 열어달라고 두드린 건, 굳게 닫혀버린 내 마음의 문인지도 모른다.

"이루다! 다 알겠는데! 다 좋은데! 거기까지만 해. 나 죄인 만들어놓고! 거기 숨어서 뭐 하는 거야! 이루다! 문 열어! 안 열어! 문 열라고! 이루다! 이 비겁한 새끼야!"

다해는 멈추지 않았다. 미친 듯이 병실 문을 두드리며 소리를 질러댔다. 결국, 엄마가 일어나 병실 밖으로 나가 다해를 만났다. 엄마의 등장에 일순간 다해의 목소리가 작아졌다.

— 루다, 진정제 맞고 잠들었어. 한동안 깨지 않을 거다.

문 밖에서 들려오는 엄마의 목소리는 침착했다. 그래서 오히려 잔인할 정도로 차갑게 들렸다.

— 그러니, 그만 돌아가 주겠니?

— 한 번만 만나고 갈게요.

조용한 병실 복도에서 소곤거리듯 나누는 대화였지만, 내 귀에는 또렷하고 선명하게 들려왔다.

— 루다가 지금 어떤 상태인지…… 알잖니.

엄마의 목소리가 잠시 격양되었지만, 곧 다시 침착해졌다.

— 어떤 상태인지 모르겠어요. 말로는 아무리 들어도 모르겠어요. 아직 한 번도 못 만났잖아요. 제발 얼굴만이라도 보게 해주세요.

애원하는 다해의 목소리가 아팠다. 듣는 게 괴로워서 이불을 머리끝까지 덮었다. 제발 그만 돌아가 줬으면 했다.

— 나도 그래서, 돌아가라는 거야. 솔직히 난 네 얼굴을 보는 게 참 힘들구나. 네 얼굴을 보고 있으면…… 괴롭구나, 너무도.

— 아줌마…….

― 네 탓이라고 말하는 게 아니야. 하지만 어쩔 수 없는 거야. 그러니까 더 이상 아무 말 말고 그냥 돌아가렴.

― 아, 아줌마…….

― 돌아가…….

그리고 긴 침묵이 흘렀다. 여전히 난 이불을 뒤집어쓰고 있었다.

한참 후, 문이 열리는 소리가 들렸다. 차마 그쪽으로 고개를 내밀지는 못했지만, 문을 굳게 닫고 등지고 서 있을 엄마의 표정은 읽을 수 있었다. 잠시 후, 문 밖에서 다해의 흐느끼는 소리가 희미하게 들려왔다. 들어오지도 못하고, 돌아가지도 못하고 문 앞에 주저앉아 울고 있었다.

괴로웠다. 다해도, 엄마도, 나도……. 지금 여기서 제정신인 사람이 누가 있을까?

그리고 또, 긴 시간이 흘렀다. 그제야 터덜거리며 사라져가는 다해의 발소리가 들렸다. 그 소리를 듣고 있자니 영영 안녕일 듯해서 가슴이 먹먹했다. 눈물이 고였다. 이불을 깨물고 눈물을 삼켰다.

"엄마…….."

"응, 말해…….."

"오늘도 혼자 있고 싶어…….."

잠시 침묵이 흘렀다. 엄마도 병실에 머무는 시간이 점점 짧아져 갔다. 혼자 있고 싶다는 이유로, 아예 오지 말라고 부탁하기도 했다.

"알았어……."

돌아누운 등 뒤에서 부스럭거리며 짐을 챙기는 소리에 이어서 천천히 문을 여는 소리가 들렸다.

"엄마……."

밖으로 나서는 발소리가 멈췄다.

"미안해……."

"……."

아무런 대답도 돌아오지 않았다.

"그런데…… 다해한테…… 너무 심하게는 마……."

잠시 멈춰 있던 시간이 다시 흘렀다. 곧 문이 닫혔다. 넌 나쁜 새끼야. 그런 말을 들은 듯하다.

고요한 병원 복도를 비틀거리며 걷는 엄마의 발소리가 조금씩 멀어져 갔다. 아프지 않았다. 미안하지도 않았다. 아무런 감정을 느낄 수 없었다. 내 감정이 무뎌지고 있다. 가루가 되어 바람에 흩날려 사라지고 있었다.

며칠이 지났다. 몸도, 마음도 정지해버린 기분으로 지냈다. 고통스러운 아픔만 느낄 테니 차라리 그 편이 더 낫다고 생각했다. 누워 있었지만 잠들지 못했고, 잠들지 않았지만 꿈인지 현실인지 구분할 수 없는 시공간을 부유했다. 아무것도 생각하고 싶지 않았다. 날 그냥 놔버렸다.

병실 문이 열리는 소리가 났다. 퇴근한 엄마거나, 간호사라고 생각했는데, 낯선 여자가 머뭇거리며 서 있었다. 처음 본 얼굴이었다. 병실 문을 열고 한 걸음 안으로 들어왔지만 여전히 망설이고 있다. 병실을 잘못 찾아왔나? 그런 생각이 들었지만, 여자는 되돌아 나가지 않았다. 그저 그 자리에 계속 머뭇거리며 서 있을 뿐이었다.

헤어스타일은 어려 보였지만, 입고 있는 옷은 남루해서 쉽게 나이를 분간할 수 없었다. 어딘지 모르게 초췌한 모습이다.

한참을 서로 바라보고 있었지만, 딱히 누구냐고 먼저 묻지 않았고, 누구라고 먼저 밝히지도 않았다.

"잠깐만요."

결국, 간호사가 링거를 갈아주기 위해 들어올 때서야 여자는 서 있던 자리에서 두어 걸음 안으로 더 들어왔다. 그러더니 간호사가 다시 나갈 때까지 또다시 서 있기만 했다. 또 얼마의 시간이 흘렀을까? 주춤거리며 한 걸음을 옮기는 듯싶더니, 여자는 이내 침대까지 다가왔다. 이상하게도 그런 여자의 모습이 당황스럽게 여겨지지 않았다. 이미 알고 있던 듯 자연스러웠다.

여자는 침대에 두 손을 올려놓았다. 다리가 있었을 그곳을 어루만지던 여자는 천천히 무너지기 시작했다. 시트를 움켜쥔 주먹 위로 장대비같이 굵은 눈물을 뚝뚝 흘렸다. 거칠게 숨을 삼키는 소리를 제외하고는 이를 악문 채 울음조차 내지 않았다. 온몸에 힘을 주고 우는 탓에, 현기증이 나는지 이따금 비틀거리기도 했다.

여자의 울음을 멈추게 한 건 복도에서 들려오는 어린아이의 목소리였다. 엄마를 부르고 있었다. 잠시 후, 열려 있는 병실 문 뒤로 조그만 아이가 고개만 빠끔 내밀고 다시 한 번 엄마를 불렀다. 그 옆에는 여자의 동생쯤으로 보이는 또 다른 여자가 아이의 손을 붙잡고 서 있었다. 셋 다 얼굴이 닮아 있다. 아이는 잔뜩 주눅이 든 얼굴로 엄마라고 부르는 여자의 모습을 살폈다. 그 아이의 얼굴이 눈에 익다. 난 아이에게 들어오라는 손짓을 했다. 겁을 먹은 건지, 낯설어서 그런 건지, 살짝 주춤거리던 아이는 손을 잡고 있던 여자가 살며시 안으로 밀어주자 조심스럽게 다가왔다.

다가온 아이의 머리를 쓰다듬어주었다. 아이는 커다란 눈동자를 이리저리 굴렸다. 웃지도, 울지도 않은 채 얌전히 서 있었다. 가까이에서 제대로 보니 무척이나 야무지고 귀여운 얼굴의 여자아이였다. 크면 지금보다 훨씬 더 예뻐질 듯했다. 그런 아이의 이마에는 커다란 멍 자국과 함께 빨간 딱지가 더덕더덕 붙어 있었다.

그날의 기억이 떠올랐다. 한 손으로 아이를 번쩍 들어 올려 짐 던지듯이 플랫폼 위로 내던졌었다.

"안 아팠니?"

갈라진 목소리가 튀어나왔다. 입안이 말라 있었다. 아이는 가만히 고개를 끄덕였다. 대답이라기보다는 본능에 가까운 고갯짓이다. 겁을 먹은 듯 보였지만, 내게서 시선을 돌리지는 않았다. 그 모습이 귀여웠다. 손을 내밀어 아이의 통통한 볼을 어루만졌다.

"예쁜 얼굴인데……. 오빠가, 미안해."

그 말이 끝나기 무섭게 침대 옆에 서서 우리의 모습을 지켜보던 여자가 목 놓아 울었다. 놀란 아이는 갑자기 울음을 터뜨린 엄마에게로 달려가 다리를 꼭 붙잡고 몸을 기댔다.

"엄마, 왜 울어⋯⋯. 울지 마⋯⋯."

어느새 아이도 따라 울기 시작했다. 결국 문 앞에 서 있던 여자가 달려와 울먹이는 아이를 번쩍 안아 달래며 밖으로 나갔다. 아이는 울먹거리면서도 떼를 쓰지는 않았다. 얌전하고 착한 아이였다.

"고맙습니다⋯⋯."

여자는 울음이 뒤엉킨 목소리로 말했다. 고맙습니다. 고맙습니다. 몇 번이나 그렇게 말하고, 침대에서 한 걸음 떨어져서 끊임없이 고개를 숙여 인사했다. 굵은 눈물이 병실 바닥까지 뚝뚝 떨어졌다.

여자가 미안하다는 말을 하지 않아서. 고맙다고만 말해줘서 고마웠다.

여자와 아이가 돌아간 뒤, 시선을 돌린 창밖에는 시원스럽게 비가 내리고 있었다. 굵은 빗방울이다. 답답했던 가슴이 시원하게 뚫리는 듯했다. 비로소 내가 무슨 일을 했는지 떠올랐다. 아이를 구했다. 다해를 구했다. 비록 두 다리를 잃었지만 마음은 한결 가벼워졌다.

조금은. 웃을 수 있을 듯하다.

딸리기 여덟

'뭐야! 온다해! 너 정말 뭐야! 네가 왜? 네가 왜!'

예측할 수도 없었고 생각조차 못했던 일이다. 소식을 듣자 마자 미친 듯이 응급실로 향했다. 휠체어를 미는 두 팔이 바들 바들 떨렸다. 두려움이 밀려왔다. 입술이 바싹 말라 침조차 삼 킬 수 없었다.

응급실 구석진 침대에서 힘겹게 구토하는 소리가 들려왔다. 눈물과 콧물이 범벅이 된 채, 다해가 축 늘어져 모든 걸 게워내 고 있었다. 굵은 호스가 목구멍 안으로 거침없이 들어갔고, 얼 마나 고통스러운지 자신의 가슴을 긁어댔다. 그러다가도 또 힘 없이 축 늘어졌다. 그 옆에서는 의사와 간호사가 계속해서 다 해를 재촉하며 손발을 주물러댔다.

"……마요."

다해가 들리지도 않는 목소리로 힘겹게 말하려 했다.

"네? 환자 분. 뭐라고요?"

의사가 귀를 세우고 되물었다.

"하지…… 말라고요"

"뭐라고요? 하지 말라고요? 뭘요? 뭘 하지 마요?"

"놔…… 둬……."

기력을 다한 다해는 힘겹게 의사를 밀쳐내며 치료를 거부했다. 그러자 의사는 불같이 화를 냈다.

"환자 분! 지금 뭐 하는 짓입니까!"

단호한 말투로 심하게 다해를 야단쳤다.

"그냥…… 죽게…… 내버려 달라고요."

"뭐요! 난 어떻게든 당신 살릴 거니까, 쓸데없는 짓 말아요."

이어서 의사는 주위에 서 있는 간호사에게 소리쳤다.

"다들 뭐 합니까! 언제까지 그렇게 멍하니 서 있을 거예요! 어서 안 움직여요? 사람 목숨이 장난처럼 보여요?"

의사의 불호령에 간호사는 화들짝 놀라 서둘러 다해에게 진정제로 보이는 주사를 놓았다. 다해는 필사적으로 발버둥을 쳤다.

"죽게 해줘요……. 죽어야 한다고요……."

다해는 필사적으로 죽으려 했다. 진정제 때문에 조금씩 안정되어 가자 다해는 그런 자신을 참지 못하고 괴로워했다. 무엇이 그렇게 죄스럽고 서러운지, 소리도 못 내고 아프게 울기 시작했다. 난 차마 다해의 곁으로 다가갈 수 없었다.

나였다. 내가 다해를 저 지경으로 만들었다. 그렇지 않아도 힘들었을 다해를 더욱더 깊고 짙은 어두운 절벽 아래로 밀어넣었다. 괜찮다고, 미안해하지 말라고 하면서도 내내 괜찮은 얼굴 한 번 보여준 적 없었다. 찾아오면 피하기만 했다. 단 한 번도 마음 편히 돌아간 적 없었을 게다. 울면서 거리를 헤맸을지도 모른다.

사람들은 다해를 외면했을지도 모른다. 뒤에서 수군대며 모든 건 너 때문이라고 손가락질했을지도 모른다. 다해는 아니라는 말 한 마디도 못하고, 그 모든 손가락질을 참아내고 받아들였을 게다. 그동안 얼마나 마음의 짐이 무거웠을까?

어쩌면, 다해는 내가 아니라, 자신이 위로를 받고 싶어서 찾아왔었는지도 모른다. 그런 다해를 난 잔인하게 내쳤다.

내 아픔이 너무 크다는 이유로, 다해의 아픔을 보려 하지 않았다.

응급실 침대에 커튼이 쳐졌다. 난 잠든 다해의 곁에서 오랫동안 손을 잡아주었다.

조금씩 의식이 돌아온 다해의 눈동자가 꿈틀거렸다. 천천히 주위를 살피던 다해는 내 얼굴을 보자마자 금세 눈동자가 붉어졌다. 입가에는 미소 아닌 미소가 흘렀다. 웃고 있지만 웃지 못했다.

"괜찮아?"

따뜻한 목소리로 물었다. 다해는 천천히 고개를 끄떡였다.

잔뜩 움츠린 어깨가 안쓰러웠다. 그 모습에 목이 메었다. 무슨 말을 해야 할지 막막했다. 왜 그랬냐고 버럭 화를 낼까? 아니면, 아무 말 없이 가만히 안아줄까? 아니다, 다 가식이다. 솔직한 심정을 말하기로 했다.

"다해야……. 다리를 잃은 건, 지갑을 잃어버린 것처럼 간단한 문제가 아니잖아. 쉽게 머릿속에서 지워버릴 수 있는 게 아니야. 받아들이는데도, 익숙해지는데도 시간이 필요해."

"미, 미안해…… 나 때문에……."

"아니야. 난 오히려 널 구할 수 있어서 기뻐."

"거짓말!"

다해가 갑자기 악을 썼다.

"아니야. 진심이야."

사실이다.

"거짓말이야! 어떻게 그럴 수 있어? 사람이 어떻게 그럴 수 있냐고!"

감정이 격해져서 내뱉는 다해의 고함소리가 내 가슴을 찢어 놓았다.

"널 구한 거잖아."

애써 차분하게 말했다. 다해를 안정시키고 싶었다.

"그래서! 그래서 미안하다고! 나라서! 널 그렇게 만든 게 나라서!"

다해는 바람과 달리 더욱더 흥분했다.

"다해야……."

"거짓말이야! 넌 그동안 나랑 말조차 하지 않았잖아!"

"그건……. 나 역시도 이런 상황이 감당하기 힘드니까…….."

"그냥 원망스럽다고 말해. 차라리 사실을 말해!"

"이게 사실이야."

"듣기 싫어. 거짓말이야. 거짓말."

힘이 드는지, 목소리는 점차 작아졌지만 그 안에 담긴 오해와 원망은 계속 이어졌다.

"넌 몰라. 죄책감을 안고 사는 게 어떤 건지. 애써 모른 척 무시하고 살려고 하지만, 매순간 갑자기 떠올라서 괴롭혀. 그 때마다 숨조차 제대로 쉬기 힘들어. 조금만 웃어도 흠칫 놀래. 손가락질 받을 것 같아. 그래서 웃고 싶어도 웃을 수 없어. 넌 내가 어떻게 살아왔는지 몰라. 늘 그 얼마 되지 않는 웃는 모습을 본 유일한 사람이 너니까. 네 앞에선 늘 웃으려 했어. 내가 숨을 쉴 수 있는 유일한 시간이었으니까. 내가 너 없이 안 되는 이유야. 그런데 그 이유가…… 이젠 사라졌어."

"다해야……."

"이런 기분 싫어. 이 거지 같은 죄책감. 차라리 아무것도 기억나지 않았으면 좋겠어. 누군가 기억의 일부를 떼줬으면 좋겠어……."

대화가 이어지지 않았다. 다해는 전혀 내 말을 들으려 하지 않았다. 오히려 점점 더 자책의 늪 속으로 깊숙이 자신을 밀어 넣고 있다. 더 늦기 전에 꺼내야 한다. 손을 내밀어 끄집어내야 했다.

"다해야……. 지금 난 속상하다는 말로는 부족할 정도로 엄청 괴로워. 이건 노력으로도 어떻게 할 수 없는 거야. 그래도 누구를 탓하지는 않아. 다해를 미워하거나 원망하진 않아."

"모두들 날 원망해! 동생도! 엄마도! 다들 그랬어!"

다해는 자신의 무릎에 얼굴을 파묻고 흐느꼈다. 지난 아픔까지 끌어내 연관시키고 있다. 자신에 대한 원망과 나에 대한 미안함이 뒤엉켜서 정신없이 쏟아져 나오고 있었다.

내가 알 수 있을까? 다해의 마음을. 하지만 한 가지는 분명히 알 수 있다. 다해를 마음으로 안아주어야 한다. 그리고 말해야 한다. 아니라고. 네 잘못이 아니라고. 이 마음을 전해야 한다.

"다해야. 내가 많이 약해서 그래. 그래서 울기도 하고 좌절도 해. 앞으로도 수백 번 더 넘어질지도 몰라. 그래도 그런 과정들을 하나씩 다 이겨내 볼 생각이야. 그때마다 늘 그랬듯 네가 날 응원해야지……. 난, 너의 응원 없이는 아무것도 못해."

"거짓말……."

다행히 진심이 통하는지 다해의 목소리가 한결 누그러졌다.

천천히 두 팔을 뻗어 다해를 감싸 안았다. 불안정한 다해의 호흡이 고스란히 전해져 왔다.

"응원해줄 거지?"

"……."

"밝게…… 아무 일 없었다는 듯……. 응, 다해야, 우리 웃자."

"……응."

다해는 한참 만에 대답했다. 그리고 내 품으로 파고 들어왔다. 그런 다해의 등을 따뜻하고 포근하게 쓰다듬어주었다.

그날 밤. 우리는 작은 아이가 누울 법한 공간을 사이에 두고, 같은 침대에 나란히 누웠다. 다해는 길게 뻗은 내 팔 끝, 손목을 베고 누웠다. 손가락을 움직여 다해의 머리카락을 만져보고 싶다는 생각이 들기도 했지만 그러지 않았다. 함께 있는 것만으로도 충분히 즐거웠다.

"루다, 자?"

"아니."

"있잖아……. 나 한 번도 이 얘기 한 적 없는데……. 들어줄래?"

난 대답 대신 졸음이 묻어 있는 두 눈을 크게 끔뻑거렸다.

내가 일곱 살. 내 동생이 세 살 때였어.

난 또래 여자애들과 노는 것보다 동생과 어울리는 걸 좋아했어. 동생도 나도 로봇을 좋아했거든. 우리는 늘 로봇을 가지고 놀았어.

"넌, 여자애가 매일 로봇이니?"

엄마는 그렇게 말하면서도 내심 그런 날 좋아했어. 인형 따로, 로봇 따로 사줄 필요 없이, 로봇만 사주면 우리 둘은 싸우지 않고 사이좋게 잘 놀았으니까. 엄마는 동생을 잘 보는 착한 누나라며 날 여기저기 자랑하고 다녔었어.

"누나! 날 로봇으로 만들어줘."

그날은 동생이 내게, 자신을 로봇으로 만들어 달라고 졸랐어. 아마, TV에서 비슷한 걸 본 모양이야. 나 역시도 로봇을 만들어보면 재미있겠다고 생각했던 것 같아.

"이리 와 봐."

난 동생의 손을 잡고 부엌으로 달려갔어. 거기에 동생을 로봇으로 만들 재료들이 많다는 걸 알고 있었거든. 가장 먼저 냄비를 꺼내서 동생의 머리에다가 씌었어.

"누나, 앞이 안 보여."

"너무 눌러썼잖아, 바보야. 이리로 와 봐."

냄비는 동생의 머리에 꼭 맞았지만, 깊이가 깊어서 눈을 가렸지. 살짝 뒤로 씌어주었지만, 그러면 냄비가 매끄러운 탓에 계속해서 벗겨졌어. 결국 난, 냄비 손잡이에 끈을 달아서 쉽게 벗겨지지 않도록 단단히 턱에 매줬어. 그리고 몇 가지 주방용기를 더 가져와서 팔과 다리에 매달아줬지. 진짜 로봇처럼 보이도록 말이야.

"난 정의의 로봇이다! 다 덤벼라!"

동생은 무척 신 나 했어. 로봇처럼 걷고, 로봇처럼 말했지. 그러면서 여기저기 정신없이 뛰어다녔어. 지치지도 않았지. 하지만 난 조금씩 식상해졌어. 동생을 로봇으로 만들어준 뒤에는 더 이상은 할 게 없었으니까.

난 그림책을 펼쳐 들었어. 몇 번을 봐도 지겹지 않은 가장 좋아하는 그림책이었어. 시간 가는 줄도 모르고 봤지. 그림책에 정신이 팔려서 동생을 까맣게 잊어버린 거야. 내 옆에서 잘 놀고 있는 줄 알았는데, 정말 그런 줄로만 알고 있었는데……. 너무나 끔찍한 착각이었지.

그 일은 갑자기 일어났어. 생각지도 못한 일이었어. 동생이 계단에서 구른 거야. 꽤 높고 긴 계단이었어. 난 동생이 계단을 구른 사실도 몰랐어. 그림책에 빠져 있었으니까. 그래서 엄마의 비명소리도 듣지 못했어. 이리저리 뛰어다니는 발소리도. 심지어는 구급차 소리도 못 들었어.

그림책을 다 읽고 나니까, 어슴푸레 해가 저물고 있었어. 그제야 집에 나 혼자 있다는 걸 깨달았지. 갑자기 눈물이 났어. 무서웠던 것 같아.

그때, 아빠가 현관문을 열고 들어왔어. 회사에서 엄마의 연락을 받고 허둥지둥 달려온 거야. 아마도 뒤늦게 날 떠올린 엄마가 아빠에게 챙기라고 연락했던 건지도 모르겠어. 아빠는 울먹거리는 날 들어 안고, 급히 차를 몰았지. 그제야 난 동생이 생각났어. 동생도 데려가야 한다고 말했지.

아빠는 동생에게 간다고 했어. 그 말이 무슨 뜻인지 잘 이해하지 못했어. 동생은 분명 나랑 같이 놀고 있었는데, 동생에게 간다니? 하지만 더는 아무것도 물어볼 수 없었어.

아빠가, 울고 있었거든.

도착한 곳은 병원이었어. 동생을 만났는데, 아무리 봐도 동생은 동생 같지 않았어. 반쯤 입을 벌리고 흐릿한 눈으로 천장을 바라보고 누워 있는데, 난 겁이 나서 아빠 뒤에 숨고 말았어.

수많은 호스와 전선들이 동생의 주위에 가득했고, 그때까지도 무슨 일이 벌어졌는지 상상조차 하지 못했어. 너무 어렸으니까. 어른들이 아무리 설명해줘도 이해를 못했어.

동생이 목이 부러졌다는 것도. 그로 인해 굳어버린 몸에 갇혀버렸다는 것도. 모두 차츰 나이가 들어가면서 자연스럽게 알게 된 거야.

그런데, 열네 살 때였나, 열다섯 살 때였나. 갑자기 그 어렸을 때, 병원에서 얼핏 들었던 말들이 갑자기 떠오르는 거야. 몇 년이 훌쩍 지난 뒤인데 말이야.

분명, 턱에 고정된 끈 때문이라고 했어. 너무나 단단히 고정되어 있던 탓에 동생의 목이 함께 돌아가버린 거라고. 끈만 메고 있지 않았어도 괜찮았을 거라고. 그리고 함께 기억났어. 그 말을 듣고 있던 엄마가, 날 원망하듯 내려다보는 눈을.

거짓말이야! 어떻게 그럴 수 있어? 사람이 어떻게 그럴 수 있냐고!

그래서 미안하다고! 나라서! 널 그렇게 만든 게 나라서!

그냥 원망스럽다고 말해. 차라리 사실을 말해!

모두들 날 원망해! 동생도! 엄마도! 다들 그랬어!

다해가 이성을 잃고 절규했던 모습들이 영화처럼 스쳐 지나갔다. 이제야 고스란히 이해할 수 있었다. 날 향해 내뱉었던 말은 누리를 향한 말이기도 했다. 가슴에 담아두었던 모든 아픔이 한순간 터져 나왔던 게다.

다해와 오랜 시간을 함께 지내왔으면서도 말하지 않은 사실은 단 하나도 알지 못했다. 보여주는 모습만 보고, 그게 전부라고 생각했다.

"동생도, 루다도 다 나 때문이야. 나만 아니었어도……."

아니다. 다해를 옭아매고 있는 과거의 쇠사슬을 끊어주고 싶었다. 미안해하지 않아야 함을 알려주고 싶었다.

"네 잘못이 아니야. 그건, 사고였을 뿐이야."

다해의 등을 쓰다듬어주며 말했다. 누리가 누나에게 해주는 말이기도 했다.

다해가 베고 있던 내 팔을 안으로 감아 올렸다. 우리 사이, 작은 아이가 있던 공간이 사라졌다. 다해가 내 품 가까이 안겨왔다. 더 이상은 아무런 말도 필요치 않았다. 침묵이 곧 대화였다. 말하지 않아도 우리는 서로의 목소리를 듣는다. 따뜻하고 포근한 말이다.

"앞으로는 내게 남아 있는 것만 생각할래. 다행인 것. 행복한 것. 그것만 보고 생각할래."

진심으로 다짐했다.

"그러니까 다해도, 더 이상은 잃어버린 건 생각하지 않기로 하자. 남아 있는 걸 보자."

결심은 대단한 계기로 인해 일어나는 게 아니다. 별것도 아닌 사소한 것 하나만으로도 다짐이 되고 그로 인해 모든 게 달라진다. 하지 않아서 못하는 게다. 그게 이유다. 어떤 변명도 소용없다.

"고마워, 루다……."

다해는 잠투정하듯 내 품 속으로 더 깊게 파고들었다. 들썩거리던 호흡도 어느새 안정을 찾았다. 새근새근 숨소리를 내며 깊은 잠으로 빠져드는 듯했다. 감은 눈에는 눈물이 맺혀 있었다. 그 눈물에 입을 맞췄다.

다음 날부터 밥을 챙겨먹었다. 독한 약과 약해질 대로 약해져버린 속 때문에 먹는 족족 토했지만, 그래도 꾸역꾸역 먹었다. 전쟁터에 나가는 사람처럼 비장한 눈빛으로 입속에 밀어넣고 삼켰다. 이겨내기로 했다. 일어나기로 했다.

내딛지 않으면 갈 수 있는 곳은 어디에도 없다.

달리기 아홉

수술 부위가 단단히 아물자, 담당의사는 엉덩이 살을 떼어다가 허벅지 아래 부분에 이식하는 수술을 한 차례 더 권했다. 엉덩이 때문에 의자에 오래 앉아 있을 수 있듯, 닿는 부위의 통증을 완화해야 의족을 착용하는 데 수월할 거라고 했다.

"의족이요?"

평생 휠체어를 밀면서 다녀야 할 거라고 생각하고 있었기에, 의족에 대한 이야기에 적잖이 놀랐다.

"물론, 처음에는 장대에 올라탄 듯 중심 잡는 것도 힘들겠지만 아직 젊고, 운동신경도 좋으니 잘 적응할 수 있을 겁니다. 노력하면 자연스럽게 걷는 것뿐만 아니라, 달리는 것도 가능하죠."

"네? 달릴 수 있다고요?"

심장이 쿵 하고 내려앉았다.

"네. 물론입니다. 남아프리카공화국에는 의족 스프린터라고 불리는 육상선수도 있었어요. 이 선수도 두 다리가 없는데 의족을 착용하고 일반 선수들만큼이나 뛰어난 기록을 남겼답니다. 아니, 그 이상이었죠."

그 말을 듣는 도중에 눈물이 핑 돌았다.

"정말이죠?"

"물론이지요."

"정말, 달릴 수 있는 거죠?"

"그래요, 그렇다니까요."

"정말, 다시…… 달릴 수 있는 거죠?"

몇 번을 되물었는지 모른다. 그때마다 의사는 환하게 웃으며 고개를 끄덕였다. 믿기지 않았다. 묻고 또 물었다. 그러다 결국, 어깨까지 들썩이며 울고 말았다. 지금까지 쏟아냈던 무거운 눈물과는 전혀 다른 눈물이었다. 두 뺨에 흐르는 눈물은 따뜻했다. 부드러웠다.

그동안 왜 다시 달릴 수 있다는 생각을 못했을까? 두 다리를 잃었다는 상실이 가져다놓은 절망 때문이었다. 절망은 좌절이 되고, 좌절은 포기가 되었다. 두 귀를 막아버리고, 두 눈을 가려버렸다. 누구의 얘기도 들리지 않았고, 그 어떤 희망도 보이지 않았다. 못난 생각들이 매 순간 달려들어 목을 조르고, 조금이라도 희망의 불씨가 보일 듯하면 모두 밟아 꺼뜨렸다. 어떻게든 살렸어야 했다. 꺼져버린 불씨를 다시 살려야 한다.

달릴 수 있다! 달린다는 건, 나에겐 너무도 큰 의미였다.

소식을 들은 다해가 흥분을 감추지 못하고 방방 뛰었다.

"내가 할 거야! 내가 루다를 다시 달리게 할 거야! 내가!"

다해는 소리쳤다. 다해의 얼굴에는 아이처럼 천진난만한 미소가 활짝 폈다. 정말 오랜만에 보는 웃음이다.

정말 다행이야.

다시 웃을 수 있어서.

그 웃음, 다시 볼 수 있어서.

열아홉 II

기적은 단 한 번의 훈련으로 일어나지 않는다.

수백 번, 수천 번 반복하는 훈련은 물리적인 변화 이상의 것을 가능케 한다.

의지가 있다면 기적은 일어난다.

– 에밀 자토펙

겨울의 끝

길었던 겨울이 끝나고 봄이 찾아왔다.

다시 달릴 수 있다는 새로운 희망이 다해에게도 활력을 불어넣었다.

다해는 날 위한 로봇다리 제작에 매달렸다. 그 열정과 집념은 지켜보기만 해도 숨이 막힐 정도였다. 무서운 집중력이다. 온다해. 그래 온다해였다. 새삼 다시 깨달았다. 열아홉 살밖에 안 된 다해가 어떻게 그 많은 걸 이룰 수 있었는지, 어떻게 가능했는지 알 듯했다.

"로봇다리라…… 그런 건 영화에서나 봤었는데…… 그렇구나, 이제 그런 게 모두다 일상이 되어가네. 난 옛날 사람, 그대로인데…… 세상은 참 많이도 변해가는구나……."

엄마는 먼 하늘을 올려다보며 말을 이었다.

"다해에게 전해주렴……. 응원한다고."

그 말을 끝으로 엄마는 더 이상 다해에 대해서나, 로봇다리에 대해서는 언급하지 않았다. 고맙다는 말도, 미안하다는 말도, 힘내라는 말도, 하루아침에 두 다리를 잃은 아들 앞에서 굳게 입을 다물고 침묵했다.

다해와 루보팀과의 회의는 원격으로 이루어졌다. 그 모습은 멋있어 보이면서도 생소했다. 서로 의견을 나누고, 아이디어를 공유해가는 그들의 열정이 부러웠다.

"마사미! 길어. 너무 길다고!"

다해는 마사미로부터 전송되어온 사진을 손등으로 두들기며 큰 목소리를 냈다.

처음으로 제작된 로봇다리 I은 1.5미터였다. 그걸 장착한다면, 내 키는 3미터가 훌쩍 넘는다.

"이참에 농구 선수나 해볼까? 나쁘지 않은데?"

날이 서 있는 다해를 진정시키고 싶은 마음에 농담처럼 말했던 적이 있다. 어깨를 짓누르고 있는 다해의 부담을 덜어주고 싶었다. 로봇다리에 몰두하면서 잃었던 여유와 웃음을 되찾아주고 싶었다.

"……모델도 좋겠다."

다해도 내 마음을 이해하는지 조심스럽게 맞받아쳤다.

"다해야. 웃자."

"그래, 웃자, 루다."

모든 걸 즐겁게 생각하기로 했다.

로봇다리는 실패를 반복했다. 지칠 만도 한데, 다해는 그때마다 좌절하지 않았다. 단지 과정일 뿐이라고 했다.

"세상 어디에도 성공은 없어. 단지 만족이 있을 뿐이지. 만족하지 않으면 실패건 성공이건 결국 똑같이 다음 단계로 가는 과정일 뿐인 거야."

만족을 모르는 다해의 집념은 결국 로봇다리 IX에 이르러서는 0.72미터까지 그 길이를 줄여냈다. 처음 제작된 로봇다리 I에 비해 절반 정도 줄어든 셈이다. 전송되어온 사진 속에는 흐뭇한 표정의 루보 팀원들이 일렬로 서서 로봇다리를 받쳐 들고 있었다. 마치 월척을 낚아 올린 뒤 찍은 기념사진 같았다. 다해는 엄지를 치켜들고 만족을 표했다.

로봇다리의 길이가 줄어들고, 무게가 가벼워질수록, 다해는 점점 더 엉망이 되어갔다. 윤기 있던 머리카락은 푸석해졌고, 피부는 눈에 띄게 거칠어졌다. 퀭하니 눈이 들어갔고, 하루가 멀다 하고 말라갔다. 마치 로봇다리가 다해의 기운을 빨아먹고 있는 것 같았다.

다해의 설계 아래 만들어지고 있는 로봇다리의 개념은 의족과는 달랐다. 의족의 경우, 관절이 있어도, 자의에 의해서 움직이는 게 아니다. 허벅지를 들어 올리면 무게 추처럼 의족이 구부러진다. 그 후에 몸의 중심을 앞으로 이동시키면 구부러진 의족이 펼쳐지는 원리다. 반면, 로봇다리는 인체와 닿는 부분에 센서가 있어서, 근육의 미세한 움직임을 읽고 이를 해독한다. 그런 뒤, 지시에 맞게 스스로 로봇근육이 수축과 이완을 하며 관절을 움직인다. 그래서 뇌파로 움직이는 것보다 더 세밀하고 정확할 수 있다. 물론, 아직은 사람의 다리처럼 자유자재로 움직이진 않는다. 현재는 앉거나, 일어서거나, 걷거나, 멈추거나, 하는 정도만 가능했다.

드디어 국제 특급 우편으로 커다란 상자가 도착했다. 루보 팀에서 보내온 상자 겉면에는 XIII이란 버전 표시가 선명하게 새겨져 있다. 벌써 13번째 로봇다리였다. 13번의 시행착오가 있었다는 의미다.

상자를 개봉하자, 수많은 스티로폼 알갱이들이 쏟아져 나왔다. 그 사이로 로봇다리가 모습을 드러냈다. 티타늄 골격 주위로 근육 모양의 공기 주머니들이 촘촘하게 이어져 있었다. 다해가 설계한 로봇근육이었다. 이렇게 가까이서 보는 건 처음이다.

로봇다리는 피부에 해당하는 부분만 없을 뿐, 사람의 신체 구조와 거의 흡사했다.

"열세 번째 로봇다리는 완성품이라기보다는 데이터를 수집하는 용도로 만든 거야. 예전과 같은 방법으로 데이터를 수집⋯⋯."

갑자기 다해가 말을 멈췄다. 얼굴에 어두운 그림자가 스쳐 지나갔다. '예전'이라는 그 단어를 내뱉으면서 다해는 얼굴을 찡그렸다. 예전이란 두 다리가 멀쩡했던 때를 의미했다.

예전에 다해는 강둑을 달리는 내게 '달리기에 따른 근육의 변화'에 대한 데이터를 수집했었다. 그 데이터를 기초로 내게 최적화된 로봇다리를 프로그램했다. 그 데이터는 없어서는 안 될 중요한 맞춤데이터였다. 다만, 그 양이 부족했다. 더 많고, 더 다양한 데이터를 필요로 했다.

잠시 심호흡을 한 뒤, 다해는 말을 이었다.

"루다가 착용하고 움직이면 모든 활동량을 기록하고 저장하게 되는 거야. 그런 뒤에는 기존에 수집했던 데이터와……."

다시 한 번 다해가 말을 끊었다. 기존에 수집했던 데이터. 그 의미가 또 한 번 다해의 가슴을 할퀴었다.

"다리가 있었을 때와 로봇다리를 장착했을 때와 비교해서 분석한다는 말이지."

결국, 내가 먼저 힘든 말을 꺼냈다. 로봇다리의 완성도를 높이기 위해서는 걷거나 달릴 때의 근육이 어떻게 변화하고 움직이는지, 그에 따른 비교 분석할 수 있는 데이터가 절실히 필요했다. 아무렇지 않은 말투로 편하게 물어보자 다해는 묵묵히 고개를 끄덕였다.

"둘 사이에 차이가 적을수록 좋은 거겠네?"

다해는 고개만 끄덕였다. 그러면서 묵묵히 자신의 스마트폰을 로봇다리에 연결했다. 화면이 켜지는 듯싶더니 곧이어 알 수 없는 그래프와 수치들이 화면에 가득 나타났다.

"수집된 데이터는 실시간으로 나, 그리고 루보팀에게 전송돼."

겨우, 감정을 추스른 다해가 계속해서 설명을 이어나갔다. 그 말이 끝나기 무섭게 곧바로 마사미에게서 연락이 왔다.

— 다해. 데이터는 잘 들어와. 그런데 보내온 데이터에 내용이 없어. 뭐가 잘못된 거야?

볼 때마다 이들의 기동력은 정말 대단했다. 사적인 시간은 고사하고 잠은 대체 언제 자는지도 모르겠다. 시차가 다를 텐데도, 언제나 깨어 있는 것 같았다.

"전원만 연결해본 거야. 오후에 정식으로 테스트하니까, 그때부터 들어오는 데이터로 확인하면 돼."

— 알았어.

대화를 끝낸 다해가 돌아섰을 때, 난 의자에 앉아서 장화를 신듯이 로봇다리에 허벅지를 끼워 넣고 있었다. 앞으로 내 다리가 되어준다는 거지? 허벅지에 닿는 차가운 느낌이 나쁘지 않았다. 로봇다리와 연결된 허리 벨트의 버클을 좌우로 끼우자, 로봇다리에 전원이 들어왔다. 작동이 되자 허벅지와 맞닿는 부위에 공기가 밀려 들어오더니, 단단하게 조여졌다.

"신기한데!"

"일어설 수 있겠어?"

로봇다리의 길이는 0.72미터. 장착하고 일어서면 내 키는 2.07미터가 된다. 기다란 장대 끝에 올라서는 듯 잠시 현기증이 났다. 조금 휘청거리다가 겨우 버티고 서서 다해를 바라보았다. 한껏 상기된 얼굴로 눈물까지 글썽거리며 서 있었다.

"고마워…… 다시 일어서줘서."

다해는 가슴이 벅차오르는지 제대로 말을 잇지 못했다. 다가가기 위해 허벅지를 들어 올렸다. 잠시, 찌릿한 전류가 흐르는 듯싶더니, 근육의 움직임을 읽은 로봇다리가 힘껏 증기를 내뿜었다. 이어서 앞으로 한 걸음 내디뎠다. 움직임은 부드럽고 웅장했다. 나도 모르게 저절로 짜릿한 탄성이 터져 나왔다. 아기의 걸음마처럼 엉성하긴 했지만, 한 걸음 한 걸음에 흥분을 감출 수 없었다. 믿고 있었지만 실제로 그 일이 일어나니 거짓말 같아서 믿을 수 없었다. 이건 기적이었다.

다해의 어깨에 손을 올렸다. 다해의 머리 끝이 내 턱에 닿았다. 훌쩍 내 키가 자라 있다. 원래 키보다 20센티미터나 더 커졌다. 그래서일까? 고개를 들고 날 올려다보는 다해가 아담하고 귀엽게 느껴진다.

"고마워, 다해. 다시 걸을 수 있게 해줘서."

고마움을 담아 전했다. 그 말에 다해가 환하게 웃는다. 지금까지 봐왔던 웃음과는 비교도 할 수 없을 만큼 밝고 맑았다.

봄의 다짐

장착한 로봇다리의 무게와 힘은 엄청났다. 로봇다리를 컨트롤하기 위해서는 나도 그 못지않은 힘이 있어야 했다. 마치, 힘이 없는 사람이 덩치 큰 할리데이비슨을 자유자재로 운전할 수 없는 것과 같은 이치였다. 로봇다리만 장착한다고 갑자기 강력한 힘이 생기는 게 아니었다.

제일 먼저 그동안 빠져버린 근육량을 배로 늘렸다. 주로 엉덩이 관절과 무릎 관절 사이의 대퇴부 근육에 집중한 트레이닝을 했다. 매일같이 운동용 의족을 착용하고 레그 프래스(Leg Press)를 밀어댔다. 수술자국이 채 아물지 않은 탓에, 어린 살덩이인 허벅지 끝 부분은 맞닿은 의족에 매번 처참하게 짓눌렸다. 그때마다 견딜 수 없는 통증이 밀려왔지만 요령을 피우고 싶지는 않았다. 멈추고 싶지 않았다. 땀이 흐른다. 입술을 적시는 땀의 맛이 다르다. 달다. 달아서 미칠 지경이다. 죽을힘을 다해 로봇다리를 만들었을 다해를 생각하면 여유를 부릴 시간이 없었다. 제대로 사용하고 싶었다. 나 역시도 죽을힘을 다해 쫓아가기로 했다.

"이루다! 너 허벅지! 내 허리보다 두꺼운 거 알아?"

언젠가 내 허벅지의 치수를 알아야 한다며 둘레를 재던 다해가 깜짝 놀라며 날 쳐다보았다. 몇 번이나 다시 치수를 쟀지만 마찬가지였다.

"다시, 제작해야겠는데?"

절레절레 고개를 흔들면서 다해는 혼잣말처럼 중얼거렸다.

"뭘 다시 제작해? 로봇다리?"

"전체는 아니고, 허벅지와 닿는 부분만. 전에 쟀던 치수에 맞춰 제작했는데, 이대로라면 피도 안 통하겠어."

"근육을 조금 뺄까?"

"아니, 그건 내가 알아서 할 부분이니까, 신경 쓰지 말고 열심히 운동해. 보기 좋아. 운동하는 거. 옆에서 보고 있으면 내가 다 힘이 나."

다해는 두 주먹을 불끈 쥐고 날 응원했다.

휠체어를 끌고 강둑으로 나왔다. 그곳의 기를 받고 싶었다. 시원한 강바람을 맞으며 잔디밭에 앉아 로봇다리를 꺼냈다. 장착하는 로봇다리XIV는 새로운 치수를 적용한 버전이었다. 여전히 테스트용으로 아직까지는 착용할 수 있는 시간이나, 공간이 한정되어 있다. 따라서 집에서부터 장착하고 올 수는 없었다. 여기까지 가져와서 장착해야 했다.

허벅지 위에 덮어두었던 담요를 걷어내자 짧은 두 다리가 그대로 드러났다. 그 끝에는 세라믹 너트가 원을 그리며 박혀 있다. 로봇다리와의 강도 높은 고정을 위해서 결정한 수술이었다. 뿐만 아니라 이 너트와 연결된 인공 신경이 보내오는 값을 보다 세밀하고 정확하게 로봇근육에게 전달하기 위함이다.

어느새 주위를 거닐던 사람들이 힐끔거리며 날 쳐다보았다. 일부러 못 본 척 시선을 돌리는 사람도 있고, 노골적으로 쳐다보는 사람도 있었다.

예전이라면 그런 시선들이 결코 편하지 않았다. 어떻게든 무시하려고 애썼겠지만, 이제는 일부러라도 그렇게 행동하지 않았다.

호기심 가득한 타인의 시선 따위에 일일이 감정 상할 이유도, 여유도 없었다. 장애는 불편할 뿐 추하지도 더럽지도 않다. 내 잘못도 아니고 그에 따른 벌도 아니다. 지난 시간 동안, 하루에도 수십 번, 수백 번 주문처럼 그 말들을 되뇌었다. 잃어버린 자존감을 가슴 가득 채워 넣었다.

그러자 어느덧 그 시선들은 반가운 인사가 되었다. 먼저 눈이 마주치고 웃으며 인사를 했다. 오히려 상대가 당황했다. 멋쩍은 표정으로 황급히 시선을 돌리거나 어색하게 고개를 숙이고 손을 흔들며 인사를 되받아주었다. 그런 모습들을 편하게 받아칠 수 있는 여유가 생겼다.

"위치와 함께 신호가 들어왔어."

작업실에 있는, 다해에게서 연락이 왔다. 로봇다리의 GPS기능은 작동하는 순간부터 위치, 속도, 시간뿐만 아니라, 미세한 움직임의 다양한 데이터까지 전송했다. 그 데이터를 바탕으로 다해와 루보팀은 로봇다리의 자연스러운 움직임을 보완했고, 하루가 다르게 로봇다리는 한결 한 몸이 되어가는 듯 느껴졌다.

"천천히 500미터만 달려볼게."

다해에게 말하자, 곧 오케이 사인이 떨어졌다.

"그럼, 이따 연락할게."

최종 점검을 끝낸 다해가 밝은 인사를 남기고 먼저 연락을 끊었다. 이제부터는 오롯이 혼자가 되는 시간이다. 다해는 매번 혼자만의 달리기를 존중해주었다. 마라톤은 고독한 질주다. 세상 모든 것과 단절한 채 철저히 혼자가 되는 순간. 들리는 건 내 숨소리뿐이다.

"자아! 그럼, 달려볼까!"

손바닥으로 두 뺨을 두들기며 기합을 주었다.

머릿속으로 달릴 때의 이미지를 머리끝부터 발끝까지 세심하게 떠올렸다.

턱을 당기고 허리 옆에 붙인 손을 가볍게 쥐며 멀리 시선을 던졌다. 팔 전체에 힘이 들어가 쉽게 피로해지지 않도록 신경 썼다. 가슴을 펴고 꼿꼿하게 허리를 세우고, 무릎을 앞으로 내 보내기 위해 허벅지를 들어올렸다. 군이 계산하지 않더라도 몸이 먼저 기억하고 반응했다.

허벅지가 움직이자 미세한 신호들을 전달 받은 로봇다리가 힘찬 증기를 뿜어냈다. 무릎을 꺾고는 발끝이 앞쪽으로 튀어나갔다. 뒤꿈치부터 바닥을 감싸듯 닿았다. 정교하지 않고 투박스러웠지만, 나쁘지 않았다. 물론, 발끝에서 전해오는 감촉을 느낄 수 없다. 그럼에도 충분히 머릿속에 그릴 수 있는 움직임이다.

고개는 그대로 둔 채, 시선을 내려 발끝을 보았다. 방향은 어떻게 되었는지, 얼마큼 앞으로 나가는지 눈으로도 직접 확인했다.

연이어 또 한 걸음을 내밀었다. 그런데 생각과 달리 보폭이 넓지 않았다. 무릎이 앞으로 시원스럽게 나가지 않았다. 보폭이 좁다는 건 속도를 낼 수 없다는 의미다. 이대로라면 걷는 것과 별반 다르지 않게 된다.

좁은 보폭이 반복되자 이대로는 안 되겠다 싶었다. 있는 힘껏 허벅지를 들어 올렸다. 그러자 신호를 받은 로봇다리가 힘껏 액셀러레이터를 당긴 오토바이처럼 앞으로 튀어나갔다. 그 바람에 가랑이가 쫙 하고 벌어졌다.

길들여지지 않은 야생마에 올라탄 듯하다. 마구 날뛰는 탓에 중심을 잃고 떨어지더라도 야생마를 탓해서는 안 된다. 야생마의 움직임에 익숙해지고, 내 것으로 길들여야 한다. 한 몸이 되지 않으면 결코 야생마는 날 위해 달려주지 않을 테니까.

다시 마음을 진정시키고 허벅지의 힘을 조절하는 데 집중했다.

하루가 멀다 하고 강둑으로 나갔다.

자주 마주치는 사람들도 로봇다리에 익숙해졌는지, 조금 튀는 바지를 입고 있는 정도로 보는 듯했다.

로봇다리는 생각보다 민감했다. 내가 가려는 방향을 언제나 먼저 읽어냈다. 움직임이 빨랐기 때문에, 한번 움직인 로봇다리의 방향을 바꾸거나 멈추는 건 힘들었다. 자전거를 처음 배울 때 같았다. 초반에는 무게중심을 잃고 땅바닥에 넘어지기 일쑤였다. 그래도 좌절하지 않았다. 넘어진다는 건, 성장하고 있다는 말이니까. 다시 일어나면 그만이다. 다시 일어난다면, 넘어졌던 일은 결국 아무것도 아닌 게 되어 버린다. 성장하기 위해선 넘어져야 했다. 그리고 일어나야 했다.

이를 악물었다. 한 번 더. 아니 될 때까지, 수백 번, 수천 번. 허벅지에 힘을 주며 로봇다리를 조종했다. 얼마가 걸리더라도 상관없다. 절대로 포기하지 않는다. 마라톤은 기록과 상관없이 완주하는 것만으로도 충분히 박수를 받는 스포츠다. 하지만 1 미터를 남겨뒀더라도 완주하지 않으면 아무런 의미가 없다. 난 마라톤에 단련된 몸이다. 늦을 수는 있어도 멈추지는 않는다. 한 걸음, 한 걸음. 더해가며 나아간다. 끝까지 달리자!

"만져봐도 돼요?"

막 달리기를 끝내고 쉬고 있을 때였다. 어느새 다가왔는지

책가방 끈을 꼭 움켜쥔 조그만 남자아이가 간절한 눈빛으로 날 올려다보며 서 있었다. 그 옆에는 또래로 보이는 여자아이도 서 있었다. 둘 다 눈망울이 맑았다.

"만져보고 싶니?"

"네."

"저도요."

꼭 어릴 적 다해와 날 보는 듯했다.

"그래, 만져봐."

"우와!"

허락해주는 의미로 한 발을 앞으로 쭉 내밀어주자, 바싹 다가와서는 고사리 같은 손으로 조심스럽게 만지기 시작했다. 분위기를 맞춰줄 생각에 만지고 있는 부분의 로봇근육에 공기압을 불어넣어 주었다. 작은 비명을 지르며 신기해했다.

"둘이 친구니?"

"아니요. 얜 동생이에요."

로봇다리에 정신이 팔려 있는 남자아이를 대신해서 여자아이가 나서서 대답했다.

"이름이 뭐니?"

"전, 하은이고 얜, 태영이에요."

또박또박 대답하는 하은이의 표정이 귀여웠다.

"따뜻하다! 아저씨, 따뜻해요!"

태영은 모닥불을 쬐듯 로봇근육에 손을 대고, 마냥 신기해했다.

로봇근육은 공랭식 방식으로 설계되어 있다. 열을 빼앗아 밖으로 빠져나오는 공기가 태영의 손에 닿은 듯했다.

"진짜, 아저씨 다리예요?"

따뜻한 온도가 느껴지니까, 그렇게 생각한 모양이다.

"응. 진짜 다리야."

놀이동산의 인형 탈을 쓰고 있는 듯했다. 벗으면 안 될 듯해서 진짜라고 대답했다.

"그럼 아저씨, 로봇이에요?"

이번에는 하은이 천진난만한 눈을 동그랗게 뜨고 물었다. 그 말에 태영은 자신의 이마를 탁 치며, 부끄럽다는 표정을 지었다.

"누나, 바보야? 아저씨는 사람이야. 그냥 로봇 장화를 신은 거야."

"진짜에요?"

하은은 믿을 수 없다는 듯, 날 쳐다보며 물었다.

"진짜라니까."

태영은 자신의 말을 믿지 않는 하은이 답답한 듯, 조그만 손으로 가슴을 탁탁 때리며 한숨까지 내쉬었다. 그 모습이 마냥 귀여웠다.

"아저씨. 근데요. 날 수도 있어요?"

갑자기 태영이 물었다. 하은도 호기심 가득한 눈을 하고는 내 대답을 기다렸다. 진짜로 날아오르기를 바라는 눈빛이다. 날 수 없다는 대답이 목구멍을 나오다가 턱하고 막혔다. 하긴,

따지고 보면 불가능하다고 한계를 그었다면, 자동차, 비행기, 우주선이 세상에 나오기나 했을까? 그래, 나는 거. 못할 것도 없지 않은가?

"그래, 날 수 있어."

"우와! 날아봐요!"

"지금은 못 날고."

"그럼 언제요?"

"한······. 십 년쯤 후에?"

"에이······."

태영은 실망을 감추지 않았다. 그와 달리 하은은 신 나서 펄쩍펄쩍 뛰었다.

"와! 날 수 있다!"

그러면서 내 주위를 빙글빙글 돌았다. 긍정적인 아이였다.

"날 수 있다! 날 수 있다!"

태영도 그제야 하은을 따라 돌며 소리를 질렀다.

아이들의 해맑은 외침은 곧 울림으로 다가왔다. '날 수 있다'는 말은 곧 '할 수 있다'는 말이 되어 거대한 파도가 되어 흠뻑 날 적셨다. 좋은 기운, 긍정의 마음가짐이다.

"근데, 누나! 십 년쯤 후면 얼마야?"

"십 년이면 백 밤 자야 하는 거야."

하은의 말에, 십 년은 고작 백 밤이 되었다.

"백 밤? 그렇게만 자면 돼? 아저씨 백 밤이면 충분하죠?"

계속되는 태영의 확인에, 십 년이 하루처럼 짧게 느껴졌다.

금방이다. 십 년 따위.

"그래, 충분해."

아이들의 머리를 쓰다듬어주면서 다정하게 대답했다. 그건,
내게 하는 다짐이기도 했다.

충분하다.

십 년이든, 백 밤이든. 하루든.

꿈꾸기에 충분한 시간들이다.

여름의 노력

"마사미! 그게 아니라고!"

아침부터 날카로운 목소리가 들렸다. 다해였다. 지금껏 한 번도 보지 못했던 날이 선 모습이었다. 루보팀의 마사미와 화상통화를 하고 있었다.

"두 시간으로 뭘 해? 그거 가지고 어떻게 마라톤을 해?"

― 그렇다고 몇십 킬로그램이나 하는 대형배터리를 달 수는 없잖아. 어떻게? 배낭에 넣고 메고라도 다닐까? 말해봐, 그걸 원하는 거야?

본의 아니게 엿듣게 된 마사미의 말에, 로봇다리보다 훨씬 큰 커다란 배터리를 짊어지고 있는 모습을 떠올렸다. 배보다 배꼽이 더 큰 상황이다. 그 모습이 재미있어서 난 실소를 터뜨렸다. 그러나 분위기가 심각해서 금세 입을 닫았다.

— 배터리를 메는 것도 일이지만, 그렇게 해서 늘어난 무게는? 고스란히 다시 로봇다리가 감당해야 한다고. 그러면 두 시간이 뭐야? 한 시간도 못 버틸걸?

마사미도 속상한 듯 잔뜩 흥분했다. 이렇다 할 해답을 찾지 못한 다해는 심각한 얼굴로 지그시 아랫입술을 깨물었다. 입술 트니까 하지 말라고 잔소리처럼 늘 말했었는데, 세 살 버릇 여든까지 간다고 도무지 고쳐지지 않는다.

지금의 배터리로는 최대 두 시간 정도 움직일 수 있다. 그 다음에는 꼭 충전을 해야 한다. 그렇다고 충전이 까다로운 건 아니다. 콘센트가 있는 곳이라면 어디에서든 쉽게 할 수 있다. 손바닥만 한 크기의 와이어리스어댑터(Wireless Adapter)를 콘센트에 꽂아두면 무선으로도 충전된다. 물론, 닿아야 하는 물리적 거리는 있다. 즉, 일정한 공간에 머물러야만 충전이 되는 방식이다. 물론, 와이파이 존이 생기듯 여기저기 무선충전 존이 생기면 쉽게, 이동하는 내내 자동으로 충전이 될 수 있다. 그러나 현재로서는 오랫동안 걷게 되면 다리가 아파 쉬어가듯, 두 시간 단위로 콘센트가 있는 장소에서 쉬어가야 했다.

— 있잖아…….

마사미가 할 말이 있다는 듯, 잠시 다해의 눈치를 살폈다.

— 까미에게 연락해보는 건 어떨까?

까미에라는 이름이 나오자 순식간에 다해의 얼굴이 일그러졌다. 불쾌한 듯 한마디 내뱉으려고 했지만, 달리 뾰족한 방법이 떠오르지 않는 지금 화부터 낼 수는 없다고 생각했는지, 금세 입술을 굳게 다물었다.

— 까미에……. 걔가 배터리에 있어서는 전문이긴 하잖아
…….

마사미는 조심스럽게 말하며 다해의 표정을 살폈다.

"웨어러블 디바이스 전문이기도 하지. 배터리와 웨어러블과의 앙상블은 까미에가 아니면 힘들긴 하지. 두 분야를 손바닥에 놓고 가지고 놀 정도니까."

다해도 인정하며 혼잣말처럼 중얼거렸다.

— 그래, 맞아. 웨어러블의 전문가! 까미에를 빼놓는다는건, 여러모로 손해라고.

마사미는 여전히 조심스러워하며 공감의 추임새를 넣었다.

"하지만……."

다해가 다시 입을 열었다. 동시에 마사미가 말하지 않아도 안다는 듯한 표정으로 다해의 뒷말을 이었다.

— 알지, 알아. 걔랑 너랑, 엄청난 앙숙이라는 거지.

침묵이 흘렀다. 그 침묵은 상당히 오랫동안 지속되어서 나역시도 긴장되었다. 잠시 동안 깊은 생각에 잠긴 다해는 이내무언가 결심한 듯 입가에 미소를 지었다.

"그래, 루다를 위해서인데……. 뭘를 못하겠어. 연락하자."

씁쓸해 보이는 미소였다.

— 어머! 이게 누구야? 마사미! 온다해! 다들 잘 지냈어?

마사미와 화상 통화하던 화면이 분할되면서 까미에가 나왔

다. 갈색 머리에 주근깨가 있었지만 예쁘장한 얼굴이었다. 나중에 알게 된 사실이지만 자국인 프랑스에서 패션모델로도 활동한다고 했다.

까미에는 반갑게 웃고 있었지만, 어딘지 모르게 비아냥거리는 듯했다. 화면 너머로 서로를 바라보는 세 사람의 표정에서 묘한 긴장감이 흘렀다.

"네가 국제로봇챌린지리그 도중에 팀에서 나가고 처음이니까…… 2년, 아니 3년 만인가?"

— 다해야!

마사미가 서둘러 다해를 말렸다.

— 난 팀이라고 말했던 적 없는데?

까미에는 대수롭지 않다는 듯 콧방귀를 뀌었다.

"우리랑 함께 프로젝트에 참여하고 있었잖아. 넌 너밖에 몰라서 모르나 본데, 그게 팀이라는 거야."

— 그러니까 글쎄, 난 그게 팀이라고 생각하지 않는다고. 솔직히 도움이 필요해서 도와달라고 했던 건 루보였잖아. 난 도움을 줬을 뿐이고. 그리고 애당초 난 국제로봇챌린지리그 따위에는 관심이 없다고 했잖아. 단지 루보가 하는 연구가 내 호기심과 도전정신을 자극해서 참여한 거고.

"그 도움을 다른 팀에게도 주는 게 바로 옹졸한 배신이라는 거야."

— 다른 팀도 아니고, 프랑스 팀이었어. 내 나라를 도와주는 건 당연한 거야. 그게 왜 배신이라는 거야?

대화는 점점 더 날카로워졌다. 처음에는 말리던 마사미도 이제는 선뜻 나서기 곤란한 표정으로 한발 물러났다. 나 역시, 지금이라도 나서서 다해를 도와주고 싶은 마음이었지만, 남자들처럼 치고 박고 싸우지 않는 한 어디서 어떻게 나서야 할지 엄두가 나지 않았다. 무엇보다 이게 싸움인지 대화인지 명확하게 판단할 수 없었다. 나 역시 마사미처럼 한발 물러나 있을 수밖에 없었다.

　― 갑자기 2년이나 지난 일을 따지려고 연락한 건 아닐 테고. 필요한 게 있어서 연락했을 텐데 이렇게 감정 건드리지 않는 게 좋지 않아? 차라리 그냥 용건부터 말하는 게 어때?

　까미에가 먼저 날이 선 대화의 흐름을 끊었다.

　― 배터리 이슈야.

　마사미가 그제야 숨을 돌리며 대화에 끼어들었다.

　― 허!

　까미에가 곧바로 콧방귀를 뀌었다.

　― 잠깐, 나 이 장면 어디선가 본 듯해서. 이런 걸 데자부라고 하지 아마? 둘 다 지금 뭐야? 방금 전까지 그렇게 몰아붙이더니 2년 전과 똑같잖아.

　신 난다는 듯 싱글벙글 웃으며 얄밉게 말을 이었다.

　― 알았어. 들어나 보자. 다해가 하는 일은 매번 내 호기심을 자극하는 건 분명하니까.

　한 대 콱 쥐어박고 싶은 표정을 하고서 생글생글 웃었다.

— 그러니까, 풀어야 할 미션이란 충전할 수 없는 상황이라는 말이지?

다해와 마사미의 긴 설명을 모두 들은 까미에가 간단하게 정리했다.

"태양광을 이용하면 어떨까?"

다해가 새로운 의견을 내놓았다. 잠시 고민하던 까미에는 조그맣게 고개를 흔들었다.

— 태양광 발전기는 아무래도 크기가 문제지. 지금까지의 기술로는 햇빛과 닿는 판의 면적이 커야 하니까. 사람 몸에 장착하면…… 커다란 날개처럼 보일 거야. 하늘에서 내려온 천사처럼 보이겠네.

까미에가 살짝 비꼬듯 웃으며 말했다. 다해는 눈을 한 번 흘겼을 뿐 별다른 반응은 하지 않았다.

— 가정마다 하나씩 태양광 발전기를 갖춘다면, 우리나라도 원자력 발전소는 철거해도 될 텐데.

마사미가 뜬금없이 말을 꺼냈다. 얼마 전 일본에서 일어난 사고 때문인 듯했다.

— 가정에서 쓰면 얼마나 쓴다고. 그게 다 나라와 기업에서 사용하는 거 아니겠어.

이번에도 까미에는 입가에 웃음을 머금고 마사미를 쳐다보았다.

— 진짜야?

못 믿겠다는 듯 마사미가 두 눈을 동그랗게 떴다.

— 못 믿겠으면, 그냥 음모론이라고 하던지. 어차피 사람이란 무릇 자기가 믿고 싶은 것만 믿으니까.

시큰둥하게 대답한 까미에는 다시 본론으로 돌아왔다.

— 어쨌든, 최대한 짐을 줄이자면 지금 만들려고 하는 로봇 다리의 외관을 이용하는 수밖에 없겠어. 그 외관, 그대로 태양광 패널이 되는 거지.

"가능하겠어?"

— 새로운 시도라서 잘은 모르겠어. 하지만 재미는 있겠네. 내 개인 연구에도 도움이 될 거고. 요즘 웨어러블 로봇슈트에 관심이 많거든.

— 도와주는 거지?

초초해진 마사미가 먼저 입을 열었다.

— 뭐, 그렇다고 해두지.

"까미에! 확실하게 말해줘! 지난번처럼 도중에 그만두고 도망치지 않는다고 약속해!"

미지근한 까미에의 대답이 못마땅한 다해가 단호한 목소리로 물었다.

— 이런, 도망치긴 누가 도망쳤다고 그래?

까미에의 표정이 순식간에 매섭게 변했다.

— 둘 다 제발 진정하라고. 다해도 좀 참아. 그렇게 밀어 붙인다고 될 일이 아니라는 거. 잘 알잖아.

난처한 얼굴의 마사미가 중간에서 애를 썼다.

— 알았어. 도와줄게. 약속. 하지만, 지금 이 방법이 최선책

이라고 할 수는 없어. 알겠지만 태양광 패널은 그렇게 강하지가 않잖아. 로봇다리라고 했지? 그렇다는 건, 걸을 때마다 적잖은 충격을 받게 된다는 말인데, 아마도 오래 버티지 못하고 부숴질 거야. 그렇다는 건, 전력공급이 끊어진다는 거니까. 걷다가 멈춰버린다는 거지.

까미에의 설명에 마사미가 낮은 신음을 내며 자신의 아랫입술을 지그시 깨물었다. 까미에는 이어서 의견을 냈다.

— 그럼 역시 충전지의 용량이 답인데……. 배터리의 성능을 아무리 올린다고 해도, 현재로서는 두 시간을 세 시간 정도로 늘릴 수 있을 뿐이야.

이번에는 다해가 한숨을 내쉬었다. 고작해야 한 시간을 늘리는 정도다. 그 정도로는 어림도 없었다. 다해는 머리가 아픈지 이마에 손을 올린 채, 한참 동안을 움직이지 않았다.

— 자세한 건 데이터와 연구자료들을 받아봐야 알겠지만, 배터리만으로 해결할 문제는 아닌 듯한데?

까미에는 결국, 어렵다는 표정으로 고개를 흔들었다.

"배터리만으로 해결할 생각을 해서는 안 된다?"

다해가 받아쳤다.

— 그렇지. 로봇다리가 걸어가는 길목마다 무선충전 존이 만들어진다면 자연스럽게 해결되겠지만.

— 이미 생각해봤어. 현재로서는 불가능한 일이야.

마사미가 다해를 대신해서 대답했다.

— 무슨 방법이 없을까?

이제, 까미에도 진심으로 안타까워했다.

또다시 침묵이 흘렀다. 벌써 여러 번 계속된 침묵이다. 그 속에서 세 사람의 모습은 무척이나 진중했다. 그 옆을 지나가는 공기의 흐름마저도 멈출 듯했다.

"아! 그런가?"

다해가 침묵을 깨고 입을 열었다. 동시에 나머지 둘은 숨을 죽인 채 다해의 다음 말을 기다렸다.

"운동에너지를 전기에너지로 바꾸면 되지 않을까?"

— 자전거 페달처럼?

까미에가 물었다.

"그래, 로봇다리는 움직이니까 당연히 운동에너지가 생기지."

확신이 서는지, 대답하는 다해의 입가에 환한 웃음이 피어났다.

— 하지만 세상 어디에도 무한동력장치는 없어.

좋은 시도였지만 안타깝다는 듯 마사미가 고개를 흔들었다.

"다리잖아. 다리. 달리는 자체가 에너지를 만드는 거라고."

반면, 다해의 표정은 여전히 밝았다.

— 그게 무슨 의미야?

"그러니까 로봇다리를 움직이게 하는 기초동력이 바로, 그 로봇다리를 장착하고 있는 사람에게서 나올 수 있다는 거지!"

다해의 대답에 마사미가 무릎을 쳤다.

— 그래! 인체는 배터리가 필요 없지! 로봇이 인간을 따라갈

수 없는 가장 큰 이유이기도 하고!

　— 온다해. 이번에도 제대로 답을 찾아냈네.

　까미에도 기분 좋게 웃었다.

　"이루다! 이루다가 답이야!"

　갑자기. 다해의 입에서 내 이름이 튀어 나왔다.

　나?

　내가 답이야?

장마, 그리고

　버전이 올라갈수록 로봇다리는 몰라보게 발전했다. 허벅지 끝에만 장착되던 방식에서 허벅지 모두를 감싸는 방식으로 변화했다. 그로 인해 단순히 신호만 주던 허벅지는 직접 로봇다리를 들어 올릴 수도 있게 되었다. 물론, 무거운 로봇다리를 허벅지의 힘만으로 들어 올린다는 건 무리다. 다만 그건 수동펌프에 마중물을 부어주듯이 로봇다리가 스스로 움직이도록 최소한의 에너지를 만들어내는 설계였다.

　로봇다리를 조금 들어 올리면 무릎관절에 해당되는 모터가 작동하면서 운동에너지를 전기에너지로 변환한다. 당연히 달리면 달릴수록 충전되는 에너지의 양은 커진다. 그때부터는 허벅지에 들어가는 힘은 현저히 줄어든다. 정지해 있는 자전거의 페달을 처음 밟을 때는 많은 힘이 필요하지만, 어느 정도 속도가 붙으면 페달을 설렁설렁 돌려도 자전거가 잘 굴러가는 것과 같은 이치다. 처음 로봇다리를 들어 올릴 때에 엄청난 힘이 필요하지만, 어느 정도 움직인 뒤에는 원래의 내 다리인 듯 가볍고 부드러워졌다.

이렇게 해서 두 시간이라는 마의 시간은 뛰어넘었다. 물론 완전하지는 않아서 로봇다리에는 여분의 배터리도 함께 장착되었다. 배터리는 까미에의 도움으로 크기도 작아졌고, 무게도 훨씬 가벼워졌다. 그만큼 로봇다리가 받게 되는 스트레스도 줄어들었다. 마사미는 보다 날렵한 디자인으로 계속해서 업그레이드를 했다. 그때마다 로봇다리는 조금씩 더 사람의 다리와 닮아갔다.

그럼에도 다양한 문제점들은 여전히 발견되었다. 그때마다 문제점을 파악하고 보완하며 다듬어가는 건 다해였다. 놀라운 집중력과 추진력, 그리고 판단력과 리더십을 동시에 보여주었다.

— 오늘은 42.195킬로미터!

강둑에 나와 달리기 전에 다해에게 문자를 남겼다.

그동안 하루도 빼놓지 않고 강둑에 나와 달렸다. 매일 500미터씩 거리를 늘려갔던 게, 어느새 42.195킬로미터가 되었다. 마라톤의 거리다. 거리는 늘었고, 시간을 줄었다. 기록도 좋아졌다.

그동안은 안타깝게도 달리는 자세가 미흡했다. 원래의 다리처럼 달린다는 건 처음부터 무리였다. 물론, 나의 데이터를 기반으로 분석하여 작동하는 로봇다리는 모든 면에서 원래의 다리와 비슷하게 움직였지만, 오히려 난 쉽게 적응하지 못했다. 운동화 속에 조그만 모래가 들어간 듯 걸음걸이는 부자연스러웠다. 달릴 때의 자세는 볼 것도 없이 엉망이었다.

달리기에서 자세는 무엇보다 중요하다. 끝까지 포기할 수 없는 핵심이다. 꾸준히 노력해서 어떻게 해서든 꼭 다듬어야 한다.

차근차근 하기로 했다. 머릿속으로 달릴 때의 올바른 모습을 구분 동작으로 떠올리며 정확하게 몸으로 익혔다. 몸이 먼저 기억하고 움직일 수 있도록 한 걸음 한 걸음 집중하고 반복했다. 너무도 느리게 걸어서 세상의 시간은 그대로인데, 나의 시간만 천천히 흐르는 듯했다.

자세를 바로잡는데 무엇보다 어려운 건, 로봇다리를 통해서 아무런 감각도 전달 받을 수 없다는 점이다. 달리기에서 가장 중요한 발바닥이 지면에 어떻게 닿고 있는지조차 알 수 없었다. 카메라로 촬영한 뒤, 반복해서 확인하는 수밖에 없었다. 그때마다 허벅지, 골반, 허리, 가슴, 어깨, 목까지 이어지는 모든 감각을 총동원해서 로봇다리의 움직임을 이해하고 기억하려 애썼다.

골반이 조금 왼쪽으로 미끄러졌다. 돌을 밟았구나. 어깨가 조금 내려앉는다. 뒤꿈치가 제대로 지면에 닿지 않았구나. 하나하나 암기하듯 모든 경우의 수를 모조리 외워야 했다. 멀미가 날 정도로 어렵고 버거운 일이었지만 대충 넘어가고 싶지 않았다. 사라진 다리의 감각 대신 다른 감각으로 그 역할을 해 낼 수 있도록 힘썼다.

그렇게 해서 지금은, 처음 로봇다리를 장착했을 때에 비하면 꽤 안정적이다. 비로소 혼연일체가 된 듯했다. 자세가 좋아지니 제법 속도도 낼 수 있었다.

42.195킬로미터를 완주하면, 앞으로 달리는 자세에 조금 더 집중하기로 다짐했다.

— Try My Best!

다해로부터 응원의 답장이 왔다. 최선을 다해 돕겠다는 의미였다. 로봇다리를 만들기 시작하면서부터 기합처럼 내뱉던 다해의 다짐이기도 했다.

"나 역시. Try My Best."

다짐하듯 내뱉으며 자리에서 일어섰다.

장마철이라 새벽 내내 비가 내린 탓에 강둑의 노면은 촉촉하게 젖어 있었다. 다행히 아침이 되면서 멈췄지만, 올려다본 하늘에는 먹구름이 가시지 않고 머물러 있었다. 공기도 잔뜩 습기를 머금고 있다. 그럼에도!

"가자!"

배에 잔뜩 힘을 주고 기합을 내질렀다. 로봇다리는 훈련이 잘된 반려동물처럼 곧바로 반응하며 공기를 빨아들이며 수축했다. 그때 나는 소리는 언제 들어도 질리지가 않는다. 곧이어 힘차게 달리기 시작했다. 수축과 이완을 반복하는 로봇근육의 소리가 규칙적으로 들려왔다. 계속해서 듣고 있으면 마치 로봇다리가 살아 있어서 스스로 호흡을 하고 있는 착각마저 들었다.

달려 루다. 멈추지 말고, 끝까지 달려.

일정한 페이스를 유지하며 강둑을 따라 한참을 달리자, 어느덧 익숙한 목소리가 가슴에 울렸다. 정말 오랜만이었다. 그렇게 반가울 수가 없었다.

그랬다. 달리고 있다. 다시 한 번 제대로 달리고 있다.

멀리 다리가 보인다. 그렇다는 건 이제 하프를 달렸다는 말이다.

컨디션은 좋았다. 무리가 없었다. 이대로라면 완주도 가능하다. 한껏 들뜬 마음처럼 로봇다리도 한껏 가벼웠다.

"아저씨!"

멀리서 누군가 부르는 소리가 들렸다. 주위를 살펴보니, 다리 아래에서 익숙한 두 아이가 보였다. 하은과 태영이다. 종종 마주치곤 했는데, 그때마다 살갑게 날 대해주었다. 편견이 없는 아이들에게는 로봇다리를 갖고 있는 멋진 아저씨로 통했다.

손을 흔들어 주자, 신이 난 태영이 깡충깡충 뛰면서 더 크게 손을 흔들었다. 그 모습이 반가우면서도 위태롭게 보였다. 저러다가 미끄러지면 큰일인데. 아니나 다를까? 갑자기 눈앞에서 태영이 사라졌다. 옆에 있던 하은은 동생의 이름을 부르며 손을 뻗었다.

일정한 속도를 유지하던 로봇다리는 곧 엄청난 속도를 내며 태영이 사라진 곳으로 달려갔다. 갑작스런 움직임에 무리가 갔는지, 로봇다리는 곧 요란한 소음과 함께 거친 호흡을 쏟아냈다.

다리 아래에 도착하니, 장마로 물이 많이 불어 있는 탓에 유속이 빨랐다. 이미 강의 안쪽까지 떠내려가버린 태영은 다행히도 다리 기둥에 걸려 있는 끈을 잡고서는 필사적으로 허우적대고 있었다.

난 곧바로 강으로 뛰어들었다. 로봇다리에 물이 닿자 허벅지에 강력한 전류가 흘렀다. 날카로운 면도칼로 사정없이 도려내는 듯했다.

로봇다리의 무게 때문에 강바닥 속으로 푹푹 빠졌지만, 걷는데 지장을 줄 정도는 아니었다. 무엇보다도 무거운 로봇다리는 닻과 같아서 강한 물살에도 휩쓸리지 않고 버텨낼 수 있었다. 게다가 강폭이 좁은 다리 아래쪽이라 그리 깊지도 않았다. 좋아. 가능성이 크다. 꼭 구해낸다. 조금만 더 버텨줘. 있는 힘을 다해 태영 쪽으로 걸어갔다.

서두른 탓에 태영을 붙잡을 수 있었다. 조금만 늦었어도 힘이 빠진 태영은 잡고 있던 끈을 놓치고 떠내려갔을지도 모른다. 그랬다면 구할 수 없었을지도 모른다. 무거운 로봇다리로는 헤엄을 칠 수 없다.

내 손길이 닿자마자 태영은 새파랗게 질린 채, 내 팔에 매달렸다. 금방이라도 울음을 터뜨릴 줄 알았는데 잔뜩 물을 먹고서도 울지 않았다. 강한 아이다. 태영을 가슴에 꼭 안고서 물살에 넘어지지 않도록 주의하며 밖으로 걸어 나왔다. 무사히 빠져나온 동생의 모습을 보자 하은은 엉엉 울면서 태영에게로 달려왔다.

"누나, 울지 마. 나 괜찮아."

태영도 견딜 수 없을 정도로 무서울 텐데, 기특하게도 누날 먼저 달랬다. 등을 토닥거리고, 머리를 쓰다듬어주었다. 그러나 놀란 하은은 좀처럼 울음을 그칠 줄 몰랐다.

"울지 마, 괜찮아. 엄마는 어디 있어?"

내가 먼저 조심스럽게 물었다.

"집에요."

하은은 손가락으로 바로 앞 강변아파트를 가리켰다. 육안으로 보일 정도로 가까웠다. 다행이다.

"오늘은 그럼, 너희끼리 온 거야?"

하은은 말없이 고개를 끄덕였다.

"집에 갈 수 있지?"

이번에도 고개만 끄덕였다.

마음 같아선 놀란 아이들을 집에까지 데려다주고 싶었지만, 사정이 여의치 않았다. 아무래도 로봇다리의 움직임이 이상했다.

"그럼, 조심히 돌아가. 알았지?"

당부하는 내게 아이들은 고개를 꾸벅거리고, 뒤돌아 뛰어갔다. 점점 멀어져 가는 아이들을 한참을 지켜본 뒤, 발걸음을 돌렸다. 끝까지 챙겨주지 못해 마음이 무거웠다. 그럼에도 불구하고 정확하게 판단을 내려야 했다.

아니나 다를까. 우려했던 문제가 일어나고 말았다. 돌아가는 내내 로봇다리에서는 흙탕물이 미세한 틈새로 계속해서 흘러나왔다. 얼마 안 가 관절이 뻑뻑해지는 느낌이 드는가 싶더니, 점점 무거워졌다. 결국 얼마 못 가 그대로 멈춰버렸다.

강둑에 세워진 동상이 된 기분이었다.

얼마나 그렇게 서 있었을까? 어느새 어둑어둑한 하늘에 천둥이 울리고, 거짓말처럼 굵은 빗방울이 뚝뚝 떨어지기 시작했다. 타이밍 하나는 기가 막혔다. 띄엄띄엄 강둑에 나와 산책하던 사람들도 굵은 빗줄기가 쏟아지자 순식간에 흩어져 모습을 감췄다.

멈춰버린 로봇다리는 상상을 초월할 정도로 무거웠다. 로봇다리 한쪽 당 무게는 40킬로그램. 다 합치면 쌀 한 가마니 무게다. 무리다. 굳어버린 로봇다리는 족쇄가 되어 땅바닥에 박힌 듯했다. 아무리 허벅지를 들어 올려도 꿈쩍도 하지 않았다. 억지로 들어 올리려 할 때마다 허벅지에 연결되어 있는 센서들과 고정 핀들이 살갗을 찢었다. 금세 피가 맺혔다. 더 이상은 무리다.

세상에 혼자 버려진 기분이 들었다. 옴짝달싹 못하고 한참을 그렇게 쏟아지는 빗줄기를 온몸으로 받아냈다. 찾아온 고독은 잔인할 정도로 비참했다. 달릴 때 겪게 되는 고독과는 전혀 다른 녀석이다.

점차 체온이 떨어지자 입술이 파래지고 딱딱거리며 턱이 떨렸다. 어금니를 꽉 깨물었다.

아무런 소리도 내지 않았다. 도와달라고 외치지 않았다. 오기였고 독기였다.

"……루다!"

어디선가 익숙한 목소리가 들렸다. 몰아치는 비바람에 잘 떠지지 않는 눈으로 주위를 둘러보았다. 다해다. 저 멀리서 달려오는 다해가 보였다. 달려오다가 그만 넘어졌다. 금세 다시 일어났다. 다리를 삐었는지, 절뚝거린다. 상당히 아파 보이는데도 아랑곳하지 않는 듯 보였다.

"아까부터 GPS 신호가 안 잡혔어…… 무슨 일 없겠지, 그렇겠지 생각하려 했는데…… 연락도 안 되고…… 비는 이렇게 쏟아지고……."

우산도 없이 달려온 다해는 흠뻑 젖은 채로 정신없이 제 할말을 쏟아내며, 날 살폈다. 로봇다리에 시선이 멈추자 짧은 신음을 내뱉었다. 족쇄처럼 날 움켜쥔 채 붙잡고 있는 로봇다리. 찢어진 살갗에서 흘러내리는 피는 빗물을 타고 흘러내렸다. 마치 로봇다리가 피를 흘리는 듯 보였다.

다해는 무릎을 꿇고 앉아서, 하나하나 조심스럽게 허벅지와 연결된 고정 핀을 뽑아냈다. 로봇다리가 정상적으로 작동이 된다면 허벅지에 보내는 신호만으로 손쉽게 분리된다. 게다가 억지로 들어 올렸던 탓에 이리저리 휘어진 고정 핀은, 뽑는 내내 다해의 손톱을 수차례 부러뜨렸다. 그런데도 다해는 작은 비명조차 지르지 않았다. 그래서 난 그 사실을 몰랐다. 그래서 말리지도 못했다. 다해의 손끝에 묻은 피는 내가 흘린 피인 줄로만 알았다.

장착하고 있던 로봇다리와 분리되자, 다해는 자신의 등에 날 업었다. 업힌 다해의 등은 생각보다 더 작았다. 늘 뒤에서 다해를 안아주곤 했는데, 지금은 그때와 너무도 다른 느낌이다. 짐짝처럼 다해의 등에 업혀 있다. 버려지면 벌레처럼 바닥을 기어야 할지도 모른다. 상상만으로도 숨이 막힌다. 비참해서 죽을 듯하다. 그럼에도 지금 난 아무것도 할 수 없다. 가슴이 먹먹해진다. 무기력하다. 또다시 두 다리를 잃은 듯하다. 다시는 경험하고 싶지 않은 악몽을 또다시 꾸는 것만 같다.

다해는 조심스럽게 발걸음을 옮겼다. 한 걸음. 한 걸음. 이번에도 다해는 내 두 다리가 되어 주었다.

강둑 근처, 비를 피할 수 있는 정자에 날 내려놓은 다해는, 왔던 길을 되돌아가 로봇다리를 가져왔다. 상당한 무게의 로봇다리인 탓에, 한 번에 한 짝씩. 모두 두 번에 걸쳐서 가지고 왔다. 그 사이 다해는 쏟아지는 비에 흠뻑 젖었고 녹초가 되었다. 더 이상 움직인다는 건 무리였다.

"약속…… 해줘……."

빗줄기에 묻힌 자그마한 다해의 목소리가 마주 댄 가슴을 통해서 울려왔다.

"계속…… 달리겠다고……."

그렇게 말하는 다해의 눈동자가 빠르게 흔들렸다. 지금과 같은 상황에서도 날 먼저 걱정하고 있다. 다해답게 돌려 말하지 않았고, 부탁보다는 다짐에 가까운 약속이었다.

달리는 동안에는 실패도 성공을 향한 시련이 되지만, 멈춰버린다면 실패는 그대로 실패가 되고 만다. 계속 달리라는 다해의 말 한마디가 가슴을 가득 채우고 있던 부정의 먹구름을 몰아냈다. 어떤 시련에도 결심을 깨뜨려서는 안 된다.

"바보같이……. 달리지 않을 이유가 없잖아."

빗물에 젖어 달라붙은 머리카락을 떼어주며 다해의 볼을 어루만져 주었다. 차가웠다. 입술도 새파래져 있었다. 이대로라면 분명 독감에 걸리고 만다. 서둘러 체온을 높여줘야 한다. 짧아진 두 다리로 허둥지둥하는 동안, 다해가 먼저 날 끌어안았다.

"가만히 있어. 난 괜찮아. 지금은 널 먼저 생각해."

다해의 목소리가 가슴을 통해 전해왔다. 잠깐이었지만 기대고 싶었다. 따뜻했다. 다해의 품에 조금 더 깊숙이 기대고 싶어졌다.

그날 저녁. 우리는 차를 가져온 다해 아빠의 도움으로 무사히 병원으로 옮겨졌고, 나란히 병원 침대에 누워 지독한 독감과 싸워야 했다. 40도를 넘나드는 고열은 다해와 날 번갈아 가며 찾아왔지만, 우리는 꼭 잡은 서로의 손을 끝까지 놓지 않았다.

지독한 독감은 퇴원을 한 뒤에도 한참을 따라다녔다. 장마가 끝날 무렵에서야 겨우 떨어져 나갔다.

장마가 물러간 하늘에는 어느덧 먹구름이 사라졌고, 청아한 햇살이 반짝거렸다. 열병 같던 장마는 그렇게 끝나가고 있다.

　또 한 번 지독한 성장통을 이겨냈지만, 여전히 우리는 완전치 않은, 열아홉 살이었다.

가을의 시작

　다해와의 약속대로, 난 여전히 강둑을 따라 달리고 있다. 가을의 향기를 머금은 바람이 곁을 스쳐간다. 잔뜩 열이 올라 있는 탓에 그 바람은 시원하다. 비 오듯 땀이 흐른다. 얼굴에는 생기가 돈다. 기분이 좋다. 달린다. 난 여전히 달리고 있다.

　어느덧 로봇다리에도 충분히 익숙해졌다. 원래의 다리처럼 움직임이 자연스럽다. 가끔 잔 고장을 일으키기도 했지만, 그건 다리에 쥐가 나는 정도였다. 무리를 하면 누구나 생기는 현상이다. 그리고 이제는 웬만한 가벼운 수리는 직접 할 수 있다. 내 몸인데. 내가 가장 잘 알고 있어야 한다는 생각에, 어렵지만 로봇공학에 대해서 공부를 조금 했다.

　"어머! 저거 뭐야?"

　달리는 동안 사람들의 시선이 느껴진다. 이제는 불쾌하지 않다. 오히려 이해한다. 한 번도 본 적 없었을 텐데 얼마나 신기할까? 의족을 차고 달렸어도 희한한 듯 돌아볼 텐데, 로봇다리는 더하면 더했지 덜하지는 않다. 그나마 다행은, 이제 강둑에서만큼은 사람들도 눈에 익어서 더 이상 신기해하지는 않는다는 거다.

"여! 오늘도 달리는 거야?"

매일 낚시를 하러 나오는 할아버지가 먼저 알아보고 손을 흔든다.

"네! 안녕하세요."

나도 미소 지으며 손을 흔든다.

"이봐! 로봇다리! 멋지다고! 열심히 응원할 테니 멈추지 말고 달려!"

삼삼오오 나무 그늘 아래 앉아서 더위를 식히는 아저씨들이 두 주먹을 불끈 쥐면서 흔든다.

"네! 고맙습니다."

나 역시 두 주먹을 불끈 쥔다. 인사치레가 아니었다. 진심으로 고마운 응원이었다.

"우리 애하고 사진 좀 찍어도 될까요? 매일 형아 보러 가자고 어찌나 조르는지 몰라요."

"우리 애랑도 부탁드려요."

잠시 서서, 숨을 돌리고 있으면 아이들의 손을 이끌고 엄마들이 몰려든다.

"아, 네."

사진 찍는 건 어색했지만, 싫지는 않았다. 무엇보다 로봇다리를 만지며 두근거리는 아이들의 표정이 좋았다. 일곱 살 때였던가? 다해의 손에 들려 있던 로봇 장난감을 보고 몹시 흥분하던 어린 내가 떠올랐다. 하물며 실제 로봇을 직접 보는 기분이야 어떨까? 외면하고 싶지 않았다. 불편하고 귀찮은 감도 없잖아 있지만, 이제는 제법 익숙했다.

"저기요! 잠깐만요!"

한차례 사진을 찍어주고 다시 달리려는데, 등 뒤에서 누군가가 날 불러세웠다. 돌아보니 파란 원피스를 입은 여자가 달려오고 있었다. 저요? 입만 뻥긋하며 날 부르는 게 맞는지 확인했다. 여자는 연신 고개를 끄덕인다.

"잠깐만, 헥헥…… 나랑, 헥헥…… 얘기 좀, 헥헥…… 아유 죽겠다, 헥헥……."

여자는 겨우 내 앞에 섰다. 땀에 젖은 머리는 이리저리 헝클어졌고, 급히 달려오느라 그랬는지 입고 있는 치마의 허벅지 부분은 처참히 뜯어져 있다. 양손에는 하이힐을 나눠 들었고, 맨발이었다. 혹시, 미친 게 아닐까? 살짝 긴장돼서 뒷걸음질치려는데 여자가 덥석 내 팔을 붙잡았다.

"잠깐이면, 헥헥…… 되요. 잠깐이면, 헥헥……."

여자의 호흡이 정상으로 돌아오기를 기다렸다. 겨우 숨을 돌린 여자는 메고 있던 핸드백에서 꾸깃꾸깃한 명함 한 장을 꺼내 내밀었다.

"스포츠 마케터, 팀장 정성희?"

"그냥 정 팀장이라고 부르면 돼요."

여자는 들고 있던 하이힐을 바닥에 탁 내려놓고는 운동화 신듯이 발을 구겨 넣는다.

"저에게 무슨 볼일이……."

"매니저가 되고 싶어요."

정 팀장은 정식으로 내게 악수를 건네며 말했다. 난 내민 손을 멀뚱멀뚱 쳐다보며 한참을 멍하니 서 있었다.

"네? 매니저요? 그런 거…… 어색한데요. 전."

난감해하는 내 표정을 읽은 정 팀장은 한발 물러서는 자세를 취했다.

"지금 당장 결정하라는 건 아니고요. 지금은 그저 팬으로 인사하죠. 그건 괜찮죠?"

그렇게 말하면서 다시금 손을 내밀었다. 어떻게 하지? 잠시 망설였지만, 그 손을 잡아주지 않으면 굉장히 민망해할 듯한 생각이 들었다. 결국, 손을 내밀어 악수를 하고 말았다.

"명함을 보면 알겠지만, 난 스포츠에 관련된 다양한 캠페인을 기획하고 진행하는 일을 하고 있어요. 지금은 프리랜서로 움직이고 있고요. 사실 말이 좋아 프리랜서지, 현실은 다니던 회사에서 잘린 뒤 재기의 기회를 노리고 있는 상황이에요……. 아, 그런 눈으로 보지 말아요. 전화위복. 곧 재기할 테니까."

그렇게 말하는 정 팀장의 눈이 반짝거렸다. 힘이 넘치는 눈이다.

"그래서 말인데요. 앞으로 좀 귀찮게 찾아올 듯한데, 괜찮죠? 너무 야박하게 밀어내지만 말아요. 상처받으니까. 하하하."

정 팀장은 넉살 좋게 웃었다. 시원한 미소가 마음에 들었다. 당부한 대로 밀어내고 싶지는 않았다.

같은 동네에 살면서 자주 마주치는 정도의 가벼운 느낌. 정 팀장은 그 정도의 거리를 유지한 채 자주 날 찾아왔다. 음료수를 챙겨주기도 했고, 짧은 거리나마 함께 달리기도 했다. 그러는 사이, 우리는 가볍게 안부만 나누던 사이에서 어느덧 나란히 앉아 긴 대화를 나누는 사이로까지 발전했다.

정 팀장은 말을 잘했다. 끊어질 듯하면서도 자연스럽게 대화를 잇는 묘한 기술이 있다. 정 팀장과 대화를 나눌 때면, 난 토크쇼에 나온 게스트처럼 술술 말했다. 정 팀장은 내 이야기에 공감하고, 자신이 처했던 비슷한 상황과 경험들을 나누며 서서히 나와의 거리를 좁혔다. 다가오지도 않지만, 밀려나지도 않는 느낌이다. 지구와 달처럼 일정한 거리를 유지하는 느낌. 정 팀장은 웃으며 그런 게 비즈니스라고 했다. 내게는 낯선 단어였다.

"우리, 잠시 앉을까요?"

강둑을 함께 거닐던 정 팀장이 평평한 곳을 가리키며 말했다. 가을의 끝자락이 바람을 타고 이름 모를 풀들을 흔들었다.

그날, 우리는 나란히 앉아서, 해가 지는 강둑을 바라보며 참 많은 대화를 나눴다. 주로 정 팀장이 하는, 일에 관한 이야기였다. 그리고 정 팀장이 왜 내게 관심을 보였는지도 그날 정확히 알 수 있었다. 정 팀장은 내게 어설픈 의리를 말하지 않았다. 비즈니스. 나와의 관계는 철저한 비즈니스라고, 그렇게 말했다. 냉정하게만 들리는 그 단어가 오히려 신뢰가 갔다. 조금씩 재미있게 느껴진다. 정 팀장의 이야기에 조금씩 내 마음이 움직이고 있었다.

꽃

좀 긴 이야기가 될 거예요. 그날은 여느 때와 다름없었어요. 그래서 더 갑작스러웠죠. 아무런 준비도 못하고 당했으니까. 10년간 일했던 회사로부터 갑작스러운 통보를 받았어요. 작년 이맘때. 그것도 직접 전달 받은 게 아니라 문자 한 통을 받았죠. 화가 났어요. 그래서 그 문자를 들고 곧장 이사실로 찾아갔어요.

"구조조정이 있을 거라고 몇 달 전부터 말해왔잖아."

이사는 아무렇지도 않은 듯 대답했어요. 오히려 그 모습에 당황한 건 나였죠.

"하지만, 왜요? 평가에서는 제가 더 높은 점수를 받았잖아요?"

회사에서는 매년 연봉협상이나 재계약을 앞두고 업무평가라는 걸 해요. 뒷담화 같아서 말하고 싶지 않지만, 욱 팀장이라는 사람과 비교한 거예요. 나와는 입사 동기죠. 업무평가에서 내가 훨씬 높은 점수를 받았거든요. 모든 업무에서 제가 욱 팀장보다 앞섰다는 걸 이미 확인한 상태였으니까, 더욱 납득이 안 갔죠. 왜 욱 팀장은 남아 있는데, 난 떠나야 했는지, 정말 이 해할 수 없었어요.

"뭐가 문제인지 정말 모르겠어요? 성희 씨가 스포츠 마케터 로서 뭐가 부족한지?"

"내가 회사에 벌어오는 수익이 얼마나 큰지 아시잖아요. 담 당하고 있는 선수들에게도 얼마나 많은 이익을 가져다주는지 도 다 아시잖아요."

"회사에서 시키는 일만 잘한다고 전부가 아니잖아요. 그건 건 입사 2, 3년차까지만으로 충분하다고."

솔직히 이사가 무슨 말을 하려고 하는지 와 닿지 않았어요. 시키는 일만 했다고? 왜 그렇게 생각하지? 그냥 억울했죠. 왈 칵 눈물이 나려고 하더군요.

"수익, 이익. 물론 회사라는 집단만 보면 그게 다일 수도 있 겠죠. 하지만 우리가 하는 일은 스포츠 마케팅이잖아요. 숫자 만 들여다봐서는 안 된다고. 사람들이 왜 스포츠에 열광하는지 몰라? 스포츠는 한 편의 각본 없는 드라마니까. 그런 드라마가 있어야 선수를 진정한 스타로 만들 수 있지."

"그러니까, 그 말은…… 지금 저더러 시나리오를 쓰라는 거 예요?"

"누가 성희 씨 보고 시나리오를 쓰래요? 선수마다 가지고 있 는 이야기를 파헤치라는 거잖아요. 그래서 그걸 그럴싸하게 포장하라는 거지. 세상에 사연 없는 사람이 어디 있어? 그런데 왜 성희 씨가 담당하는 선수들은 그런 게 없냐는 말이지. 그러니까 매번 성적만 가지고 마케팅을 하는 거잖아. 훈련하고, 경기하고, 이기고, 혹은 지고. 그것밖에 없어. 스포츠가 그렇게 단순하기만 하면, 사람들이 왜 그토록 스포츠에 빠져들겠어요? 아니라는 거지. 그렇게 단순한 게 아니라는 거지. 이야기가 있다고. 그 안에 가슴을 울리는 이야기가 있는 거라고. 성희 씨는 그런 걸 보는 눈이 너무 부족해."

비참했어요. 무시당하는 기분이 들어서.

"이사님. 10년이에요. 이 분야에서 10년이면 이제 전문가라고요. 그런데 보는 눈이 부족하다니요. 그런 얘기는 막내들에게나 통하죠!"

10년이라는 시간이 송두리째 무시당하자 말이 곱게만 나가지 않았어요. 하지만 어투는 공손했죠. 그런 상황에서도 난 마지막으로 치닫고 싶지 않았어요. 이 바닥, 의외로 좁아서. 소문이 나면 나만 힘들어지니까요.

"전문가? 그 전문가라는 게 상대적인 거잖아요. 다시 말해 얼마나 더 뛰어나냐는 것보다, 누구보다 더 뛰어나냐가 중요하다는 거지. 혹시, 10년 전에 성희 씨를 면접 봤던 사람이 누군지 기억해요? 바로 나야. 내가 성희 씨에게 같이 일하자고 손을 내밀었다고. 성희 씨는 기억해? 10년 전 어떤 마음으로 면접을 봤는지? 그때 내게 어떤 확신을 심어줬는지? 10년 전 아무것도 모르는 꼬맹이에게 내밀었던 손을, 왜 지금은 내밀지 못할까? 왜 망설이게 될까?"

"이사님!"

이사의 침착하면서도 담담한 말투가 내게는 더 아렸어요. 그 말이 맞고 틀리고를 떠나서 정말 너덜너덜해지는 기분이었죠. 이사는 솔직했을 뿐이라고 하겠지만, 그건 솔직함이 아니라 그냥 이사, 개인의 생각일 뿐이에요. 자신의 생각을 여과 없이 말하는 게 솔직함은 아니죠.

"성희 씨. 그만하죠, 우리. 그만 나가보세요."

대화가 감정으로 흘러간다고 판단한 이사는 말을 끊었어요. 지난 10년간 보아오던 모습 중에 가장 차가운 모습이었죠. 그 냉정함을 잊을 수 없어요. 참아보려고 했지만 결국 울었어요. 나.

"울지 말고 나가봐요."

쉽게 발이 떨어지지 않았어요. 10년이었어요. 10년. 그 10년이라는 시간이 이렇게 허망하게 무너진다고 생각하니까, 가슴이 먼저 무너지더라고요. 어떻게든 버텨야 한다고 생각했어요.

"성희 씨. 그 여자 짓 좀 안 할 수 없나?"

순간, 내 귀를 의심했어요. 여자 짓? 너무도 생소한 단어에 당황한 나머지 아무 말도 할 수 없었어요.

"나도 같은 여자라서 잘 아는데, 매번 그렇게 여자라는 단어 뒤에 숨지 않았으면 좋겠어요."

지난 10년을 허망하게 잃을 수 없어서 어떻게든 인정받으려는 그 모습이, 이사에게는 그저 훌쩍거리면서 무언가 바라는 듯 서 있는, '여자 짓'으로 보였다는 걸 알았죠.

"그 말은……. 제가 여자라서……."

멍하더군요. 주위의 모든 소음이 사라지고 시간이 멈춰버린 듯했어요. 욱 팀장이 남게 된 이유를 알 것 같았죠. 남자고, 난 여자니까.

"성희 씨! 지금 무슨 소리예요! 그게 무슨 성차별적 발언이 냐고! 내 말이 무슨 뜻인지 정말 모르겠어? 다시 한 번 정리해 줘요? 성희 씨는 여자라서가 아니고, 자기가 맡은 바 일을 못 해서예요!"

순식간에 눈물이 말랐어요. 눈에는 독기만 남았죠.

"알겠습니다……."

그제야 묵묵히 자리에서 일어날 수 있었어요. 그 순간 조금이나마 남아 있던 미련까지도 완전히 사라졌거든요. 인사도 하지 않았어요. 하기 싫어서라기보다는 뭐라도 한마디 내뱉으면, 곧장 욕부터 튀어나올 듯했거든요. 내가, 일을, 더럽게 못 한다?

"누굴 원망하지 말고. 자신부터 탓하라고."

돌아서 나오는데, 마지막으로 이사가 비수를 꽂더군요. 정말 입술을 꽉 깨물었어요. 피가 날 정도로 분하지만 참아야 했어요. 그 이상 가버리면, 결국 망가지는 건 나일 뿐이니까. 더 이상 무너지는 모습을 보여주고 싶지 않았어요.

이사실을 나와서 곧장 자리로 돌아와 짐을 챙겼어요. 10년이나 있었는데 챙길 짐이 그다지 많지 않더군요. 적당한 크기의 박스 한 개. 그게 내 지난 10년의 전부였어요.

"성희 씨. 난 정말 몰랐어."

돌아보니 욱 팀장이었죠. 비굴할 정도로 미안한 표정이었죠.

"권고사직 명단에 내 이름이 없어서, 난 당연히 성희 씨
도……."

"아무 말도!"

욱 팀장의 말을 잘랐어요. 건들지 마라. 그러면 조용히 꺼
져줄게. 그게 서로에게 피차 좋은 결말 아니니? 더하면 싸움이
될 것 같았어요. 모든 게 결정된 마당에 싸움을 해서 뭐 해요.
굳이 적을 만들 이유는 없죠. 아까도 말했듯이 이 바닥이 생각
보다 많이 좁거든요. 특히, 10년이나 발을 들여놓은 나 같은 사
람들에게는.

"알았어. 도움이 필요하면 언제든지 연락하라고……."

욱 팀장의 표정이 순식간에 다시 변하더군요. 조금 전 미안
해하던 모습은 온데간데없었어요. 무덤덤한 얼굴. 그 얼굴로
손을 내밀며 악수를 청하는데 정말 섭섭하더라고요. 그래도 함
께한 시간이 결코 적지 않았는데, 그 끝이 너무도 차가웠거든
요. 상대가 그렇게 나온다면 나도 그래야죠.

"도움이 필요할 것 같지는 않아. 솔직히 내가 더 실력, 있잖
아."

욱 팀장이 내민 악수를 받아주며, 그렇게 말했어요.

"인정."

욱 팀장은 별거 아니라는 듯, 깨끗하게 인정하더군요.

"그러나 결국 남은 건 나잖아. 그것도 실력이지."

물론, 그렇게 말하는 욱 팀장에게 악의는 없었어요. 원래 뇌를 거치고 말을 하는 사람은 아니었으니까.

"여전하네. 정 없는 건. 사회에서 만난 사이라 그런 거야? 아니면 원래 그렇게 싸가지가 없어?"

싸가지. 그래요. 싸가지라고 말했어요. 내내 차분하게 굴었는데 막판에 한 번 터진 거죠. 말하는 순간 아차 싶었는데 굳이 내색은 하지 않았어요. 마지막 자존심이랄까? 그런데 이번에도 욱 팀장은 눈 하나 깜짝하지 않았어요. 오히려 웃더군요. 어색해서 웃는 그런 웃음 말고, 정말 아이처럼 맑은 웃음이요. 뭐, 그럴 수 있다. 나라도 그렇겠다. 나라면 더 심하게 굴지도 모른다. 웃고 있는 눈으로 그런 말들을 내게 하는 듯했어요. 그때 문득 깨달았죠. 아, 이 사람. 이래서 남는 거구나. 둘 중 한 사람을 남긴다면, 나라도 이 사람을 선택하겠구나, 하고 말이에요.

"그럼, 잘 가. 그리고 난, 어디서든 언젠가 다시 만났으면 좋겠어. 회사가 인재를 못 알아보는 거지. 난 솔직히 성희 씨가 일하는 게 마음에 들어."

빈말이 아니었는데도, 그렇게 말하는 욱 팀장의 얼굴이 너무도 얄밉더군요. 물론, 반대로 욱 팀장이 회사를 나가는 상황이었다면, 나도 욱 팀장과 별다르지 않게 말했을 거예요. 모든 게 다 비즈니스일 뿐이니, 서운해하거나 화낼 이유도 없었죠. 오히려 훗날을 위해 조금이라도 좋게 헤어지는 게 낫죠. 애써 마음을 추스르고 마저 짐을 챙겼어요.

　그로부터 긴 시간이 흘렀어요. 보란 듯이 곧바로 일을 시작할 수 있을 거라고 믿었는데, 아니었어요. 명함 한 장 사라진 건데, 그 명함 한 장이 사라지자 난 아무것도 아니었어요. 그 안에 적혀 있던 모든 게 함께 사라져 버린 거죠.

　이사가 했던 말들이 다시금 떠오르더군요. 큰 그림을 볼 줄 모른다는 말, 전문가가 아니라는 말. 어쩌면 그 말들이 모두 맞을지도 모른다는 생각이 들었어요. 내가 그렇게 일할 수 있었던 이유는, 회사가 뒤에서 받쳐주고 있어서였구나 싶었죠. 그동안 나와 일했던 광고주들은 결국 내가 아니라, 회사를 보고 일한 거였어요. 갑자기 가슴이 답답해지더군요.

　그때부터 줄곧 이곳, 강둑을 찾았어요. 어렸을 때, 여기 살았거든요. 세월은 흐르고, 세상은 변했는데도 저 강물은 그대로예요. 그래서 그런지 오랜 친구를 만난 기분이 들더군요. 속상한 일을 털어놓으면 같이 화내주고 울어주는 그런 친구요.

　그 무렵에 루다 군을 보았어요. 로봇다리를 장착한 채 멀리서 달려오던 루다 군이, 내 눈앞으로 스쳐갈 때, 머릿속에 울림 같은 게 있었어요. '이건 기회다'라는. 마케터 특유의 직감이었는지도 몰라요. 모두에게 보란 듯이 내 진짜 능력을 증명할 수 있는 기회라는 걸 직감했죠. 그 기회를 절대로 놓치고 싶지 않았어요. 내가 큰 그림을 볼 줄 모른다고? 전문가가 아니라고? 웃기지 말라고 그래. 잃어버린 자존감이 되살아났어요.

　나도 모르게 핸드백을 들춰 메고, 신고 있던 하이힐을 양손에 들고 무작정 루다 군에게로 달려갔죠. 달리느라 치마가 찢어졌는지도 몰랐어요. 그래, 맞아요, 우리가 처음 만난 날. 그날, 심장이 두근거렸어요. 처음 스포츠 마케터가 되었을 때와 똑같은 울림이었어요. 잊고 있었던 거예요. 내가 왜 스포츠 마케터가 되려고 했는지. 시간이 흐르는 동안 까맣게 잊고 있었던 거예요. 홈런을 날렸느냐, 골을 넣었느냐, 경기에서 이겼느냐, 그딴 게 중요한 게 아니라, 그 선수가 홈런을 날렸을 때, 그 홈런이 왜 그렇게 뜨겁고 값진 건지 사람들이 알 수 있게 하자. 공이 골망을 흔들었을 때, 그게 단지 1점이 아닌, 한 사람이 끝없이 노력한 투지라는 걸 다른 사람들도 느끼도록 해주자. 경기에서 이겼느냐가 중요한 게 아니라 결과에 상관없이 경기를 지켜본 모든 사람들로부터 뜨거운 박수를 받을 수 있게 해주자! 까맣게 잊고 있었던 내 꿈이, 다시 깨어났죠.

그래요. 나. 루다 군이 필요해요.

정 팀장이 이야기를 마쳤을 때, 뉘엿뉘엿 저물어가던 해는 이미 자취를 감췄다. 긴 이야기였다. 반대로 짧은 이야기이기도 했다. 어느덧 서늘한 밤이 찾아오고 풀 냄새를 머금은 바람이 내 곁을 스쳐갔다. 기분 좋은 바람이다.

"루다 군. 꿈이 뭐예요?"

"꿈이요?"

"네, 꿈이요."

"달리는 거?"

"이렇게 달리는 게 꿈이에요? 달리기만 하는 게?"

묘한 말투였다. 비꼬는 듯 자극하면서도 예의를 갖춘 말투였다. 동시에 다시 한 번 꿈에 대해서 생각하게 만들었다. 대학에 가는 것? 아니다. 꿈을 이루기 위해 갖추는 무기가 될 수는 있어도, 그 자체가 꿈이 될 수는 없다. 게다가 다양한 방법이 있듯이, 대학이란 꿈을 이루기 위한 유일한 방법도 아니었다.

— 로봇을 만들 거야!

언젠가 했던 다해의 말이 떠올랐다. 다해는 분명한 꿈이 있었다. 꿈이 있었기에 앞으로 나갈 수 있었다. 자퇴를 할 때도, 도망치는 게 아니라 꿈을 향해 나아가는 거였다.

— 내가 할 거야! 내가 다시 달리게 할 거야! 내가!

그 순간조차 다해는 꿈을 꾸었다. 그리고 지금 난, 다해의 말대로 달리고 있다. 다해는 꿈을 결국 현실로 만들었다. 로봇 다리는 내가 아닌 다해의 꿈이었다.

반면 난…… 꿈이 없었다.

"꿈이…… 그러니까 아직은…….'

풀이 죽은 목소리로 정 팀장에게 대답했다.

"하지만…… 달리는 게 좋아요. 좋아하는 걸 하고 싶은 거예요."

항변하듯 목소리를 높였다. 그렇게라도 하지 않으면 자존감이 사라져버릴 듯했다.

"좋아요. 그럼 일단 달리는 것부터 제대로 해보자. 무작정 달리지 말고 목표를 세워요. 꿈이란 머릿속으로만 상상하는 게 아니고, 직접 부닥쳐서 수많은 경험을 쌓아야 하는 거니까요. 나랑 같이 해요. 내가 꿈을 꾸게 해줄게요."

'해보자'는 그 말에 왜 눈물이 나려고 했을까? '해야 해'라는 말에 익숙해 있어서일까? 그 말은 함께 하겠다는 유대감과 함께, 응원을 받는 기분이 들게 했다.

"그럼……. 기록 같은 걸 줄이는 훈련을 하는 건가요?"

내가 물었다.

"기록? 훈련?"

정 팀장은 두 눈을 동그랗게 뜨고, 천천히 껌벅거렸다.

"그런 건, 코치가 하는 거 아닌가? 난 코치가 아니라 마케터예요. 스포츠 마케터."

"그럼, 이제 뭘 할 건데요?"

"비즈니스를 해야죠. 루다 군을. 세상이 원하도록."

그러고는 웃었다. 해맑은 미소였다.

정 팀장의 추진력은 대단했다. 영국의 시인, 바이런의 말처럼 자고 일어났더니 유명해져 있었다. 그 시작은 동영상사이트에 올라온, 〈여전히 그는〉이란 제목의 동영상에서 비롯되었다.

지하철 CCTV에 찍힌, 플랫폼 아래로 뛰어내렸던 장면과, 두 다리 없이 휠체어를 끌고 병원에서 퇴원했을 때의 모습. 로봇다리를 장착하고 매일같이 강둑을 달리는 동안, 주위에 있던 사람들이 신기한 듯 찍어 올린 짧은 영상들. 다리 아래에 주차해둔 누군가의 차 속, 블랙박스에 찍힌 장면이 마지막이었다.

강으로 뛰어들어 떠내려가던 아이를 구하는 모습이었다.

지울 수 없는 고통의 상처가 채 아물지도 않은 그는,

비슷한 상황과 다시 마주 서자 또다시 그 안으로 뛰어들었다.

여전히 그는,

망설이지 않았다.

폭풍같이 몰아치던 배경음악이, 잔잔한 여운을 남기고 끝날 즈음, 짧은 문구가 천천히 나왔다가 사라졌다.

함께 영상을 본 다해의 눈가에는 어느새 눈물이 글썽거렸다.

"잘 만들었다…… 영화 같아……."

다해의 말대로 무척이나 잘 다듬어진 영상이다. 정 팀장이 어떻게 그 모든 영상들을 모았는지 알 수 없었지만, 나에 대한 정성과 애착, 그리고 응원의 목소리까지 고스란히 느껴졌다.

조회 수도 높았다. 덕분에 다양한 사람들이 그 영상을 보았다. 조금씩 SNS를 통해 친구가 되고 싶다는 메시지가 늘어갔고, 장애를 가진 사람들과 그 가족들에게서 희망을 갖게 되었다는 감사의 메일까지도 받았다.

이제, 강둑에는 오롯이 날 보기 위해 찾아오는 사람들이 생겼다. 모두들 방해되지 않도록 멀리서 지켜보았고, 묵묵히 손을 흔들며 내게 응원의 기운을 불어넣어 주었다.

모든 게 너무나 갑작스러웠고, 어리둥절했다.

"루다 군. 이 정도로 긴장하면 안 돼요. 아직 시작에 불과해.

가야 할 길이 멀다고."

정 팀장의 표정에 날이 서 있었다.

"날 위해서만 이러는 건 아니죠?"

난 솔직하게 궁금한 걸 물었다.

"루다 군의 꿈에는 내 목표도 함께 있으니까."

정 팀장 역시, 돌려 말하지 않았다. 솔직했다. 철저한 이해
관계. 그게 서운해도 신뢰가 되었다.

수많은 곳으로부터 강의를 해달라는 요청이 들어오기 시작
한 것도 그 무렵이다. 다해처럼 강의를 하게 될 줄은 상상조차
하지 못했다. 점점 다양한 곳으로부터 강의 부탁을 받았다.

신문, 잡지사, 방송국에서도 인터뷰 요청이 쇄도했다.

날 바라보는 세상의 시선이 완전히 달라져 있었다. 나 역시,
세상을 바라보는 시선이 달라졌다.

다양한 경험을 해보는 동안, 꿈도 조금씩 더 구체화되어 갔
다.

"루다 군! 드디어 큰 걸 잡았어!"

아침부터 정 팀장에게 연락이 왔다. 한껏 들떠 있는 목소리
였다.

"미팅 날짜는 조율 중이니까 정해지면 다시 연락 줄게요. 자
세한 건 만나서 얘기해요. 아, 그날은 잘 차려입고 나와요. 광
고주와 만나는 거니까."

"광고주가 뭐예요?"

"아……. 그러니까, 재정을 지원해주는 사람. 물론, 그 이상으로 도로 가져가지만."

평소 사용하지 않은 단어라 익숙하지 않았다. 그때마다 정팀장은 지치지 않고 잘 설명해주었다.

"그리고 그, 로봇다리를 만든 친구도 같이 오는 게 좋을 듯해서요."

"네? 다해랑요?"

"응. 기술적인 부분도 상의를 좀 해야 하거든."

"뭔데 그래요?"

"자세한 건 만나서 얘기하자고."

그 후, 다시 만나기까지 일주일이 채 걸리지 않았다. 모든 게 일사천리로 진행되었다.

다해와 함께 정 팀장이 알려준 주소로 찾아갔다. 높은 빌딩 외벽에 '페이스메이커'라는 간판이 커다랗게 붙어 있었다.

달리기를 좋아하는 사람이라면 당연히 알고 있는, 마라톤이 시작된 그리스의 스포츠 전문 회사. 얼마 전에 설립자, 필립피데스가 사고로 죽기 전까진, 승승장구하던 회사였다. '페이스메이커'라는 이름에서도 알 수 있듯이, 설립자 필립피데스는 달리기를 좋아하는 수많은 사람들에게 묵묵히 도움을 주고 싶어 했다. 그런 그의 스포츠 철학은 많은 사람들로부터 존경을 받았고, 그래서 그의 죽음은 전 세계적으로 커다란 충격을 안겼다. 지금까지도 필립피데스의 무덤에는 헌화와 추모의 물결이 끊이지 않고 계속 이어지고 있다.

"조심해."

다해는 전동휠체어에 앉아 있는 날 위해 건물 입구를 열어주었다. 로봇다리는 계속해서 연구 중이라 강둑을 달릴 때 외에는 착용하지 않는다. 문을 붙잡고 한편으로 비켜 서 있는 다해의 모습을 보면서, 가슴속을 무거운 돌덩이가 지그시 누르는 묵직함이 느껴졌다. 그런 건, 내가 해줘야 하는 거라고. 이런 사소한 것조차 해주지 못하는 현실이 괴로웠다. 미안함을 넘어선 감정을 속으로 삼킬 수밖에 없었다. 다해에게서 받는 도움이 내게는 아팠다. 앞으로는 해주지 마. 버릇되니까. 너 없어도 난 이 문을 열고 들어갈 줄 알아야 하는 거야. 이 말 역시 속으로 삼킬 수밖에 없었다. 다해에게 날 선 말로 상처를 주고 싶지 않았다. 언젠가 때가 되면 말보다는 행동으로 보여주면 된다. 그때까지 기다리기로 했다.

정 팀장이 마중 나와 있었다. 미팅은 접견실에서 이뤄졌다. 안내된 곳에는 두 명의 남녀가 더 있었다. 여자 쪽이 훨씬 나이가 들어 보였다. 오가는 대화의 눈치로 보아 직급도 훨씬 높은 듯했다.

간략하게 나와 다해를 먼저 인사시킨 뒤, 정 팀장의 소개가 이어졌다.

"여기는 페이스메이커의 마케팅 담당자인 자넷판 실장님.

이번 프로젝트의 최고 결정권자예요."

나이가 들어 보이는 여자였다.

"아, 판, 씨인가요?"

내가 물었다.

"네. 맞아요. 판 실장이에요. 만나서 반가워요."

명함을 건네주던 손은 곧 자리에 앉기를 권했다.

"오늘은 그냥 오셨네요?"

판 실장은 아쉬운 듯한 눈빛을 보냈다. 그 말의 뜻을 바로 이해하지 못했다.

"실제로 한 번 보고 싶었는데……."

그제야 로봇다리에 대한 이야기라는 걸 깨달았다. 기분 좋은 말투는 아니었다. 마치 상품을 대하는 듯한 말투였다. 이게 정 팀장이 말하던 비즈니스라는 건가? 머릿속에 희미한 깨달음이 짧게 스쳐갔다.

"그 옆에는 스포테인 코리아의 민철욱 에이전트."

체격 좋은 남자가 손을 들어 가볍게 인사했다. 민철욱이라고? 낯설지 않은 이름이다. 분명, 기억 속에 있는데, 선뜻 떠오르지 않았다.

전반적으로 날카로운 인상이었다. 눈매도 날카롭고 콧날도. 심지어 턱 선도 날카로웠다. 목소리는 중후했다. 슬그머니 미소를 지으니, 금세 친숙해진 얼굴로 바뀌었다. 조금 전과 같은 사람이었나 착각이 들 정도였다.

"편하게 욱 팀장이라고 부르세요. 다들 그렇게 부르고, 나 역시도 그게 더 익숙하니까."

민철욱의 욱. 아, 그래서 욱 팀장이구나. 그래, 확실하다. 정 팀장이 회사를 나올 때, 트러블이 있었던 그 사람이다. 그런데 왜? 왜 욱 팀장이 여기에 있는 걸까? 휘둥그레진 눈으로 정 팀장을 돌아보니, 어색한 미소를 지으며 나중에 이야기하자는 눈빛을 보내왔다.

대화는 주로 정 팀장이 주도했고, 판 실장은 의자 깊숙이 등을 기대고 앉아서 듣고만 있었다.

"최고 경영자였던 필립피데스 이후, 새롭게 경영을 맡은 사람은 파나치오티스입니다. 실력 있는 사업가인데, 대체로 소비자의 반응은 냉담한 편이죠. '페이스메이커'는 곧 필립피데스였는데, 그가 죽으면서 가지고 있던 장인의 이미지가 함께 사라진 거죠."

정 팀장의 이야기는 재미있었지만, 정작 무엇을 말하기 위한 초석인지, 쉽게 알아챌 수 없었다.

"지금까지 페이스메이커의 주된 마케팅은 이 사라져 가는 장인 이미지를 회복하는 데 집중했습니다. 그러나 지금 보시는 그래프대로, 결과는 좋지 않죠."

정 팀장은 분기별로 곤두박질치는 그래프를 내밀었다. 묵묵히 듣고 있는 판 실장은 다 알고 있다는 듯, 어서 넘어가라는 손짓을 보냈다. 정 팀장은 서둘러 서너 장의 차트를 한꺼번에 넘기며 계속해서 말을 이었다.

"요점은, 새로운 기업의 이미지를 다시 만들어내야 한다는 거예요. 기존에 가지고 있던 '페이스메이커'의 이미지를 모두 잊을 수 있는, 전혀 다른, 새로운 이미지를 말입니다. 바로 Endless Run."

"나쁘지 않네요. Endless Run."

판 실장이 짧게 호응했다. 한 호흡을 쉰 정 팀장은 계속 말을 이었다.

"우리는 여기서 멈추지 않겠다. 계속해서 달려 나가겠다는 커뮤니케이션이 필요해진 이유입니다. 그래서 준비하고 있는 게 세계마라톤입니다."

"마라톤?"

마라톤이란 말을 듣자마자 내 입에서는 나지막한 신음이 흘러나왔다.

"마라톤의 본고장. 그리고 페이스메이커의 본사가 있는 그리스에서 대대적으로 마라톤을 개최하는 겁니다. 전 세계에서 수많은 프로, 아마추어 마라토너들이 대거 참여하도록 하고요."

여기부터는 욱 팀장이 설명을 이어서 했다.

"세계마라톤이 끝나면 각 나라마다 참여자는 몇 명이었고, 관련해서 얼마나 광고효과가 있었는가에 대해서 보고를 받으시게 됩니다. 중요한 건 얼마나 많은 참여자가 아닙니다. 얼마나 많은 사람들이 페이스메이커의 새로운 이미지에 공감하느냐입니다."

"공감이요?"

판 실장이 가슴을 살짝 앞으로 내밀며 관심을 보였다. 그 모습에 정 팀장도, 욱 팀장도 긴장이 풀리는 듯했다.

"왜 사람들은 승패를 떠나서 스포츠를 좋아할까요?"

정 팀장은 잠시 말을 멈추고 대답을 기다렸다. 그러나 그 질문에 대해 고민하는 사람은 없었다. 모두들 뒤이어 나올 말이, 정 팀장이 말하고자 하는 핵심이라는 걸 직감하고 기다렸다.

"드라마나 영화에서는 볼 수 없는 리얼스토리가 있기 때문입니다."

확신에 찬, 말투와 목소리였다.

"이미 동영상사이트를 통해 공개된 루다 군의 이야기는 이 자리에 계신 모두가 이미 알고 계시리라 생각합니다."

"무척 감동적이었어요."

판 실장이 살며시 고개를 끄덕이며 말을 받았다.

"저는 가슴에 큰 울림이 일어나더라고요."

욱 팀장도 한마디 거들었다.

"그 이야기는 끝나지 않은 이야기입니다. 기승전결로 따지면 이제 고작 승 정도랄까? 이제 그 이야기의 뜨거운 결말을 페이스메이커와 함께하려고 합니다. 네, 설명하자면, 루다 군이 마라톤에 참가하는 거죠."

정 팀장의 설명에 판 실장도, 욱 팀장도 공감한다는 듯, 고개를 끄덕였다.

"좋습니다. 다 좋습니다. 그런데 루다 군은 완주를 할 수는 있는 겁니까? 조금 전 들기로는 로봇다리를 정비하는 중이라고 하던데……."

욱 팀장이 불쑥 끼어들어 딴죽을 걸었다. 정 팀장은 대답 대신 다해에게 시선을 던졌다. 그 시선을 따라 모든 시선이 다해에게 집중되었다. 갑작스런 상황에 당황하는 듯 보였지만, 다해는 금세 평정을 되찾았다.

"말 그대로 정비예요. 차도 제대로 정비를 하지 않으면 안 되듯."

다해의 대답에 정 팀장은 다시 욱 팀장에게 고개를 돌렸다. 원하는 답을 들었느냐는 표정이다.

"말은 그럴싸해도 완성품이 아니라는 거죠?"

욱 팀장은 확실하게 하고 싶어 했다.

"완성품?"

그런 욱 팀장의 표현에 다해가 발끈했다.

"그러니까, 42.195킬로미터. 완주할 수 있는 겁니까? 아닌 겁니까?"

"완주해요. 그깟 42.195는 지금 루다가 연습하는 거리보다 짧습니다!"

"아, 그렇습니까? 그렇다면 좋군요. 알겠습니다."

다해가 원하는 대답을 하자, 욱 팀장은 만족스러운 웃음을 지으며 한 발 물러섰다.

"그보다, 조금 전에 완성품이라고 했나요?"

욱 팀장을 향한 다해의 목소리가 날카로웠다. 순식간에 공간 속 공기가 얼어붙어버리는 듯했다.

"루다의 다리예요! 상품 따위가 아니라……."

"미안해요. 그런 뜻으로 한 말은 아니었어요."

욱 팀장은 재빠르게 사과했다. 다해는 한 마디 더 하려고 했지만, 결국 타이밍을 놓쳐버렸다. 말문이 막힌 채, 물러서야 했다.

"자, 그럼 계속할까요?"

욱 팀장은 앞에 놓인 커피를 한 모금 삼키며 대화를 이어갔다.

"정 팀장님. 질문이 있는데요."

"네, 말씀하세요."

모두들 다소 경직되어 있는 듯 보였지만, 얼굴에 미소만큼은 잊지 않았다. 본 모습을 감춘 채 웃고 있는 가면을 쓴 듯 보였다.

"완주만으로는 너무 밋밋하다는 생각이 드네요. 뭔가 더 준비하셨을 듯한데요. 말씀해주시죠."

욱 팀장은 말을 마치며 정 팀장에게 눈짓을 보냈다. 이미 미리 입을 맞춘 질문과 답인 듯 보였다.

"저도 그게 궁금하네요."

판 실장도 질문을 보탰다.

"우선 인터넷을 활용한 대대적인 프로모션을 기획했습니다. 우선, 동영상사이트를 통해 루다 군의 달리는 모습을 전 세계로 실시간 송출할 예정이고요. 3대의 촬영용 드론이 다양한 앵

글로 그 모습을 잡을 거고요. 1인칭 시점의 액션 캠도 준비했습니다. 시청하는 누구라도 루다 군과 함께 달리고 있는 감성을 느끼게 되죠. 세상 모두가 루다 군에게 집중하도록 할 생각입니다. 촬영한 모든 영상은 마케팅에 활용될 겁니다. 우선, 온라인 광고와 메이킹필름을 만들어 티저부터 제작할 생각입니다. 마라톤을 준비하는 과정부터 영상 팀이 붙어서 촬영을 할 거예요. 마지막에는 다큐멘터리 영화로도 제작할 생각입니다. 굳은 의지, 왠지 모를 초조함. 그리고 달리는 동안 점점 힘들어지는 상황들. 결국에는 끝내 극복하고 다시 일어서는 모습……구성은 이렇게 되죠."

"너무 뻔한 전개가 아닌가요?"

판 실장이 말을 끊고 물었다. 욱 팀장이 끼어들었다.

"네, 그렇게 생각할 수 있습니다. 뻔하죠. 그래요, 뻔하죠. 하지만 사람들은 식상하네, 어쩌네 해도 이런 기승전결이 아니면 뭔가 허전하다고 생각해요. 그러니까 일종의 공식이자, 정석이라고 생각하면 됩니다. 그 안에서 얼마나 세련되게 풀어내느냐가 핵심이죠."

욱 팀장의 설명에 판 실장은 알았다는 듯 넘어가라고 손짓했다.

"실시간 송출되는 영상들은 다양한 채널을 통해 배포되게 됩니다. 기본적으로 SNS를 베이스로 퍼뜨리기 때문에 다양한 디바이스를 통해 손쉽게 볼 수 있게 됩니다. 말씀 드린 다큐멘터리 영화는 극장과 IPTV로 준비하고 있습니다."

정 팀장은 단숨에 나머지도 설명하고 잠시 말을 끊었다. 목이 타는 듯 보였다.

"이 모든 건 초반부터 바로 이슈가 되어야 해요. 첫 단추가 그만큼 중요한 거죠. 그래서 연예인들도 몇몇 섭외할 생각이에요. 봉사 같은 거 잘하는 개념 있는 연예인들 있잖아……."

욱 팀장은 이야기가 어려워지는 듯하자, 내 쪽으로 허리를 숙이며 귓속말로 설명을 덧붙였다. 일종의 배려였다.

"그건 기본일 테고요……. 뭔가 확 끌리는 게 없네요."

판 실장은 여전히 허기진 표정으로 고개를 갸웃거렸다. 나쁘지 않은 제안이라고 생각한다지만 계속해서 조금 더 살을 붙이고 싶어 했다.

"이건, 추가로 비용이 발생되는 부분입니다만……. 기부금도 생각하고 있습니다."

"기부금이요?"

"루다 군이 달리는 거리에 따라서 기부금을 적립하는 형식입니다. 1킬로미터에 1,000만 원. 마라톤의 총 거리는 42.195킬로미터이니까, 대략 4억 원. 이렇게 모인 후원금은 루다 군의 이름으로 기부하게 되는 거고요."

"장애를 극복하고 달리는 루다 군이, 사실은 같은 처지의 누군가를 위해 달리고 있다?"

욱 팀장이 머릿속으로 이야기를 정리했다.

내가 받게 되는 돈은 아니지만, 달리기로 누군가에게 도움을 줄 수 있다는 사실을 처음 알았다.

"이봐요! 장애라뇨!"

다해가 소리쳤다. 손바닥으로 테이블을 내려치며 일어섰다. 모두의 시선이 다해에게 멈췄다. 정 팀장은 가슴을 쓸어내리며 다해를 말렸다.

"아, 내가 또 말실수를 했네요. 그러니까 내 말뜻은……."

이번에도 욱 팀장은 사과가 빨랐다. 그러나 다해는 멈추지 않았다.

"그러니까 지금, 루다를 데리고 쇼를 하겠다는 거잖아요! 묘기 부리는 곰처럼 내몰아세우겠다는 거잖아요!"

"그게 또 왜 거기까지……. 아니, 그게…… 아니라……."

욱 팀장이 머쓱해져서 머리를 긁었다. 다해는 정 팀장에게 시선을 돌렸다.

"정 팀장님. 말해봐요. 루다를 위하겠다고 했잖아요. 그런데 여기 있는 사람들. 진심으로 루다를 위하는 사람은 단 한 사람도 없잖아요. 다들 제 이익에만 눈이 멀어 있잖아요! 정 팀장님도 제 눈에는 그렇게 보여요!"

다해의 외침에 정 팀장은 입을 다물고 아무 말도 하지 않았다. 말문이 막혔다기보다는 설명할 방법을 찾는 듯했다.

"그런 게 아니에요."

결국, 판 실장이 나지막이 목소리를 내었다.

"우선, 다해 양에게 하나만 물어보죠. 지금 루다 군에게 관심을 보이는 수많은 사람들은 다 뭐죠?"

"그건, 응원이죠! 순수한 응원!"

"우리도 하겠다는 거예요. 그 응원."

"이게 무슨 응원이에요?!"

"응원 맞아요. 다만 사람마다 응원하는 방식이 다 다르듯, 기업들은 이런 식으로 응원하는 거예요."

"말 같지도 않은……."

다해의 말투는 점점 더 거칠어졌다.

"나이가 어리다고 들었지만…… 이렇게까지 어린 줄은 몰랐는데."

판 실장은 허리를 뒤로 젖히며 팔짱을 꼈다. 더 이상은 봐주지 않겠다는 표정이다.

"어려서 그런 게 아니라, 생각을 거기까지밖에 못하는 거예요."

옆에 있던 욱 팀장이 대수롭지 않은 듯 한마디 던졌다.

"뭐라고요?"

다해도 지지 않고 목소리를 높였다. 그러나 욱 팀장은 당황하지 않았다. 시선도 피하지 않았다.

"나이를 먹는다고 다 어른이 되는 게 아니에요. 어른이란 생각이 자라야 하는 거예요. 생각은 멈춰 있고 몸만 자라는 건, 어른이 되는 게 아니라, 그냥 낡아지는 거예요. 열아홉 살이라고 했나요? 하지만 하는 행동은 딱 아홉 살에서 멈춰 있네요. 사람이 십 년 단위로 크게 바뀔 듯해서요? 시간이 흐르면 자연스럽게 성장할 듯해서요? 다해 양은 서른아홉이 되든 마흔아홉이 되든, 그대로일 듯하네요."

"이봐요! 말 다했어요?"

"기업이 하는 응원은 가짜라는 건가? 죄다 파렴치한 상술 같아 보여요? 그래요. 맞아요. 기업은 실익을 가장 먼저 따져요. 방금 정 팀장이 설명한 로드맵이 기업에게 아무런 이윤을 가져다주지 않는다면, 기업은 절대로 움직이지 않는다고요. 사회공헌? 그마저도 이미지 메이킹에 활용하죠. 그런데 기업들이 먼저 나서서 후원하겠다고, 응원하겠다고 하면 그걸 이용해 먹을 줄도 알아야죠. 감정만 앞세우지 말고 실익을 먼저 계산할 줄도 알아야 어른이죠. 어른이라면 그럴 줄도 알아야죠."

판 실장은 의도적으로 어른이란 단어를 사용했다. 그리고 잠시 말을 멈추고 다해에게 생각할 여유까지 주었다. 이 모든 게 노련하게 진행되는 대화의 기술처럼 보였다.

"실익을 챙기라고 했는데, 그거 한다고 루다에게 뭐가 좋다는 거죠?"

"그걸 생각하라는 거예요. 우리는 이렇게 저렇게 판을 벌이겠다고 설명했으니까, 그 판에서 무엇을 가져갈 수 있을지, 스스로 생각해보라는 거죠. 그게 어른이니까."

다시 한 번 어른을 강조하며 다해를 자극했다. 사실 어른과는 아무런 상관없는지도 모른다. 이해와 배려를 내세우고 있지만, 그 속에는 목적과 이익이 자리 잡고 있다. 치사하고 비겁하게 보였지만, 이들의 대화를 듣고 있자면 가슴 한구석이 뜨거워지는 건 사실이다. 이룰 수 없는 일들을 이룰 수 있는 듯 말한다. 사기꾼처럼 말이다. 그러나 사기꾼은 처음부터 이룰 생각조차 하지 않는다. 반면, 이들은 진심으로 불가능을 가능하게 만들고 있다. 그 모습이 내 눈에도 보이기 시작하자, 나 역시, 그런 마음가짐으로 이들과 함께 뛰어들어야 한다는 생각이 들었다. 그게 이들이 말하는 어른이라면, 난 기꺼이 어른이 되기로 했다.

"잠시, 시간을 좀 갖죠."

내내 침묵을 지키고 있던 내가 먼저 입을 열었다.

"네. 잠시 브레이크 타임을 갖도록 하죠."

정 팀장은 구세주라도 만났다는 듯 자리에서 일어났다. 욱 팀장과 판 실장도 정 팀장을 따라 자리를 피해주었다.

"시간을 갖겠다니, 이루다…… 너 지금 뭘 하겠다는 거야?"

다해의 눈빛에는 걱정이 가득했다. 여전히 다해는 날 어리게만 보는구나. 다해에게 대답을 하기 전에 손부터 마주 잡았다. 날 위한 마음도 알고, 날 위해 언성을 높이며 싸운 것도 안다고 눈으로 먼저 말했다. 지금부터는 그것과 상관없이 솔직한 내 생각을 말하고 싶었다.

"이루다…… 너……."

내 눈빛을 읽은 다해는 믿을 수 없다는 표정으로 더듬더듬 말을 이었다.

"생각을 하려고 시간을 갖겠다고 한 게 아니라…… 날 설득하려는 시간을 가지려는 거였구나!"

"맞아. 이 캠페인, 나쁘지 않다고 생각해. 나에 대한 도전이기도 하고, 무엇보다 좋은 취지잖아. 기부도 한다니까."

처음이다. 혼자의 힘만으로 무언가 할 수 있다는 느낌이 든 것은. 내가 내딛는 한 걸음이 모여 누군가에게 도움을 줄 수 있다는 사실에 가슴이 한껏 뜨거웠다.

"그건 네 꿈이 아니야. 그냥 돈일 뿐이지. 단지 숫자일 뿐이라고."

다해는 끝까지 냉정했다.

"기부만이 아니야."

달리고 싶었다. 동네 강둑에서가 아니라. 더 넓은 세상을 향해 달리고 싶다.

"하고 싶어, 난. 이 프로젝트."

"진심이야? 진심으로 하고 싶은 거야?"

다시 한 번 묻는 다해에게 눈으로 대답했다. 나의 눈동자를 쳐다보는 다해의 눈동자가 요동치듯 흔들렸다.

"루다, 너 정말…… 내가 왜 말리는지 알잖아. 그런데도 넌 끝까지…… 날 설득하겠다는 거야?"

마지막으로 하는 확인이었다.

"응. 그래, 다해야."

대답은 똑같았다. 맞잡은 다해의 손을 더욱 꼭 쥐었다. 진심이 전해질 수 있도록. 그리고 미안한 마음이 전해지도록. 따스한 온기에 담아 전했다.

"루다에게 달리기가 어떤 의미인지 아니까, 어떻게 지금까지 지내왔는지 아니까…… 난, 널 말릴 수가 없어…… 알았어. 그렇게 해."

다해는 모든 걸 내려놓은 듯한 표정을 지었다. 힘이 없어 보인다. 슬픈 얼굴을 하면서도 더 이상 날 말리지 않았다. 이번에도 다해는 내 편이 되어주었다.

"충분히 생각했나요?"

잠시 후, 모두가 돌아왔다. 그들도 의견을 나누고, 새로운 작전을 짠 모양이었다.

"하죠."

의외로 간단히 대답하는 내 모습에 오히려 당황하는 듯 보였다. 허탈해하기까지 했다.

"좋아요. 잘 되었네요."

정 팀장이 먼저 웃었다.

"그 전에, 몇 가지 요청하고 싶은 게 있어요."

"말해봐요."

판 실장은 어렵지 않다며 들어줄 준비를 했다. 난 머릿속에서 정리한 생각들을 차근차근 꺼냈다.

"우선, 기부금은 추가로. 루보팀에도 부탁드립니다."

"이루다?!"

다해가 놀란 눈으로 날 쳐다보았다.

"루보팀이라면, 다해 양이 다닌 대학의 로봇전문팀이군요."

노련한 정 팀장은 대화가 끊어지지 않도록 재빨리 설명했다.

"어렵지는 않지만, 명분이 약해요."

판 실장은 동의를 구하듯 욱 팀장과 시선을 나눴다.

"그렇죠, 아무래도. 명분이 가장 중요한데…… 약하죠."

욱 팀장도 판 실장의 의견에 동의했다.

"이런 캠페인은 생각보다 훨씬 더 많은 비용이 들어가요. 기부금으로 책정한 4억 원이 전부가 아니에요. 그 외에도 수많은 비용이 필요해요. 사실, 기부하게 되는 4억 원도 모두 마케팅 비용에 포함되는 거죠. 결론부터 말하자면 마케팅 비용을 늘리면 되요. 어려운 건 아니에요. 하지만 아까도 말했듯 명분이 필요해요 듣지도 보지도 못한, 루보팀에 기부하겠다고 하면, 유착관계가 아닌 것도 증명해야 하고…… 뭐, 이런 이야기는 해도 모를 테니 넘어가고. 아무튼, 명분이 약해요."

"중요한 건 그만큼 임팩트가 있는 드라마가 나와 줘야 한다는 거지요."

판 실장이 욱 팀장의 말을 이어받았다.

"드라마요…… 그런 거라면 있어요."

난 자신 있게 가슴을 내밀었다.

"아타카마사막마라톤레이스."

그 단어를 내뱉는 것만으로도 잠겨 있던 빗장이 풀리는 듯했다. 활짝 열린 문 밖에는 푸른 초원이 끝없이 펼쳐 있고, 그 끝에는 하늘과 바다가 맞닿아 있다. 바람이 분다. 아타카마사막을 가로지르는 극한의 레이스를 다룬 다큐멘터리를 처음 보았을 때 불었던 바람과 같았다.

가슴이 두근거린다. 설렘이 가득하다. 상쾌하고 신선했다.

"이루다! 뭐라고? 아타카마라고?"

내 말이 끝나기 무섭게, 다해가 가장 먼저 반응했다. 놀람보다는 화가 난 듯한 얼굴이었다.

"아타카마? 라고요?"

판 실장은 처음 듣는지, 고개를 갸웃거리며 되물었다.

"칠레의 아타카마사막에서 펼쳐지는 250킬로미터, 극한의 레이스죠. 아홉 살 때, 다큐멘터리를 통해 처음 봤습니다. 그 후로 줄곧 아타카마사막을 달리는 꿈을 꿔왔어요……."

레이스에 대해 설명을 하는 동안, 어느새 난 아홉 살의 루다로 돌아갔다.

화면을 가득 채운 새파란 하늘. 그리고 그 아래 끝없이 펼쳐진 모래사막. 마치 이름 모를 행성의 모습인 듯한 신비로운 곳. 그 위를 고독하게 달리는 모습에 지금도 가슴이 벅차올랐다.

"어린 시절 꿈꾸던 꿈을, 이루다……."

판 실장은 생각에 잠긴 채 혼잣말처럼 중얼거렸다.

"꿈을, 이루다…… 실장님. 좋은데요? 캠페인 타이틀로 나쁘지 않아요."

욱 팀장이 바로 반응했다.

"나쁘지 않긴 한데, 자칫 신파로 흐를까 봐서……."

"똑같은 내용이라도 신파인지 아닌지는, 어떻게 포장하느냐에 따라 다르죠. 제가 하면 다릅니다."

정말이지, 기회를 놓치지 않는 사람이다. 보는 사람에 따라 재수 없게 보일지도 모르지만, 내 눈에는 대단하게 보였다.

"루다, 250킬로미터라니. 아직 그 정도 장거리를 달린 적은 없어. 로봇다리가 제대로 버텨줄지도 확신할 수 없다고."

대화가 점점 더 구체화되어 갈수록, 다해는 걱정스러워했다.

"레이스는 일주일에 걸쳐서 나눠 달리게 돼. 중간중간 다해가 점검할 수 있으니까 괜찮아."

"하지만 사막이잖아. 로봇다리의 틈새로 수없이 많은 모래가 들어갈 거야. 고장 날 수 있다고. 지난 장마 때, 오도 가도 못하고 멈춰버린 거……. 벌써 잊은 거야?"

아무도 없는 외진 곳에서 두 다리가 굳은 채 하염없이 쏟아지는 비를 맞으며 서 있어야 했던 그날의 기억이 되살아났다. 다시는 겪고 싶지 않은 비참한 기억이지만, 이대로 피하는 것도 싫었다. 트라우마가 되도록 내버려두고 싶지 않았다. 그때는 생각지도 못한 일이라 당황한 탓에 무기력하게 당했지만, 두 번은 없다.

여기에 멈춰 있을 것인가? 아니면 앞으로 나아갈 것인가? 달리자. 알 수 없는 불안감이 밀려오더라도 달리자. 후회 없이 달리자. 걱정과 근심 따위는 불어오는 맞바람에 떨쳐내자. 다해에게 확신을 주어야 한다. 자신감을 보여야 한다. 흔들리지 않고 중심을 잡아야 한다.

"시간이 있으니까 차근차근 준비해 나가자. 난 다해의 실력을 충분히 믿어."

"루다, 너 정말……."

다해가 고개를 숙이고 한숨을 내쉬었다. 미안한 마음이 들었지만, 이번만큼은 욕심을 내고 싶었다. 포기하고 싶지 않다.

"극한의 사막을 250킬로미터나 달린다…… 그것도 언제 고장 날지 모르는 로봇다리를 달고서⋯⋯. 드라마틱하네."

욱 팀장은 펼쳐놓은 다이어리에 '250킬로미터', '사막', '고장', '로봇다리'와 같은 단어들을 적었다. 특히 '고장'이라는 단어에는 몇 번이나 동그라미를 쳤다. 그 옆에는 '자극적인 요소'라고 덧붙였다.

"250킬로미터면⋯⋯ 후원금은⋯⋯ 25억."

판 실장도 빠르게 계산했다. 이 제안을 수용할 경우, 얻게 되는 득과 잃게 되는 실을 저울질하고 있는 듯했다.

"어떻게 생각해요? 정 팀장님. 진행할 수 있겠어요? 듣기로는 프리랜서로 독립하셨다고 하던데. 감당할 수 있는 규모인가요?"

"그래서 저랑 같이 온 겁니다."

판 실장의 기우를 욱 팀장이 낚아챘다.

"이번 프로젝트는 우리 회사와 함께 진행하니까, 걱정 마세요."

아, 그래서 욱 팀장이 여기에 있는 거구나? 미팅 초반의 궁금증이 사라졌다.

"그렇다면 걱정이 되지는 않지만⋯⋯ 어때요? 솔직하게 말해봐요. 제대로 판을 짤 수 있겠어요?"

"나쁘지 않아요. 충분히 매력도 있고. 완주만 한다면 엄청난 이미지를 만들 수 있어요. 성공, 도전, 극복의 상징이 되겠죠. 그러면 피규어도 만들고. 티셔츠와 모자도 만들어 팔 수 있어요. 전 세계를 대상으로 말이죠. 강연도 끝없이 계속될 테니까,

쉽게 식지는 않을 거예요. 그 외에도 마케팅으로 풀어낼 건 수 없이 많아요."

"좋아요. 나쁘지 않네요. 그렇다면 우리는 그렇게 준비할 수 있는데……."

마침내 판 실장은 결심을 내린 듯 보였다. 그리고 조용히 턱에 손을 괴고 지긋한 눈으로 나와 시선을 맞췄다.

"루다 군. 어때요? 지금 우리가 무슨 대화를 나누는지, 확실하게 알죠?"

"네."

"판을 키울 거예요. 그것도 엄청 크게."

판 실장은 지금까지와 전혀 다른 눈빛을 내비치며 마지막으로 물었다.

"해낼 수 있겠어요?"

난 잠시 침묵했다. 대답은 정해져 있다. 다만, 어떻게 말할지 생각했다. 확실하게 대답하고 싶었다.

"내 다리를 보고도 그렇게 묻는 거예요?"

난 앉아 있는 휠체어 밖으로 다리를 내밀었다. 로봇다리를 장착하지 않은 다리였다.

"누구도 달릴 수 있다고 생각하지 않았죠. 하지만 난 여전히 달리고 있어요."

잘려나간 다리의 단면에 잔인할 정도로 독이 올라 있었다.

판 실장은 의미심장한 미소를 머금은 채 크게 고개를 끄덕였다.

"그래요. 합시다. 한번 해 봅시다."

"네. 하죠."

나 역시 대답을 들으며 고개를 끄덕였다. 한다. 생각에 머물러 있던 일들이 이뤄진다.

뛰려는 마음이 없다면 두 다리를 가지고 있다 해도 달리지 못한다. 이제부터 내가 할 일은 그저 걸음을 내딛는 것. 생각에서 멈추지 않고 진짜로 달리는 것. 그것뿐이다.

달리다

꿈을 갖고 계획을 세워라.

그리고 나아가라.

단언컨대,

그곳에 이를 게다.

– 조 코플로비츠

달리기 열

칠레, 산티아고 국제공항에 도착하는 여정부터 순탄치 않았다. 짐으로 미리 붙였던 로봇다리가 세관을 통과하지 못했다. 신고 품목을 보고 장난감 정도로만 생각하고 있던 페루 공항 관계자들은 공항 검색대를 통과하는 로봇다리의 정교함에 깜짝 놀라 반입을 보류해 버렸다. 안전상의 이유로 제멋대로 포장을 뜯고 육안으로까지 검사했다. 로봇다리 XIX(19)라고 선명하게 새겨진 나무상자가 처참히 뜯겨졌다 이번 레이스를 위해 방진방수 기능을 첨가하며, 다해와 루보팀이 잠도 제대로 못 자고 몇 차례나 업그레이드를 한 버전이었다.

"아! 정말 너무 한 거 아니야!"

사정없이 뜯겨진 상자를 본 다해는 불같이 화를 내며 소리쳤다. 촉박한 일정 때문에 아직 정식으로 시동도 하지 못했는데, 포장까지 뜯겨 있자 마침내 폭발하고 말았다.

"일단 흥분을 가라앉히고 상황을 지켜보자."

휠체어를 밀며 옆으로 다가가 다해의 손을 잡아 주었다.

공항에서 소란을 피워봤자 좋을 게 하나 없었다. 최악의 경우 입국이 취소되며 그대로 돌아가야 하는 경우가 생길 수도 있다. 그러나 다해는 아랑곳하지 않고 계속해서 거칠게 항의했다.

정 팀장은 원만한 수습을 위해 다해를 잠시 데려가 달라고 내게 부탁했다.

"나머지는 정 팀장님에게 맡기고, 우리는 잠시 가 있자."

애써 다해를 달래서, 찾은 짐들을 임시로 모아놓은 곳으로 이동했다. 이미 그곳에는 욱 팀장이 자리 잡고 앉아 있었다. 방관자처럼 멀찌감치 떨어져서 벌어지고 있는 모든 상황을 지켜보고만 있었다.

"가서 좀 도와야 하지 않나요?"

정 팀장 혼자에게만 맡겨놓은 게 못내 마음에 걸려 욱 팀장에게 말했다.

"일단은 내 업무가 아니라서요. 그리고, 정 팀장. 잘해요, 일."

욱 팀장은 무기력한 표정으로 말했다. 장시간 비행으로 모두 다 지쳐 있다지만, 내 업무가 아니라니? 정 없는 차가운 말에 내 마음이 다 불쾌해졌다.

"본인이 도와 달라고 하면 모를까, 괜히 나서는 게 오히려 무시하는 거예요."

안 좋은 내 표정을 읽었는지, 욱 팀장은 몇 마디를 덧붙였다. 여전히 언짢은 말이었지만, 조금은 수긍도 되었다.

도움을 받는다는 건 내가 조금은 편해지는 이유이기도 하지만, 날 더욱 나약하게 만드는 계기이기도 하다. 지금까지 난 다해뿐만 아니라 수많은 사람들에게 도움을 받아왔다. 처음에는 미안하고 불편했던 마음이 언젠가부터 당연하다고 느껴져서 나조차도 화들짝 놀랐었다.

가급적 앞으로는 도움을 정중히 사양하기로 다짐했다. 이번 아타카마사막마라톤레이스부터가 새로운 마음가짐을 갖고 내딛는 첫걸음이다.

"속상해!"

다해는 바닥에 쪼그리고 앉아서 무릎 사이로 고개를 파묻었다.

"이게 뭐야, 첫 단추부터! 마음에 안 들어. 불안하다고."

다해는 눈물까지 글썽거리며 속상해했다. 손을 내밀어 그런 다해의 머리를 쓰다듬어주었다. 달래주고 싶었다.

"첫 단추가 잘못 끼워졌으면 풀고 다시 끼우면 되지. 하나씩 차근차근 하자."

내 말뜻을 이해하면서도 다해는 쉽사리 뾰로통한 표정은 풀지 못했다.

"알아, 안다고. 하지만 하필, 시작부터 이러냐고?"

이럴 때는 아무 말도 하지 않는 게 좋다. 다해도 모르는 게 아니니까. 속상할 뿐이다. 무슨 말을 하던지, 결국은 속상하다는 말이다.

"루다야. 그냥, 우리 돌아갈까?"

다해는 사뭇 진지하게 말했다.

"왜? 돌아가고 싶어?"

"그냥, 난 이 모든 게 다 낯설고 마음에 안 들어."

다해의 짧은 한숨이 내 코끝에 닿았다.

"내가 먼저 하겠다고 한 거잖아. 난 스스로를 시험해보고 싶어. 험하고 버거울수록 그걸 이겨냈을 때의 확신은 더 클 거야. 지금의 나에겐 그 확신이 무엇보다도 필요해. 그러니까 예상치는 못했지만, 지금 여기서 일어나고 있는 상황들도 결국에는 다 넘어야 하는 시험 같은 거라고 생각해."

"알았어……."

그제야 다해는 고개를 끄덕여 주었다. 여전히 기운은 없어 보인다. 그런 다해의 등을 토닥거려 주었다.

"아, 판 실장님."

갑자기 들려오는 욱 팀장의 목소리에 자연스레 그쪽으로 시선이 돌아갔다. 자리에서 벌떡 일어나 선 채로 손바닥만 한 위성전화기를 최대한 공손히 받고 있었다. 화상통화도 아닌데 저렇게까지 할 필요가 있을까 싶었다. 아마도 몸에 밴 행동 같았다. 욱 팀장에게는 미안하지만 조금은 우스꽝스러운 모습이었다. 다해와 난 눈이 마주쳤다. 그리고 그만 참고 있던 웃음을 터뜨렸다.

한껏 웃고 나니, 다해의 마음도 어느 정도는 풀린 듯했다.

"네, 네. 잘 도착했습니다……. 에이, 문제는 무슨 문제가 있겠어요. 이제 공항인데……. 네, 아직 공항이에요. 공항. 짐 찾고 있어요……. 오래 걸리긴요. 스태프들 짐이랑 방송장비랑 짐이 좀 많아야죠……. 하하, 그럼요, 그럼요."

욱 팀장은 넉살스럽게 아무 일 없다고 말하고 있었지만, 정 팀장에게 고정된 시선은 불안한 듯 흔들렸다. 조금 전까지만 해도 태연한 척 굴었지만, 역시, 욱 팀장도 걱정은 하는 모양이었다.

"그러고 보면, 욱 팀장님도 참 측은해."

나도 모르게 혼잣말처럼 한마디 튀어나왔다.

"그게 무슨 말이야?"

다해가 물었다.

"그냥, 뭐랄까……. 다들 힘들게 산다는 생각이 들어. 어쨌든 일이잖아."

머릿속에 엄마가 떠올랐다. 수십 년간 회사에 다니고 있는 엄마. 기억 속 엄마는 출근할 때와 퇴근했을 때의 모습이 전부였을 뿐, 정작 가장 많은 시간을 보내고 있는 회사에서의 모습은 어떤지 알지 못했다. 엄마도, 누군가에게 머리를 조아리며 필요 이상으로 웃음을 짓는 걸까? 생각만으로도 속상하다.

엄마는 출국 전, 공항에 배웅을 나오지 않았다. 표면적으로는 시간이 애매하다는 이유에서였다. 출발은 오후 2시. 마중을 나오기 위해서는 휴가를 내야 했다. 그러나 엄마는 중요한 PT를 앞두고 있어서 시간을 뺄 수 없다고 했다. 엄마 혼자만 하는 일이 아니라, 참여하고 있는 사람들이 많아서 폐를 끼치고 싶지 않다고 했다.

결국, 배웅은 내가 해야 했다. 출근하는 엄마를 배웅하고, 늦은 오전, 혼자서 공항으로 가기로 했다. 다행히, 정 팀장이 차를 보내주기로 했다. 다해는 공항에서 바로 만나기로 했다.

"잘하고 와."

출근 준비를 마친 엄마는, 현관 앞에 잠시 멈춰 서서 그 한마디만을 했다. 갑자기 그 모습이 몹시도 서운하게 느껴졌다.

"엄마…… 내가 걱정 안 되는 건 아니지?"

말을 꺼내기도 전에 어리광이라는 걸 알았다. 그럼에도 불구하고 그 말을 기어코 꺼내고 말았다.

침묵이 흘렀다. 난 웃어넘기려고 했지만, 어색한 표정이 되고 말았다. 엄마는 내 물음에 부정도, 긍정도 하지 않았다. 쓸데없는 소리 말라고 화를 내거나, 왜 그런 생각을 하냐고 되묻지도 않았다. 비단, 쓸쓸한 눈으로 날 쳐다보기만 했다.

"……잘하고 와……."

한참 만에, 조금 전과 똑같은 말을 한 번 더 내뱉고는 엄마는 고개를 돌렸다. 평상시와 똑같은 모습으로 현관을 나섰다.

"응, 잘 다녀올게."

그 말이 엄마의 뒤를 따라가려다가 닫히는 현관문에 부닥치며 바닥에 떨어졌다. 가슴이 시큰거렸다.

엄마는 열심히 하라는 말도, 완주를 하라는 말도 하지 않았다. 그렇다고 힘들면 포기하라는 말도, 앞으로의 기회를 보라는 말도 하지 않았다.

어쩌면 다치지 말라는 말도, 아프지 말라는 말도, 아무런 말도 할 수 없었을 것이다. 잘하고 와. 두 다리가 없는 아들에게 해줄 수 있는 말은 그 말뿐인지도 모른다. 평상시와 똑같은 분위기를 만들어주는 게 엄마의 배려였고, 나름대로의 응원이다.

세상의 모든 엄마와 모든 아들의 관계가 화목한 드라마처럼 흘러가지는 않는다. 어쩌면 현실은 그보다 더 무뚝뚝하고 모났을지도 모른다. 하지만 드라마틱하지 않더라도 서로를 향한 마음은 분명 더하면 더하지 덜하지는 않다.

늦은 아침. 정 팀장이 보내준 차가 도착했다. 막 짐을 챙겨 휠체어를 탄 무릎 위에 올려놓고 있을 때였다.

현관을 나서기 전, 현관 옆 진열대에 놓여 있던 아빠의 사진을 오랫동안 바라보았다. 엄마보다 훨씬 젊은 모습. 아빠의 시간은 얄궂게도 거기에 멈춰 있었다.

"아빠, 다녀올게."

지금까지 수천, 수만 번 현관을 나서면서 단 한 번도 하지 않았던 인사였다. 오늘만큼은 꼭 인사를 해야 할 듯했다. 이미 다시는 볼 수 없는 아빠였지만, 이대로 간다면 다시는 보지 못할 듯했다. 사진 속 아빠가 웃었다. 그동안 매일 현관을 나서는 날 지켜보며, 아빠는 무슨 말을 하고 싶을까?

달려 루다. 멈추지 말고, 끝까지 달려.

문득, 그 목소리가 들렸다. 아빠 사진과 겹치자 아빠의 목소리처럼 들렸다. 그래, 아빠라면 그렇게 말해줬을 거야. 그런 생각이 머릿속을 스쳐 지나갔다.

"응, 알았어. 끝까지 달릴게. 아빠, 응원해줘."

목소리가 조금 떨리는 듯했다. 긴장을 하는구나. 아타카마 사막마라톤레이스. 지금까지 늘 꿈꿔오던 일이기도 했지만, 분명히 난 긴장하고 있다. 이제부터는 모든 걸 혼자서 이겨내야 한다. 현관문을 박차고 나서는 순간, 난 당당히 세상 속으로 뛰어드는 게다.

"자! 가자!"

기억에서 돌아오자, 정 팀장이 웃으며 다가오는 게 보였다. 그 뒤로는 공항 관계자들이 로봇다리를 다시 박스에 곱게 담아, 캐리어에 싣고 있었다. 상황을 확인한 욱 팀장의 표정도 비로소 밝아졌다.

"네, 정해진 시간에 정확히 상황 공유하겠습니다…… 네? 아, 네. 덥죠. 숨이 턱턱 막힙니다. 하하. 아유, 별말씀을. 뭐가 죄송합니까? 그러면 저희가 더 죄송스럽죠. 네네, 시원한 곳에서 편하게 방송으로 보세요. 하하……."

너스레를 떠는 욱 팀장은 먼저 자리를 떠나 유유자적 공항을 빠져나갔다.

"걱정 많이 했죠?"

정 팀장이었다. 허가가 떨어졌다고 했다.

다해는 곧장 캐리어에 실려 온 박스로 달려갔다. 마치 갓난아기를 건네받듯 조심스럽게 로봇다리를 바닥에 내려놓고, 자신의 스마트폰에 연결한 뒤, 꼼꼼하게 체크했다.

정 팀장과 난, 조금 떨어진 곳에 서서 다해의 점검이 끝나기만을 기다렸다.

"그나저나, 어떻게 하셨어요?"

다해에게 시선을 고정한 채, 정 팀장에게 물었다.

"뭐가요?"

정 팀장은 무슨 말인지 모르겠다는 말투로 되물었다.

"검색대요. 쉽게 통과하지 못할 듯했는데 말이죠."

"아, 그거요. 제가 갔을 때에는 이미 그들도 자신들이 실수를 했다는 걸 인정하는 눈치였어요. 그런데, 다해가 계속 흥분해서 몰아붙이니까 당황한 거죠. 사람들은 그런 경우에 자신의 잘못을 인정하기보다는 오히려 자신을 방어하려고 들어요. 비겁해도 자연스러운 심리죠. 그들의 입장에서 보면, 우리는 외국인이겠다, 열쇠는 자신들이 쥐고 있겠다, 계속 오리발을 내미는 게 편했겠지요."

일리가 있는 말이다.

"그들에게 빠져나갈 구멍을 만들어줬어요. 마치, 내가 실수로 서류 하날 빼먹은 듯 말이에요. 뒤늦게 건네준 서류를 보고는 이게 빠져서 그랬다고 하면서, 다음부터는 주의해 달라며 통과시켜준 거예요. 자기들 체면이 선 거죠."

"하지만 그렇게 되면, 정 팀장님이 아무런 잘못도 하지 않았는데 잘못한 게 되는 거잖아요. 억울하지 않으세요?"

"억울하다라……."

정 팀장은 생각에 잠기듯 눈을 감았다.

"억울한 건, 저 사람들 때문이 아니라, 내 사람들이 날 믿어주지 않을 때 생기는 거겠죠……. 루다는 정말 내가 서류를 빠뜨렸다고 생각해요?"

"아뇨. 당연히 아니죠."

"그럼 된 거 아닌가?"

새침한 표정의 정 팀장은 다시 다해에게로 시선을 돌렸다.

정 팀장의 말이 자꾸만 머릿속을 맴돌았다. 억울하지도, 분하지도, 아무렇지도 않다. 내 사람들이 날 믿어준다면. 알 수 없는 작은 울림이 가슴속에 잔잔한 물결을 만들며 퍼졌다.

"그런데요, 뭐였어요? 누락됐다면서 세관에 보여줬던 서류가?"

정 팀장을 돌아보며 물었다.

"아, 그거요? 면세점에서 샀던 화장품 영수증. 우리 팀 막내가 자긴 왜 안 데려가느냐면서, 그럼 향수라도 사다 달라고 해서 샀던 거."

대답하는 정 팀장의 왼쪽 입술이 슬그머니 올라갔다. 승리의 미소 같았다. 그 모습에 난 한참을 유쾌하게 웃었다.

"오케이!"

그 사이, 모든 점검을 마친 다해가 비로소 마음의 짐을 덜어낸 듯, 밝은 웃음을 되찾았다. 다행히 로봇다리에는 아무런 이상이 없는 듯했다.

"자! 그럼 이동해볼까요?"

정 팀장이 세차게 손바닥을 마주치며 일어났다.

"자! 모두들, 이동하시겠습니다!"

곧이어 한층 더 큰 목소리로 모두를 향해 소리쳤다.

대기하고 있던 모든 스태프들은 일사천리로 분주히 움직였다. 일순간 모든 스태프들이 동시에 일어나자 눈앞에 장관이 펼쳐졌다. 백 명 가까이 되는 사람들이 한순간에 일사불란하게 공항 밖으로 빠져나갔다. 실로 엄청난 숫자였다. 이렇게 많았던가? 그 거대한 행렬에 현지인들도 놀라는 듯했다.

든든했다. 이 많은 사람들이 오직 하나, 나의 달리기를 위해 이곳에 모였다.

모두의 눈이 반짝였다. 장시간 비행으로 지친 기색도 없었다. 뜨거운 기후도 문제가 되지 않았다. 위대한 전투를 앞둔 듯 사기가 대단했다. 싸워야 할 상대가 있다면 이긴다. 넘어야 할 산이 있다면 날아오른다. 가야 할 길이 있다면 달린다. 끝까지 달린다. 멈추지 않고, 끝까지.

자! 가자! 달리기 참 좋은 날이다!

달리기 열하나

칠레는 안데스 산맥을 서쪽에 두고, 동쪽으로는 태평양을 마주하고 있다. 남북으로 길게 뻗은 국토를 가지고 있는데, 그 길이는 약 4,300킬로미터로 사계절을 하루라는 시간 안에 다 갖고 있는 신비한 나라다.

우리가 도착한 산티아고 국제공항은 칠레 국토의 중간에 위치해 있다. 차를 타고 북쪽으로 달려서 볼리비아 국경 접경에 위치한 아타카마사막까지 이동하기로 했다. 다시 한 번 비행기를 탈 수도 있었지만, 짐과 사람이 많은 관계로, 정 팀장은 육로를 선택했다.

아타카마사막으로 향하는 도로는 열악했다. 길이 나 있지 않아 지도상으로는 짧은 거리임에도 길게 돌아가거나, 속도를 낼 수 없어서 생각보다 시간이 많이 걸렸다. 비포장의 도로에 들어설 때마다 차가 심하게 흔들려서 멀미가 났다.

페이스메이커 측의 배려로 다해와 난, 차 한 대를 통째로 배정받았다. 보조석에는 정 팀장이 탔다. 운전은 현지 가이드가 했다. 반면, 나머지 스태프들은 4인용 차에 여섯 명이 끼어 타거나, 트럭 뒤에 짐과 함께 타야 했다. 미안했지만, 정 팀장은 신경 쓰지 말라고 했다.

"그 미안함이 더 사람들을 불편하게 만드는 거예요."

이해할 순 없었지만 반론하진 않았다.

"그나저나 욱 팀장은 알아서 잘 오고 있으려나?"

정 팀장은 알 수 없는 미소를 머금고 의자 깊숙이 몸을 뉘었다.

"욱 팀장은 어디 있는데요?"

"스태프들과 함께 올 거예요. 그쪽은 욱 팀장의 담당이라서."

공항에서 욱 팀장에게 들었던 말과 비슷했다.

"게다가 욱 팀장은 스태프들 모두, 고생하면서 이동하는 걸 아는데, 자기 혼자만 편하게 오지는 않을 거예요. 무엇보다 함께 일하는 사람들과의 의리를 중요시 하는 사람이라서요."

말을 끝내기 무섭게 정 팀장은 소리 내 웃었다. 유쾌한 웃음이었다. 어쩌면 이 두 사람. 앙숙처럼 보이지만 무척이나 친한 사이일지도 모른다는 생각이 들었다.

깊은 밤, 어둠 속을 한참이나 달리던 차가 허허벌판에서 멈춰 섰다. 가열된 엔진의 열기를 식혀주기 위해서 잠시 차를 세우고 쉬어가기로 했다. 헤드라이트를 끈다면 아무것도 보이지 않을 짙은 어둠 속에 다른 차들도 하나 둘씩 자리를 잡고 섰다.

불빛 하나 없는 깜깜한 먼 풍경을 바라보던 다해가 입을 열었다.

"믿기지가 않아. 어제만 해도 말로만 나눴던 일들인데, 이렇게 실제로 벌어지고 있다니…….."

"그러게, 실감이 안 가네. 낯선 나라에 와서 더 그런가 봐."

칠레는 더운 나라로만 알았는데, 밤이 되자 생각보다 무척 추웠다. 점퍼를 꺼내 입거나, 담요를 어깨에 걸치는 스태프들의 모습이 하나 둘씩 눈에 띄었다.

정 팀장은 김이 모락모락 나는 차 두 잔을 들고 다가왔다. 현지 가이드가 챙겨주었다는 허브차였다. 향이 좋았다. 특히 다해가 좋아했다.

"몸 상태는 어때요?"

정 팀장은 길게 기지개를 펴며 내게 물었다. 좁은 차에 앉아 장시간 이동한 탓에 온몸이 찌뿌듯했다. 크게 불편하지는 않았다. 다해도 괜찮다고 했다.

"다행이네요. 컨디션 잘 챙겨야 해요. 알았죠?"

"네."

날 걱정하는지, 아니면 프로젝트의 성공을 걱정하는지, 정 팀장의 속을 알 수 없었다. 워낙 일에 있어서 만큼은 냉정한 사람이라 더욱 그런 생각이 들었다. 그때마다 정 팀장은 '나도 사람입니다'라는 말을 유행어처럼 해댔다. 얼굴에는 웃음기 하나 없어서, 여전히 사람을 헷갈리게 만들었다.

"늦었지만, 정식으로 인사들 나누세요."

어느새 욱 팀장이 두 사람을 대동하고 다시 다가왔다.

"안녕하세요."

먼저 인사한 여자는 팀 닥터라고 했다. 나뿐만 아니라 이곳에 온 모든 스태프의 건강을 책임진다고 했다. 뒤이어 가볍게 손을 흔들며 인사한 남자는 촬영 팀의 책임 피디인 남 피디라고 했다. 둘 다, 이미 여러 차례 아타카마사막마라톤레이스에 참여한 경력을 가지고 있는 베테랑들이었다.

"정말 쉽지 않아. 나도 매번 달릴 때마다 때려치우고 싶다는 생각이 드니까. 하지만 루다 군의 눈빛을 보니까 잘 할 거라는 생각이 드네. 힘껏 응원할 테니까 열심히 달리라고."

남 피디는 격려 차원에서 내 어깨를 두드리며 기를 넣어주었다.

"저랑 함께 달리면서 촬영하나요?"

내가 물었다.

"아니, 그렇지는 않아. 일단, 루다 군에게 영상 송신기능이 있는 스마트글라스를 쓰게 할 거야. 1인칭 시점으로 촬영도 하면서, 사막의 강렬한 태양으로부터 눈을 보호하기 위한 목적이지. 아주 가볍고 작은 카메라가 장착된 모자도 지급돼. 모자의 둥근 챙을 따라 돌면서 표정을 촬영하지. 그러니까 웬만해서는 웃으라고. 그리고 레이스 곳곳에 우리 촬영 팀이 배치되어 있을 거야. 가능한 눈에 띄지 않는 곳에 숨어서 망원렌즈로 촬영할 거니까 레이스에 방해되지 않을 거야. 마지막으로 카메라가 달린 드론을 여러 대 띄울 거야. 드론은 배터리 문제로 계속해서 루다를 따라 붙을 순 없지만, 매일 아침, 시작되는 레이스 초반에는 공중에서 넓은 화각으로 촬영할 거야. 이렇게 수집되는 모든 영상은 인터넷을 통해 실시간으로 중계되고. 이후에는 잘 편집해서 다큐멘터리로 만든다고 하더군. 반응이 좋으면 극장에도 올리고."

설명을 듣는 내내, 왜 그렇게 많은 사람들이 이곳에 왔는지 알 듯했다. 어쩌면 결코 많은 수가 아닐지도 모른다. 인원수에 비해 남 피디가 설명한 일들은 무척 많았다.

"책도 내야죠. 이보다 더 멋진 드라마는 없으니까요."

듣고 있던 정 팀장이 끼어들었다.

"아무튼 영상 서둘러 잘 찍어줘요. 레이스 중간 중간 트레일러도 만들어야 하니까."

"그렇지 않아도 아까 공항에서부터 메이킹 용으로 촬영하고 있었습니다."

아, 공항에서 카메라를 들고 분주하게 움직이던 사람들이 관광객이 아니었구나. 모두 스태프였고 일하던 중이었구나. 하나부터 열까지 모든 계획이 세워져 있었고, 치밀하기까지 했다.

"잘하면, 이루다의 이름을 딴 레이스도 개최하겠네요."

남 피디가 농담을 던졌다. 정 팀장은 잠시 고민하는 듯하더니 스마트폰을 꺼내 메모로 남겼다.

"나쁘지 않네요."

맙소사. 말만 하면 다 현실로 이루어지는 듯했다. 놀랍고 대단했다.

"루다 군. 너무 부담 갖지 마. 전부 이번 레이스의 결과에 따라 얼마나 더 진행할지, 아니면 우회할지 수시로 전략을 수정하게 되니까."

정 팀장은 하얀 치아를 드러내며 웃었다. 그 말이 더 부담스러웠다.

"자! 다시 이동합니다."

공항에서와 마찬가지로 정 팀장이 자리를 툭툭 털고 일어나며 이동을 알렸다. 남 피디는 다시 한 번 내 어깨를 힘껏 두드리고는 팀 닥터와 함께 배정받은 차로 돌아갔다. 팀 닥터와는 몇 마디 나누지 못했다. 반면, 다해가 그 사이 많은 대화를 나눈 눈치다.

"팀 닥터와 많이 친해진 듯하네?"

차에 올라타는 다해를 돌아보며 물었다.

"빨리 친해져야지. 우리는 같은 역할이니까."

"팀 닥터랑?"

"그래, 난 루다의 다리 상태를 체크하고, 팀 닥터는 루다의 몸 상태를 체크하고. 둘이 손발이 잘 맞아야 하지 않겠어? 내가 루다의 몸 상태를 봐줄 수는 없으니까…… 맡겨야지. 전문가에게."

그렇게 말하는 다해의 눈빛이 왠지 쓸쓸해 보였다.

"다해야……."

"응?"

"그렇게 다 책임지려 하지 마……."

애써 미소를 지으며 말했다.

"난 네 동생, 누리가 아니야."

"……!"

"우리가 어렸을 적, 누리를 바라보던 네 눈빛을 기억해. 미안함과 걱정스러움이 뒤엉킨 눈빛. 날 그 눈빛으로 보지 않았으면 해. 난, 다해가 챙겨야 하는 사람이 아니라, 다해를 챙겨야 하는 사람이야. 그렇게 해줄 수 있지?"

다해는 아무런 말도 하지 않았다. 석연치 않은 반응이었지만, 대답을 강요하지는 않았다. 다해는 바보가 아니다. 스스로 생각하고 무엇이 좋은지 판단하고 그렇게 행동한다. 단지 시간이 필요하다. 기다려주기로 했다. 다해를 위해 기꺼이 시간을 주기로 했다.

다시 긴 이동이 시작되었다.

피곤한지, 다해는 두 눈을 지그시 감고 잠을 청했다. 불편하게 보여서 머리를 끌어와 어깨를 내주었다. 다해는 잠투정을 하며 기대더니, 곧 다시 잠들었다.

다해의 작은 어깨가 한결 편안하게 보였다. 왜 그렇게 혼자서만 모든 짐을 짊어지려고 할까? 내가 더 강한 모습을 보여주지 않으면 안 된다. 믿음을 주어야 한다. 아타카마사막마라톤레이스에서 좋은 성적을 내서 확고한 믿음을 심어주고 싶었다.

잠든 다해의 볼에 손을 올려놓았다. 부드러웠다. 다해는 그 손에 얼굴을 비비며 더욱 깊게 파고 들어왔다. 새근거리는 숨결이 가슴에 닿았다. 그 숨결에 지친 심장이 생기를 되찾는다. 생명의 숨결. 다해는 내게 그런 의미다.

몇 시간을 더 어둠을 뚫고 달리자, 어느덧 먼 지평선 끝에서 서서히 태양이 떠올랐다. 어찌나 아름다운지 눈이 타 들어가는지도 모르고 한참이나 넋을 놓고 바라보았다. 끝없이 펼쳐진 광활한 사막이 눈앞에 펼쳐졌다.

세상 가장 건조한 곳, 아타카마사막이다.

달리기 열둘

아타카마사막의 작은 오아시스 마을, 산페드로(San Pedro de Atacama)에는 수많은 사람들이 모여 있었다. 현지인들보다 레이스에 참가하거나, 관련된 사람들이 더 많은 듯했다. 게다가 외국에서 온 여행자의 수도 만만치 않았다. 모두를 합친 수가 엄청났다. 그들은 새로운 참가자가 올 때마다 손을 흔들며 반겨주었다. 대회라기보다는 축제에 가까운 모습이다. 나 역시, 어서 그 축제에 흠뻑 젖어들고 싶어서 심장이 두근거렸다.

주최 측의 안내를 받으며, 정해진 곳에 차를 세웠다.

차에서 내린 뒤, 로봇다리를 장착하기 위해서 좀 더 넓은 곳으로 이동했다.

새롭게 재정비한 로봇다리의 착용감은 좋았다. 마치 원래의 다리를 다시 찾은 기분이 들었다.

철컥! 허벅지 끝에 박혀 있는 센서가 닿자 로봇다리는 자석처럼 달라붙었다. 아타카마사막마라톤레이스를 앞두고 루보팀에서 심혈을 기울였다고 하더니, 첫 단추부터 아주 마음에 들었다.

"루다, 일어나 봐."

스마트패드를 손에 든 다해가 조금은 긴장한 얼굴로 날 내려다보고 있었다.

일어나기 위해 허벅지를 들어 올리자, 근육의 움직임을 읽은 로봇다리가 힘찬 증기를 내뿜으며 눈을 떴다. 자리에서 일어서자 로봇다리는 제 일을 다한 듯, 다시 한 번 힘찬 증기를 내뿜고 곧 조용해졌다. 소음도 거의 없었다.

이제부터는 휠체어가 아닌, 로봇다리로 걷기로 했다. 레이스가 끝날 때까지 장착한 로봇다리를 벗지 않을 생각이다. 새로 생긴 나의 두 다리니까.

"우와!"

사람들의 시선이 로봇다리로 닿았다. 이미 익숙한 시선이다. 세계 어디를 가도 사람들의 행동은 비슷한 듯하다. 하나같이 직접 다가와 만져봐도 괜찮겠느냐고 물었다. 상관없다고 대답해주면 조심스럽게 만져보고는, 각자의 언어로 행운을 빌어주었다. 몇 분 동안 로봇다리 위에 손을 얹고 기도를 해주는 사람까지도 있었다. 좋은 기운이다. 나중에는 오히려 그 기운을 받아가고 싶다며 로봇다리에 입을 맞추는 사람도 있었다. 다양한 인종만큼이나 다양한 반응들이다.

　오전에 최종 장비검사를 마치고, 첫 번째 캠프사이트로 이동했다. 이곳에서 간단하게 아타카마사막마라톤레이스의 전반전인 브리핑이 진행된다.

　참가자들은 식량, 서바이벌 키트, 취침장비 등, 필요한 모든 걸 짊어지고, 7일 동안 250킬로미터를 완주해야 한다. 총 6구간으로 구성되어 있고, 각 구간마다 제한 시간이 있다. 초과해서 도착할 경우, 바로 탈락이다. 레이스 중에는 그 누구의 도움을 받아서도 안 된다. 이를 어길 시에도 역시, 실격이다.

　코스는 사막뿐만 아니라 계곡과 강, 화산지대를 지나기도 한다. 코스 중에서 가장 험한 코스는 이틀 동안 80킬로미터를 주파해야 하는 코스다.

　"죽을 수도 있습니다."

　분명 그렇게 말했다. 웃음기 하나 없는 진중한 목소리였다. 듣고 있던 모두의 얼굴에 묘한 긴장감이 맴돌았다.

　브리핑은 계속되었다. 각 코스마다 체크포인트에 도착해서 확인을 받아야 하며, 캠프사이트에 도착하면 숙박 텐트와 하루 9리터의 물을 별도로 제공받게 된다. 그 외에는 일절 지급되는 게 없다. 첫날 챙겨가는 게 마지막 날까지 가질 수 있는 전부였다.

　캠프사이트에 수십 개의 막사가 각을 잡고 나란히 세워졌다. 그중에 별도로 세워진 5개의 막사는 이번 캠페인에 관련된 스태프들을 위한 공간이다.

 세계적인 기업인 페이스메이커가 주최하는 이번 레이스는 매해 정식으로 열리는 아타카마사막마라톤레이스와 모든 게 동일했지만, 중계, 로봇다리 등, 조금 수정된 사항들도 있다. 가장 크게 바뀐 부분은 만 21세부터 참여할 수 있다는 규정이 이번 레이스에 한하여 만 18세부터로 변경되었다. 때문에 공식적인 기록에서는 제외되지만, 상관없었다. 덕분에 참가자 중 열아홉 동갑내기가 한 명 더 있었다.

 "안녕. 난 루카스."

 "난 이루다. 만나서 반갑다."

 "그래. 앞으로 잘 부탁해."

 독일에서 왔다고 했다.

 "이루다라는 이름. 어감이 참 좋아. 예쁜 이름이다."

 루카스는 넉살 좋게 웃으며 말했다.

 "무슨 의미를 가지고 있어? 이루다라는 이름."

 루카스의 갑작스러운 물음에 순간, 어떻게 설명해야 할지 막막했다. 알고 있는 단어가 갑자기 생각나지 않는 그런 기분. 결국 레이스를 출발하기 전에 다시 알려주기로 했다.

 우리를 제외하면, 가장 젊은 사람은 20대 중반 정도였다. 참가자의 평균 연령대는 30대 후반에서 40대 초반이다. 환갑을 훌쩍 넘긴 참가자도 많았다. 열아홉. 난 그들에 비하면 이제 막 걸음마를 시작하는 나이이다.

 "이로써 브리핑을 모두 마칩니다."

드디어 본격적인 시작인가? 브리핑이 끝나자 가슴이 두근거렸다. 꿈이 아니었다. 진짜로 달린다. 동시에 어서 달리고 싶다는 마음이 걷잡을 수 없이 커졌다. 눈앞에 닫혀 있는 문이 열리기만 기다리는 경주마처럼 온몸의 근육이 근질거렸다.

"이거 너야?"

어느새 다시 다가온 루카스는 스마트폰을 내밀었다. 이번 프로젝트를 안내하는 프로모션 페이지였다. 상단에는 On-Air라는 글자와 함께, '페이스메이커'의 광고가 계속해서 흘러나오고 있었다. 그 옆에는 그동안 촬영한 동영상클립들이 근사하게 편집되어 올라와 있었다. 어느새 또 이렇게! 정 팀장의 추진력은 정말 대단했다.

"달리는 거리에 따라 기부를 한다니! 정말 대단하다. 올라온 동영상들도 다 봤어. 너 꽤나 유명하더라!"

루카스의 말에 갑자기 쑥스러웠다.

"내 SNS로도 이미 퍼갔어. 이번에 멋진 친구와 함께 달리게 되었다고 말이야. "

루카스는 브라우저를 바꿔 띄우며 자신의 SNS를 보여주었다. 조금 전에 기념으로 함께 찍은 사진도 올라가 있었다. 그 아래에는 이미 많은 응원의 댓글들이 달려 있다.

"내 친구들 모두다 로봇다리에 관심이 많아. 끝내준다면서 다들 장난이 아니야. 벌써 널 독일에 초대하고 싶다는 사람도 생겼어. 우리 교수님은 나와 SNS 친구가 아닌데도 벌써 수차례 내가 올린 사진들을 퍼갔다니까. 더 많은 사람들에게 알리겠다고 말이야."

갑자기 어안이 벙벙했다. 방금 전까지 얼굴조차 몰랐던 사람들이 열정을 다해 응원해주고 있다. 국가도 인종도 초월한 대단한 응원이었다.

"이루다!"

다해의 목소리가 들렸다. 막사 앞에서 손짓하고 있었다.

"먼저 일어설게."

"그래, 출발선에서 봐."

루카스와 인사를 나누고, 막사 쪽으로 걸음을 옮겼다.

다해는 막사 안에서 스마트패드를 내게 보여주었다. 조금 전 로봇다리가 작동된 순간부터, 이동했던 경로, 소모된 에너지, 관절마다 받은 손상 정도까지, 고스란히 다해의 스마트폰으로 전송되고 있었다.

"손상되는 속도가 생각보다 빨라. 사막이라 그런 거 같아. 이미 예상하고 방진 기능까지 추가했는데, 생각보다 제 기능을 발휘하지 못하는 듯해서."

다해의 얼굴에는 걱정이 가득했다.

"이렇게 한 번 해보자."

다해는 곧, 검은 고무재질을 찾아와 관절 부분을 집중해서 감쌌다. 일종의 압박붕대 같았다. 만져본 질감은 부드러웠지만 꽤나 질겼다.

"조금 뻑뻑한 느낌이 들 거야."

다해의 설명대로, 움직임이 편하지는 않았다. 조금의 잉여 움직임도 부담이 되는 레이스에서, 이 감각은 부담을 넘어서 걱정이 된다. 다해는 예나 지금이나 여전히 달리기를 모른다.

"왜? 불편해?"

내 표정을 읽은 다해가 걱정스런 얼굴로 묻는다. 솔직하게 대답하면, 달리 방법이 있을까? 아니다.

"아니. 좋은데."

대답했다. 내가 조금 더 견뎌내면 된다. 어렵지 않다. 조금이라도 다해의 짐을 덜어주고 싶었다.

그제야 다해는 긴장된 얼굴을 풀고 작은 한숨을 내쉬었다.

"내일부터 난, 루다가 달리는 동안 쉴 수 있을 텐데. 루다가 걱정이야. 말도 안 되게 험난한 코스들을 달려야 하잖아."

"난 하나도 걱정 안 되는데."

애써 밝게 대답하려 노력했다.

"내가 어렸을 때부터 달리기 하나는 끝내줬잖아. 그러니까 쓸데없는 생각, 그만하고, 내일을 위해서 어서 자두라고."

애써 태연한 척했지만, 나 역시도 걱정과 두려움이 꾸역꾸역 올라오고 있어서 부담이 되었다. 다해는 내 얼굴을 오랫동안 바라보았다. 거짓말이라고 생각하는 걸까?

다해는 아무런 말도 하지 않았다. 엄마가 그랬던 듯. 하고 싶은 말이 있어도 차마 할 수 없는 듯, 침묵했다. 그래, 나라도, 내게 무슨 말을 할 수 있을까. 거대한 서막의 시작 앞에서 다해도, 나도 침묵으로 서로를 응원하고 안심시킬 뿐이었다.

달리기 열셋

새벽 5시.

모든 참가자들이 일찌감치 일어나 출발을 준비하고 있다. 푹 잔 얼굴도 있고, 그렇지 못한 얼굴도 있었다. 밤새 추위에 떨다 일어났는지, 몸에 열을 내기 위해 격렬히 준비운동을 하는 사람도 있었다. 사막이라지만, 지난밤에는 영하 4도까지 내려갔다. 사전에 치밀히 알아보고 준비해왔지만, 실제로 부닥치는 체감은 상상 이상이었다.

다시 한 번 배낭을 챙겼다. 나침반, 칼, 호각 등의 생존 장비와 여벌의 옷, 일주일 분량의 식량과 비타민, 견과류 같은 식량. 그리고 다양한 의료장비가 들어 있는 배낭이다. 내 경우에는 매 캠프사이트마다 로봇다리에 한해서 정비를 받을 수 있다. 다른 참가자들이 자신의 건강상태를 확인받는 것과 같은 이치다.

장착한 로봇다리를 움직여 보았다. 관절에 고무재질을 덧댔
는데도 생각만큼 뻑뻑하지는 않았다. 착용감이 좋았다. 덕분에
상쾌한 기분이 들었다. 센서들도 그 어느 때보다 더 안정감이
있었다.

"어?"

관절에 덧댄 고무재질이 상당히 닳아 있었다.

"온다해!"

집히는 바가 있어서 다해를 찾았다. 막사 안에서 잠시 쉬고
있는 다해의 얼굴은 상당히 초췌했다. 거두절미하고 다가가 다
해의 손을 잡았다.

"너……. 잘도 이런……."

지난 밤사이, 말도 못하게 거칠어져 있었다. 빨갛게 달아올
라 물집이 잡혔다. 관절의 움직임이 편하도록 밤새 고무재질을
비벼댄 뒤에 다시 감싸놓은 게다.

"온다해!"

"나, 귀 안 먹었다. 그렇게 소리치지 않아도 잘 들린다."

내가 더 뭐라고 하기 전에, 다해가 말문을 막았다.

"속상해하는 거 아는데, 지금은 난 널 전쟁터에 내보내는 심
정이야. 마음 같아서는 더한 것도 해줄 수 있어."

"그래도, 손이…… 손이 그게 뭐야, 여자애가."

속상한 마음에 결국 한마디 퉁명스럽게 내뱉고 말았다.

"로봇을 만지는 손인데 이 정도면 고운 거지. 그러니까 더

이상은, 그냥, 아무 말 말아줘."

다해는 입술을 굳게 다물고, 장착한 로봇다리를 한 번 더 살펴보았다. 마치 전쟁터에 나가는 남자의 갑옷을 직접 챙겨주는 여자의 모습과 같았다.

"자! 다들 모이세요!"

막사 밖에서 레이스의 시작을 알리는 목소리가 들려왔다.

"다녀올게."

짧게 인사를 하고 막사를 나가려는데 다해가 내 옷자락을 붙잡았다.

"완주해."

난 그 자리에 가만히 서서 다해를 꼭 안아주었다.

"다음 캠프사이트에 먼저 가서 내내 너를 기다릴 거야. 그 기다림이 슬프지 않게, 꼭 완주해. 매 코스. 꼭, 내게로 돌아와야 해. 이루다."

잠시 다해의 호흡이 멈추는 걸 느꼈다.

말을 아꼈다. 약속을 아꼈다. 행동으로 보여주고 싶었다. 그 기다림이 슬프지 않도록 꼭 해주리라 다짐했다.

"그럼 가볼까?"

밝은 목소리로 걱정하는 다해를 달랬다.

"네! 이제 곧 시작될 겁니다. 다들 스탠바이했고요."

막사 밖에서 욱 팀장의 목소리가 들렸다. 어김없이 본사와 연락 중이었다.

"정 팀장이요? 현장 지휘 중입니다. 네네."

그러면서 한껏 목소리를 낮췄다.

"정 팀장이 그런 머리가 있나요? 큰 그림을 볼 줄 모르는 건 여전하죠…… . 네네, 이번 프로모션에만 열심히 집중합니다…… . 말씀하셨던 그 부분은 저희 회사에서 따로 준비하고 있습니다…… . 그럼요. 걱정 마세요. 제가 직접 진행할 거니까. 돌아가는 대로 기획안 정리해서 올리겠습니다."

통화를 하던 욱 팀장은 나와 눈이 마주치자, 찡긋하며 윙크를 했다. 엄지손가락도 치켜 올리며 건투를 빌었다.

"저 아저씨. 난 여전히 마음에 안 들어. 무슨 생각을 하는지 읽을 수가 없어."

다해가 눈을 흘기며 못마땅해 했다. 그런 다해의 마음이 불편한 듯 보여, 어떻게든 출발 전에 풀어주고 싶었다.

"다, 자기 위치에서 열심히 하는 걸 거야. 입장이 다를 뿐이지."

"알아. 알지만…… 아니다. 나가자. 루다. 늦겠다."

다해도 내 마음을 불편하게 만들고 싶지 않은지 말을 돌렸다.

"그럼, 출발!"

기합소리에 맞춰, 로봇다리가 거친 호흡을 뿜어냈다.

막사 밖으로 나오자, 출발선까지 이어지는 길목에 먼저 와 있는 참가자들이 나란히 서서, 걸어가는 내 모습을 지켜보았다. 그중에 루카스도 있었다.

"너의 다리에 축복을 해주고 싶어."

루카스가 다가와 경의를 표했다. 그러자 다른 참가자들이 다가와 안녕과 완주를 빌었다.

촬영 팀은 어느새 그 모습까지도 담고 있었다. 모니터용으로 막사 옆에 세워놓은 커다란 모니터를 통해 그 모습이 고스란히 보였다. 화면 속 내 모습은 어색하면서도 어쩐지 설레었다.

"루다. 긴장하지 말고, 편하게. 알았지?"

정 팀장이었다. 그렇게 말하고 있지만 오히려 정 팀장이 더 긴장하고 있는 듯 보였다. 마지막으로 자신의 가슴 옆에 두 주먹을 힘껏 쥐어 보이며 응원의 메시지를 내게 전했다.

"그럼 나도 마지막으로 최종 점검을 해볼까?"

두건으로 태양으로부터 완벽하게 얼굴을 가린 남 피디가 짙은 선글라스를 쓴 채 다가왔다. 인사를 나누지 않았더라면 누군지 알아보지 못할 뻔했다. 남 피디는 다양한 종류의 카메라들을 하나하나 꼼꼼하게 확인하며 장착했다. 그때마다 전송되는 화면의 상태를 모니터를 통해 살폈다. 화면은 곧 2분할이 되더니, 다시 4분할이 되었다. 사방에서 날 찍고 있는 카메라가 켜질 때마다 그 수만큼 계속해서 분할되었다.

"좋아! 송출 시작해!"

남 피디의 사인이 떨어지자, 실시간으로 화면은 전 세계로 송출되었다. 화면 아래에 4라는 숫자가 보이는 듯싶더니, 곧 491, 다시 2,272로 빠르게 바뀌었다. 엄청난 속도로 올라갔다. 접속자 수라고 남 피디가 알려주었다.

"송출 시작했습니다. 접속하시면 보이실 겁니다."

어느새 벌써, 욱 팀장은 본사로 모든 상황을 중계하고 있었다.

돌아보니, 다해도 자신의 스마트패드를 손에 꼭 쥔 채, 뚫어지게 쳐다보고 있었다. 그 상태로 내게 손을 흔들었다. 얼떨결에 따라 손을 흔들자, 이번에는 다해뿐만 아니라 여기저기서 날 돌아보며 손을 흔드는 사람들이 생겨났다. 현장에 있는 모두가 가지고 있는 디바이스를 통해 중계를 보고 있었다.

하나뿐인 내가 수십, 수백, 수천 명으로 나뉜다. 아타카마사막에 있었지만, 동시에 전 세계 어디에라도 가 있었다. 실로 엄청난 경험이었다.

멋쩍은 웃음을 지으며 출발선으로 이동하는 내내 사람들은 날 향한 응원을 멈추지 않았다.

드디어 출발선에 섰다.

크게 숨을 들이마시며 심호흡했다. 사막의 모래바람이 입안에 들어와 뒹굴었다. 맛있다. 희한하게도 그렇게 느껴졌다.

허리를 펴고 멀리 시선을 던졌다. 끝을 알 수 없이 넓게 펼쳐진 지평선. 그 위로 붉은 태양이 이글거리며 떠올랐다. 빨갛게 물든 하늘은 내 머리 위에 와서는 티끌 하나 없이 새파랬다. 바라보고 있는 눈이 다 시원해졌다.

"깜빡했네. 마지막으로, 스마트글라스."

출발선 쪽으로 헐레벌떡 달려온 남 피디가 강렬한 자외선으로부터 눈을 보호해줄 선글라스 겸 카메라 역할을 하는 스마트글라스를 씌어주었다. 그리고 이것저것 만지자 내 눈 앞에 On AIR 라는 글씨가 떠올랐다가 곧 사라졌다. 고개를 돌려 모니터를 쳐다보자, 모니터를 바라보는 내 모습이 화면에 나왔다. 내가 바라보고 있는 시선 그대로였다.

"다른 곳도 좀 쳐다볼래?"

남 피디는 모니터에 시선을 고정한 채 내게 요구했다. 조금씩 좌우로 시선을 옮기자 화면도 똑같이 움직였다.

'볼일 볼 때는 꼭 꺼둬야겠네.'

엉뚱한 생각이 떠올라 나도 모르게 피식 웃음이 나왔다.

출발선에 서서, 나란히 서 있는 다른 참가자들을 찬찬히 바라보았다. 사막마라톤에 관심 있는 사람이라면 누구나 알고 있는 유명한 선수들이 많았다. 페이스메이커로부터 초청받았다고 인사를 나눌 때 전해 들었었다. 아타카마사막뿐만 아니라, 사하라, 고비 등 많은 사막마라톤에서 두각을 나타낸 선수들이다. 그들과 함께 달린다는 것만으로도 가슴이 벅찼다.

"루다. 긴장하지 말라고. 그냥 즐기면 되는 거야."

나란히 옆에 서 있던 루카스가 가볍게 몸을 풀며 말을 건넸다.

"긴장이 아니라, 설렘이야."

입가에 미소가 흘렀다.

아무도 모른다. 내가 얼마나 아타카마사막을 달리고 싶어 했는지! 그 꿈이 지금, 이루어지려 하고 있다!

"아무래도 승부에 있어서만큼은 다들 지고 싶지 않겠지?"

루카스가 주위를 힐끗거리며 나지막이 말했다.

"이기고 싶겠지. 당연히."

나 역시, 주위를 둘러보며 출발선 앞에 선 사람들의 표정을 읽었다. 그런데 조금 놀랐다. 모두들 하나같이 시합을 앞둔 사람의 표정으로는 보이지 않았다. 오히려 즐거운 표정이다. 심각한 건 가장 어린 루카스와 나뿐인 듯했다.

문득 머릿속에 스치는 작은 깨달음이 있었다.

"그런 거였나……."

"응?"

나 혼자 내뱉은 말에 루카스가 반응했다.

"루카스. 넌 누구를 이기고 싶어?"

갑작스런 나의 물음에 루카스는 대답을 못하고 커다란 눈동자만 굴렸다.

이기고 싶은 사람이 없다. 출발선에 서 있는 모두가 가족과 같은 느낌으로 다가왔다. 지금 내 앞에 서 있는 루카스도 마찬가지다. 난 전혀 루카스를 이기고 싶다는 마음이 없었다. 다만, 함께 완주하고 싶다는 마음이다. 끝까지 지치거나 다치지 않고 함께 달리고 싶은 마음이다.

"그럼, 루카스. 넌 누구에게 지고 싶지 않아?"

바꿔서 물었다. 방황하고 있던 루카스의 눈동자가 떡 하니 멈췄다.

"그야 당연히……."

대답을 하던 루카스는 말을 끝내지 않고, 알겠다는 듯 웃기 시작했다. 다른 참가자와 똑같은 웃음이었다. 나도 따라 웃었다.

"지고 싶지 않은 사람이 딱 한 명 있지. 바로 나 자신."

루카스의 대답에 난 고개를 끄덕였다.

누구보다 앞선다는 게 무슨 의미일까? 순위가 무의미하다. 기록도 중요하지 않았다. 완주하는 모두가 승자다. 아니, 첫발을 내디뎠다면 이미 승자다. 결과보다 도전이 중요하다.

이곳은 지구상에서 가장 건조한 죽음의 사막인 아타카마다. 생사를 가로지르며 250킬로미터를 달린다. 육체적 고통도 크지만, 정신적 고통이 더 크다. 매 순간 기생충처럼 머릿속을 파고들어오는 '포기'와 싸워가며 달려야 한다. 목숨을 내놓고 부서질 때까지 달린다. 그 끝에서 무엇이 더 큰 의미가 있단 말인가?

다만 한 가지! 지고 싶지 않다. 자신에게. 그뿐이다.

드디어 출발을 알리는 소리와 함께 높이 쳐든 깃발이 힘차게 펄럭였다. 촬영을 위해 대기 중이던 드론들도 일제히 공중으로 떠올랐다. 자! 출발이다!

어? 그런데 아무도 움직이려 하지 않는다. 이상한 기분에 천천히 주위를 살폈다. 모두다 제자리에 서서, 가만히 날 지켜보고 있다. 그 시선의 끝은 로봇다리를 향해 있었다. 모두들 로봇다리의 움직임을, 나의 첫걸음을 기다려 주고 있었다.

갑자기 울컥하고 가슴이 벅차올랐다.

"달리는 게 좋아."

루카스가 멀리 시선을 던지며 말했다.

"그래, 달릴 수 있어서 좋아."

나 역시, 로봇다리를 어루만지며 대답했다.

끝까지 달리고 싶다.

여기 출발선에 서 있는 참가자 모두가 같은 생각일 게다. 그래서 웃을 수 있다. 그 웃음이 무엇을 의미하는지 루카스도 나도 이제는 분명히 알 수 있다.

"루다. 어제 이름의 의미에 대해서 알려주기로 한 거 잊지 않았지?"

"당연하지."

가슴을 활짝 열고 있는 힘껏 숨을 들이마셨다. 그리고 배에 잔뜩 힘을 준 뒤, 지평선과 맞닿은 저 하늘 끝까지 들리도록 한 단어, 한 단어 끊어가며 힘껏 외쳤다.

"My! Name's! YIRUDA! Mean! Is! Achieve! Reach! My! Dream!"

가슴에서 끌어낸 외침이 끝나자, 참가자들도 흥분이 되는지, 목청 높여 내 이름을 함께 외쳐댔다.

"YIRUDA! Run! Run! Run!"

그래, 달리자! 드디어 출발이다!

힘껏 허벅지를 끌어당겨 올렸다. 근육의 움직임을 읽은 로봇다리가 뜨거운 증기를 내뿜으며 깨어났다.

"와! 와!"

동시에 우레와 같은 함성과 박수가 사방에서 쏟아져 나왔다.

꿈같았다. 내가 지금 아타카마사막을 가로지르려 한다. 어렸을 때부터 꿈꾸던 일이 실현되고 있다. 완주하고 싶다. 꼭 해내고 싶다.

첫걸음을 내딛자 다른 참가자들도 앞다투어 아타카마사막을 향해 달려 나갔다. 손목에 찬 타이머를 작동시키는 소리가 일제히 들려온다. 시간을 확인하고, 기록하고, 무엇보다 자신의 페이스를 확인하며 조절하기 위해서다. 각자 자신만의 레이스를 시작하고 있었다.

긴장감이 맴돈다. 나도 모르게 마른침을 삼켰다. 만만치 않다.

이제부터는 나도 혼자다. 모두가 함께 달려도 분명 혼자만의 고독한 레이스 위에 섰다. 길고 긴 외로운 거리를, 시간을 짊어지고 달려야 한다. 아무도 날 대신할 수 없다. 아무런 도움을 받을 수도 없다. 오직 내 힘만으로 모두 이겨내고 끝까지 달려야 한다.

달리기 열넷_Stage1

아타카마사막의 메마른 모래바람은 날 희롱하듯 휘감아 돌아 뒤따라오던 발자국을 지웠다. 얼마나 왔나 돌아보면 이미 내 흔적은 송두리째 사라지고 없었다. 시간의 흔적이 사라지자 더욱 견디기 힘들었다.

모래바람을 일으키며 이동하는 스태프들의 차량을 본 게 세 시간 전이다. 다음 캠프사이트로 미리 이동하는 행렬이었다. 개미처럼 열을 맞춰 달려가는 차량 중 하나에 다해가 타고 있다. 멀리서도 보일까 싶은 마음에 시야에서 사라질 때까지 손을 흔들었다.

그때까지만 해도 괜찮았는데, 정오에 접어들면서 강렬한 태양 때문에 숨이 턱턱 막혔다.

콧등이 찡할 정도로 차가운 탄산음료가 떠올랐다. 마시고 싶다.

사막의 건조한 공기를 계속해서 마신 탓에 콧속이 바짝 말랐다. 버프(Buff)로 코를 막고 수분을 유지하려 애썼지만 역부족이었다. 달리는 동안 계속해서 물로 콧속을 적셨다. 그럼에도 불구하고 결국, 얼마 못 가서 살갗이 찢어지는 고통이 밀려왔다. 바짝 마른 콧속이 찢어진 듯했다. 입으로 숨을 쉬려고 했지만, 상황은 조금도 나아지지 않았다. 이번에는 목구멍 속까지 불에 덴 듯 말라갔다.

숨 쉴 때마다 날파리처럼 입속으로 들어오는 모래도 문제였다. 호흡조차도 어려웠다.

사막을 달린다는 건 차원이 달랐다. 레이스의 초반인데도 이미 지쳐버렸다. 벌써부터 남은 코스가 걱정될 지경이다. 끝까지 달릴 수 있을까? 걱정이 앞선다.

아타카마사막의 해발 4,200미터 이상 되는 높이도 날 힘들게 했다. 고산 증세에 시달려야 했다. 채워지지 않는 갈증처럼 계속해서 호흡이 모자랐다. 페이스가 엉망진창으로 무너졌지만, 참고 달리는 것 외에는 달리 뾰족한 방법이 없었다.

앞질러가는 다른 참가자들의 얼굴도 다르지 않았다. 모두다 어느새 생기를 잃었다. 눈이 마주치면 억지로 웃어주기는 했지만, 이미 마음의 여유가 없었다. 미소는 오래 머물지 못했다.

개인의 차에 따라 참가자들의 간격도 점점 더 벌어졌다. 어느새 내 시야에 들어오는 참가자가 단 한 명도 없었다. 문득, 혼자라는 생각이 밀물처럼 밀려들었다. 어느새 내가 마지막으로 달리고 있었다.

우울한 고독이 찾아왔다. 광활한 바다 한가운데에서 길을 잃고 헤매는 기분이 들었다. 두렵다. 저 깊은 바다 속으로 빨려 들어가 영영 나오지 못할 것만 같았다.

하늘 위에서 내려다보면 내가 보이기나 할까? 고개를 쳐들었다. 머리 위를 맴돌던 드론들도 충전된 전력이 모두 소진되었는지 어느새 돌아가고 없었다.

조급함이 밀려왔다. 그건 곧 심각한 체력소모로 이어졌다. 진정하자. 서두르지 말자. 삶이라는 마라톤에는 느림은 있어도 늦음은 없다. 나만의 페이스로 끝까지 가는 거다. 정신을 차리려고 애썼다.

첫날의 코스는 컷 오프 타임이 없다. 일종의 적응을 위한 배려인 셈이다.

우여곡절 끝에 참가자들 중에서 가장 늦게 캠프사이트에 도착했다. 내 바로 앞에 도착한 참가자와도 한참이나 차이가 나는 기록이었다.

일찌감치 도착한 참가자들은 이미 내일을 준비하고 있었다. 더러는 내게 손을 흔들며 반겨주었다. 말하지 않아도 알고 있다는 듯, 얼굴에는 한결같은 웃음이 번졌다. 일종의 동질감이었다.

나도 따라 미소를 지으려 했지만, 웃을 수 없었다. 솔직히 그럴 기력조차 남아 있지 않았다.

단 하루. 난 이미 넉 다운이 되고 말았다. 내일? 걱정할 힘조차 없었다.

막사에 들어서자마자 극한의 피로가 밀려왔다. 머릿속에는 오직 한 가지 생각만 떠올랐다. 쉬어야 한다. 조금이라도 체력을 회복하지 않으면 앞으로의 달리기는 어떻게 될지 모른다. 두려웠다.

"루다…… 얼굴이 왜 이래?"

고작 하루 만에 검게 타버린 내 얼굴을 바라보던 다해가 울먹거렸다.

선크림도 바르고 모자까지 쓰고 있었지만 사막의 강렬한 태양 앞에선 속수무책이었다. 소금기 가득한 땀이 선크림을 벗겨냈고, 말라붙으면서 피부는 엉망이 되었다. 자외선은 머리 위뿐만 아니라 앞뒤 좌우, 심지어 아래에서도 올라왔다.

"괜찮아."

그렇게 말하면서도 모든 게 귀찮았다. 아니, 힘겨웠다. 그래서 내 얼굴을 살펴보는 다해의 손길을 내쳤다. 다해는 멋쩍어하면서도 애써 침착하려 했다. 그러는 내 마음도 불편했지만, 난 너무 지쳐 있었다.

정신없이 자리에 누웠다.

다해는 묵묵히 곁으로 다가와 로봇다리를 점검했다.

"다행이야……. 소프트웨어 부분의 문제는 없어."

다해는 애써 밝은 목소리를 내고 있었다. 그런 다해가 고마우면서도 미안했다. 미안한 마음이 드는데도 사과는 하지 못했다.

"문제는 하드웨어야."

뜨거운 열기와 틈새를 비집고 들어오는 모래가 가장 큰 문제였다. 그로 인해 자잘한 에러가 생겨났다. 예상은 했었지만, 훨씬 더 심각한 듯 보였다.

다른 참가자들은 모래로부터 발을 보호하기 위해 무릎 아래부터 발등까지 덮어씌우는 게이터(Gaiters)를 착용한다. 로봇다리의 경우에는 로봇근육이 증기를 내뿜어야 하기 때문에 그대로 노출할 수밖에 없다. 준비한 방진 효과는 뛰어났지만, 그래도 사방에서 들이닥치는 미세한 모래까지는 막을 수 없었다. 다해는 로봇다리를 분해하고 일일이 털어내고 닦아냈다.

"루다. 동영상사이트의 순간 접속자가 만 명이 넘었어."

피곤에 지쳐 잠이 들 무렵, 정 팀장이 찾아왔다. 욱 팀장도 함께였다.

"예상보다 훨씬 좋은 반응이야. 본사에서 서버를 늘리기 시작했어. 더 많은 지원을 투입하고 있다고."

"네……."

대답은 했지만, 짜증이 밀려왔다. 여유가 없었다.

난 쇼를 하려던 게 아니다. 동물원 원숭이가 된 기분. 그 기분을 떨쳐내려 애썼다. 다해가 우려하며 말린 이유였다. 알면서도 선택했고, 이제와 애처럼 투정 부릴 수는 없었다. 그렇다고 해도 한껏 들떠 있는 정 팀장의 기분에 맞춰줄 여력은 조금도 남아 있지 않았다.

아타카마사막은 생각보다 덥고, 험했다. 각오는 했었지만 견디기 힘들다. 이대로라면 얼마나 더 버틸 수 있을까? 솔직히 자신이 없다.

"고장 난 거예요? 완주는 할 수 있는 거지?"

욱 팀장이 고개를 쭉 내밀고 지나가는 말처럼 물었다.

"고장이요?"

갑자기 손을 멈춘 다해가 매서운 눈초리로 욱 팀장을 노려보았다.

"루다 다리예요. 고장이 아니라 무리가 온 거라고요. 루다에게 그런 식으로 말하지 마요. 기계인 양……."

쏘아붙이던 다해는 스스로도 격해지는 자신의 감정을 느꼈는지, 아랫입술을 지그시 깨물고 말을 멈췄다.

정 팀장은 머쓱해하는 욱 팀장을 데리고 조용히 뒷걸음질 치며 나갔다.

"기계가 아니라고……. 루다 다리라고……. 다리를 만들어 준 거라고……."

작게 웅얼거리는 다해의 혼잣말이 들려왔다. 그러고는 묵묵히 다시 내 곁에서 로봇다리의 모래를 닦아냈다.

훌쩍거리는 소리가 들려왔다. 힘겹게 뜬 눈으로 쳐다보니 다해의 눈가가 촉촉이 젖어 있었다. 그 모습을 지켜보고 있자니, 미안함이 밀려왔다. 짜증내서 미안해. 생각보다 힘들었어. 생각은 하는데 목소리는 나오지 않았다. 입술조차 움직일 힘이 없다. 말하지 않아도 알까? 내가 미안해하고 있다는 걸, 알까?

마음 불편하지 않게 잠들기 전에 풀어줘야 하는데, 몸이 말을 듣지 않는다. 자꾸만 눈이 감긴다. 잠이 온다. 그러는 사이, 점점 더 깊은 잠 속으로 빠져들고 말았다.

번쩍 눈을 떴다. 얼마나 잠들었을까? 이른 새벽이었다. 사방이 조용했다. 바람소리도 들리지 않았다. 모두가 깊이 잠든 시간이다. 유일하게 깨어 있는 사람은 다해였다. 잠도 잊은 채, 누워 있는 내 옆에서 로봇다리를 점검하고 있었다.

내가 일어나는 기척에 손을 멈춘 다해는 눈이 마주치자, 입 모양으로 '더 자'라고 말했다. 들리지도 않는 그 목소리에 미안하게도 또 잠이 쏟아진다. 요정이 잠 가루라도 뿌렸는지 내 눈은 무겁게 내려앉았다.

다해는 한숨도 못 잤는데. 잠을 겨우 참아내고, 손을 뻗어 다해의 머리를 쓰다듬었다. 그 때가 내가 움직일 수 있는 유일한 순간이었다. 날 바라보는 다해의 시선이 느껴졌다. 눈은 감고 있었지만 알 수 있다.

미안해.
뭐가?
그냥…… 전부 다.

결국, 더욱 깊은 잠 속으로 빠져들었다.

달리기 열다섯_Stage2

간밤에 죽은 듯이 쉬었다고, 조금은 체력이 회복되었다. 힘겨웠지만 계속해서 레이스를 이어갈 수 있었다.

늦잠을 잔 탓에 다해에게 제대로 인사조차 못하고 출발했다. 허둥지둥 달리기 시작했다.

어제와 오늘, 달리면서 깨달은 사실이 하나 있다. 기대한 것 이하로 속도가 나지 않았다. 그동안 훈련했던 잘 닦여 있는 강둑을 달리는 것과는 차원이 달랐다. 푹푹 들어가는 사막의 모래는 자꾸만 아래로 당기는 느낌이었다. 달리는 내내 구슬 위를 걷는 듯 미끄러지는 것도 날 힘들게 했다. 바닥을 힘껏 밀고 나가는 추진력을 얻을 수 없었다. 매끄러운 모래언덕을 넘어갈 때에는 금세 체력이 바닥나서 한동안 움직이지도 못하고 땡볕 아래서 힘겹게 숨을 골라야 했다.

조금이라도 시간을 줄이고 싶어 부지런을 떨었지만 허사였다. 모든 참가자들은 이번에도 이미 한참 전에 날 앞질러 갔다. 마음을 비우기로 했다. 조급해하지 말자. 꼴찌라도 좋다. 완주. 그것에만 집중하기로 했다.

고산 증세는 여전했다. 조금만 무리해도 곧바로 속이 미식거리고 구토가 밀려왔다. 게워 내면 속이 좀 편할까 싶다가도 꾹 참았다. 그러다 탈진이라도 하면 다시는 일어나지 못한다.

지급받은 물은 레이스 도중, 바닥이 나고 말았다. 경험이 부족한 탓에 제대로 양을 조절하지 못했다. 끝없는 사막의 한복판. 얼마나 더 가야 하는지 가늠할 수도 없자 더욱 심한 갈증에 시달렸다.

계곡을 지나면서, 다행히 강이 나왔다. 사막 한복판에서 강을 만나다니. 과연 내가 현실에 있는지, 꿈을 꾸는지 분간이 가지 않았다.

코스를 계속 이어나가기 위해서는 강을 가로질러 건너야 했다. 성큼성큼 강으로 뛰어들었다. 깊은 곳은 허리까지 차올랐다. 강의 중간쯤 왔을 때, 빠진 아이를 건져냈던 때가 갑자기 떠올랐다. 그 후로 로봇다리에 방수기능이 추가되었지만, 다시 떠오른 트라우마를 떨쳐내기란 쉽지 않았다. 두려움에 떨렸다. 근육에 힘이 들어갔다. 갑작스러운 근육의 과도한 신호를 받은 로봇다리가 오작동을 일으키며 비틀거렸다. 그러는 사이 허벅지와 연결된 부분에 물이 스며들었다. 이대로라면 아무리 방수 처리가 되었다고 해도 어떻게 될지 모른다.

또다시 멈춰버릴 것만 같은 두려움이 밀려왔다. 여기서 이 대로 멈춰버린다면 난 어떻게 될까? 아무도 없는 광활한 사막. 가장 먼저 죽음이란 단어가 떠올랐다.

달려 루다. 멈추지 말고, 끝까지 달려.

목소리가 울렸다. 현관에 놓여 있던 아빠의 사진도 떠올랐다. 부드럽게 웃고 있는 얼굴로 힘껏 응원하는 듯했다. 그 목소리 하나만이 등대처럼 내가 가야 할 길을 곧게 비춰주고 있었다.

두려움을 떨쳐내기 위해 이를 악물었다. 끈질기게 발목을 붙잡고 늘어지는 두려움을 끊어내기 위해 걸음을 내디뎠다. 두려움은 곧 강 위로 치솟아 오르더니 내 등에 찰싹 달라붙었다. 최후의 발악이었다. 달라붙은 두려움을 미친 듯이 뜯어냈다. 살갗이 함께 뜯기는 고통이 휘몰아쳤다. 정신이 하나도 없었다.

다시 정신을 차렸을 때에는, 난 반쯤 허리를 접은 채 숨을 헐떡거렸다. 강은 이미 건너 있었다. 로봇다리도 내 호흡에 맞춰 숨을 고르고 있다. 고개를 들어 건너온 강을 바라보았다. 한복판, 가장 깊은 곳, 두려움이 눈을 내놓고 날 노려보고 있었다. 무섭다고 생각하는 순간, 두려움은 날카로운 이를 드러내며 수면 위를 미끄러지듯 내 쪽으로 날아오려고 했다.

"두렵지 않아!"

목에서 피가 쏟아져 나올 정도로 고함쳤다. 그 기세에 깜짝 놀란 두려움은 순식간에 움츠러들더니, 분한 듯 으르렁거리며 물속으로 사라졌다.

기진맥진한 몸을 추스르고 배낭을 벗었다. 이미 텅 빈 물통을 꺼내 서둘러 강물을 담았다. 마실 수 있는지는 모르겠지만, 최악의 경우에는 마실 생각이었다.

물을 채우자 희한하게 갈증도 사라졌다. 조금은 더 참고 버틸 수 있을 듯했다. 믿는 구석이 생기자, 충분히 더 견딜 수 있었다. 마실 물이 바닥났던 건 오히려 다행이었다.

믿는 구석. 다해가 떠올랐다. 늘 곁에 있어서, 떠나지 않을 거란 걸 알기에 소중한지도 모르고, 소중하게 대하지도 못했다. 다해가 몹시도 보고 싶었다.

말할 걸 그랬다. 어젯밤, 어떻게든 일어나 말할 걸 그랬다. 짜증내서 미안하다고. 생각보다 힘들어서 그랬다고. 그 말이면 편해질 다해의 마음인데 못난 난, 고통만 주었다. 잘못했어. 내가 아직 많이 부족해. 하고 싶은 말이 하나 더 떠올랐다.

높게 솟아오른 협곡 아래로 조그만 그늘이 있었다. 그곳에 앉아 잠시 쉬기로 했다.

코스를 설명하고 있는 안내서에는 이곳을 죽음의 협곡(Death Valley)이라고 했다. 지구의 모습보다는 화성에 가까운 모습이다. 그 황막함에 두려움이 밀려왔다. 만약에 여기서 낙오되었다면 어떻게 됐을까? 다시 생각해도 소름이 끼쳤다.

해는 이미 지고, 불빛 하나 없는 어두컴컴한 길을 한참이나 비틀거리며 달렸다. 어느덧 캠프사이트의 불빛이 어렴풋이 보이기 시작했다. 시간을 확인했다. 남은 시간은 5분. 일부러 이렇게 아슬아슬하게 시간을 맞추라고 해도 할 수 없을 것이다.

조금 더 다가섰을 때, 오매불망 내가 오기만을 기다렸을 다해가 달려오는 게 보였다.

"오지 마!"

난 손을 뻗어 멈추라는 신호를 보냈다. 다해의 표정이 한순간 굳었다. 멀리서도 또렷이 보였다.

"캠프사이트 안에 들어오기 전에는, 누구의 도움도 받을 수 없어요. 혹시라도 다해 양이 루다 군을 부축이라도 하는 순간, 실격이에요."

설명하는 정 팀장의 목소리가 들렸다. 그만큼 가까운 거리였다.

다해의 얼굴이 조금은 편해졌다.

"이루다! 힘내!"

날 향한 다해의 목소리는 파르르 떨리고 있었다.

마지막 남은 힘을 내 캠프사이트로 달려 들어왔다. 참았던 갈증이 파도처럼 밀려왔다. 서둘러 물통을 꺼내 담아온 강물을 머리 위에 쏟아 부었다. 그때부터 지금까지 단 한 모금도 마시지 않고 버텼다. 입안은 물론, 몸 속 구석구석 바싹 말라버린 기분이 들었지만, 견딜 수 있었다. 모든 건 마음먹기에 달렸다.

몸은 점점 더 망가져 가고 있었지만, 정신은 그보다 훨씬 더 강해지고 있는 듯했다.

흠뻑 젖은 날, 다해는 가만히 안아주었다.

"이제 그만 말리고 싶다……."

들릴 듯 말 듯, 다해가 속상함을 털어놓았다. 들었지만 듣지 않았다. 아무런 대답도 하지 않았다. 아직은 아니다. 아니, 끝까지 그럴 일 없다. 멈추기 싫다. 끝까지 달리고 싶다. 내가 생각해도 미친 듯했다. 점점 미쳐가는 듯했다. 광기인지도 모른다. 그 광기가 날 버티게 지탱해주는지도 모른다. 끝까지 달릴 수만 있다면 광기라도 좋다. 미쳐도 좋다.

"……무슨 말이라도 해주고 싶은데, 이상하게 아무 말도 못하겠어. 그만하라고 말할 수도 없고, 힘내라는 말도, 루다를 더 고통 속으로 밀어 넣는 것 같아서……."

그 말을 듣자, 쿵 하고 가슴이 내려앉는 듯했다. 엄마에게서 느꼈던 그 마음을 토시 하나 틀리지 않고 다해는 내게 쏟아 내고 있었다. 나의 행동이 상황을 반복시키고 있다. 이대로라면 엄마에게 미안해진 감정을 다해에게도 느끼게 된다. 그러고 싶지 않았다. 다해에게는 조금도 미안해질 일을 만들고 싶지 않다. 생각하고 싶지도 않다.

"웃어."

다해에게 하고 있었지만, 내게 하는 말이다.

뜬금없는 말에 다해는 살짝 당황했다. 커다란 눈을 껌벅거리며 날 올려다보았다.

"무슨 말을 할지 모를 땐, 그냥 웃으라고."

웃자. 그래 웃자. 웃을 수 있어서 웃는 게 아니라, 웃으니까 웃는 거다. 언제까지 이런 거지 같은 감정을 다해나, 다른 사람들에게 물들이면서 가져갈 수는 없다.

아직은 전부 다 이해할 수 없는 부분이 더 많지만 정 팀장은 분명 날 위해 힘써주는 사람이다. 그것만 기억하자. 깐죽거리는 욱 팀장도 많은 사람들이 따르는 걸 보면, 다른 누군가에게는 멋진 사람일지도 모른다는 생각이 들었다. 뜨거운 태양 아래, 나와 같이 하루하루 버텨가고 있는 수십 명의 스태프들. 모두가 하나같이 고마운 사람들이다. 웃지 않을 이유가 하나도 없었다.

"웃으라고? 이…… 이렇게?"

다해의 입술이 양 옆으로 올라갔다. 억지로 힘을 준 탓에 미세한 경련이 일어나고 있었다.

"그렇게 웃으니 바보 같네."

"뭐야?"

다해의 입술이 이번에는 삐쭉 튀어나왔다. 난 그 입술의 양 끝에 두 손가락을 올려놓았다.

"뭐, 뭐 하는 거야?"

"가만히 있어봐."

다해는 두 눈을 동그랗게 뜨면서도 내 손길을 피하진 않았다. 다해의 입꼬리를 살짝 위로 올렸다. 역시나 바보 같다.

"지금 내 얼굴 이상하게 만들고 있는 거지? 이루다. 지금 네 눈빛이 아주 신 난 거 알아? 장난기가 얼굴에 가득하다고."

복화술이라도 배웠나? 어떻게 입술을 움직이지도 않고 이렇게 또박또박 말할 수 있지? 다해의 입술을 조금 더 위로 올려보았다. 오호라. 이제야 조금 봐 줄 만하다. 그러나 여전히 무언가 부족하다.

"이루다, 내 얼굴 가지고 그렇게 고민하지 말라고!"

눈 때문인가? 손가락을 옮겨서 이번에는 눈초리에 가져가 댔다. 그리고 천천히 아래로 내린다. 아! 귀, 귀엽다.

"뭐, 뭐냐고? 이루다, 지금 그 표정 뭐냐고?"

불안해하는 다해의 말을 무시하고, 한참을 지그시 바라보며 눈에 담았다.

"끝났어? 다한 거야?"

다해는 여전히 복화술로 말하고 있다.

언제부터였을까? 사고가 있었던 19일. 그날부터였을까? 다해가 이렇게 밝게 웃는 모습을 본 적이 없는 듯하다. 다해는 어쩌면 웃는 법을 잊어버렸는지도 모른다. 해맑게 웃던 다해의 얼굴을 찾고 싶었다. 이렇게 해서라도, 찾아주고 싶었다.

"루다. 이런 얼굴 좋아하는구나. 앞으로 계속 이러고 있을까?"

다해가 장난을 친다.

"바보 같아."

왈칵 눈물이 쏟아질 듯해서, 퉁명스럽게 말하고 속마음을 감췄다.

"뭐야? 이루다! 계속 놀리면 나⋯⋯."

"나 뭐?"

"그러니까⋯⋯."

다해는 단어가 떠오르지 않는지 동그랗게 눈을 뜨고 눈동자만 굴렸다. 그 모습이 귀여워 한참을 지켜보다가, 내가 그 단어를 찾아주기로 했다.

"웃는다."

"응?"

"웃는다. 따라해 봐. 웃.는.다."

"웃.는.다."

"그래. 웃는다."

대답하는 다해가 고마웠다. 덕분에 엉망이었던 컨디션이 되살아났다. 이대로라면 날 괴롭히는 마음의 몸살도 멀찌감치 도망가버릴 듯한 분위기였다. 발걸음이 훨씬 가벼워졌다. 일시적인 플라시보 효과일 테지만, 기분과 달리 내 몸의 상태는 여전히 점점 더 나빠지고 있는 게 분명했다. 하지만 상관없다. 조금만 더 버티면 된다. 로봇다리 이루다. 이제 거의 다 왔다!

달리기 열여섯_Stage3

하루가 늘어갈수록 몸이 무겁다. 뭉친 근육은 풀리지 않고, 뼈마디가 끊어지는 듯했다. 로봇다리도 문제였지만, 내 체력도 매 순간을 겨우 버텨낼 뿐이었다.

아타카마사막의 열기는 변함없었다. 끝없이 미끄러지는 모래언덕, 날카로운 바위산, 질퍽한 웅덩이까지 다양한 모습으로 날 괴롭혔다. 몇 시간 전에 느꼈던 괴로움이 사라지지 않고 반복되는 듯했다. 뜨거운 불덩이 속을 계속해서 반복하며 걸었다. 반복되는 쳇바퀴 속을 맴돌고 있는 듯하다.

포기하고 싶다. 몇 번이나 그 달콤한 유혹을 뿌리쳤는지 모른다.

레이스 도중, 만나게 되는 다른 참가자들의 사정도 크게 다르지 않았다. 슬슬 포기를 선언하는 참가자도 하나 둘 나왔다.

그 와중에 루카스를 다시 만났다. 말할 기운도 없는지, 인사도 건네지 못하고, 30분째 나란히 달리기만 했다.

"루카스."

돌아보는 루카스의 표정이 좋지 않다. 이미 초점을 잃고 풀려 있었다. 제정신이 아닌 듯했다.

"루카스, 너 다리……."

그제야 다리를 절뚝거리고 있다는 걸 알았다. 계속 달린다면 분명 몸이 망가질 게 뻔했다. 그런데 정작 루카스는 자신이 어떤 상태인지를 인지하지 못했다. 힘없이 날 바라보던 루카스는 멍한 표정으로 쓰러질 듯 쓰러질 듯 달리고 있었다. 의식은 희미해져 가는데, 몸이 제멋대로 달리고 있는 듯 보였다.

"그래…… 계속 달려, 포기하지 마……."

주문처럼 그 말만 되뇌어주었다. 지금 해줄 수 있는 건 아무것도 없었다. 배낭이라도 대신 들어주는 순간 루카스는 실격이다. 스스로의 힘으로 헤쳐 나가야 하는 고난의 질주였다. 부디 루카스가 견뎌냈으면 했다. 참아냈으면 했다. 루카스의 아픈 다리가 조금씩이라도 더 버텨주길 기도했다.

루카스의 옆을 지키며 나란히 달렸다. 한 시간을 넘게 루카스를 응원하며 달렸다. 제발, 루카스의 머릿속에 포기란 단어가 떠오르지 않기를 빌고 또 빌었다. 그건 날 향한 울림이기도 했다. 나 역시 포기하지 말라는 주문이 필요했다.

그러는 사이, 작은 마을이 나왔다. 순박해 보이는 마을 사람들은 우리를 쳐다보며 고개를 갸웃거렸다. 왜 스스로에게 벌을 주며 달리는지 도저히 이해할 수 없다는 표정이다.

지도를 꺼내 확인했다. 캠프사이트까지 앞으로 5킬로미터 정도 남아 있다. 조금만 더 참고 달리면 된다.

그런데 이 마을에 들어서면서부터 루카스는 무너지고 말았다. 바닥에 주저앉더니 그대로 드러누워 버렸다. 멈춰 서서 루카스가 일어나길 기다렸다. 제발, 포기하지 않기를 바랐다. 일어나주기를 바랐다.

달리는 내내 고민했을 게다. 멈출 것인가? 더 달릴 것인가? 두 개의 자아가 치열하게 싸워 댔을 게다. 분명 끝까지 달려내고 싶었을 게다.

그러나 시간이 갈수록, 루카스의 얼굴은 점점 더 죽음을 앞둔 사람처럼 일그러져 갔다.

"루다."

10분 넘게 숨을 고르던 루카스는 겨우 목소리를 내어 날 불렀다. 여전히 눈은 반쯤 풀려 있었다. 그나마 내가 옆에 있다는 건 기억하는 듯했다.

"캠프사이트에 도착하면, 말 좀 전해줘…… 나 여기에 있다고."

"뭐? 그러지 마. 고작 5킬로미터도 안 남았어. 다 왔다고. 가자. 가서 쉬자."

나까지 눈물이 날 듯해서 이를 악물고 루카스를 채근했다.

"일어나자, 루카스. 일어나라고, 루카스!"

어떻게든 루카스를 일으켜 세우려 애썼다. 루카스의 상황을 빤히 알면서도, 난 다그치기만 했다.

"그만해…… 루다. 난 더 달릴 수 있는 상태가 아니야. 내 다리를 봐. 만신창이가 됐다고. 이미 오래전에 내 한계를 넘어섰어. 여기까지 온 게 기적이야. 불가능을 넘는 도전이었다고."

"하지만……. 하지만 이제 고작 5킬로미터라고……."

"사람마다 제각기 정해놓은 기준은 달라. 당연히 목표도 다르고. 남은 거리가 얼마가 됐건 내게는 중요하지 않아. 난 이미 충분해. 이걸로 된 거야. 그러니까 난 루저(Loser)가 아니야. 단지 지치고 다쳤을 뿐이야. 난 육상부원이야. 그래서 부상에 대해서 잘 이해하고 있어. 더 이상 부상을 안고서 무리한다면, 다른 곳이 부담을 이기지 못하고 무너질 거야. 내 몸 상태는 딱, 여기까지야. 할 수 있는 모든 걸 다한 거라고. 난 이번 레이스가 끝이라고 생각하지 않아. 다시 달릴 수 있을 때, 그때 또 도전하면 돼. 이번 레이스에서는 경험을 쌓는 것만으로도 충분히 만족해. 그래, 조금은 아쉽긴 하지만, 앞으로 내가 달릴 수많은 날들을 생각해본다면, 지금은 고작해야 첫 걸음마이니까. 그러니까, 너무 조급하게 생각하지 않으려고."

그렇게 말하면서 루카스는 힘겹게 웃었다. 눈은 울고 있으면서 입으로는 웃었다. 그렇게 웃음 뒤에 숨기면 누가 모를 줄 알고. 거짓말. 왜 아니겠는가? 왜 끝까지 달리고 싶지 않겠는가? 루카스를 힘껏 안아주고 싶다.

코끝이 매워왔다. 일부러 스마트글라스를 벗고 세차게 눈을 비볐다.

"루다…… 아마도, 독일에서 친구들이 지켜보고 있을 거야. 인사를 하고 싶은데, 도와줄 수 있어?"

루카스는 내가 들고 있던 스마트글라스를 손가락으로 가리켰다.

"친구들. 나야, 루카스. 안녕?"

루카스는 다소 경직된 얼굴로, 스마트글라스에 달린 카메라를 마주 보고 앉았다. 마을 아이들은 그런 루카스의 행동이 재미있는 듯, 삼삼오오 모여들더니 어느새 루카스의 주위에 매달렸다.

"안녕. 안녕."

아이들은 뜻도 모르면서, 루카스의 말을 앵무새처럼 따라 했다.

"여기 오기 전에 괜찮겠냐며 걱정 많이 해줬었는데, 미안."

"미안. 미안."

루카스는 선한 미소를 지으며 자신의 말을 따라 하는 아이들의 머리를 쓰다듬어주었다. 그 손길이 좋은지 아이들이 목소리 높여 까르르 웃었다.

"다리에 무리가 와서 이번 레이스는 여기에서 멈추게 됐어. 하지만 알지? 결코 이게 끝은 아니야. 이번 일은 실패가 아닌 성공을 향한 과정이 되도록 하겠어. 앞으로 더 많은 기회가 있잖아. 우리는 이제 고작 열아홉 살이니까. 필렌 당크(Vielen Dank)."

"당크. 당크."

루카스는 마지막까지 밝게 웃으며, 자신의 이야기를 끝마쳤다. 루카스의 말 한마디, 표정 하나까지 모두 다 존중해주고 싶었다. 그런 의미에서 조용히 박수를 쳤다. 아이들도 덩달아 박수를 쳤다. 루카스는 의젓했고, 어른스러웠다. 좋은 마무리라고 생각했다.

"잠깐만. 분명 에너지 바(Energy Bar)가 남았을 텐데……."

메고 있던 가방을 내려놓고 비상시 먹기 위해 챙겨두었던, 에너지 바를 찾기 시작했다. 혼자 남을 루카스와 아이들을 위해 나눠주고 싶었다. 아직 남은 레이스가 4일이나 되었지만, 지금은 나눠주고 싶다는 생각밖에 들지 않았다. 차곡차곡 쌓은 짐들 사이로 손을 넣어 뒤적거렸다. 분명, 여기 즈음에 있을 텐데. 온통 손끝에 닿는 감각에 집중했다. 그러는 동안, 한 아이의 목소리가 들렸다.

"Dumme(멍청이)."

뭐? 잠시 머리가 멍했다. 지금 뭐라고 한 거지? 내가 잘못 들은 게 아니지? 분명, 멍청이라고 한 듯한데? 머릿속에 떠오르는 물음에 확신이라도 주려는 듯, 이번에는 아이들이 합창이라도 하듯 외쳤다.

"Dumme! Dumme!"

분명했다. 하지만 분위기가 사뭇 이상했다. 아이들의 표정에는 안타까움이 가득했다. 놀리는 듯한 말과 달리 행동은 안타까워하고 있었다. 동그랗게 뜬 눈으로 나와 루카스를 번갈아

보며 걱정스러워하는 마음을 내비쳤다. 아이들은 내 손을 잡고 힘없이 고개를 숙인 채 앉아 있는 루카스에게로 끌어당겼다.

"Dumme! Dumme!"

나지막이 울리는 루카스의 목소리가 들렸다. 작지만 분명했다. 스스로를 향한 분함과 슬픔으로 뒤엉킨 목소리였다. 아이들은 자책하는 루카스의 말을 의미도 모른 채 따라 하고 있었다.

루카스의 어깨는 들썩거렸다. 천천히 루카스의 어깨 위에 손을 올려놓았다.

"잊지 않을 거야. 오늘. 이 순간. 절대로."

루카스는 펑펑 울기 시작했다. 아이들 사이에서 누구보다 더 아이같이 울어댔다. 버티고 버티다 한번 터진 울음은 좀처럼 멈추지 않았다. 가슴을 움켜쥐고 고통스럽게 울었다.

아이 중, 하나가 루카스의 머리를 두 팔로 감싸 안았다. 곧이어 다른 아이들도 모두 달려들어 루카스를 안아주었다. 그어떤 말보다 더 따뜻한 말로 루카스를 위로했다.

루카스는 한참을 더 울었다. 그 울음은 하늘 높이 퍼져나갔고, 파랗던 하늘도 어느새 붉게 물들어가고 있었다.

"루다, 넌 계속 달려야지. 너무 지체했어."

퉁퉁 부은 눈을, 겨우겨우 뜨면서 루카스는 서둘러 내 등을 떠밀었다.

쉽게 발이 떨어지지는 않았다. 그럼에도 불구하고 어서 달려야 한다는 생각이 머릿속을 스쳤다. 루카스 말대로 너무 많은 시간을 지체했다.

"응원한다, 이루다! 끝까지 달려!"

루카스는 멀어져 가는 내 등에 대고 힘껏 소리쳤다.

몇 번이고 몇 번이고 뒤돌아보며 달렸다. 점점 작아져 가는 루카스는 그 자리에 멈춰 서서, 날 위해 끝까지 손을 흔들어 주었다. 내딛는 한 걸음 한 걸음에 루카스도 함께 달리는 기분이 들었다.

루카스와 헤어지고 얼마나 달렸을까? 좀처럼 달리기에 집중할 수 없었다. 미안하지만 루카스는 잠시 잊어야 했다. 그런데 그게 또 미안했다. 여러 감정들이 뒤엉켜서 마음은 점점 복잡해졌다.

그러는 사이, 반대편 멀리에서 건장한 사람들의 모습이 눈에 들어왔다. 열을 맞춰 달려오고 있었다. 내 곁을 스쳐갈 때에는 눈을 마주치며 엄지손가락을 번쩍 치켜들었다. 모두의 어깨에는 독일 국기가 달려 있다. 루카스의 어깨에도 달려 있던 같은 국기. 같은 국적의 사람들. 그것만으로도 이 먼 거리를 되돌아오는 이유를 알 수 있었다. 자신들도 힘들고 지쳐 있을 텐데, 그럼에도 불구하고 혼자 남아 있는 루카스를 위해 되돌아가는구나.

난 지칠 대로 지쳐 있었지만, 그 순간만큼은 맑게 웃었다. 덕분에 나도 힘이 났다. 쓰러질 듯 비틀거리던 로봇다리도 정신을 차렸다. 어디에 숨어 있었는지 다시금 기운이 솟았다.

뒤돌아 달리며 독일 참가자들이 보이지 않을 때까지 손을 흔들어 주었다. 멋있다. 모두.

캠프사이트에 도착했을 때, 욱팀장 혼자서 신 나서 떠들고 있었다. 손에는 어김없이 위성전화기가 들려 있었다.

"네! 보셨어요? 그렇죠! 이게 바로 리얼이죠! 각본 없는 드라마죠! 하하하! 삽시간에 SNS로 펴져나갔어요! 계속해서 늘어가고 있습니다. 지금까지 진행했던 그 어떤 프로젝트보다 좋은 결과물을 보실 수 있다고 확신합니다. 하하하! 네, 이미 본사, 저희 팀에서 각국의 자막을 넣어서 재편집하고 있습니다. 하하하! 로고요? 그럼요. 당연하죠. 당연히 넣어야죠. 초상권이요? 문제없습니다. 이번에 참가한 모두에게서 이미 사인을 받아 두었거든요. 하하하! 네? 아이고, 제가 무슨 일을 했다고요. 여기서 수고하시는 모든 분들이 얼마나 많은데요. 하하하! 네? 보너스요? 하하하! 알겠습니다! 모두에게 그렇게 전하겠습니다. 다들, 좋아할 겁니다."

통화 내용만 들어도, 모든 상황이 파악되었다.

"다들, 송출된 그 화면을 봤어. 먼저 도착한 참가자들 중에 독일인들이 루카스의 마지막 메시지를 보고는 가만히 있을 수 없었는지, 그길로 루카스에게로 달려갔어."

다해가 지금까지 일어난 상황을 설명해주었다.

"응. 오다가 마주쳤어."

대답을 하면서도 내 눈은 여전히 욱 팀장을 향했다. 화가 치밀어 올랐다. 쓰고 있던 스마트글라스를 벗어서 주먹으로 꼭 말아 쥐었다. 내가 너 따위가 좋으라고 루카스와 그런 영상을 찍은 게 아니라고! 점점 감정이 격해지자, 스마트글라스를 쥐고 있는 주먹을 번쩍 들어올렸다. 그대로 바닥에 내팽개치고 싶었다.

"그런다고 뭐가 달라져요?"

곁에 있던 정 팀장이 조금의 흔들림도 없는 말투로, 말렸다.

"부수고 싶어요? 그래요. 마음대로 해요. 하지만 그거, 촬영팀에 가면 몇 개나 더 있어요."

들고 있는 주먹을 부르르 떨며, 이번에는 정 팀장을 노려보았다.

"여기로 오기 전에, 이미 말했잖아요. 감정보단 실익을 먼저 따지고 계산할 줄도 알아야 어른이라고. 기업은 이런 거예요."

"루카스가 포기했어요! 사막이 우습죠? 시간 되면 다들 들어오니까! 우리가 저 사막에서 무엇과 사투를 벌이는지 모르죠? 무슨 생각을 하면서 달리는지 감조차 못 잡죠?"

"그렇게 말하는 루다 군은? 우리가 여기서 맘 편하게 놀고 있는 줄로 착각하는 거 아닌가요? 단 한 사람도 긴장을 늦추고 있는 사람이 없어요. 우리도 최선을 다해 서포트하고 있다고요."

정 팀장은 밀리지 않았다. 나도 밀릴 수 없었다.

"그렇다면! 더욱더! 어떻게 저럴 수 있어요? 남의 슬픔은 보이지도 않아요?"

손가락으로 욱 팀장을 가리키며 소리쳤다.

"그래요. 욱 팀장님에게 전하죠. 앞으로는 통화내용이 들리지 않도록 조심하라고요. 그렇게 말한다고 해도, 욱 팀장이 그렇게 해줄지는 모르겠지만……."

"뭐라고요? 그게 본질이 아니잖아요!"

"루다 군. 모르겠어요? 욱 팀장. 일부러 저렇게 큰 소리로 통화하는 거잖아요. 잘난 척만 하는 거라면 나 역시, 한 대 때려주겠는데. 보여요? 주위에 안 듣는 척하면서 듣고 있는 스태프들."

정 팀장은 고갯짓으로 주위를 가리켰다. 욱 팀장 주위를 맴돌며 애써 모른 척하면서도 귀를 쫑긋 세우고 있는 스태프들이 보였다.

"저 사람들 들으라고 그러는 거예요. 일종의 격려고 응원이지요. 아까, 보너스라는 말을 넌지시 흘린 거, 들었죠? 그런 즐거운 소식이라도 들어야지 힘을 내죠. 다들 나름대로 서로 격려하며 지금까지 버티고 있는 사람들이에요. 루다 군에 비하면 새 발의 피겠지만, 모두에게 여기에서의 상황들은 견디기 힘든 시련이라고요."

"그게 무슨 개 같은 괴변……."

난 당황스러우면서도 화가 났다. 이해가 되면서도 참기 힘들었다.

"루다 군! 말을 조심해요. 그 개 같은 프로젝트 때문에 루다 군이 지금 이곳에서 달릴 수 있는 거예요. 루보팀이 로봇다리를 지금의 버전으로 완성할 수 있었던 것도, 그 개 같은 후원금 때문이라고요!"

정 팀장은 눈을 부릅뜨고 날 몰아붙였다. 봐주지 않았다. 자신이 하고 있는 일에 대해서만큼은 강한 프라이드를 가지고 있는 사람이다. 욱 팀장과 표현법이 달랐을 뿐, 정 팀장도 같은 부류의 사람이라는 걸 잠시 잊고 있었다.

조용히 듣고 있던, 스마트글라스를 다시 썼다. 부셔도 소용없다는 걸 깨달았다. 그리고 눈을 가리고 싶었다.

"어리광 부리지 않아 줘서 고마워요."

정 팀장은 가볍게 내 어깨를 두드리고 자리를 떠났다. 멀어지는 뒷모습을 바라보면서 공허한 기분이 들었다.

"아무리 그래도, 개 같은 거야……."

혼잣말을 내뱉고 입술에 힘을 주었다.

욱 팀장과 정 팀장이 보여준 게 어른의 세상이라면, 그 세상으로는 가고 싶지 않다. 더 이상 나이를 먹고 싶지 않다. 달려나가고 싶지 않다. 열아홉. 아이의 끝. 지금이라도 그 끝에서 멈춰 서고 싶다.

"와와!"

갑자기 캠프사이트 안이 소란스러워졌다. 주위로 시선을 돌리자, 저 멀리 천천히 발을 맞추며 조심스럽게 걸어오는 무리가 보였다. 그 뒤로 대지의 석양이 뜨겁게 불타오르고 있었다.

"루카스!"

부축을 받으며 루카스가 천천히 걸어오고 있었다. 여전히 다리는 절고 있었지만 얼굴에는 웃음이 가득했다. 캠프사이트에 있는 모두가 달려 나가 루카스를 맞이했다. 뜨겁게 환호성을 지르며 앞다투어 루카스의 머리를 두들겼다. 루카스는 쑥스러운 듯 웃었다. 그 웃음은 지금껏 보았던 그 어떤 웃음보다 밝고 맑았다.

독일 참가자, 열아홉 살의 루카스.
시간 안에 들어오지 못해서 탈락.
누군가로부터 도움을 받았기 때문에 실격.

그러나 루카스의 레이스를 두고 누구도 안타깝다고 말하지 않았다.
루카스는 루저가 아니다. 승리를 위해 달려온 진정한 위너다.

달리기 열일곱_Stage4

지난밤부터 말수도 적어지고, 웃음도 잃었다. 내색은 하지 않았지만, 회의를 느끼고 있었다.

오늘은 달리는 내내 무엇 때문에 달리고 있는지, 그 목적을 찾을 수 없었다. 이유가 희미해졌다. 끊임없이 '왜?'라는 물음이 맴돌았다. 답을 알고 있으면서도 그게 아니라고 고개를 젓는 듯해서 견딜 수 없다.

오히려 포기를 선언한 루카스에게 심적으로 많은 동요를 하고 있었다.

마음이 아프자, 몸도 아팠다. 조금 방심한 사이 훅하고 파고든 몸살이었다. 생각보다 심했다. 몸의 내면도 문제였지만, 외면도 온전치 않았다. 양 겨드랑이는 오랫동안 쓸려서 시커멓게 피가 맺혔다. 골반도 성하지 않다. 장시간의 강행군을 견디지 못한 근육들은 파열되고, 자세는 엉망으로 틀어졌다. 척추에도 무리가 왔다.

무엇보다 허벅지가 가장 큰 문제였다. 로봇다리의 무게와 움직임을 이겨내지 못하고 허덕였다. 멍울이 허벅지 끝에서 서혜부(Inguinal Region)까지 퍼져 있었다. 계속되는 레이스로 날이 갈수록 피로가 누적되었다. 점점 더 호락호락하지 않았다. 게다가 잠시 마음을 놓고 방심하는 사이, 기다렸다는 듯이 새로운 시련들이 찾아왔다. 이번에도 허벅지가 심각한 문제였다. 달리는 내내 묵직하고 뻐근했는데, 시간 내 캠프사이트에 도착하려고 무리한 게 화근이었다. 결국, 탈이 나고 말았다.

처음에는 심한 경련만 일어났었다. 그러다 심각한 수준으로 근육이 수축되고 말았다. 이러다가 뼈가 부러지지 않을까 두려울 정도였다.

미세한 근육의 움직임으로 작동하는 로봇다리이기에, 허벅지의 경련은 곧바로 오작동으로 이어졌다. 마치 다리가 풀린 사람처럼 제멋대로였다.

애써 차분하게 심호흡을 하며 진정하려고 했지만 쉽지 않았다.

마음에 평정을 잃자 곧바로 두려움이 밀려왔다. 강으로 밀어 넣고 도망치듯 달려왔는데, 그 두려움과 또다시 마주섰다. 이러다가 큰 사고가 생길 것만 같다.

불길한 예감은 틀린 적이 없었다. 최악은 다시 더 지독한 최악으로 치달았다. 환상통이었다. 한동안 잠잠해서 완치되었다고 생각했던 환상통이 깨어났다. 이번에는 로봇다리로부터 감당하기 힘든 통증이 밀려왔다. 날카로운 면도칼로 생살을 도려내는 고통이다. 등줄기로 식은땀이 흘렀다.

"아악!"

모든 게 거짓이라는 걸 알면서도 그 거짓이 현실을 잔인하게 괴롭혔다. 로봇다리에는 아무런 감각도 없다는 걸 알면서도, 어쩔 도리가 없었다.

주먹을 움켜쥐고 로봇다리를 힘껏 내려쳤다. 내려치고 또 내려쳤다. 그렇게 하지 않고는 참아내지 못할 듯했다. 로봇다리에서 지금까지와 다른 기계음이 들렸다. 마치 날카로운 비명을 쏟아내는 듯했다.

이대로라면 이성을 잃고 로봇다리를 완전히 부숴버릴 듯했다.

메고 있던 배낭에서 비상시에 사용하는 주머니칼을 찾아 꺼냈다. 그러는 사이, 통증은 이제 사지를 뒤틀었다. 아랫입술을 힘껏 깨물고 간신히 버텨냈다. 이어서 꺼낸 붕대로 칼날의 끝부분만을 남겨놓고 힘주어 감았다. 엄지손톱만큼 튀어나온 칼날이 시퍼렇게 웃는 듯했다.

"후훅! 후훅! 후훅!"

연거푸 세차게 심호흡을 했다. 주머니칼을 쥐고 있는 손이 파르르 떨렸다. 두렵다. 그럼에도 불구하고 해야 한다. 할 수 있다. 환상통에서 벗어나기 위해, 진짜 통증을 느끼기로 결심했다. 거짓을 이길 수 있는 건 진실이다. 머리 위로 들어 올린 주머니칼을 있는 힘껏 허벅지에 내리꽂았다.

"으아아악!"

알싸하면서도 비릿한 통증이 느껴졌다. 순식간에 사지를 비틀며 수축하던 근육들이 축 늘어지듯 퍼졌다.

쥐고 있던 주머니칼을 떨어뜨리고 손바닥으로 허벅지를 눌렀다. 손가락 사이로 끈적거리는 피가 흘러나왔다. 분명한 아픔이 느껴졌다. 그 아픔이 날 웃게 했다. 입가에 미소가 어렸다.

해냈다. 이겨냈다.

아슬아슬하게 캠프사이트에 도착할 수 있었다. 오늘따라 유난히 더 심한 듯, 여기저기서 앓는 소리가 들려오고 있었다. 레이스가 막바지로 치달으면서 캠프사이트의 모습은 점점 더 전쟁터의 야전병동을 떠올리게 했다. 참가자들의 몸 상태는 처참했다. 특히, 발은 당장에 수술이라도 해야 하지 않을까 싶을 정도였다. 물집은 아무것도 아니었다. 다섯 개의 발톱이 모두 빠져 있거나, 발이 퉁퉁 부어서 신발조차 제대로 신을 수도 없는 참가자도 있었다.

"루다! 어떻게 된 거야? 넘어지기라도 한 거야?"

막사를 찾아 들어서자마자 로봇다리를 살펴보는 다해의 표정이 어두웠다. 몇 차례나 주먹으로 내려친 탓이다.

"미안해……. 로봇다리, 더 조심히 다뤘어야 하는데…….."

난 애써 다해의 시선을 외면하려고 했다. 그럴수록 내 몸 구석구석 살피고 있는 다해의 시선이 선명하게 느껴졌다. 로봇다리를 내려치면서 멍들고 찢어진 손을 서둘러 뒤로 감췄다.

"손, 줘봐……."

다해는 봐주지 않았다. 한걸음 바짝 내게 다가오더니, 어서 내 손을 내어 달라고 보챘다. 망설여졌지만 도리가 없었다. 머뭇거리며 손을 내밀자 다해는 무척이나 조심스럽게 어루만져 주었다.

"왜 이랬어……."

"아프지는 않아……."

애써 변명을 하는데, 다해는 듣지도 않았다. 손을 살피던 시선이 이번에는 허벅지에 멈췄다. 검붉게 굳어 있는 피와 뒤엉킨 모래를 감출 수는 없었다. 다해의 두 눈이 동그랗게 커졌다. 이어서 고개를 들어 나와 시선을 맞췄다.

"환상통이 왔었어……."

솔직하게 털어놓는 수밖에 없었다. 어쩔 수 없었다. 내가 내린 최선이었다.

"응……."

다해는 담담한 어투로 대답했다. 목소리가 잠기긴 했지만, 그 역시도 금세 정상으로 되돌아왔다. 다행이다. 고마웠다. 조금이라도 속상해하는 내색을 비쳤다면 난 평상심을 잃었을 것이다.

"잠시만 기다려……."

그렇게 한마디를 남기고, 다해는 수많은 짐 속에서 약 상자를 찾아서 돌아왔다.

"괜찮아. 팀 닥터에게 가보면 돼."

괜스레 미안한 마음이 밀려와 소독약을 꺼내는 다해를 말렸다.

"알아. 하지만……."

다해의 목소리가 다시 한 번 깊게 잠겼다.

"루다……. 내가 로봇다리만 봐야 하는 거야?"

"……아니."

"그러면, 그냥 가만히 있어……."

소독 솜을 들고 있는 다해의 손이 상처에 닿았다. 날카로운 통증이 전해졌다. 주머니칼로 찔렸을 때와는 다른 통증이었다. 시원하면서도 깨끗한 느낌이었다. 하지만 통증은 통증이다. 자연스럽게 입이 벌어졌다. 소리를 내지는 않았다. 더 이상 다해에게 걱정을 끼치고 싶지 않았다.

"루다, 포기하자면 할 거야?"

그렇게 묻는 다해의 얼굴에는 짙은 그림자가 가득했다.

"……아니, 미안해."

"내가 부탁해도?"

"부탁해도."

"내가 아파해도?"

"……."

대답하지 못했다. 아니, 대답했을까? 작은 눈빛만으로도 다해는 내 생각을 읽은 듯했다.

"그래, 알았어."

다해는 더 이상 아무런 말도 하지 않았다. 굳게 입술을 다물고 꼼꼼하게 상처를 소독하는 데만 집중했다.

"아무래도 꿰매야 할 듯해서. 가서 팀 닥터 불러올게."

서둘러 막사를 나가는 다해의 뒷모습이 잔상처럼 눈앞에 어른거렸다.

'우리. 조금만 더 버티자.'

차마 못했던 말을 그제야 했다.

"괜찮지 않은 거, 아니죠?"

팀 닥터가 상처를 꿰매는 동안, 소식을 듣고 달려온 욱 팀장은 화들짝 놀라서 고개부터 들이밀었다. 괜찮지 않은 거, 아니죠? 말이라도 예쁘게 하지, 하여튼 변함없이 대단하다. 내가 아무런 대답도 하지 않자 이번에는 내 옆에 앉아서 로봇다리를 살펴보고 있는 다해에게 시선을 돌렸다. 다해도 나와 마찬가지로 침묵으로 응대하자, 욱 팀장은 머쓱한 표정을 지으며 한편으로 물러나 앉았다.

"역시, 쉽지 않네요. 이번 프로젝트."

욱 팀장은 혼잣말을 다 들리도록 했다. 다해는 절레절레 고개를 흔들고는 작게 한숨을 내쉬었다. 더 이상 상대하고 싶지 않은 듯 보였다.

"많이 망가졌어?"

다해에게 조심스럽게 물었다. 로봇다리의 상태는 생각보다 심각한 듯 보였다.

"아, 아니야."

자책하듯 힘없이 내뱉는 내 목소리를 읽었는지, 다해는 서둘러 대답하고 애써 웃었다. 그 웃음을 보고 있자니, 미안함이 더욱 커졌다.

"그래도, 내일 코스는 아무래도 신경 쓰여. 이대로라면 무리야. 분명."

롱데이(Long Day) 레이스. 80킬로미터 내외의 가장 긴 구간, 그 고비만 넘기면 사실상 모든 레이스는 완주한 거나 다름없다. 지금까지의 코스는 롱데이 코스를 위한 워밍업이라고 할 만큼 혹독하고, 가능한 많은 준비를 해야 하는 코스였다.

"까미에, 연결."

다해가 스마트패드에 대고 이름을 말하자, 자동으로 연결이 진행되었다. 잠시 후 부스스한 머리를 긁적거리는 까미에의 영상이 왼쪽 구석에 떴다.

"문제, 하암…… 있어?"

거두절미하고 본론부터 꺼내는 까미에는 하품을 참지 못했다. 며칠째 잠을 못 잔 모양이다. 까미에뿐만 아니라 루보팀 전원이 대기상태였다. 지금껏 나 혼자만 달려온 게 아님을 새삼 깨달았다.

"날 찾은 거보면, 배터리 문제일 듯한데……."

"그것도 있고……."

대답하는 다해의 표정이 어두웠다. 대대적인 보수작업이 필요한 듯했다.

"뭐라고요? 그것도 있고 라면, 다른 문제가 또 있어요?"

다해의 대답에 가만히 눈치를 살피고 있던 욱 팀장이 자리를 박차고 일어났다.

"누구?"

까미에가 슬쩍 욱 팀장을 흘겨보며 물었다.

"신경 쓰지 않아도 돼."

다해는 손을 내저으며 본론을 꺼냈다.

"지금까지는 잘 달린 듯하더니, 갑자기 고장이라도 난 거야?"

"아니, 그보다는……. 내일 코스가 좀 길어서."

"얼마나?"

"대략 80킬로미터 정도."

"어이구. 완전 기네."

"길지."

"한 번도 안 쉬고?"

"다섯 번째 체크포인트에서 자고 갈 수 있는 막사가 제공되는데, 루다의 경우에는 속도가 나지 않는 편이라 그냥 체크만 하고 지나쳐야 할 거야."

"그래서 충전할 시간이 없다?"

"전혀."

"보조 배터리를 가져가는 건?"

"지금 배낭의 무게만으로도 충분히 괴로워. 큰 효과를 기대하기도 힘들고. 선택과 집중이 필요한 시점이야."

"그렇단 말이지……."

까미에의 눈동자가 좌우로 빠르게 흔들렸다. 침묵이 흘렀지만, 그리 오래가지는 않았다.

"어쩔 수 없이 태양광을 써야겠네."

"아무래도, 그 방법이 최선이겠지?"

"그럼, 로봇다리의 외관을 바꾼 뒤에 다시 연락해. 원격으로 프로그램 세팅해줄게."

"응."

연락을 끊은 뒤, 다해는 로봇다리의 새로운 외관을 가져왔다. 표면은 매끈했다. 검은 유리처럼 보였다.

"새롭게 장착하는 외관은 태양으로부터 에너지를 모아주는 집열판 역할을 해줄 거야."

외관을 바꾸면서 다해는 설명했다.

"다만, 내구성이 약해서 충격에 약해. 조심하지 않으면 고장이 날 수도 있어. 멈출 수도 있다고."

지금까지 사용하지 않은 이유를 알 듯했다.

멈춘다는 건 이제 두렵지 않았다. 트라우마는 진즉에 벗어던졌다.

"이건 정말 최후의 보루인 거야. 교체를 하면 여기 있는 장비로는 원상 복구할 수도 없어."

난 정확히 이해했다는 의미로 천천히 고개를 끄덕였다.

"레이스 끝까지 어떻게 되든 그대로 달려야 해. 쉽게 망가지는 유리다리로 나머지 레이스를 달려야 한다고. 정말 제대로 알아들은 거야?"

다해의 표정은 안쓰러울 정도로 슬퍼 보였다.

"그래, 알아들었어."

"루다, 정말 조심해야 해. 알았지?"

"알았어."

"정말이야. 꼭."

다해는 거듭 확인하고 부탁했다. 날 못미더워하는 게 아니다. 걱정이다. 그걸 알기에, 몇 번이든 괜찮다고 말해주었다. 걱정이 되지 않을 때까지, 백 번이든 천 번이든 대답해주고 싶었다.

"왜요? 뭐가 문제예요?"

사태가 좀처럼 파악되지 않자, 욱 팀장이 다시 한 번 불쑥 끼어들었다. 그러나 이번만큼은 정 팀장의 손에 제지당했다. 욱 팀장은 못마땅한 듯 입이 튀어나왔지만 얌전하게 굴었다.

"준비됐어?"

다시 까미에와 연결되었다. 다해는 무거운 얼굴로 새로운 외관으로 바꾼 로봇다리에 스마트패드를 연결했다. 로봇다리는 로봇근육에 남아 있던 잔여 공기를 모두 배출하고 축 늘어졌다. 다리를 들어 올리려 해보았지만, 꿈쩍도 하지 않았다. 무거웠다.

"암호는?"

까미에가 물었다.

"RUDAXIX."

대답이 끝나기 무섭게, 로봇다리에 달려 있는 램프에 불이 들어왔다. 연결 상태를 알려주는 램프였다. 까미에가 원격으로 접속되었다. 이어서 전율이 흐르는 느낌을 받았다. 의도하지 않는 자잘한 움직임이 로봇다리로부터 있었다. 까미에가 테스트하는 중이었다.

"걸을 때마다 만들어내는 동력은 그대로 살려둘 거지?"

"응."

대답하는 다해의 목소리에 힘이 없었다. 걱정스러워하는 마음이 고스란히 전해왔다.

로봇다리의 새로운 세팅은 그리 오래 걸리지 않았다.

"다 됐어. 하암……."

까미에는 탈탈 손을 털며 또다시 하품을 했다.

허벅지를 움직여 보았다. 신호를 받은 로봇근육이 크게 부풀어 올랐다. 곧이어 세찬 증기를 내뿜으며, 내 의지대로 움직이기 시작했다. 길고 긴 잠에서 깨어난 듯했다. 그래, 반갑다. 로봇다리.

"루다. 지금은 나도 루다와 같은 꿈을 꿀게. 끝까지 달려서 네 꿈을 이뤄내. 간절한 너의 꿈, 나도 같이 이뤄내고 싶어. 최선을 다할게."

"고마워."

가슴으로 울린 목소리가 서로의 가슴으로 전해졌다.

달리기 열여덟_Stage5

이른 새벽. 하늘은 아직 어두웠다. 이틀 동안 이어지는 롱데이(Long Day)로 유난히 일찍 시작되는 날이었다.

다해는 의자에 앉은 채 잠들어 있었다. 침대에 누워서 편히 잠든 모습보다, 이제는 더 익숙한 모습. 제대로 잔 적이 있기나 할까? 가슴 한편이 짠하다. 깨우지 않기 위해, 조심스레 막사를 빠져나왔다.

벌써부터 자신만의 레이스를 준비하는 참가자들로 분주했다. 눈이 마주친 모두가 내게 미소를 지으며 손을 흔든다. 이제는 가족같이 느껴지는 사람들. 모두가 진심으로 날 응원해주고 있다.

출발선을 지나가는데 커다란 모니터 속 화면에 다해가 반복해서 나오고 있었다. 두근거릴 정도로 예쁜 모습이다.

로봇다리와 스마트패드를 번갈아 들여다보며 깊은 생각에 빠진 모습. 화상회의를 통해 루보팀과 열띤 토론을 하는 모습. 분주히 뛰어다니는 모습. 조용히 눈을 감고 손을 모아 기도하는 모습. 그리고 그날의 코스를 마치고 돌아오는 내게 달려오는 모습. 모두가 이곳에서 촬영된 영상들이었다. 그 짧은 영상들이 귀에 감기는 배경음악과 함께 세련되게 편집되어 있다. 영상은 'She Is True Pacemaker, We Are True Pacemaker.'라는 자막으로 끝나고 있었다.

"브랜드 이미지 광고예요."

정 팀장이었다. 어느새 다가와 있었다. 난 꼭 뭔가 하다 들킨 사람처럼 얼굴을 붉히며 인사를 했다. 새벽의 사막이 추운 탓에 정 팀장은 자신의 팔뚝을 감싼 자세로 살짝 손만 흔들며 인사를 받았다.

"사막이 이렇게 추운 줄, 사람들은 알까요?"

글쎄, 생각해본 적 없다.

잠시 화제를 벗어났던 정 팀장은 다시 화면으로 시선을 고정한 채, 본론으로 돌아와 말을 이었다.

"페이스메이커에서 이번 프로젝트에 관심을 보인 건 루다 군의 로봇다리 때문이었어요. '달리고 싶은 사람들을 달리게 한다'는 기업 이미지에 딱 맞아떨어지거든요. 그러다 곧 페이스메이커에서는 레이스를 달리는 루다 군보다 뒤에서 묵묵히 도움을 주는 다해 양의 이미지를 원했어요. 다해 양이 바로 자신들의 모습이니까. 어떻게 보면, 도전, 성취, 이런 건 페이스메이커가 원하는 이미지가 아니기도 해요. 오히려 원하는 이미지는 바로 저 영상 속의 다해 양과 같은 모습이죠. 다해 양은 자신이 촬영되고 있는지도 모르고 매번 저렇게 열심이에요. 루다 군이 돌아올 때까지, 아니 돌아오고 나서도 계속해서 저렇게 루다 군과 로봇다리에 매달리고 있죠. 다해 양의 이미지를 페이스메이커는 자신들의 기업 이미지로 가져갔어요. 편집은 있지만 연출은 없는 저 광고. 지금 전 세계 사람들의 마음을 흔들고 있어요. 한 개인이 기업의 이미지를 대표한다는 건, 그만큼 다해 양이 대단한 인물이란 말이에요. 하긴, 그러니까 저 나이에 그렇게 많은 명성과 결과물을 냈겠죠. 그러고 보면 난 저 나이 때 뭐 했나 몰라. 아니, 저렇게 열정적으로 빠져들 무언가를 찾기나 했을까? 찾았다고 한들, 가슴 어디 한구석에 깊숙이 밀어놓았을 테지만……. 대학교 때 배운 거, 사회에서 하나도 써먹지 않는데, 뭐 하러 그 비싼 등록금을 갖다 바치면서 악착같이 다녔나 모르겠어요. 아무튼, 저 광고 하나만으로 페이스메이커의 이미지가 상당히 좋아진 건 틀림없어요. 게다가 지금, 여기에서 벌어지고 있는 모든 일들을 전 세계 사람들이 공유하고 있으니까, 홍보효과도 엄청나죠. 전 세계적으로 관심이 높아진 만큼, 다해 양도 앞으로는 보다 쉽게 후원을 받을 수 있을 거예요. 특히, 외국에서는 기부문화가 발달되어 있으니까요. 광고주도 같은 생각이에요. 앞으로도 큰 이변이 없는 한 계속해서 루다 군과 다해 양을 후원하려고 할 거예요. 아무튼 좋은 결과로 이어졌어요."

정 팀장은 계속해서 많은 이야기를 했지만, 내 머릿속은 이미 '루다 군이 돌아올 때까지'에서 멈춰 있었다. 알고는 있었지만, 직접 눈으로 확인하고 나니 마음이 따뜻해진다. 다해와 함께 사막을 달리고 있었다. 늘 나와 함께였다.

"다해 양은?"

말을 잠시 멈춘 정 팀장이 주위를 둘러보며 물었다.

"자요."

그 말 한마디에 모든 상황을 알겠다는 듯, 정 팀장은 고개를 끄덕였다.

"그럼, 오늘도 행운을 빌어요."

"네."

대답을 하면서도 내 시선은 다해가 잠들어 있는 막사에 머물렀다.

'온다해. 그럼, 다녀올게.'

짧지만 진심을 담아 인사를 남겼다. 다해는 분명 꿈에서라도 내 목소리를 들었을 게다.

이른 새벽부터 출발한 탓에 뜨거운 태양은 한창 달리는 도중에 서서히 떠올랐다. 어디서도 볼 수 없는 장관이었지만, 감동도 잠시, 감내해야 하는 고통일 뿐이다. 강렬한 눈부심과 참기 힘든 열기가 걷잡을 수 없이 거친 사막의 바람을 타고 깊숙이 파고든다. 태양은 이미 내 모든 걸 태워버릴 기세다. 머리 위에서 엄청난 온도의 불덩이가 타고 있다. 이대로 내가 바싹 말라버리는 게 아닌가 싶다. 달리는 도중 몇 차례 보았던 말라 비틀어진 동물의 뼈도 떠오른다. 죽음이 뼈와 함께 머물고 있다가 날 쫓아오는 듯싶어서 소름이 돋았다.

한참을 더 달려서 소금호수를 만났을 때는 이미 체력이 현저히 바닥난 후였다. 하루가 지긋지긋하게 너무 길다.

넓게 펼쳐진 소금호수를 한참을 가로질러 달렸다. 점점 로봇다리가 묵직해진다. 증발하며 말라붙은 새하얀 소금이 어느새 로봇다리에 달라붙어 굳어 있었다. 마치 새하얀 래커(lacquer)를 뿌려놓은 듯하다. 모래보다 입자가 작은 탓에 로봇다리의 미세한 틈새마다에 들어갔다. 문제가 점점 심각해졌다. 마실 물도 부족한 상황에서 씻어낼 수도 없다. 뻑뻑해진 로봇다리가 조금만 더 버텨주길 바라며 계속해서 달릴 뿐, 조금이라도 빠르게 달리는 수밖에 특별히 할 수 있는 게 없었다.

"악!"

그러다 갑자기 다리가 엉키는 바람에 뜨겁게 달궈진 소금모래 위에 얼굴을 처박으며 꼬꾸라졌다.

로봇다리의 오작동이었다. 전에도 이런 경험은 있었다. 허벅지에서 보내는 근육의 신호를 제대로 읽어내지 못할 경우 발생한다. 뇌의 신호를 받은 몸은 앞으로 나아가는데, 근육의 신호를 잘못 받은 로봇다리가 다른 방향으로 움직이면서 생긴 문제였다. 이렇게 되면 순식간에 무게중심이 무너진다.

얼굴에 잔뜩 묻은 소금모래를 털어냈다. 밀려오는 짜증을 애써 삭히며, 거칠어진 호흡을 가다듬었다. 상태를 살피기 위해 그늘을 찾았지만, 시야가 닿는 그 어디에도 나무 한 그루 없었다. 참고 있던 갈증이 무너지듯 밀려왔다. 절망스러웠다.

그 자리에 서서 로봇다리에 붙은 소금과 뒤엉킨 모래를 정성 들여 털어냈다. 어느 정도 정리가 되었다고 판단이 되자 주섬주섬 배낭도 다시 메고, 모자도 바로 썼다. 내 얼굴을 비추는 카메라가 떨어져 나가 있었다. 아무리 주위를 살펴봐도 찾을 수가 없었다.

결국, 찾는 건 포기하고 이동하기로 했다. 중요한 건 카메라가 아니었다.

시간이 많이 흘렀다. 숨이 턱턱 막히는 사막의 80킬로미터는 결코 짧은 거리가 아니었다. 달리는 내내 죽음의 경계를 넘나드는 기분이 들었다. 점점 시야가 흐려졌다. 현기증도 난다. 탈수현상이다. 머릿속에서 주문처럼 내디뎌야 한다고 반복했다. 한 걸음, 딱 한 걸음만 더. 그 걸음이 끝나면, 또 한 걸음, 딱 한 걸음만 더 내딛자.

그러나, 그 한 걸음이 미치도록 힘들었다.

어느새 시간과 공간이 뒤섞인다. 한 걸음 내딛고, 또 한 걸음 내딛기를 점점 의식 없이 반복할 뿐, 어디를 향해 걷고 있는지 모르겠다. 의식을 놓치지 않으려 애썼지만, 역부족이다. 점점 몸도 마음도 무너졌다.

기도하고 또 기도했다. 나약해지지 않도록 그 기도 속에서조차도, '포기'라는 단어는 떠올리지 않았다. 부디 마지막까지 체력이 버틸 수 있도록, 로봇다리가 버텨줄 수 있도록 빌고 또 빌었다.

롱데이 레이스의 밤이 찾아왔다. 몇 시간째 아무것도 보이지 않는 칠흑같은 어둠 속을 혼자 달렸다. 규칙적으로 들려오던 로봇다리의 호흡소리도 일정하지 않다. 겹겹이 누적된 피로가 온몸을 짓눌렀다. 몸과 로봇다리, 둘 다 좀처럼 말을 듣지 않는다. 이미 지칠 대로 지치고, 망가질 대로 망가졌다. 마지막까지 달리지 못할지도 모른다는 생각이 처음으로 들었다.

서늘한 기운이 휘감아 돌았다. 밤이 되면서 찾아오는 사막의 추위만은 아니었다. 문득, 길을 잃었다는 느낌을 받았다. 먹먹했다. 앞으로 나아가는지, 제자리를 맴도는지 모를 지경이었다.

서둘러 나침반을 꺼내, 지도 위에 올려놓고 방향을 맞췄다.

"아……."

불행한 예감은 틀리지 않았다. 벌써 수 킬로미터를 이탈해 있었다.

달리기를 멈추자 사막은 죽은 듯 고요했다. 어디서부터 얼마만큼 잘못 달려 왔던 걸까? 알 수 없는 그 길을 되돌아가야 한다는 현실이 무서울 정도로 끔찍했다. 처음으로 자포자기하는 마음이 들었다.

터덜터덜 왔던 길을 되돌아 달리기 시작했다. 아니, 달린다기보다는 걷는 것에 가까웠다. 다 때려치우고 자고 싶다. 잠들고만 싶다. 피곤하다. 너무 피곤하다. 벌써 19시간 넘게 쉼 없이 달리는 중이다. 밀려오는 피로감에 쏟아지는 졸음은 당연했다. 달리면서 자다 깨다를 반복했다. 점점 눈을 감고 달리는 시간이 길어졌다. 필름이 끊어지는 듯, 기억의 일부가 뚝뚝 떨어져 나갔다.

이대로 사막 한복판에서 잠이 든다는 건 위험하다. 자칫 저체온증으로 영원히 깨어나지 못할 수도 있다. 세차게 뺨을 때렸다. 아무리 세게 내려쳐도, 눈꺼풀이 무거워지고 자꾸만 졸음이 쏟아졌다. 잔잔하게 흐르는 바람소리가 자장가처럼 귓가를 스쳐갔다. 걷잡을 수 없는 피로가 졸음이 되어 밀려왔다.

결국, 멈춰 서고 말았다.

수많은 별빛 아래 죽음의 그림자가 드리워지고 있었지만 불행히도 깨닫지 못했다. 죽음은, 부드럽게 날 감싸 안고, 속삭이듯 자장가를 불렀다.

돌고래가 헤엄치며 내 주위를 맴돌았다. 자세히 보니 다해가 만든 로봇돌고래였다.

로봇돌고래는 코끝으로 계속해서 로봇다리를 툭툭 건드리고 있었다. 팔을 뻗어 지느러미를 움켜잡아 보았다. 그러자 기다리기라도 했다는 듯, 세차게 꼬리를 흔들며 곧장 수면 위로 헤엄쳐 올라간다.

그 움직임이 고스란히 내 손에 전해진다. 접혀 있던 팔꿈치가 펼쳐지고, 연이어 한쪽 어깨가 앞으로 나간다. 가슴이 활짝 펼쳐지고, 곧장 무게중심이 위로 향한다. 로봇돌고래는 봐주지 않았다. 힘이 대단했다. 물살과의 마찰로 얼굴이 뜯기는 듯 아팠다. 그 웅장한 힘을 이기지 못해 쥐고 있던 손을 놓칠 뻔했다. 이를 악물고 끝까지 놓지 않고 버텼다.

곧 로봇돌고래와 함께 수면 밖으로 솟구쳐 올랐다. 순간 옭아매던 무거운 사슬이 끊어진 기분이 들었다. 가벼웠다. 자유로웠다. 사방으로 퍼져나간 물방울은 반짝반짝 보석처럼 빛나며 흩어졌다.

수면 밖으로 나오자, 물 위에 작은 아이가 서 있었다. 부드럽게 떨어지는 긴 머리에 예쁜 리본을 달고 하늘색 치마를 입고 있다. 손에는 로봇을 들고 있었다. 첫 기억. 다해였다. 어디선가 들리는 다정다감한 목소리와 대화를 나누고 있었다.

다해는 로봇이 좋아?

응. 로봇 좋아!

왜 그렇게 로봇이 좋아?

로봇은 강하니까. 그래서 지지 않아. 언제나 이겨.

어린 다해의 대답을 듣고, 웃음이 났다. 야무진 대답이다. 이어서, 목소리는 또 물었다. 이번에는 훌쩍 커버린 열아홉 살의 다해가 대답했다.

다해는 루다가 좋아?

응. 루다 좋아!

왜 그렇게 루다가 좋아?

루다는 강하니까. 그래서 지지 않아. 언제나 이겨.

다해에게 묻던 목소리가 이번에는 익숙한 목소리로 바뀌었다. 기억하고 있다. 언제나 들리던 그 목소리였다.

달려 루다. 멈추지 말고, 끝까지 달려.

소리의 주인을 찾기 위해 주위를 둘러보았다. 다해가 서 있는, 훨씬 뒤쪽이었다.

달려 루다. 멈추지 말고, 끝까지 달려.

그 너머에서 계속해서 목소리가 들려왔다. 다해는 내 시선이 향한 곳을 따라 고개를 돌렸다. 강렬한 빛으로 가득 차 있다. 너무 밝은 탓에 오히려 아무것도 보이지 않는다. 눈이 시렸다.

기억 속이다. 첫 기억, 다해보다 훨씬 이전의 기억이라는 걸 본능적으로 느낄 수 있었다.

눈을 뜨자. 고개를 숙이고 외면하지 말자. 이번만큼은 피하고 싶지 않았다. 지워진 기억과 마주하고 싶었다.

밝은 빛 속에서 무언가가 움직인다는 걸 느낀 그때였다. 사람이다. 심장이 두근거렸다. 더욱 자세히 보기 위해 집중했다. 그럴수록 시린 눈에서는 걷잡을 수 없이 눈물이 쏟아졌다. 견딜 수 없는 고통이 밀려왔지만, 더욱 이를 악 물었다. 보고 말 테다. 기억해내고 말 테다.

뒤엉켜 하나처럼 보이던 새하얀 그림자는 어느새 둘이 되었다. 서서히 얼굴이 보이기 시작했다. 둘 중 하나는 내 얼굴을 닮아 있었다. 아니, 훨씬 더 어른이 된 후의 얼굴이다. 마흔 정도 되었을까?

"아빠?"

현관의 사진 속, 아빠의 모습이었다.

땀에 젖은 머리카락은 심하게 흐트러져 있고, 두 눈에선 불꽃이 일어났다. 온몸을 부들부들 떨고 있었다. 그 맞은편에 또 다른 그림자가 있다. 아빠의 배 속으로 무언가를 계속해서 밀어 넣고 있었다. 자연스럽게 시선이 아래로 흘렀다. 아빠는 손으로 그걸 움켜쥐고 힘겹게 버텨내고 있었다.

심장이 굳어지는 듯했다. 주위의 모든 소음이 사라졌다. 새하얀 화선지에 먹물을 떨어뜨리듯, 붉은 핏물이 물들며 번졌다. 턱하고 목이 막혔다. 숨을 쉴 수가 없었다. 봉인된 기억인지. 꿈인지. 그 꿈에서 깨어나기 위해 내가 만들어낸 환영인지 도무지 알 수가 없었다. 혼란스러웠다.

겁이 났다. 무서웠다. 두 다리가 굳어서 조금도 움직이지 않았다. 내려다보니 두 다리가 모두 쇳덩어리로 변해 있다. 아무리 움직여 보려 해도 꿈쩍도 하지 않았다.

달려 루다. 멈추지 말고, 끝까지 달려

아빠의 그 목소리는 날카로운 살을 도려내듯 쓰라렸다.

아빠를 부르려고 했지만, 목구멍을 거대한 돌덩이가 콱 눌러 막은 듯, 아무리 소리를 내려고 애를 써봐도 목소리는 나오지 않았다. 기껏해야 목구멍의 빈틈으로 바람소리가 쉿소리처럼 새어 나왔다. 그 소리에 집중했다. 그 소리가 더 세지도록, 더 강해지도록 있는 힘껏 불었다. 긴 호흡이 가늘게 끊어질 때까지 밀어붙이자, 결국 그 소리가 목구멍을 막고 있던 돌덩이를 부숴버렸다.

"으아아악!"

목소리가 사정없이 튀어 나왔다. 짐승의 울부짖음이었다. 먹구름 가득한 하늘에 울리는 천둥 같았다.

가슴을 움켜쥐고 허공을 뒹굴었다. 사지를 갈가리 찢어내도 모자랄 죄의식. 날 향한 몸부림이었다.

알고 있었다. 아빠의 죽음을 보았다. 일곱 살의 나였다. 첫 기억 이전의 기억이다.

집에 강도가 들었다. 비교적 침입이 편했던 내 방을 통해 들어왔다. 조심성 없던 강도는 바닥에 널브러져 있던 장난감을 밟고 우당탕 넘어졌고 무척이나 큰 소리가 났다. 난 그 소리에 잠에서 깼다. 그리고 멀뚱멀뚱 낯선 침입자를 쳐다보았다. 창밖으로 들어오는 달빛을 등지고 있었다. 손에는 전갈의 독침처럼 번쩍거리는 칼이 들려 있었다. 우리 둘은 한참을 그렇게 서로를 쳐다보고 있었다. 나와 눈이 마주친 강도는 잠시 머뭇거리는 듯하더니, 한 걸음 뒤로 물러섰다. 이대로 가버리나 싶었다. 하지만 곧 마음을 바꾸는가 싶더니 곧 악마처럼 살기 가득한 눈을 하고서는 천천히 내게로 다가왔다.

그때였다.

"이루다! 무슨 소리야? 괜찮아?"

내 방문이 활짝 열렸다. 난 그곳으로 고개를 돌렸다. 강도도 똑같이 고개를 돌렸다. 그곳엔 아빠가 서 있었다. 마른침을 삼키는 아빠의 목젖이 꿈틀거리는 게 보였다. 짧은 시간이었지만, 너무도 긴 시간이었다.

갑자기 강도는 내게로 달려들었다. 동시에 아빠도 강도에게로 달려들었다.

아빠의 등에 가려 강도의 모습이 보이지 않았다.

"아빠……."

그제야 겨우 울먹거리며 목소리가 나왔다.

"달려 루다!"

아빠의 고함 소리가 들렸다. 아니, 기합소리였다. 동시에 아빠는 강도를 벽까지 밀어 붙였다.

"헉!"

기세에 눌린 강도는 속수무책으로 뒤로 밀리더니 벽에 세차게 부닥치며 외마디 비명을 질렀다.

"이 자식이, 어디서!"

아빠는 매서운 눈으로 강도를 노려보며, 어금니까지 드러내며 웃었다. 팔꿈치로는 강도의 목을 있는 힘껏 짓눌렀다. 전갈의 날카로운 독침은 이미 아빠의 배를 뚫을 듯이 밀어댔다. 붉은 피가 바닥에 뚝뚝 떨어졌다. 그 모습에 머릿속이 멍해졌다.

"어서! 달려 루다!"

쇠를 가는 듯한 아빠의 외침이 다시 들렸다.

순간 난, 미친 듯이 달리기 시작했다. 모든 게 꿈처럼 느껴졌다. 기억이 모두 하얗게 타 들어갔다. 다리에 힘이 풀렸다. 멀리서 들려오는 사이렌 소리에 뒤엉켜 넘어지고 말았다. 조금씩 가까워지는 그 소리가 희한하게도 점점 더 작아졌다. 제복입은 사람들이 우당탕 구둣발소리를 내며 내 곁을 빠르게 스쳐간다. 전화기를 들고 서 있는 엄마의 모습도 보인다. 엉망이 된 얼굴로 발을 동동 구르며 울고 있다. 모든 게 너무 혼란스럽다. 감당하기 힘든 충격이다. 조그만 내 어린 몸이 산산이 부서진다. 깊은 바다 속으로 빠져 들어간다. 그리고 아무것도 기억나지 않는다.

정신을 차렸을 때, 난 트럭을 타고 낯선 동네에 와 있었다. 자고 일어나면 전혀 기억하지 못하는 이상한 꿈처럼. 모든 기억을 머릿속에서 지웠다. 그리고 다해를 만났다. 그게 나의 첫 기억이라고 믿었다.

그래, 지웠다. 지워진 게 아니라 지운 거다. 그게 지금 날 미치도록 죄스럽게 만든다. 내가 아빠를 내 삶에서 지워버렸다.

열아홉 살의 그날, 다해가 차라리 죽는 게 더 편할 것 같다고 했던 그 죄책감이 내게도 걷잡을 수 없이 밀려왔다.

이대로, 그만할까? 생각이 끝나기 무섭게 죽음은 등 뒤에서 잔혹한 미소를 지으며 서 있었다.

— 그렇지 않아!

아빠의 목소리다. 아빠와 눈이 마주쳤다. 강도의 목을 짓누르며, 피 묻은 어금니를 악물고 웃는 듯 보였던 아빠의 모습. 마지막 순간까지 온 힘을 다해 버텨내며, 당신이 죽는다는 것보다, 그 순간 날 살릴 수 있다는 생각에 희망을 가지고 웃었던 아빠.

— 내 생애, 스스로가 가장 자랑스러웠던 순간이다! 내가 가장 지키고 싶은 걸 지킬 수 있었어.

아빠는 그렇게 말하고 있었다.

그래. 아빠는 그랬어. 산처럼 버티고 서서 든든하게 막아주는 사람이었어.

엄마의 목소리가 들렸다. 경찰서에서 돌아오는 차 안에서 엄마는 화를 내듯 내게 소리쳤었다. 그때는 아빠가 비겁하다고 생각했다. 그래서 난 아빠처럼 하지 않겠다고 다짐했는데, 아빠의 발끝이나 따라갈 수 있을까? 아빠는 정말 그 어떤 산보다 커다란 산이었다.

"어떻게 그럴 수 있……, 아!"

묻던 입이 놀라서 다물었다. 기억난다. 다해가 내게 했던 말이다.

어떻게 그럴 수 있어? 사람이 어떻게 그럴 수 있냐고!

그래서 미안하다고! 나라서! 널 그렇게 만든 게 나라서!

그냥 원망스럽다고 말해. 차라리 사실을 말해!

그런 거였어? 아빠, 그런 거야?

열아홉 살의 그날, 내가 그랬던 것처럼, 다해에게도, 철로에 떨어져 있던 그 아이에게도, 아무에게도 원망하지 않았던 나처럼. 아빠도 날 원망하지 않는다는 걸 깨달았다.

두 다리를 잃어버린 사고가 없었다면, 난 아빠의 미소를 이해할 수 있었을까? 다시 돌아온 기억 속의 죄의식을 떨쳐낼 수 있을까? 지금까지 내게 일어난 모든 일들과 만남들은 운명이었는지도 모른다.

이대로 멈출 거야? 나아가야지. 더 달려가야지. 아무도 널 원망하지 않아. 최선을 다해 널 응원할게. 다른 누구를 위해서가 아닌. 너를 위해. 달리라고! 끝까지 달리라고! 이루다!

짙고 차가운 숨결이 내 입을 억지로 열고 미끄러지듯 목구멍 속으로 거칠게 들어왔다. 거대한 호흡은 괴물이 울부짖는 소리를 냈다. 하염없이 눈물이 쏟아졌다. 지금까지와 다른 눈물이다. 실컷 울고 나면 가슴 한편이 후련해지는 듯, 그동안 흉물스럽게 굳어진 기억의 외벽을 무너뜨렸다.

꺼져 가는 호흡이 되살아났다. 희미해져 가는 의식이 돌아왔다. 번쩍 눈을 떴다. 정신을 차리고 주위를 둘러보았다. 아무런 불빛조차 하나 없는 사막 한가운데에서 온몸이 얼어붙어 가고 있었다. 차가운 쇠사슬에 꽁꽁 묶여진 기분이 들었다.

날카로운 사막의 바람이 콧속에 생채기를 내며 휘감아 돌더니 곧장 심장에 파고들었다. 견딜 수 없을 만큼 아팠다. 그러나 고통을 참아내는 순간, 미소가 흘렀다. 질 것 같으냐! 아빠와 똑같은 웃음이었다.

어금니를 악물었다. 얼어붙어 있던 심장이 뜨겁게 달아오르기 시작했다. 마지막 남은 모든 힘을 다해 허리를 곧추세웠다. 온몸의 근육을 깨우며 힘을 주었다. 칭칭 감고 있던 얼음의 쇠사슬이 산산이 부서지며 끊겨졌다.

있는 힘껏 허벅지를 들어 올렸다. 근육의 움직임을 읽었는지, 거친 호흡을 토해내며 로봇다리가 일어났다.

내가 이곳까지 올 수 있었던 건, 오롯이 내 힘만이 아니었다. 수많은 응원과 도움과 희생이 있었다. 그래서 멈출 수 없다. 그들이 날 여기까지 끌어주었다면, 이제부터는 내가 그들을 위해 달려야 한다.

달릴 수 있다. 그럴 수 있다면 끝까지 달린다. 나의 레이스를 이렇게 끝낼 수는 없다. 결코 끝나지 않았다.

그날 새벽. 캠프사이트에 도착하자마자 의식을 잃었다. 이번에도 기록은 아슬아슬했다.

어떻게 도착했는지 기억조차 나지 않았다. 잠깐씩 돌아오는 의식 속에 편린처럼 장면들이 눈앞을 스쳤다.

간이침대에 누웠다. 울먹거리는 다해의 모습이 보였다. 팀 닥터가 들어오고, 링거를 맞았다. 안정을 위해 모두가 밖으로 나가고 혼자가 되었다. 다해가 곁에 있겠다고 했지만, 팀 닥터가 말렸다. 고요가 찾아왔다. 그리고 잠이 밀려온다. 불안하지 않은 잠이다. 평온하다.

몽롱해지는 의식 속에서 꿈을 꾸는 듯했다.

누군가에 의해서 끝까지 달리는 게 아니다. 누군가를 위해서 끝까지 달리는 것도 아니다. 이제 이 레이스는, 오직 나만을 위한 레이스다. 이를 악물고 끝까지 달린다. 죽더라도 끝까지 달린다.

열아홉_Last Stage

폭풍이 지나간 기분이다. 다시 찾아온 아침은 고요했다. 간 밤에 일어난 모든 게 꿈만 같았다. 막사를 나오니, 모두가 마지막 코스를 준비하고 있었다. 세상은 나와 상관없이 계속 흘러 가고 있었다. 시간은 어떠한 경우에도 멈춰주지 않는다.

"욱 팀장님."

갑작스러운 인사였는지, 욱 팀장은 사뭇 당황하며 주위를 살피다 손가락으로 자신을 가리켰다.

"나?"

"네."

"갑자기 날 왜?"

"그 전화……. 좀 쓸 수 있을까요?"

손가락으로 욱 팀장이 늘 가지고 다니는 위성전화기를 가리

컸다. 욱 팀장은 머릿속으로 잠시 상황을 정리하는 듯하더니, 곧 내게 위성전화기를 내밀었다.

"엄마……."

출발하는 날, 현관에서 인사를 나누고 처음이었다.

"오늘이 마지막이야."

— 그래……. 잘하고 와…….

여전했다. 엄마는.

"그리고, 나 기억났어. 아빠 일."

— ……응. 그랬구나. 다행이네. 아빠를 기억해서.

"있잖아, 엄마. 내 아픈 기억이 열아홉 살까지 기다려준 건, 아빠의 부탁은 아니었을까? 감당할 수 있을 때까지 기다려 달라고 한 거 같아. 한번 어긋나기 시작한 삶은 결국 되돌릴 수 없잖아. 올해 초까지만 해도 난 여러모로 불안정했었어. 그때 기억이 돌아왔다면 난 분명 감당하지 못했을 거야. 그러니까 기다려준 게 아닐까? 나에게 일어난 모든 일들이 조각처럼 맞아떨어지는 기분이 들어. 죄책감을 갖고 살지 않기 바라는 아빠의 마음이라고 믿고 싶어."

— 아빠라면 충분히 그랬을 거야. 널 무척 아꼈으니까.

"엄마. 그동안 못나게 굴어서 미안해."

— ……그런 적 없어. 루다는.

엄마의 목소리가 따뜻하다. 너무 따뜻해서 이대로라면 또다시 어리광을 부릴 듯하다.

"……엄마. 그럼 그만 끊을게."

— 저기, 루다야…….

전화를 끊으려는 순간, 다급히 날 부르는 엄마의 목소리가 들렸다.

— ……다치지 말고.

"응……."

덧붙인 그 한마디에 갑자기 불에 덴 듯 눈시울이 뜨거워졌다.

— ……스스로를 너무 괴롭히지 말고.

"알았어……."

울컥하고 목이 메었다.

— ……오면 같이 저녁 먹자. 회사 일로 바쁘다고 너무 오랫동안 루다 혼자 저녁 먹게 놔뒀어. 루다가 좋아하는 된장찌개 해놓을게, 청양고추 송송 넣어서. 좋아하는 생선도 굽고…….

눈물을 참기가 힘들다. 여기서 울면, 엄마도 분명 울겠지. 그건 싫다. 더 이상 엄마를 울게 하고 싶지 않다. 겨우 심호흡을 하며 눈물을 삼켰다.

"어, 엄마. 나 지금 가야 해. 끊을게."

결국, 마지막 인사도 제대로 하지 못하고 전화를 끊었다.

가족을 식구라고 한다. 함께 밥을 먹는 사이. 밥 먹고 싶다. 엄마가 방금 해준 따끈한 밥. 청양고추 넣은 된장찌개와 잘 구워진 생선. 돌아가면 오랜만에 엄마와 나란히 앉아서 밥을 먹어야겠다. 오랜만에 아빠도 함께. 이제는 말할 수 있으니까, 아빠에 대해서.

위성전화기를 돌려주기 위해 욱 팀장을 찾았다.

"지금은 로봇다리뿐이지만, 곧 다양한 신체로 발달할 거야. 로봇신체가 장애가 있는 사람만을 위한 거라고 생각해?"

방송장비를 쌓아둔 막사에 들어가려는 순간, 욱 팀장의 목소리가 들렸다.

"그럼, 아니라는 말이야?"

막사의 살짝 열린 틈으로 안을 들여다보았다. 또 다른 목소리는 정 팀장이었다.

"자신의 신체에 만족하는 사람이 얼마나 될 듯해서? 어쩌면 모두가 모델 같은 늘씬한 팔과 다리를 갖고 싶어 하지 않을까?"

욱 팀장은 테이블 위에 걸터앉은 채, 팔짱을 끼고 있었다. 표정은 묘하게 웃고 있다. 거만함이 흘렀다.

"정 팀장. 혹시 잘 때 말이야. 팔이 걸리적거린다고 생각해본 적 없어? 옆으로 누워서 자면 어깨가 아프거나, 팔이 꺾이잖아. 난 그때마다 팔이 거추장스럽다는 생각이 들어. 잘 때만 빼놓고 자면 좋겠다고 말이야. 그래, 마치 안경처럼."

"말도 안 돼? 그렇다고 누가 일부러 장애를 가지려 한다는 거야?"

정 팀장은 이해할 수 없는 얼굴로, 욱 팀장의 앞에 서 있었다. 충전시켜둔 무전기를 가지러 왔다가 갑작스럽게 대화가 이어진 듯, 정 팀장의 두 손에는 한 쌍의 무전기가 들려 있었다.

"아니라고 생각해? 사람들은 일부러 그렇게 할 거야. 장애가 없더라도 말이지. 게다가 우리는 이미 그러한 예를 충분히 알고 있잖아."

"……성형?"

"빙고! 외모에 장애가 있는 사람을 위한 성형이, 이제는 무의식의 감정적 관념에 시달리는 사람에게까지 확산되었지. 외적 장애 못지않게 내적 장애도 장애라면서 말이야. 이제 성형에 대한 거부감을 잃은 사람들에게, 로봇신체는 또 다른 성형으로 인식될 거야. 로봇이 주는 강함 때문에 여성뿐만 아니라 남성들에게도 인기가 치솟을 테지. 문제가 있다면 바로 거부감인데, 루다는 그 거부감을 없애주는 첫 단추가 될 거야. 벌써, 루다의 로봇다리가 멋있다는 여론이 들끓고 있다고. 이미 청소년들 사이에서는 엄청난 인기고. 있잖아, 문신이 성인보다 청소년들에게 더 많은 인기가 있다는 거 알아? 영원히 지워지지 않는 문신 앞에서 망설이는 어른들에 비해, 아이들은 거침이 없다고. 그런 아이들이 자라서, 본격적인 생산 활동을 하게 될 즈음에는 로봇신체에 대한 발전도 상당해질 거야. 금방이라고. 그렇게 되면 분명히 로봇신체에 대한 시장은 몰라보게 커질 거야."

"뭐야? 지금, 루다를 이용하고 있다는 거야?"

"정 팀장. 그러니까 당신이 아마추어라는 소리를 듣는 거야.

당연히 레이스 자체는 순수하지. 그걸 어떻게 이용하느냐가 비즈니스고. 당신이 전혀 할 줄 모르는, 그 비.즈.니.스."

욱 팀장의 도발에 정 팀장은 입술을 깨물었다.

"그러니까. 어떻게든 끝까지 달리게 해. 로봇다리가 완벽하다는 걸 세상 모두에게 보여주란 말이야. 그게, 당신의 제안을 받아들였던 유일한 이유니까."

영화에서나 일어나는 일이 눈앞에서 펼쳐지고 있는 듯했다.

보통은 화들짝 놀라면서 자리를 피하거나, 엿듣고 있던 사실을 들키는 장면이 이어지겠지만, 난 당당히 막사 안으로 들어갔다. 오히려 대화를 나누고 있던 욱 팀장과 정 팀장이 놀라고 당황했다.

"여기, 위성전화기. 잘 썼어요."

"으응……."

욱 팀장은 건네주는 위성전화기를 어색한 표정으로 받았다.

"루다……. 혹시 들었어?"

기어들어가는 목소리로 덧붙여 물었다.

"뭘요? 끝까지 달리라는 거요?"

모든 얘기를 듣지 못한 척, 대답했다.

"그, 그게……."

"그렇게 할게요."

"으응?"

"그렇게 하겠다고요. 그러니까 응원해줘요."

"응원?"

"네. 목적은 달라도, 원하는 건 같잖아요. 페이스메이커를 위해서 달리지는 않겠지만, 나 역시, 끝까지 달려야 하는 이유가 이제는 분명해졌으니까요."

"이유?"

"약속했어요."

아빠, 엄마, 다해, 루카스…… 수많은 사람들의 모습이 한순간 빠르게 스쳐 지나갔다.

"그럼, 결승선에서 봐요."

가볍게 인사를 하고, 막사를 빠져나왔다.

"그러니까, 내가 말조심 하라고 했지?"

뒤이어 욱 팀장을 다그치는 정 팀장의 목소리가 들려왔다.

"누가, 거기서 듣고 있을 줄 알았나……."

볼멘 목소리로 변명 아닌 변명을 하는, 욱 팀장의 목소리를 멀리 하고 뒤돌아 출발선으로 향했다.

세상은 무서운 속도로 변하고, 발전한다. 가끔 인간은 그 속도를 제대로 따라가지 못하고 잘못된 선택을 한다. 내 탓은 아니었지만, 장애가 현실이 된다니. 마음이 무거웠다. 나로 인한 일이 아니라는 걸 알면서도, 마음 한편이 무거웠다.

달릴 준비를 끝내고 출발선 앞에 섰다. 다해는 배낭에 묻은 모래를 털어주며, 내게 건네주었다.

"다해야. 로봇다리 말이야."

"응?"

갑작스러운 물음에 다해는 두 눈을 동그랗게 떴다.

"사람들은 어떻게 생각할까?"

"글쎄. 아직까지는 믿지 못하지 않을까? 뭐든지 대중화가 되기 전까지는 늘 그러니까."

"대중화가 되면? 그러니까 장애가 있는 사람들 외에도⋯⋯. 이걸 원하지 않을까?"

로봇다리를 살짝 두드리며 물었다.

"원하겠지. 그뿐만 아니라 장애가 없는 사람들도 원할걸? 강한 힘을 필요로 하는 곳에서는."

아, 다해는 이미 알고 있었구나. 그 생각이 머릿속을 스쳤다.

"소방서나. 경찰서 같은 곳에서 가장 절실하게 필요로 하겠지? 불 속에서 서너 명은 거뜬히 들고 나올 수 있을 테니까. 범인도 순식간에 제압할 수 있고."

"공급하게 된다는 거지?"

"응. 이미 슈트 모양으로 보급화되고 있어. 군대를 중심으로."

"아⋯⋯."

생각지 못했다. 로봇슈트가 있었구나. 그렇다면 정 팀장은 헛다리를 짚고 있는지도 모르겠다. 이상하게 웃음이 났다. 미안하지만 즐거웠다.

"그런데, 그렇게 되면 결국 범인도 로봇슈트를 갖게 되는 거 아니야?"

"그건 어쩔 수 없어. 칼도, 총도, 폭탄도. 처음에는 사람을 죽이려고 만든 게 아니니까."

"그래도, 사람들은 결국……."

"그러니까. 루다가 보여줘. 로봇다리로. 어떻게 사용해야 하는지. 어떻게 꿈꿔야 하는지."

다해는 진지한 표정으로 내 손을 잡았다. 깊고 진한 두 눈이 날 응시한다. 그렇구나. 달릴 이유가 하나 더 생겼다.

다해도 나도. 이제 어른이 된 듯한 기분이 들었다. 어른이 된다는 건, 가만히 있어도 시간이 씌어주는 감투가 아니었다. 내가 달려가지 않으면 영영 어릴 적 어딘가에 멈춰 서 있게 된다는 걸 알았다. 그래, 달리자. 두려워하지 말고 신 나게 달려 나가자. 달리고 싶다. 어서 달리고 싶다.

"자, 그럼 다녀오겠습니다."

"응. 잘 다녀오세요."

소꿉놀이를 하듯 인사를 나눴다. 마치 일곱 살 때로 돌아간 느낌이다. 늘 한 손에는 로봇을 인형처럼 놓지 않던 여자아이. 다해는 그때나 지금이나 한결같은 모습으로 날 바라보며 서 있다.

"자, 모두들 수고 많으셨습니다. 드디어 마지막 코스만 남았습니다. 끝까지 최선을 다해 달려주세요."

모든 참가자들은 또다시 출발선 앞에 섰다. 매일 아침 우리는 출발선에 선다. 첫날보다는 둘째 날이, 둘째 날보다는 셋째 날이 될수록 그 수가 현저히 줄어들고 있었지만, 남은 모두가 그 몫까지 짊어지고 달리고 있었다. 모두가 염원한다. 이 레이스의 끝을 향해 달리기를.

주위를 돌아보면 그동안의 치열했던 레이스를 말해주듯 모두의 몰골이 엉망이다. 그러나 표정만큼은 첫날의 설레던 그 웃음과 다르지 않다. 오히려 더 깊어졌다.

"자! 가자!"

참가자 모두 일제히 기운찬 함성을 지르며, 지평선 끝을 향해 달려 나갔다. 모두들 서로를 격려하며 주먹을 불끈 쥐어 보였다. 말이 통하지 않아도 서로의 진심을 알 수 있다.

마지막 레이스의 웅장한 대미가 서서히 그 모습을 드러내고 있었다.

마지막 날 코스는 10킬로미터 내외로 비교적 짧은 거리다. 유종의 미를 거두기 위한 마지막 인사에 가까웠다. 체크포인트도 없다. 곧바로 결승선이다. 그동안, 자신의 성적을 계산하며 10킬로미터를 얼마에 뛰어야 등수에 들 수 있는지, 시간을 계산하는 참가자 옆에서 조금은 부러운 눈으로 바라보았다. 이미 난 10킬로미터를 1초에 달린다고 해도 등수에 들지 못할 정도였다. 누적된 시간은 그만큼 많았다. 줄이고 싶어도 줄일 수 없다.

그래서 더 다행인지도 모른다.

이번 코스만큼은 다른 신경 안 쓰고 오롯이 어린 시절 다큐멘터리를 보면서 꿈꿔왔던 그 아타카마사막을 맘껏 누리기로 했다. 누적된 피로로 최악의 몸 상태였지만, 마음만은 최상이었다. 그동안 고생해준 로봇다리가 고마웠다. 어깨도 가벼웠다. 배낭의 무게도 상당히 줄어 있어서 한결 가벼웠다. 이대로라면 멋지게 마무리할 수 있을 거라고 생각했다.

하지만 아타카마사막은 끝까지 호락호락하지 않았다. 언제나 문제는 일어나고, 그 문제는 예상할 수 없다.

5킬로미터 지점을 지나면서 심각한 문제가 생겼다. 잠깐 발을 헛디뎠는데, 바닥난 체력 탓에 무게중심을 잃고 크게 휘청거리고 말았다. 넘어지지 않게 무리해서 로봇다리를 바깥쪽으로 밀었는데, 갑자기 뒤틀린 움직임을 견디지 못하고 외관이 산산조각 나고 말았다. 롱데이 레이스를 앞두고 태양광을 모으기 위해 집열판으로 교체한 외관이었다.

새롭게 장착하는 외관은 태양으로부터 에너지를 모아주는 집열판 역할을 해줄 거야.

다만, 내구성이 약해서 충격에 약해. 조심하지 않으면 고장이 날 수도 있어. 멈출 수도 있다고.

이건 정말 최후의 보류인 거야. 교체를 하면 여기 있는 장비로는 원상 복구할 수도 없어.

레이스 끝까지 어떻게 되든 그대로 달려야 해. 쉽게 망가지는 유리다리로 나머지 레이스를 달려야 한다고.

다해가 특별히 더 주의를 주었던 모습이 떠올랐다. 서둘러 로봇다리를 살폈다. 생각보다 많이 헐거워진 느낌이다. 아니나 다를까, 무릎 부분에 있어야 할 부품이 없었다. 한눈에 봐도 알 수 있었다. 충격으로 떨어져 나간 모양이다. 운동에너지를 전기에너지로 바꿔주는 역할을 하는 장치였다. 그렇다는 것은, 이제부터는 그 어떤 장치로부터도 충전되는 전기에너지가 없다는 의미다. 지금 남아 있는 전기에너지가 모두 소진되면 로봇다리는 멈춘다. 머릿속이 멍했다. 앞으로 얼마나 버틸 수 있는 거지? 계산을 할 수 없었다. 운에 맡겨야 한다는 생각이 들면서도, 불안했다.

그뿐만이 아니었다. 뼈대는 이상이 없어 보였지만, 장딴지 부위에 해당하는 로봇근육도 미세하게 찢겨 있었다. 달리는 동안, 점점 로봇다리의 속도는 현저하게 떨어졌다. 게다가 좌우의 균형이 무너지면서 로봇다리에도 서서히 무리가 갔다. 조금 전까지만 해도 가볍게 느껴지던 로봇다리는 이제 천근만근 무거워졌다. 깊은 늪으로 서서히 빠져 들어가는 듯했다.

뒤를 돌아다보았다. 아무도 보이지 않는다. 늘 그랬듯이 어느새 난 또 마지막이 되어 있었다.

강렬한 태양 아래, 난 급속히 지쳐갔다.

4킬로미터…….

3킬로미터…….

2킬로미터…….

1킬로미터…….

겨우, 저 멀리 결승점이 보이는 곳까지 올 수 있었다.

갑자기 눈앞이 핑그르르 돌았다. 무거운 쇠 덩어리를 두 다리에 묶고 아타카마사막의 끝자락을 달려온 셈이었으니, 난 이미 녹초가 되어 있었다.

이미 결승선에 도착한 모든 참가자들은 나란히 도열한 채 날 기다리고 있었다. 그 사이에 두 손을 꼭 모은 채 금방이라도 울 듯한 얼굴의 온다해도 보인다. 바보같이 울긴. 어서 달려가 안아주고 싶다. 괜찮다고 말해주고 싶다.

하지만 그 역시도 호락호락하지 않았다.

"제길……."

이제 기껏해야 100미터 정도 남았을까? 다 왔다고 생각하는 순간, 가장 커다란 최악의 시련이 찾아왔다. 결승선을 코앞에 남겨둔 지점에서 로봇다리가 완전히 멈춰 서고 말았다. 아무리 허벅지의 근육을 움직여 보아도 로봇다리는 꿈쩍도 하지 않았다. 아무리 허벅지의 근육을 움직이며 신호를 주어도 미동조차 안 했다. 내가 지친 탓에 신호를 줄 정도의 힘도 남아 있지 않은 걸까? 그래서 로봇다리는 내 의지를 이해하지 못하는 걸까? 로봇다리는 이대로 굳어서 돌이 되려고 하는 듯했다. 발버둥 칠수록 더욱 굳어갔다. 정말, 이대로 끝나는 건가.

끝.

그 짧은 단어가 뇌리를 스칠 때는 울컥했다. 절망이다. 희망 이었던 로봇다리가 이제는 절망이 되어 있다.

구토가 일었다. 토하고 싶었다.

강둑에서 하염없이 쏟아지는 빗줄기를 맞으며 동상처럼 굳어 있어야 했던, 지난 장마 때가 떠올랐다. 다해가 달려와 날 업어 주지 않았다면, 몇 시간이고 그 자리에 서 있었을 그 악몽이 또다시 고개를 치켜들었다. 생각조차 하기 싫은 기억이다. 할 수만 있다면 어디 깊숙한 곳에 묻어두고 봉인해버리고 싶은 그 기억이다.

지금의 상황은 그때보다 최악이다. 차라리 빗속이 더 나았다. 아타카마사막의 뜨거운 태양 아래 온몸이 바싹 타들어가고 있다. 달리는 동안에는 그나마 작은 바람이라도 불어왔는데, 이제는 그마저도 없다. 숨이 턱턱 막혀왔다. 현기증이 일었다. 시야는 점점 더 흐릿해진다. 아주 잠깐, 의식을 놓는다면 영원히 쓰러져버릴 듯했다.

로봇다리에 달려 있는 램프에 불이 들어왔다. 데이터 연결 상태를 알려주는 램프였다. 결승선에 서 있는 다해가 보였다. 스마트패드를 통해 로봇다리의 상태를 긴박하게 확인하고 있는 듯했다.

'다해도 결국, 지금의 상태를 알게 되겠지?'

역시나, 상황의 심각성을 깨달은 다해는 곧장 내게로 달려오려고 했다. 빗속에서 하염없이 서 있던 그때처럼. 이번에도 다해는 날 위해 달려오려고 했다. 아니야. 안 돼. 난 손을 들어 다해를 막았다. 마음속에 울린, 작지만 강한 목소리였다. 매번 그렇게 내게 달려오면, 내가 할 수 있는 건 가만히 서서 기다리는 것뿐이잖아. 그러니까 거기 있어. 이번에는 내가 너에게로 갈 수 있게. 머릿속으로만 떠올렸는지, 아니면 입 밖으로 내뱉었는지 모르겠다. 체력이 바닥이라 의식이 혼미했다. 시야도 점점 흐려졌다.

다해는 내 목소리를 들기라도 한 듯 그 자리에 그대로 멈춰 섰다.

"무슨 일이에요?"

정 팀장의 목소리가 들렸다. 흐릿해진 시선으로 목소리를 쫓았다. 어느새 다가왔는지 정 팀장의 걱정스러워하는 얼굴이 내 옆에 서 있었다. 다해에게만 신경 쓰느라 곁에 오는지도 몰랐다. 아니, 그만큼 지금의 내 상태는 엉망이었다. 오감이 모두 망가져버린 듯하다. 그럼에도 불구하고, 머릿속의 목소리 하나만은 또렷하게 울렸다.

달려 루다. 멈추지 말고, 끝까지 달려.

정 팀장은 한 걸음 정도 떨어진 거리에서 육안으로 로봇다리의 상태를 이리저리 살폈다.

"고장…… 난 거예요?"

어느새 다가온 욱 팀장도 좀처럼 움직이지 않는 날 보며 혼잣말처럼 중얼거렸다.

"로봇다리……. 결국은 실패하는 건가?"

그 말 한마디가 비수처럼 가슴에 꽂혔다.

"아니요. 아직이에요."

난 괜찮다. 이대로 여기서 멈춘다면, 지금까지 함께 달려준 다해가 그 소리를 듣게 된다. 나의 포기가 다해의 실패가 된다. 그것만큼은 죽어도 싫다.

"로봇다리도 로봇다리지만, 루다 군? 괜찮은 거예요? 내가 보여요?"

로봇다리에 이어서 뒤늦게 내 얼굴을 살펴본 정 팀장은, 그제야 사태가 심각하다는 걸 깨닫고 순식간에 표정이 굳어버렸다. 어떻게든 이 상황을 정리해야 하는지 분주하게 눈동자를 굴렸다. 이미 난 알고 있다. 이 상황을 정리할 수 있는 방법은 두 가지뿐이다. 포기하던가. 끝까지 달리던가.

정 팀장과 욱 팀장의 시선이 마주쳤다. 뾰족한 방법이 없다는 걸 서로 깨닫는 듯한 눈치였다. 결단이 필요한 순간이라는 듯, 굳게 다문 입술로 한참을 말없이 날 쳐다보기만 했다.

"지금까지만 해도 충분히 잘했어요. 여기까지 잘 달려온 거니까……."

정 팀장이 먼저 천천히 입을 열었다. 애써 부드럽게 에둘러 말하고 있었지만, 무척이나 무거운 목소리였다. 난 더 이상 듣지 않고 그 말을 잘랐다.

"아니요. 달려요……."

내 목소리는 날이 서 있었다.

"루다 군. 냉정하게 생각해요. 정 팀장이 하는 말을 들어봐요."

이번에는 욱 팀장이 날 막아섰다. 욱 팀장에게도 이런 면이 있었나? 분명 욱 팀장이라면 내가 아니라 정 팀장을 말릴 거라고 생각했는데. 어쩌면 난 참 많이 욱 팀장을 오해하고 있었는지도 모르겠다.

잠시 주춤한 정 팀장은 이번에는 단호한 목소리로 말을 이었다.

"충분해요. 완주하지 않아도 되요. 이미 루다 군은 그 자체만으로 상징성이 있어요. 이미지를 만들었다고요."

정 팀장이 계속해서 차분히 말을 이었다.

"사실, 페이스메이커는 이미 첫날에 기부를 승인했어요. 완주 결과에 따라 기부를 한다는 건, 결국 페이스메이커라는 기업 이미지에도 손해가 가니까요. 이번 캠페인 의도에서도 벗어나기도 하고. 그동안 루다 군에게 말하지 않은 건……."

"상관없어요……. 이젠 그런 건……."

짧은 내 대답에 정 팀장은 흥분했다.

"왜요? 왜 상관이 없어요? 여기에 온 이유가 그거였잖아요. 고집 피우지 말아요. 이 캠페인을 하려고 했던 진짜 이유를 생각해봐요. 왜 달리려고 했어요? 기부금 때문이잖아요! 이미 받았다고요! 끝까지 달리지 않아도 된다고요!"

"뭐라고 해도 계속 달려요. 끝낼 거라고요. 끝낸다고요."

없는 힘을 쥐어짜며 목소리를 높였다.

"루다 군!"

정 팀장이 소리를 질렀다. 잠시 정적이 흘렀다. 지그시 입술을 깨물던 정 팀장은 애써 침착하게 감정을 추스르며 말을 이어갔다.

"나도 루다 군 못지않게 끝까지 달리고 싶다고요. 이제와 고백하는 건데 나, 단 한 번도 이렇게 큰 프로젝트를 진행해본 적 없어요. 그래서 매 순간 얼마나 긴장하고, 수없이 기도했는지 몰라요. 그렇게 해서 여기까지 왔어요. 여기서 끝나면 사람들이 뭐라고 할까요? 그래, 그게 네 수준이야. 넌 결국 그 정도 실력인 사람이라고 할 거예요. 그러니 나라고 고작 몇 미터 남겨두고 포기하라고 하고 싶겠어요? 그래도, 그래야 하니까. 그게 맞으니까. 포기하는 것도 때로는 옳으니까 이렇게 말하는 거예요."

정 팀장은 타이르듯 말을 마쳤다.

"하지만 난, 그럴 수 없어요."

고집을 꺾지 않는 내 대답에, 정 팀장의 표정이 점점 더 어두워져 갔다.

"그만해요, 루다 군. 솔직히 말해봐요……. 지금, 내 얼굴이 보이기는 해요?"

무슨 말인지 의아했다. 하지만 곧 알 수 있었다. 정 팀장과 시선을 맞추려 했지만 아무리 애써도 초점이 맞지 않았다. 뿌연 기름이 낀 듯 보이는 게 없었다.

"루다 군. 지금 몰골을 봐요. 죽을 듯이 보인다고요. 의지만으로 할 수 없는 게 있어요. 그 몸으로는 여기까지만 하는 게 맞아요."

정 팀장의 목소리는 부드러웠지만, 강인했다.

"팀 닥터 부를게요. 로봇다리도 문제지만, 지금은 루다 군의 몸도 문제예요."

"아니요…… 부르지 마요."

난 조용히 정 팀장을 말렸다.

"도움을 받으면 자동 실격이에요."

"아, 정말! 고집 좀 그만 부려! 이 멍청한 자식!"

참다못한 욱 팀장도 한마디 거들었다.

"도와주지 말라고요. 내버려 두라고요."

난 힘겹게 소리쳤다. 어쩌면 정 팀장의 설득에 자꾸만 약해지고 있는 스스로에게 던지는 기합이었는지도 모른다. 이미 내 안에서는 끊임없이 갈등이 반복되고 있었다. 악마와 천사가 양쪽에서 시끄럽게 떠들어대고 있다. 이대로라면 무너지고 만다. 약해지기 싫다. 세차게 고개를 흔들었다. 팔을 뻗어 다가오려는 정 팀장을 밀어냈다.

"가만히 있어요! 그만 달리라고요! 왜 이렇게 말을 안 들어요?"

정 팀장은 다시 한 번 강하게 말렸다. 잔소리로 변질되어 버린 말투에 난 그만 입을 닫고 말았다. 곧 침묵이 이어졌다. 침묵이 길어질수록 가슴은 먹먹해졌다. 정 팀장의 진심을 알기에 미안한 감정이 들었다. 그 진심을 밀어내는 건 더 힘들었다.

난 이번 레이스가 전부라고 생각하지 않아.

다시 달릴 수 있을 때, 그때 또 도전하면 돼.

이번 레이스에서는 쌓은 경험만으로도 충분히 만족할 수 있어.

루카스의 목소리가 머릿속에 울렸다. 그 목소리는 날 향했다. 한 길만 바라보며 달리던 내게, 다른 길도 있다는 걸 보여주었다. 루카스의 레이스도 멋진 결말이었다. 루카스가 틀렸다, 맞다의 문제가 아니다. 틀림이 아니라 다름이다. 루카스는 루카스만의 최선이었고, 그래서 그 선택에 박수를 보냈었다. 하지만, 난 다르다. 그러니 그럴 수 없다.

길고 무거운 침묵의 끝에, 난 대답했다.

"난, 아직 최선을 다하지 않았어요."

내 모든 걸 태워버리고 싶다. 잔인하게 들리겠지만 죽어도 좋다. 그게 열아홉. 지금까지 내가 달려온 방식이다. 여기까지 그렇게 달려왔다.

"이봐요. 루다 군! 충분히 했다니까! 그 이상을 했다니까! 그만둬요! 당장 그만두라고요! 뭘 위해 그렇게 달리는데? 대체 뭘 위해서!"

정 팀장이 애원하듯 소리쳤다. 그러나 난 이미 듣고 있지 않았다.

지금까지 무엇을 위해 달린 적이 없다. 달리기. 그것만으로도 충분하다. 달리는 게 좋다.

내 머릿속에는 끝까지 달리고 말겠다는 다짐만이 거품처럼 가득 부풀어 차올랐다.

"그러니까, 제발 좀! 움직여라! 움직여, 좀!"

로봇다리를 향해 이를 악물고 소리쳤다.

그 모습에 정 팀장의 표정이 달라졌다. 느껴졌다. 지금 정 팀장이 주춤하는 이유를. 마주하고 있는 내 눈빛이 어떤지를. 날카롭게 빛나고 있을 그 눈빛. 거울에 비춰보지 않아도 알 수 있었다.

루다에게 달리기가 어떤 의미인지 아니까.

어떻게 지금까지 지내왔는지 아니까.

난, 널 말릴 수가 없어.

다해의 목소리가 정 팀장의 목소리 위에 겹쳐 들렸다. 정 팀장은 모든 걸 내려놓은 듯한 표정을 지었다. 힘이 없어 보인다. 슬픈 얼굴을 하고서도 더 이상 날 말리지 않았다.

"알았어요. 그렇게 해요."

정 팀장은 깊고 무거운 숨을 천천히 들이마신 뒤, 그보다 더 천천히 내뱉었다. 그리고 한 걸음 뒤로 물러났다. 욱 팀장도 더 이상은 말리지 않겠다는 듯 함께 길을 열어주었다.

그때. 주위를 맴돌고 있던 공기가 멈췄다. 소리가 사라졌다. 폭풍 전야 같았다.

이어서 저 멀리에서 고함소리가 들려왔다. 고개를 들고 그곳으로 고개를 돌렸다. 초점을 잃은 눈을 힘겹게 맞춰야 했다.

"Your! Name is! YIRUDA! Mean Is! Achieve!"

루카스였다. 깔때기 모양으로 손을 모으고, 한 단어 한 단어 힘주어 끊어가며 목청이 터져라 힘껏 소리를 질러대고 있었다. 악에 받친 소리였다. 저러다 피를 쏟아내고 쓰러지는 게 아닌가 싶었다.

고마웠다. 동시에 겁도 났다. 루카스는 지금의 내 상태에 대해서 아무것도 모르고 있다. 응원을 한다고, 그 소리를 듣고 로봇다리가 갑자기 움직여주는 것도 아니다.

할 수 있을까? 이렇게 지쳤는데. 로봇다리는 꿈쩍도 하지 않는데, 헛된 희망이 아닐까? 망설이고 걱정하는 동안, 다시 한 번 내 이름이 아타카마사막에 가득 울려 퍼졌다. 이번에는 루카스 혼자가 아니다! 엄청난 소리였다. 어느새 루카스 주위로 수많은 사람들이 뒤엉켜 서 있었다. 모두가 한목소리로 마음을 모아 힘차게 내 이름을 외쳤다.

YIRUDA! Achieve!
YIRUDA! Achieve!

목소리는 점점 더 우렁찼다. 모두 자신의 일인 양 진심을 담아 소리쳤다. 거대한 북소리처럼 둥둥둥 온몸을 꿰뚫고 들어왔다.

지고 싶지 않다.
내게.

거짓말처럼 눈빛이 살아났다. 이를 악물었다. 로봇다리. 네가 결승선에 들어가지 않겠다고 고집을 피워도, 난 그럴 수 없어! 끝까지 달려야겠어! 날 여기까지 달리게 한 건 네가 아니라 나야! 지금의 장애로는 날 멈추게 할 수 없어! 난 네가 생각하는 것처럼 우습지 않아! 가슴 깊이 외쳤다.

"으아아악!"

거센 기합과 함께, 남아 있는 모든 힘을 쏟아 부어 허벅지를 들어 올렸다. 40kg에 육박하는 로봇다리의 무게가 고스란히 전해졌다. 두 다리를 합치면 쌀 한 가마니의 무게였다. 묵직하고 무거웠다. 로봇다리와 연결된 허벅지의 근육이 늘어지고 찢어졌다. 투두둑! 날것 그대로의 소리가 들려왔다. 생각보다 훨씬 더 큰 소리였다. 날카로운 갈고리가 가차 없이 잡아 뜯는 고통이었다. 동시에 피범벅이 된 살덩이와 엉망으로 뒤엉킨 로봇다리가 천천히 들어 올려지기 시작했다.

허리까지 차오르는 늪 속을 걸어가는 기분이다. 곧이어 그 속에 살고 있는 수천 마리의 거머리들이 일제히 달려들어 깨무는 듯한 통증이 연이어 밀려왔다. 내 의지와는 상관없이 비명이 앙다문 입술을 비집고 튀어나왔다. 그럼에도 불구하고 계속해서 걸어 나갔다. 한 걸음 한 걸음이 죽음과도 같은 고통의 연속이다. 정신이 하나도 없다.

사방으로 드론이 떠올랐다. 카메라가 돌고 있다. 곧 커다란 모니터를 통해 내 모습이 비춰졌다. 전 세계가 날 지켜보고 있다. 그리고 전 세계의 수많은 사람들이 한꺼번에 올리는 응원의 메시지가 화면을 가득 덮었다. 그들의 응원소리도 귓가에 들려오는 듯했다. 욱 팀장, 정말 못 말리겠다. 하지만 이제는 알 것 같다. 욱 팀장도 분명, 자신의 위치에서 최선을 다하고 있다.

늘 뒤처지기만 하던 내가, 앞에 선다는 게 뭔지도 모르는 내가, 몸도 마음도 온통 장애투성이인 내가, 전 세계를 하나로 뭉치게 하고 있다.

어린 난, 두려움으로 아빠에 대한 기억을 지웠다. 그 후로도 감당할 수 없는 일을 만날 때면 피하고 도망만 다녔다. 다해까지도 외면하려고 했었다. 다해가 내 손을 잡아주지 않았다면 영원히 도망 다녔을지도 모른다.

이제는 그러고 싶지 않다. 성장하고 싶다. 어른이 되고 싶다. 내가 아는 어른은, 아빠는…… 죽음 앞에서도 도망치지 않고 끝까지 맞서 싸웠다. 버텼다. 아빠가 남긴 마지막 미소의 의미를 알고 있다. 그러니 끝까지 가야 한다. 죽음 앞에서조차 웃을 수 있었던 아빠의 미소가 내게도 있다.

40미터…….

30미터…….

20미터…….

10미터…….

태양이 뜨겁다. 숨 쉬는 것조차 버거웠다. 진한 농도의 땀이 계속해서 흘러내린다. 너덜너덜해진 허벅지끼리 맞부딪히는 게 괴롭다. 닿는 모든 부위가 칼로 도려내는 듯하다. 날 감싸고 흐르는 시간만이 더디게 흘러가는 듯했다.

허벅지에 감각이 이제 없다. 좋은 징조가 아니었다. 불길한 생각이 불쑥 파고들었다. 이러다가 남아 있는 허벅지마저도 잃게 되는 게 아닐까? 두 번 다시는 경험하고 싶지 않다. 무섭다. 감당할 수 없는 두려움에 온몸이 바들바들 떨린다. 기절할 듯하다.

바싹 정신을 차려야 한다. 견뎌내야 한다. 더 이상은 도망치기 싫다. 아프더라도 씩씩하게 아프고 싶다. 계속해서 걸음을 내디뎠다. 끈적끈적한 피는 계속해서 로봇다리 안쪽으로 흘러 들어갔고, 곧 미세한 틈 사이로 흘러 나왔다. 로봇다리가 피눈물을 쏟아내며 우는 듯 보였다. 마치 미안하다고 말하는 듯했다.

YIRUDA! YIRUDA!
한 걸음. 한 걸음.

사람들의 목소리는 이미 쉬어 있었다. 그럼에도 불구하고 응원은 멈추지 않았다. 잔뜩 힘을 준 주먹으로 허공을 두들기며, 끝까지 내 이름을 외쳤다.

많은 사람들에게서 응원을 받고 있다. 처음부터 혼자가 아니었다. 언제나 함께였다. 그래서 더 강해지고 싶다. 끝까지. 그래, 끝까지.

4미터······.
3미터······.
2미터······.
1미터······.

이제, 마지막 한 걸음. 그 한 걸음만이 남아 있다.

갑자기 경련이 일어났다. 더 이상 내 몸이 내 의지대로 움직여주지 않는다. 죽는다고. 이대로라면 정말 죽는다고. 어떻게든 살아야겠다고 내 몸이 날 거부하고 있었다.

날 바라보는 표정들이 읽힌다. 미묘하지만 응원만 하던 아까와는 다르다. 안타까워하고 있다. 그 얼굴 위에 절망의 그림자가 어린다. 다들 그런 표정 하지 마. 난 아직 끝나지 않았어.

마지막 한 걸음.
이제 끝이다.

죽을힘을 다해 힘껏 허벅지를 들어 올렸다. 파르르 떨리던 몸이 푸르르 휘청거린다. 그만하라는 몸부림이었다. 무시했다. 동시에 지금까지 겨우겨우 버텨오던 살갗이 투두둑 하며 한꺼번에 떨어져 나갔다.

　장착된 로봇다리가 허벅지에서 떨어져 나가자 순식간에 중심을 잃었다. 쓰러지려는 몸을 일으켜 세울 기력도 남아 있지 않았다. 정전이 된 듯 몸 안의 모든 퓨즈가 한순간에 끊어진 듯하다.

　뜨거운 모래 위로 풀썩, 무릎을 꿇은 채 주저앉고 말았다. 끝인가? 결국, 이렇게 끝나는 것인가?

　시간이 멈춘 듯하다. 세상의 모든 소리가 사라진다. 풀린 동공으로 환한 빛이 들어온다. 새하얀 공간 속. 그 속에서 들리는 건 내 숨소리뿐이다. 꺼져가는 촛불같이 가늘다.

　그 순간. 지금까지와는 차원이 다른 거대한 함성소리가 사방에서 터져 나왔다. 거센 파도처럼 밀려들어 날 관통하고 지나간다. 아타카마사막의 눈부시게 파란 하늘을 꽉 채우며 묵직하게 울려 퍼지고 있다. 엄청나다. 엄청난 함성소리다.

　떨어져 나간 로봇다리는 모래 위를 뒹굴고 있고, 무릎을 꿇은 채 넘어진 난, 결승선을 지나 있었다.

　"YIRUDA ! YIRUDA !"

　모두들 한 목소리로 내 이름을 부른다.

　"이루다!"

　달려오는 다해가 보인다. 흐릿한 눈이지만 다해만은 알아볼 수 있다. 미끄러지듯 주저앉으며 곧바로 내게로 달려든다. 북받치는 감정을 이기지 못하고 안절부절못하고 쉴 새 없이 허벅지와 얼굴로 손길이 오간다. 그러다 왈칵 울음을 터뜨리며 내 목을 감싸 안는다. 작은 어깨가 멈추지 못하고 들썩거린다. 눈물이 내 가슴에 닿아 퍼진다.

아이처럼 운다. 일곱 살. 우리가 처음 만났던 그때의 다해처럼. 운다.

내 마음도 따라 우는데 내 눈물은 말라버렸다. 내 몸의 작은 세포 하나까지도 모두 말라버렸다. 가슴속에 묵직한 무언가가 목구멍 밖으로 쏟아져 나오려는데, 가시넝쿨에 걸린 털 뭉치처럼, 뜯어내기 전에는 꼼짝도 하지 않았다. 그런 날 대신해서 다해가 울어주고 있는지도 모른다.

달래줘야 하는데, 안아주고 싶은데, 축 늘어진 두 팔은 조금도 움직이지 않았다. 몸이 말을 듣지 않는다. 감각이 없다.

이루다.

날 부르는 다해의 목소리가 희미해지는 의식 속을 맴돈다.

자꾸만 눈이 감긴다.

기억할게.

내 첫 기억.

내 기억의 끝까지.

에필로그

꿈인지 현실인지 도통 구분되지 않는 날들이었다. 어제를 기억 못하고, 한 시간 전을 기억 못했다. 난 멍하니 넋이 나간 눈으로 하루하루를 보냈다.

그 무렵, 병원을 참 많이 다녔다. 다닐수록 병원은 점점 커졌다. 이상한 기계에도 들어갔다 나왔다. 무서웠지만, 엄마는 꼭 해야 한다고만 했다. 울고 싶었지만 꾹 참았다. 엄마가 나보다 더 울듯한 얼굴을 하고 있었다.

"정신적으로 견디기 힘든 스트레스를 받으면, 뇌의 해리라는 장치가 그 고통스러운 기억을 끊어냅니다. 해리성 장애의 종류로 해리성 기억상실이라고 합니다."

"우리 애가 기억상실이라고요?"

"일반적인 기억상실과는 다릅니다. 스스로 감당하기 힘든 기억을 봉인한 거니까요. 견고한 상자에 지우고 싶은 기억을 넣은 뒤, 닫아버린 거지요. 잠금 열쇠는 저 멀리 바다 깊숙이 던져 버리고요."

"치료는요? 치료는 할 수 있는 건가요?"

"바다 속에 들어가 그 열쇠를 건져오면 모를까……."

"선생님. 도와주세요. 그 기억을 잃으면 우리 애는 아빠를 잃어버리게 되는 거예요. 애 아빠는 이제 더 이상……."

"소견입니다만, 도망치고 싶어 하는 기억인데 일부러 되살리게 할 필요가 있을까요? 이제 일곱 살인데 감당할 수 있을까 걱정이 됩니다. 차라리 이대로 덮어두는 게 좋지 않을까 싶은데……."

"아아……."

"힘드시겠지만, 일부러 치료를 하지 않는 것도 치료일 수 있습니다. 그리고…… 이사를 하시는 게 어떨까 싶습니다만…… 아무래도 그 집에 계속해서 살다 보면 무의식중이라도 괴로운 장면이 자꾸 떠오르게 되니까, 증상이 호전되지 않고 점점 더 악화될 것입니다."

회진을 도는 의사와 대화를 나누던 엄마는 슬쩍슬쩍 날 돌아보며 눈물을 훔쳤다. 하지만 난 엄마의 눈물과 의사의 설명을 이해하지 못했다. 멍한 얼굴로 창밖만 바라보았다. 뭉게뭉게 떠 있는 커다란 구름이 눈에 들어왔다.

달리는 트럭의 창밖으로 빠끔히 내밀고 있던 고개를 돌리자, 뭉게뭉게 떠 있는 커다란 구름이 눈에 들어왔다. 그 아래, 멀어져 가는 예전의 집이 보였다. 잠깐이었지만 대문 앞에 쓸쓸히 서 있는 아빠를 본 것도 같았다. 아빠는 왜 같이 안 가나 하는 생각을 잠깐 했던 것도 같다.

졸음이 밀려왔다. 덜컹거리는 트럭의 움직임이 편안하고, 따사롭게 내리쬐는 햇살이 포근했다. 창문에 팔을 괴고 머리를 기댔다. 불어오는 맞바람이 시원하고 부드러웠다. 스르르 눈이 감겼다. 눈을 감고 있는데도 멀리 하늘에 떠 있는 뭉게구름이 보였다. 빠르게 달리는 트럭에 비해 한없이 더디게 흘러가고 있었다. 희한하게도 구름은 뒤처지지 않고, 일정한 거리를 두고 따라왔다.

"루다, 다 왔다. 일어나렴."

엄마의 목소리에 눈을 떴다. 이미 해는 뉘엿뉘엿 저물어갔다. 꿈이었나? 잠들었었나? 분명 그전에 뭔가를 생각하고 있었던 듯한데? 도통 기억이 나지 않는다. 아무것도 생각나지 않았다. 머릿속이 새하얗게 텅 빈 듯했다. 하지만 이상하리만치 기분이 좋았다. 생각나지 않았지만 좋은 기억인가 보다.

"루다는 방해되니까, 저쪽으로 가 있어."

어른들은 이미 트럭에서 짐을 내리고 있었다. 엄마의 말에 살짝 토라진 난, 맞은편 담벼락에 쭈그린 채 앉았다. 그리고 그곳에서 한 손에 로봇을 들고 있는, 여자아이를 만났다.

"안녕. 난, 온다해라고 해"

다해가 내게 손을 내민다. 좋은 기억. 다해는 나의 첫 기억이다.

그 손을 맞잡고 우리는 함께 날아올라 구름 위를 달린다. 발바닥에 닿는 부드러운 감촉이 좋다. 구름 아래서 돌고래가 헤엄치며 따라온다. 어느새 우리는 돌고래에 올라타 있다. 난 두 손을 번쩍 들고 무척이나 즐거워한다. 그 모습을 바라보는 다해의 청아한 웃음소리가 귓가에 맴돈다. 저 하늘 끝까지 울려 퍼진다. 지그시 눈을 감는다. 눈을 감고 온몸의 감각을 깨운다. 상쾌한 맞바람이 불어온다. 온몸에 파고든다. 부드럽다. 향기롭다. 내 입가의 미소가 자연스레 번진다.

— 이루다.
다해가 날 부른다. 수십, 수백 번, 얼굴이 빠르게 변해간다. 어릴 때 모습부터 지금의 모습까지. 조금씩 자라면서 날 부른다. 반가워하며 이루다. 장난치며 이루다. 토라지며 이루다. 놀라며 이루다. 즐거워하며 이루다. 다해는 한결같이 날 부른다.

— 이루다.
일곱 살의 다해의 목소리는 어느새 열아홉 살의 목소리가 되었다. 날 부르는 다해의 목소리가 현실처럼 와 닿는다. 조금씩 깨어나는 의식 속을 맴돈다. 아, 맞다. 여기가 어디지? 지금까지 뭐 하고 있었지?

"이루다!"

한순간, 감고 있던 눈이 번쩍 뜨인다.

아타카마사막.

엄청난 함성소리가 끊임없이 울려 퍼지고 있다.

내 품에 안겨 아이처럼 울고 있던 다해와 눈이 마주친다. 서서히 초점이 돌아온다. 다해의 얼굴이 선명해진다. 여전히 눈물을 글썽거린 채 맑게 웃고 있다. 새하얀 이를 드러내며 아이처럼 웃고 있다. 그러다 바보처럼 또다시 운다. 자꾸만 눈물을 흘린다. 하하하 하고 운다. 일곱 살. 우리가 처음 만났던 그때의 다해처럼, 웃는다.

그 눈물이 좋다.

그 웃음이 상쾌하다.

따라 웃는다.

나도 따라 운다.

이루다. 내 이름.

말 그대로, 이룬다는 뜻이다.

19 씩씩하게 아픈 열아홉《끝》